晚清中國小說觀念譯轉

翻譯語「小說」的生成及實踐

關詩珮 著

商務印書館

封面圖攝於 1916 年，為瑞思義博士（Rev DD. William Hopkyn Rees；1921 年任教於倫敦大學亞非學院中文系）於上海廣學會與中國合譯者存照。

相片來源及鳴謝：倫敦大學亞非學院檔案室

晚清中國小說觀念譯轉 —— 翻譯語「小說」的生成及實踐

作　　者：關詩珮

責任編輯：吳一帆

封面設計：涂　慧

出　　版：商務印書館 (香港) 有限公司

　　　　　香港筲箕灣耀興道 3 號東滙廣場 8 樓

　　　　　http://www.commercialpress.com.hk

發　　行：香港聯合書刊物流有限公司

　　　　　香港新界大埔汀麗路 36 號中華商務印刷大廈 3 字樓

印　　刷：美雅印刷製本有限公司

　　　　　九龍觀塘榮業街 6 號海濱工業大廈 4 樓 A 室

版　　次：2019 年 5 月第 1 版第 1 次印刷

　　　　　© 2019 商務印書館 (香港) 有限公司

　　　　　ISBN 978 962 07 4585 0

　　　　　Printed in Hong Kong

目　錄

甲部　譯轉小說概念

緒　論

　　這是我第三本學術著作。在敘事時間而言，是繼我完成《譯者與學者：香港與大英帝國中文知識建構》、《全球香港文學：翻譯、出版傳播及文本操控》後出版的專論，然而在書寫時間而言，本論大部分的文章都寫得更早，亦是本書的議題啟導我走向翻譯研究。

　　中國文學如何「現代」、怎樣表現現代性，以及現代化過程的線索等諸種問題，是 1990 年代以來下啟二十年的學術熱點，中港台、日本、北美學界大量學者投身於此研究。從這熾熱風氣下，晚清文學研究新作競出，[1] 受人矚目：有從理論分析，有從語言（白話及文

1　在此無法列出所有著作，代表作品順年序列出，如：阿英：《晚清小說史》（上海：商務印書館，1937 年）；Milena Doleželová-Velingerová, *The Chinese Novel at the Turn of the Century (1897–1910)* (Toronto: University of Toronto Press, 1980)；樽本照雄：《清末小說探索》（大阪：法律文化社，1988 年）；歐陽健：《晚清小說史》（杭州：浙江古籍出版社，1997 年）；林明德：《晚清小說研究》（台北：聯經，1989 年）；袁進：《中國小說的近代變革》（北京：中國社會科學出版社，1992 年）；康來新：《晚清小說理論研究》（台北：大安出版社，[1986]1999 年）；黃錦珠：《晚清時期小說觀念之轉變》（台北：文史哲出版社，1995 年）；David Der-Wei Wang, *Fin-de-siècle Splendor Repressed Modernities of Late Qing Fiction, 1848–1911* (California: Stanford University Press, 1997); Patrick Hanan, *Chinese Fiction of the Nineteenth and Early Twentieth Centuries* (New York: Columbia University Press, 2004); Theodore Huters, *Bringing the World Home: Appropriating the West in Late Qing and Early Republican China* (Honolulu: University of Hawai'i Press, 2005)；陳平原：《晚清文學教室：從北大到台大》（台北：麥田出版，2005 年）。還有不以晚清（或清末）、晚清小說或晚清文學為題，但研究晚清個別重要作家及思想的著作，如夏曉虹、陳建華、王宏志等的著作，見下文。

言之爭）分析，有從作家論出發，更多是細緻分析文學文本內容及手法；最初是從敘事分析，後來文類及長短篇格式、翻譯、性別、圖像都有專題研究，[2] 不一而足。學界在這股風潮下，大量發掘出新史料及新文獻。[3] 我廁身其中，大開眼界，深受啟發，期待一天能跟上他們的步伐甚至與之對話。2002 年我開始在東京大學留學，課堂雖然着重討論近現代受日本影響的亞洲作家羣，如魯迅、周作人、郁達夫、葉石濤、張文環、梅娘、川島芳子、劉吶鷗等等，以及於研究室內，我負責報告香港文學，然而課餘間卻專以搜集明治文學資料為樂。機緣巧合，看到柳父章的著作，開啟了一種新視野。柳父章是研究明治文學及思想史的大家，他不但把日本文化描述為「翻譯文化」，[4] 更早在 1970 年代就開始專題分析這些今天廣為人知的和製漢語、借詞、外來詞，如「自由」、「人權」、「社會」、「道德」、「文化」等，以厚實的資料（漢語、法語、德語等等）仔細爬梳在文化脈絡轉變下新詞的生成及演變、舊詞詞彙的轉變（字形、音、詞語搭配不變而詞義改變）；他特別以翻譯為視點，深入探討翻譯過程如何於不同文化間轉換概念，並擔當了傳播新思想的中介及動因。[5]

2 陳平原：《中國小說敘事模式的轉變》（北京：北京大學出版社，[1998] 2003 年）。夏曉虹：《晚清文人婦女觀》（北京：作家出版社，1995 年）；David Pollard ed., *Translation and Creation, Readings of Western Literature in Early Modern China, 1840–1918* (Amsterdam and Philadephia: John Benjamins Publ. Co. 1998)；陳平原，夏曉虹編著：《圖像晚清：點石齋畫報》（天津：百花文藝出版社，2001 年）；Catherine Yeh, *The Chinese Political Novel: Migration of a World Genre* (Cambridge, Massachusetts: Harvard University Asia Center, 2015)；張麗華：《現代中國「短篇小說」的興起──以文類形構為視角》（北京：北京大學出版社，2011 年）。

3 陳平原、夏曉虹編：《二十世紀中國小說理論資料》第 1 卷（北京：北京大學出版社，1997 年）；黃霖、韓同文編選註：《中國歷代小說論著選》（南昌：江西人民出版社，1990 年）。

4 柳父章：《翻訳とはなにか：日本語と翻訳文化》（東京：法政大學出版局，1976 年）。

5 柳父章：《翻訳語成立事情》（東京：岩波新書，1982 年）。此書近年有部分章節被譯成英語，見 Joshua A. Fogel ed. and trans., *The Emergence of the Modern: Sino-Japanese Lexicon: Seven Studies* (The Netherlands, Leiden: Brill, 2015) 第 4 章「人權」及 5 章「自由」。

　　1990 年代學界已奠下一個廣為人知的定論──魯迅在 1918 年發表的《狂人日記》是中國現代小說的開端，這是中國文學史上第一篇現代小說。《狂人日記》之所以得到這樣大的重視，原因在於它一直被認為是理解中國現代小說的源流，即是探索中國小說現代性的重要根源。這是有歷史原因的，因為在《狂人日記》出版後，圍繞這部小說的評語莫不以「劃分時代」、[6]「新紀元」、[7]「中世紀跨進了現代」[8] 冠之，而其表現風格又彷彿是最能宣示「新」之所在。[9] 從這種時代反應開始，百年後，在西方結構主義及敘事學的影響被中國研究界着重討論的形勢下，《狂人日記》漸漸成為「小說現代性」的最佳示範。[10] 在新舊交替的 2000 年，學術界對百年前中國現代文學發生史作出更深入的回顧及反思，特別由於後現代思想對啟蒙主義的批判，中國文學研究界漸漸質疑「五四精神」過去被高舉的啟蒙意義、理性意識、求新求進步，及線性歷史觀下大力反對復古、剷除五四文學異見、否定耽美逸

6　魯迅的第一本小說集《吶喊》在 1923 年 8 月由北京新潮社列為《文藝叢書》出版時，8 月 31 日上海《民國日報》副刊刊登了題為「小說集《吶喊》」的出版消息，稱《吶喊》是「在中國底小說史上為了它就得『劃分時代』的小說集」。
　　另外，茅盾亦稱此為「劃時代的作品」，見茅盾：〈論魯迅的小說〉，原刊香港《小說月刊》1948 年 10 月第 1 卷第 4 期，收入《茅盾全集》第 23 卷（北京：人民文學出版社，1990 年），頁 430。張定璜也稱為「在中國文學史上用實力給我們劃了一個新時代」，見張定璜：〈魯迅先生〉，原刊《現代評論》1925 年 1 月第 1 卷第 7–8 期，收入台靜農編：《關於魯迅及其著作》（鄭州：海燕出版社，2015 年），頁 20。
7　茅盾：〈論魯迅的小說〉，原刊香港《小說月刊》1948 年 10 月第 1 卷第 4 期，收入《茅盾全集》第 23 卷，頁 430。
8　張定璜：〈魯迅先生〉，原刊《現代評論》1925 年 1 月第 1 卷第 7–8 期，收入台靜農編：《關於魯迅及其著作》，頁 20。
9　雁冰〔茅盾〕：〈讀吶喊〉，原刊《時事新報》副刊《文學》1923 年 10 月 8 日第 91 期，收入《茅盾全集》第 18 卷（北京：人民文學出版社，1990 年），頁 394–399。
10　Leo Ou-fan Lee, "Tradition and Modernity in the Writings of Lu Xun," in Leo Ou-fan Lee ed., *Lu Xun and His Legacy* (Berkeley: California University Press, 1985), pp. 3–31.

樂的人生思想及藝術表現等，[11] 學界便漸漸反思五四的啟蒙意識的合法意義，並由此而上溯至五四知識羣曾經大力打壓及妖魔化的「晚清文學」。晚清文學的諸種思想、學術、美學功能在重新審視「中國小說現代化」的過程中就擔當了重要角色，並獲得各界確認。大家漸漸發現，從清末開始，中國小說無論在形式、體裁、還是在風格內容上，都與以往古代的作品有顯著的不同。論者往往以中國小說的「近代變革」、「現代化轉型」、「觀念演進」、「敍事模式轉變」等概念來統稱這種轉變現象。有學者認定晚清小說是「五四時代中國現代小說的先驅」；[12] 亦有學者則指出，對晚清小說的重新審視，等同於釋放「被壓抑的現代性」。[13] 晚清文學曾經是夾於古代文學及現代文學兩個重大領域的棄兒，[14] 然而在「沒有晚清，何來五四」的號召下，學界重整旗鼓，以戰戰兢兢的心情，重回晚清的懷抱，並以重新考察晚清小說如何呈現中國小說現代性為研究重點。在這種思路下，晚清小說名家——特別是吳趼人——受到極大的重視，因為從晚清開始他已被視為新小說領軍

11　Leo Ou-fan Lee, "Incomplete Modernity: Rethinking the May Fourth Intellectual Project," Rudolf Wagner, "The Canonization of May Fourth," in Milena Doleželová–Velingerová and Oldřich Král eds., *The Appropriation of Cultural Capital: China's May Fourth Project* (Massachusetts, Cambridge: Harvard University Press, 2001), pp. 31–65, pp. 66–120. 李歐梵：〈晚清文化、文學與現代性〉，《李歐梵自選集》（上海：上海教育出版社，2002 年），頁 265–279。

12　米列娜編，伍曉明譯：《從傳統到現代：19 至 20 世紀轉折時期的中國小說》（北京：北京大學出版社，1991 年），頁 1。原文為 Milena Doleželová-Velingerová, *The Chinese Novel at the Turn of the Century (1897–1910)*。

13　David Der-Wei Wang, *Fin-de-siècle Splendor: Repressed Modernities of Late Qing Fiction, 1848–1911* (California: Stanford University Press, 1997), pp. 13–52；王德威，宋偉傑譯：《被壓抑的現代性：晚清小說新論》（台北：麥田出版，2003 年），頁 23–42。

14　Theodore Huters, *Bringing the World Home: Appropriating the West in Late Qing and Early Republican China*.

人物之一。漸漸的，他的作品取代了魯迅的《狂人日記》，並成為了「中國小說現代性」學術系譜考古下「體現中國小說從近代到現代發展過程的最佳範例」。[15]

　　但是，無論是魯迅的《狂人日記》還是吳趼人的小說，只要我們能從喧譁的論述中冷靜地分析這些小說新技法，我們便會漸漸發現，這些技法亦曾經在傳統小說中出現，如第一人稱、敍事框式、跳躍敍事時間等等。古今小說表示第一人稱的詞語、敍事層、回敍時間等雖然有異，學界秉持的分析話語也不盡相同，然而不能否定的是，這些技法在中國燦爛的小說傳統中已經出現，無論新時代中國現代作家運用這些技法有多嫻熟而造成「質」的突破，還是大量地使用而出現「模式的轉變」而有所謂「量」的突破，以小說技法作為分析角度及論據，都不足以明確識別現代小說與傳統小說的區別。亦即是說，某些小說內部的因素——技法的改變，不足以構成「小說現代性」提案（proposition）。

　　於是，我大膽離開這個前設，並探溯其他能呈現現代文學與古代文學徹底斷裂的地方：現代小說的出現，與文學的外在生態有關，而且可以說是由外在條件而影響文學內部而來。現代小說的

15　韓南（Patrick Hanan）著，徐俠譯：《中國近代小說的興起》（上海：上海教育出版社，2004 年），頁 169。這在學術系譜上經過了長時期發展及演變，見證了學界在互相激勵下，以新知識及理論框架，特別是秉持開明心態及胸襟，推陳出新，追求進步的學術境界。見普實克對魯迅小說〈懷舊〉有關文學結構及情節改變的探討，尤其是他注重文學從傳統到現代的過渡，相關著作：Jaroslav Průšek: "Lu Hsün's 'Huai Chiu': A Precursor of Modern Chinese Literature," in Leo Ou-fan Lee ed., *The Lyrical and the Epic: Studies of Modern Chinese Literature* (Bloomington: Indian University Press, 1980), p. 102; Patrick Hanan, "The Technique of Lu Hsun's Fiction," in *Harvard Journal of Asiatic Studies*, Vol. 34 (1974), pp. 53–96; Leo Ou-fan Lee, "Tradition and Modernity in the Writings of Lu Xun" in Leo Ou-fan Lee ed., *Lu Xun and His Legacy*, pp. 3–31; 李歐梵：〈魯迅的小說現代性技巧〉，樂黛雲主編：《當代英語世界魯迅研究》（江西：江西人民出版社，1993 年），頁 28–45。

出現是與整個「文學觀」的變化有關的，前者（文學表現形式）是後者（文學觀念）的果；無論是「文學」還是「小說」觀念，自晚清產生驟變以後，影響了「作者」對自身的理解、對創作的理解，讀者的期待，文壇的規則、規律及規範，甚至文壇運作方式，如物質方面的事情：稿費、出版物、期刊、印刷或手寫等等。如是，我們討論小說觀念的改變，則是指時人使用「小說」一詞時，所引起的聯想已經產生改變，特別是指當時的人對以下問題的解答：「甚麼是小說，甚麼不是小說？」；「小說有甚麼用？」；「小說是否能同時有實用意義與享樂功能？」；「如何把小說分類及歸類？」；「寫小說有甚麼好？」。在這個時候，我想到柳父章的研究，以及思想史巨擘諾夫喬伊（Arthur O. Lovejoy）在《存在巨鏈：對一個觀念的歷史的研究》中所指的，如何以思想單位（unit-idea）為切入點，分析帶來思想巨變的哲性義涵（philosophical semantics）。諾夫喬伊的基本工作，就是循名詞或詞彙入手，分析詞語承載的思維、形象、想法。對他而言，詞語反映的不但是聲音及意義，更是一代人的心智習慣（mental habits）。[16]

於是，我回到這些論述的原點重新思考各種可能性。晚清時期，曾經最大力推銷「新小說」並帶來小說界革命的梁啟超與他的同代，其實已提出這些問題，並大力呼籲重新認識小說。他振臂一呼，帶領起「小說革命」，他也許擔心時人看不到革命的前衛意義，便不斷提出「新小說」一詞，目的是以前綴詞「新」放諸「小說」上，着人留意小說觀念已發生驚天動地的轉變。應該承認，梁啟超在晚清的小說革命是極度成功的，這成功啟導了後來我們看到的百年文化遺

---

16 Arthur Lovejoy, *The Great Chain of Being: A Study of the History of an Idea* (Cambridge, Massachusetts: Harvard University Press, 1933), p. 15.

產，才有後來於 1990 年代出現「中國小說現代化」討論的可能。那麼，為甚麼百年過去後，我們在討論小說現代性的時候，忘記了小說觀念的革新才是問題的基本？而學界分析梁啟超於 1902 年發表的理論文章〈論小說與羣治之關係〉時，多關心文章較表面的論述：對小說地位（最上乘）、小說功能（「燻、浸、刺、提」）的認識，而把「新小說」的「新」僅歸於此，無視「小說」這個概念本身的轉變？

我認為，問題的癥結還是過分重視「新小說」一詞的「新」字，這本身可能就是現代性的問題所在——「好新」、「求新」、「貪新」；而忽略了「小說」一詞才是一切問題變化的重點。若以詞義及觀念分析「小說」一詞，並置這詞於晚清中國受明治日本文化影響語境下產生的詞彙革命去看，就不難看出「小說」已像「文學」、「哲學」、「自由」、「社會」等詞彙一樣，寫法雖為漢字「小說」（當然，植字時中國漢字「小說」與日本漢字「小說」字體有些微差異），但其實已成為一種新的語言符號，承載着現代西歐文學的各種意涵。其實，要指出「小說」為翻譯語並不困難，但我認為應該像柳父章及諾夫喬伊等人的研究方法及思路那樣，以深入的分析及翔實的文獻論述思想轉變過程，而非只是利用歐洲哲學及文學理論，提綱挈領點出跨語際轉換時的問題。

我們都知道，現代漢語中很多新詞彙，都是從明治日本「逆輸入」到晚清、民國中國而得以普及。這些新詞彙，過去在中國一般被歸納為「外來語」、「借詞」；而在日本則進一步分析出哪些是日本賦予新義及新字形的「和製漢語」。這些詞彙，並非來自傳統日語「大和言葉（語言）」，而是在幕末明治之時，日本社會為了「文明開化」的需要，大量輸入的現代西歐知識——從機械、醫學、軍事等「實用科學」，漸漸到文學及哲學等「人文知識」。為求達到輸入新事物的目的，就需要新名詞、新表述作為承載新思想、新概念

的手段。最初日本是經 17 世紀蘭學及 19 世紀初來華的傳教士翻譯的詞典，學習如何以新詞彙表述新思想，清末時留學日本的周作人就指，日本文明開化的旗手福澤諭吉學習英文時，就是利用最早編寫英漢字典的中國人鄺其照的《華英字典》來學習。[17] 後來隨着日本的需要，又自造新詞。現在我們常見常用的「革命」、「修辭」、「文化」、「道德」、「封建」、「社會」、「個人」、「經濟」、「民主」、「哲學」、「科學」、「權利」、「近代」、「戀愛」、「存在」，莫不是經過明治日本的迻譯過程，對應於以下各英語（簡單而言）觀念而來：revolution, rhetoric, civilization, ethic, feudal, society, individual, economic, democracy, philosophy, science, right, modern, love, being 等等。[18] 這些詞彙，在日語的發展史上，大致可分為兩組。第一組的詞彙，是翻譯西歐文明及學問思想的新造譯語，統稱為「翻譯語」，如「社會」、「個人」、「近代」、「美」、「戀愛」、「存在」等；而第二組，也曾出現於明治維新以前，但卻在明治維新之時被賦了新意新義，本義因而褪色，漸漸由西歐的觀念所代替並得以普及，如「自然」、「權利」等。鑄造新詞新語的人物，大多是當時的知識階層或漢文學者（漢學家），而他們推陳出新的方法，就是於中國古籍內找出意義相應的字詞或字句，經過重新組合及抽綴而成。如

17　周作人：〈翻譯與字典〉，原刊 1951 年 4 月《翻譯學報》，收入鍾叔河編：《周作人文類編》第 8 卷《希臘之餘光》（長沙：湖南文藝出版社，1998 年），頁 790。

18　実藤惠秀在 1960 年代已開始做這方面的研究，見実藤惠秀：〈日本と中国における留学と翻〉，《中国人日本留学史》（さねとう・けいしゆうくろしお出版，1960 年），頁 436–441；Federico Masini, *The Formation of Modern Chinese Lexicon and Its Evolution toward a National Language: The Period from 1840 to 1898* (Berkeley: California University Press, 1993), pp. 98–103; Michael Lackner, Iwo Amelung and Joachim Kurtz eds., *New Terms for New Ideas: Western Knowledge and Lexical Change in Late Imperial China* (Leiden: Brill, 2001)；陳力衛：《和製漢語の形成とその展開》（東京：汲古書院，2001 年）；沈國威：《近代日中語彙交流史：新漢語の生成と受容》（東京：笠間書院，2008 年）。

"revolution" 對譯「革命」,「革命」本義出於《易‧革‧象傳》的「天地革而四時成,湯武革命,順乎天而應乎人」;"rhetoric" 對譯「修辭」,語出《易‧文言》:「修辭立其誠,所以居業也」;"literature" 對譯於「文學」,「文學」本出於《論語‧先進》的「德行:顏淵、閔子騫、冉伯牛、仲弓。言語:宰我、子貢。政事:冉有、季路。文學:子游、子夏」。這些對應西歐概念的詞組,在日語發展史而言,可以視為新詞。因此,即使我的研究為中國小說現代化過程,而且從歷史發生論去看,「現代化」長時間等同了西化或西方現代化,但我要仔細分析中國「小說」一詞的改變,必須回到明治日本了解這個詞義發生西化的過程。

眾所周知,中國傳統「小說」概念,源於《漢書‧藝文志》,「小說」一詞在中國小說的歷史內,雖然也出現很多次引申義的改變,但大意不離原先《藝文志》「叢殘小語」、「街談巷議」、「瑣屑之言」、「道聽塗說」之意。日本自明治開化(1868 年)前,小說大意也沿自中國而來。直至日本文學巨擘坪內逍遙(1859–1935)於《小說神髓》(於 1884 至 1885 年面世)中以「小說」(しょうせつ)一詞對譯西歐文學類型 "the novel"(ノベル),並與此同時利用日本「物語」作為承載另一與西方文類概念 "romance" 的對應觀念,日本從此以後便經歷了眾多的回響、筆戰及反饋,啟導了「小說」意義的古今斷裂。梁啟超(1873–1929)流亡日本後,借鑒日本多種思想改革理論,他很可能也參考了坪內逍遙《小說神髓》的說法,而提出新小說觀念。梁啟超的目的雖在啟蒙及救國,卻大大改變了小說的功能及提升了小說的價值。因此,「小說」一詞在梁啟超後,應被視為「新詞彙」、「翻譯語」,這個詞彙經渡日知識分子及留日學生,從日本逆輸入中國,將明治日本在語言及文化迻譯現代西方的過程,橫空導入中國「小說」觀念之內。中國「小說」、日本「物語

小說」及西歐英語 "the novel" 本來產生在不同的歷史語境及文學傳統，而三者的意義並不完全吻合，也並不是等值意涵。然而因為翻譯「意義對等」的迷思，以及字形相同的喬裝，中國小說的現代化過程，隨着翻譯語「小說」一詞被賦予新內涵及新觀念傳入晚清中國，而得以急遽發生，同時移植了三地（西方、日、中）時空及文學傳統。小說經「梁啟超式」輸入後，[19]「中國小說」自晚清經由此一轉折過程，在歸類上脫離傳統「經、史、子、集」四部內的「子部」或史部的「稗史、野史」，而漸漸歸入「文學」(literature) 這一科目，與戲劇、詩及散文並及其中的主要文體；小說的概念也漸漸從「街談巷議」過渡到西方小說的觀念。

梁啟超雖然輸入日本翻譯語「小說」，並以「新小說」概念強調這個詞的新意義；然而，「新」「小說」的出現又或新觀念的形成，必是經過一代人的共同努力；因此，單單分析梁啟超的小說理論如何移植日本理論，並不足以帶出整個小說觀念轉變的圖像。要更仔細分析詞彙「小說」對譯到西方 "the novel" 的過程，我們需要再往深鑽研，特別要從具有代表性的人物或文章入手。因此，選以晚清民國時最長的小說理論〈小說叢話〉(1914 年) 展開分析，就是展現這個過渡時期的最佳示範。這篇文章的重要性，不只是寫自歷史學家呂思勉，更重要的是顯示他沒有盲目跟從時代風氣，人云亦

19　在中國已進一步認同西方的價值為追求的價值的「五四」之時，梁啟超回看晚清的自己，對於時人一知半解、沒有系統、不加篩選地輸入新事物到中國，調侃自己帶來的翻譯新思想、方法為「梁啟超式」的輸入。「日本每一新書出。譯者動數家。新思想之輸入。如火如荼矣。然皆所謂『梁啟超式』的輸入。無組織。無選擇。本末不具。派別不明。惟以多為貴。而社會亦歡迎之。蓋如久處災區之民。草根木皮。凍雀腐鼠。罔不甘之。朵頤大嚼。其能消化與否不問。能無召病與否更不問也。」梁啟超：《清代學術概論》(「原題：前清一代思想界之蛻變」)，《梁啟超全集》第 5 冊第 10 卷 (北京：北京出版社，1999 年)，頁 3104–3105。

云。他為了理解西學來源及新概念的意涵,取來日本明治時期學者太田善男 (1880–?) 的《文學概論》(1906 年),大量翻譯、說明、解釋西方小說中的幾項最重要的特質:「模仿論」中的反映、模寫、摹擬、寫實、想化 (想像)、創造等問題。他更仔細地從太田善男的文學論中抽取出 "novel" 及 "romance" 的分野,一方面對應中國自 1902 年發生的小說觀念改變,另一方面再釐清眾多梁啟超無心仔細分析的問題,特別是小說的文學之美以及當中的藝術性。雖然呂思勉並無標明參考出處,但通過仔細的分析及整理,我認為不能否定他是參考自太田善男的理論。呂思勉比起梁啟超文論更成熟的地方,是他更大膽把 "novel" 與「小說」平排而置,「複雜小說,即西文之 Novel。單獨小說,即西文之 Romance 也」。雖然他在理解西方小說類型上與今天仍有極多的差別,但可以說,翻譯語「小說」等於 "novel" 的基本觀點已差不多到位;且即使呂思勉沒有提及文類觀念的 "fiction",然而從他強調小說創作過程中的想化 (想像) 階段,已看到他進一步掌握了現代西方小說觀念。換言之,中國人在民國初年看到「小說」一詞的時候,其實也應像看到「存在」、「哲學」、「社會」等語彙一樣,不需要再費一番勁去解釋當中的內容;而創作小說的人,明白這是反映一個具有想像力、創造力、天才及才情的工作,小說內容可能反映世相,從生活出發,從實際的經驗而來,但也可能是天馬行空憑空構造,虛擬成文。寫小說的人的地位、形象、工作方式及內涵,在民國初年已經改變,因為「小說」一詞賦予的觀念已徹底改變,再不是拾人牙慧,於街上採集別人餘沫的工作。「小說」於民國初年已差不多成為了 "the novel" 及 "fiction" 的定譯。

我認為,能呈現翻譯詞「小說」詞義與觀念演變於中國晚清以來已臻完成的最好證明,是魯迅的作品。但與學界過去的研究不

同，我不認為魯迅的《狂人日記》讓我們清楚看到小說現代性的問題。我重看魯迅的著作、翻譯及文論後，選取的是魯迅自珍自重，並且寫自與《狂人日記》差不多時期的《中國小說史略》。

如果我們細讀《中國小說史略》（下簡稱《史略》），便會看到魯迅每篇中均有清晰地釐定：甚麼是小說，甚麼不是小說；甚麼是古小說，甚麼是外國人小說。他的古今中西小說論斷清晰有力、條理分明，簡單一看：「然案其實際，乃謂瑣屑之言，非道術所在，與後來所謂小說者固不同」；[20]「稗官採集小說的有無，是另一問題；即使真有，也不過是小說書之起源，不是小說之起源」；[21]「中國之小說自來無史；有之，則先見於外國人所作之中國文學史中，而後中國人所作者中亦有之，然其量皆不及全書之什一，故於小說仍不詳」。[22] 學界可以不同意他的觀念，但鈎沉《史略》的思想內蘊是最基本的學術工作；而從魯迅的論斷，我認為能帶出構築《史略》的思想支柱及史識，建基於中國進入「現代」以後的觀點，更建基於魯迅自其日本留學時代開始飽讀的西方文論，這包括了日本及西方的各種現代小說理論。[23] 所以，我倒置慣常認知中的《史略》與《狂人日記》的關係，而認為：《史略》利用「現代小說」概念，總結了過去的中國小說並成為第一本中國人寫的中國小說史，而《狂人日記》的出現，正正是因為小說觀念已徹底改變，作者才以多種現代技法謀篇佈局。沒有晚清小說觀念的轉化，《狂人日記》並不可能

20　魯迅：〈《中國小說史略》序言〉（1923 年），《魯迅全集》第 9 卷（北京：人民文學出版社，1981 年），頁 4。

21　魯迅：《中國小說的歷史的變遷》（1924 年），《魯迅全集》第 9 卷，頁 302。有關《中國小說的歷史的變遷》及《中國小說史略》的關係，見本著第四章。

22　魯迅：〈《中國小說史略》序言〉（1923 年），《魯迅全集》第 9 卷，頁 4。

23　北京魯迅博物館：《魯迅手跡和藏書目錄》（北京：北京魯迅博物館，1959 年）。中島長文編：《魯迅目睹書目（日本書之部）》（宇治：中島長文，1986 年）。

出現，因此，我們可以視《狂人日記》是中國「小說」觀念譯轉後的
結果、最終產品及製成品，而不是先聲。

　　以上為本書甲部的討論，雖然側重深入探討理論問題，然而只
能從點到面，反映從詞語意涵轉變帶動思想及意識轉變的部分。當
中還有大量的著述空間，特別包括在形而上（思想、觀念、理論）出
現改變後，以創作實踐新小說觀念及翻譯，讓理論探索者及創作者
看到所謂成熟的現代小說。在晚清，分享梁啟超「新小說」看法兼及
在晚清文壇有大量讀者的吳趼人，與梁啟超一樣側重創作，他就是
在對小說思想觀念轉變後才以新技法注入小說中。由於學界對他的
分析已甚豐，亦已重新評估了他的成就，我在此著中就以另一位晚
清文人——林紓——來討論實踐的問題。林紓在認同梁啟超小說觀
的同時指出，新小說於新時代中具備新價值及功能，而且這是有效
的救國工具，因此他大量翻譯外國小說，通過文字轉換及「耳受而
手追」的過程，以中國固有表述方式、語言結構、文類方式以及詞
彙表達新思想，在翻譯的過程玩味、借鑒、了解、篩選外國小說，
為中國讀者呈現了「以中國為中心」的視點，以使讀者體會西方小
說的內容、結構、技法，以此反映新時代的氣息。林紓在實踐方面
自比梁啟超得心應手，而且深受讀者歡迎。他跨越晚清側重意譯到
五四後堅持直譯的年代，並一直扮演了核心角色，這是他同時代的
其他人所無法企及的成就。他的實踐反映了晚清一代人接受「（新）
小說」的過程以及這中間緩慢的演變。五四最重要的作家曾在不同
時代都記述了林紓對自己影響，這裏面包括魯迅、周作人、胡適、
錢玄同、陳獨秀、郭沫若、茅盾等。沒有林紓翻譯小說的實踐，沒
有「林譯小說」的演繹，小說觀念的轉化過程可能還需要更多的時
間，因此本論認為實踐新小說觀念同樣重要之餘，亦以「譯轉」來標
明本書的主題。在近年「翻譯研究」這門獨立學科的大力推動下，

學界已普遍認同了翻譯不只是需要達到「等值翻譯」（equivalent）的傳統想法，[24] 也已解除了翻譯就是「叛逆」（又或粵語「叛譯」為同音字）（traduttore traditore; translator, traitor）的魔咒。[25] 林紓在晚清的翻譯活動，既屬於翻譯，也屬於改寫，他顧念中國讀者的閱讀口味及自己的興趣，大幅修改原文。長期以來，由於傳統翻譯概念（如「信、達、雅」）捆綁了中國研究者的取態及想像，林紓的研究度一直沒有甚麼突破性發展。直到近年，學界審視中西翻譯概念及傳統，重新詮釋了有關「翻譯」多樣化的概念，林紓研究因而得以起飛。翻譯的「翻」字（亦寫作「飜」、「繙」等），《說文》指「翻，飛也，羽部、番声」，本義為「鳥飛」，亦有「歪倒」、「反轉」、「飛越」等形象化地指涉位置變動的義涵。[26] 至於「譯」，既是《禮記・王制》所指的「北方曰譯」，本指譯官、譯者之意，但亦指釋，有解釋，闡述及傳達之意。[27] 近年用同音字「翻易」，就是結合了「翻轉」、「易轉」而令意義轉換的意思。唐代賈公彥在《意疏》指：「譯既易，謂換易言

---

24 等值理論由奈達（Eugene Nida）於 1960–1970 年代提出，曾經風靡譯界。見 Lawrence Venuti, *The Translation Studies Reader* (London and New York: Routledge, 2000), pp. 121–122。

25 José Ortega y Gasset, "The Misery and the Splendor of Translation, trans. by Elizabeth Gamble Miller," Roman Jakobson, "On Linguistic Aspects of Translation," in Lawrence Venuti, *The Translation Studies Reader*, p. 50, p. 118.

26 「翻」，漢語大字典編輯委員會編纂：《漢語大字典》（成都：四川辭書出版社；武漢：崇文書局，2010 年，第 2 版），第 6 卷，頁 3579。譯界從不同於西方傳統的角度重新定義「翻譯」一詞的詞義，見 Martha, P. Y. Cheung, "'To Translate' Means 'To Exchange'? A New Interpretation of the Earliest Chinese Attempts to Define Translation (*'fanyi'*)," *Target* 17.1 (2005), pp. 27–48；另見漢學研究者對此的討論：Wolfgang Behr, "'To Translate' Is 'To Exchange' – Linguistic Diversity and the Terms for Translation in Ancient China," in Michael Lackner and Natascha Vittinghoff eds., *Mapping Meanings the Field of New Learning in Late Qing China* (Boston, Leiden: Brill, 2004), pp. 173–209。

27 「譯」，《漢語大字典》，第 7 卷，頁 4288。

語，使相解也。」本書定題為「譯轉」，即用「翻譯」一詞「譯—易—釋」意涵，就是通過傳統扎實的思想史的分析，來解釋詞彙「小說」一詞，如何通過翻譯嫁接了古今不同的小說傳統，變成一個中西渾然而成的新概念——這是本書甲部的論述範圍。在乙部，則論述林紓背離原文，通過翻譯「易轉」、「逆轉」、「譯轉」外國小說原文內容，以及他於序言等超文本中的實踐，演繹以中國為中心的西洋小說觀念。

　　乙部中，在專門分析及討論林紓透現出來的翻譯小說的觀念之後，我會討論：他的翻譯小說如何開創了新一代五四的讀者，然後又因五四價值的形成被時代遺棄。不過，作為 2000 年以後的研究者，在此展現的林譯研究，既希望走出五四及現代性話語的干擾，同時間亦希望以翻譯研究的角度，客觀地了解林紓經晚清到五四前譽後毀的現象。五四時代在文化領袖如胡適等主張全盤西化，並以現代西方價值重估中國文化的大前提下，急於否定林紓代表的意譯及自由譯，甚至梁啟超「豪傑譯」的時代。我一方面希望整理出晚清的小說翻譯規範以展現林紓的成功，同時亦梳理了五四一代人所認為的新時代要求的翻譯規範，在翻譯語言、譯筆風格、譯者條件等方面的要求，不一而足。我認為，對於五四一代，在帝制陰霾及復辟的政治壓力下，加上舊勢力的餘威從未解除，亦因為中國崇古的氣氛及習性，因此在批判林紓及舊時代的價值時，必須以革命的方式展開，但這並不代表他們對林紓並無感激及欣賞之情。因此，我以「現代性與記憶」一章展現由於現代性的急遽衝擊，時局中人必須壓抑自己的情感，以公與私兩界不同的文體形式，表現自己對事情的理性認知與感性遺恨的境況。不過，林紓代表了中國囫圇吞棗吸收外國知識的時代，由於他無法全面了解外國文學的內容及文學性質，很難斷言他是否真正欣賞西方文學。在本著中，我只舉一

個案例展現他的困境──他大量翻譯英國維多利亞時期的哈葛德小說。哈葛德小說是英國帝國主義狂飆時期的文學作品，文中鼓動國人英雄氣慨，歌頌到埃及等非洲之地冒險甚至開闢土地，見證英國的帝國精神。林紓以哈葛德小說激勵中國讀者遇強越強，救亡圖存，然而對帝國主義及殖民主義卻毫無反省之心，對同樣淪陷在帝國主義鐵蹄之下的弱小國族並無同理或同情之心，對性別權力並無深刻反省。因此，五四「人的文學」來臨之際，在更全面的人道立場及文學關懷中，林紓被公然揚棄，這體現了「文學」新時代的人文精神，而非只是新舊價值對立而來的衝突，更不是得志少年以西學攻擊國學或國粹的問題。

甲部的文章反映了我在英國攻讀博士（2003–2007）時，如何思考中國小說從古代到現代的發展軌跡。乙部的文章自 2005 年起我開始發表在中港台不同的研討會及期刊上。出版時曾受過些好評，有的出版後被轉錄在中國優異論文期刊上，[28] 被選為該專題年度最佳論文之一，數據庫內列為各專題經典參考文章，[29] 直到前年（2017 年）仍被再收入不同的研究專集及國內的翻譯文摘。[30] 本來，

28　〈「唐始有意為小說」：從魯迅《中國小說史略》看現代小說（fiction）觀念〉，原刊《魯迅研究月刊》2007 年第 4 期，頁 4–21；後被收錄於《中國現代、當代文學研究（J3）》2008 年第 3 期，頁 45–58。並參考北京魯迅博物館暨魯迅研究中心主任崔雲偉著：〈2007 年魯迅研究綜述〉，《魯迅研究月刊》2008 年第 9 期，頁 60–73。

29　萬方數據 2002 年–2011 年「《中國小說史略》」研究趨勢〈經典文獻〉一條；萬方數據 2008 年「近代中國小說理論」研究趨勢〈經典文獻〉一條。

30　〈呂思勉〈小說叢話〉對太田善男《文學概論》的吸收──兼論西方小說藝術論在晚清的移植〉，原刊《復旦學報（社會科學版）》2008 年第 2 期，頁 20–35，並參考陳思和教授的推薦文〈主持人的話〉；此文後被收錄於張耕華、李孝遷編：《觀其會通：呂思勉先生逝世六十週年紀念文集》（上海：上海古籍出版社，2017 年 11 月），頁 241–266。〈從林紓看文學翻譯規範由晚清中國到五四的轉變：西化、現代化和以原著為中心的觀念〉最初發表於《中國文化研究所學報》，2008 年第 48 期，頁 343–371；後摘錄於羅選民主編：《中華翻譯文摘（2006–2010）》（北京：中國對外翻譯出版有限公司，2018 年），頁 83–84；頁 154–155。

我覺得我的工作應該就此告一段落，更何況所謂影響因子及數據，如非因為現在大學官僚制度及競爭排名惡習下，要我們每年評估個人業績時盤點自己的勞動貢獻，我是不會知道這些研究是有迴響的。不過，前年跟李歐梵教授會面期間，得他鼓勵，知道再結集出版這些文章還是有價值的。[31] 我細想，期刊出版不但渠道太窄太專，且論文散落在不同學術雜誌上，也不一定能夠反映文章各自交錯而成的統一思路。我應該通過結集出版，向更廣大的專家求教。於是鼓余餘勇，試試湊合這些文章，看看成甚麼體統，結果居然已達到一定的篇幅。然而，敝帚自珍，在整理時盡量保留原來論點，並以此向各方求教。今天，詞彙翻譯研究帶出的知識論的問題在北美經劉禾的著作帶來更廣大的認識，[32] 日本、德國及台灣學界亦有不少研究所成立詞彙思想觀念的分析計劃，[33] 西方學界亦出現以中國為視點的小說專論，[34] 學界對晚清文學、觀念史、詞彙史的認識已超越了十年前的光景。而且因科技創新，今天研究者實能輕易地從各大型數據庫以文本挖掘（text mining）方法，檢視到觀念演變的過程及新詞彙出現的頻率。這些數據庫大大減輕了研究者搜集資料

31 李歐梵另寫了篇〈林紓與哈葛德——翻譯的文化政治〉，收入彭小妍主編：《文化翻譯與文本脈絡》（台北：中央研究院中國文哲研究所，2013 年），頁 21–71。拙論〈哈葛德少男文學（boy literature）與林紓少年文學（juvenile literature）：殖民主義與晚清中國國族觀念的建立〉，發表於《翻譯史研究（第一輯）》，2011 年，頁 138–169。另見 "Rejuvenating China: The Translation of Sir Henry Rider Haggard's Juvenile Literature by Lin Shu in Late Imperial China," *Translation Studies*, 6.1 (2013), pp. 33–47。

32 Lydia Liu, *Translingual Practice: Literature, National Culture, and Translated Modernity—China, 1900–1937* (California: Stanford University Press, 1995).

33 金觀濤、劉青峰：《觀念史研究——中國現代重要政治術語的形成》（香港：香港中文大學，2008 年）。此著之成績，基於他倆多年積累及研究而來的數據庫：「中國近現代思想史及文學史專業數據庫」（1830–1930）計劃，後此計劃從香港中文大學遷至台灣國立政治大學。

34 Ming Dong Gu, *Chinese Theories of Fiction* (New York: SUNY Press, 2006).

的困難外，也令立論能更科學，而令人信心大增。只要數據庫文本涵數充足，概念輸入單位正確，研究者要從海量數據推演出新觀念在文化傳統中的蛻變或突變，已經成為輕而易舉的事。然而，數據庫只能供我們進行數字統計，看到一個概覽、一個平面現象，要脈絡化理解史料（語料）並深入歷史及社會肌理，分析「小說」一詞在中西、東西洋文化交匯下如何蛻變，時局中人的視野及史識如何推演這個歷史變革過程，我相信數據庫只是論據之本，而不能代表我們文學研究者的分析及求證工作。因此，本著的立論對我們研究晚清文學及小說、中國小說現代化過程、翻譯語從西方經日本到中國的轉化等範疇應有一定的意義。

能完成這本著作，要多謝的學界前輩及友儕很多。首先感謝曾投入研究晚清文學而於不同時間給我意見的學者（以下省敬稱）：李歐梵、陳思和、王德威、王宏志、Ted Huters、陳建華、黃克武。感謝在香港中文大學任教時認識的眾多恩師舊友，這包括關子尹、張燦輝、梁家榮、朱國藩、朱志瑜。感謝留學日本時指導教官藤井省三及藤井研究室同門，特別是大澤理及大野公賀的關懷。感謝英國求學時期給予指正批評的教授，包括當時指導論文的賀麥曉（Michel Hockx），及其他曾給予意見的學者，包括Susan Daruvala、Bernhard Fuehrer（傅熊）、陳靝沅、Margaret Hillenbrand。過去幾年有機會到不同研究中心及學術機構訪問及交流，開啟我的視野。2014 年於哈佛大學費正清中國研究中心，有機會跟 Mark Elliott（歐立德）及王德威合作及學習，並認識哈佛燕京眾多訪問學人及東亞系的師生，這令我受益匪淺，當年燕京學人林晨及彭春凌至今與我仍不時書信往來討論學問。2017 年訪問普林斯頓大學時與東亞系的同仁交流，主任 Martin Kern（柯馬丁）慷慨分享多種學術心得。本書完稿之際的 2018 年春，我剛到

英國劍橋大學李約瑟研究中心履行訪問學人的職責，李約瑟研究中心內的同仁，特別是吳惠儀及 John Moffett，劍橋大學圖書館中文部主任 Charles Aylmer（艾超世），讓我體會到劍橋研究之樂。十多年過去後，又回到英國面對「小說」的問題，有點永劫回歸的況味。但這十多年來完成了晚清小說研究、香港翻譯文學、近現代翻譯史研究後，能在此展開過去從未涉獵的出版印刷史及醫學翻譯史等科學文化史議題，並且能與這裏的專家交流，這是我幸運，我抱着謙卑的心繼續求索。更要感謝新加坡國立大學東亞研究所主席王賡武教授的鼓勵。王賡武教授以身作則，說明了學術工作任重道遠，退而不休的意義。王賡武教授忙於審訂他的自傳 *Home is Not Here* 中文譯本及中國歷史新作推出之際，仍願撥冗賜贈推薦語，予以鼓勵，永銘教澤。說到退而不休，在今天仍為學界寫出一本又一本新論專著的盧瑋鑾教授，我要以最恭敬之情感謝她的不時鼓勵及和煦的種種提點。

這書有機會在香港跟讀者見面，要感謝香港商務印書館葉佩珠董事總經理的信任，以及責任編輯吳一帆小姐以盡責盡心的態度，多次覆校，令本著更可讀。此外，因中、日、西文排字過程中產生字體衝突問題，令排版部的周榮費盡心思；書籍設計師涂慧以別出心裁的封面設計，突出主題。書籍製作過程浩繁，身為作者的我在實體書漸漸失去市場的今天，仍然希望感謝這些看重書籍及出版意義的同仁。這書出版之際，適逢五四運動百週年，林紓與商務印書館於 1903 年開始無間合作，而成就了史上有名的「林譯小說」叢書。本書由商務出版，我特別感到歷史因緣之巧妙。

最後，我要感謝在香港及英國的家人，父母多年來的包容及無私的愛。這書，給日本迷 Hyde, Jaclyn, Isaac 及 Eden。

甲部　譯轉小說概念

第一章
重探「小說現代性」——以吳趼人為個案研究

一、引言

　　隨着學術界於 2000 年對百年前中國現代文學發生史的回顧及反思，並帶出了「晚清文學」、「20 世紀中國文學」以及「近、現、當代文學」劃分的不同質疑，「小說現代性」的問題一度成為中國文學內的「顯學」。[1] 這股學術力量是由多種學術思路累積而成的。首先是西方後現代主義就「現代性」概念中有關啟蒙的立場及諸種合法意義的質疑，令中國文學史學者重新質疑了「五四論述（May Fourth Discourse）」的宰制（domination）意義，[2] 這包括「五四論述」宣揚的啟蒙理性意識、求新求進步、線性歷史觀、反對復古、否定耽逸美學等。在反思五四的啟蒙意識的同時，就出現了重寫「現

1　王一川：《中國現代性體驗的發生：清末民初文化轉型與文學》（北京：北京師範大學出版社，2001 年），頁 1。

2　Leo Ou-fan Lee, "Incomplete Modernity: Rethinking the May Fourth Intellectual Project," Rudolf Wagner, "The Canonization of May Fourth," in Milena Doleželová-Velingerová and Oldřich Král eds., *The Appropriation of Cultural Capital: China's May Fourth Project*, pp. 31–120.

代文學史」的訴求。[3] 自然的，上溯至五四知識羣曾經大力打壓及妖
魔化的「晚清文學」，似乎就是顛覆「五四論述」及反思「五四立場」
最具邏輯的反撥，因此「晚清文學」的諸種思想、學術、美學功能
在重新審視「中國小說現代化」中就擔當了重要角色，並獲得各界
確認。有學者認定晚清小說是「五四時代中國現代小說的先驅」；[4]
亦有學者指出，對晚清小說的重新審視，等同於釋放「被壓抑的現代
性」。[5] 不過值得注意的是，由於「中國小說現代化」或者「中國
現代小說」蘊含意義太廣泛，究竟「中國小說現代化」或者「中國現
代小說」一詞意指甚麼，似乎仍未被充分解釋。

　　另一股反思「現代中國文學」的學術力量，其實早在 1980 年代
就出現。早在 1988 年，錢理群不但率先拷問到「20 世紀中國文學」
的具體內容，更要求釐清這問題的必要性及理據。如何理解現代文
學這一概念中的『現代』兩個字？它是一個時間的概念，還是包含
了某種性質的理解？那麼，文學的現代性指的是甚麼？而這些問
題都涉及到我們這門學科的性質、研究範圍、它的內在矛盾等關
係到自身存在的根本問題。同時被追問的是現代文學歷史的起端。
它究竟應按我們所提出的「20 世紀中國文學」的概念從上一世紀
末（晚清）開始，還是從五四開始？……該如何看待五四時期新、
舊文學的鬥爭？由此開始的「新文化（新文學）敍事」，這種敍事肯

3　黃子平、陳平原、錢理群：《二十世紀中國文學三人談》（北京：人民文學出版社，
　　1988 年）。
4　米列娜編、伍曉明譯：《從傳統到現代：19 至 20 世紀轉折時期的中國小說》，頁
　　1。原文為 Milena Doleželová-Velingerová, *The Chinese Novel at the Turn of the
　　Century (1897–1910)*。
5　David Der-Wei Wang, *Fin-de-siècle Splendor Repressed Modernities of Late Qing
　　Fiction, 1848–1911*, pp. 13–52；王德威、宋偉傑譯：《被壓抑的現代性：晚清小說
　　新論》，頁 23–42。

定、突現了甚麼，又否定、淹沒了甚麼？以及在這種敍事背後隱藏着怎樣的歷史與文學史觀？[6] 錢理群鍥而不捨的追問，在在點出了中國現代文學研究界在「重寫文學史運動」背後的宏大視野，他及1980 年代中國現代文學史重寫運動最核心的立場及思想力量，並不獨自西方反思現代性而來，更根本的關懷，是挑戰了過去由國家意識形態主導而出現的，「近、現、當代中國文學」分野的機械性及政治立場，同時亦詰問了由西方及西方後現代主義衝激而來的，以「現代性」話語作為替代方案的可能意義。

　　甚麼是「現代」？甚麼是「現代小說」？甚麼是「中國現代小說」？「現代小說」與「古代小說」（或「傳統小說」）的區別在哪裏？它們之間只是時間上的分別，還是在性質上有特定的分別？「中國現代小說」與「西方現代小說」的區別又在哪裏？兩者是否在同一個意義下稱為「現代小說」，其分別只在地域東西之不同？進入 20 世紀以來，中國作家是否只是以漢語寫西方小說？又或者以西方技法言說中國人又或在中國生活的羣體的意識及經驗？抑或「中國現代」與「西方現代」有着性質上的根本區別？中國小說有「傳統」與「現代」之分，「西方小說」又有沒有這樣的分別？抑或「現代中國小說」本來就是「西方現代」的一個發明？一方面，在對中國小說的「現代性」的探索已經從五四回到晚清，甚至又將要由晚清再推前到晚明的今天，[7] 學界普遍認同有關中國文學「現代性」的討論已成為「顯學」，然而我們卻沒有在這樣的呼籲下徹底澄清中國傳統

6　錢理群：〈矛盾與困惑中的寫作〉，《文藝理論研究》1999 年第 3 期，頁 48–49。

7　李歐梵〈晚明文化〉一節，見李歐梵口述，陳建華訪錄：《徘徊在現代和後現代之間》（台北：正中書局，1996 年），頁 117–126；另見陳平原、王德威、商偉編：《晚明與晚清：歷史傳承與文化創新》（武漢：湖北教育出版社，2002 年），及李奭學：〈中國「文學」的現代性與晚明耶穌會翻譯文學〉，《道風：基督教文化評論》2014 年 1 月 1 日第 40 期，頁 37–75。

小說與中國現代小說的界線，以及提出這些問題的合法意義。

　　本章的目的，在於以吳趼人（1866–1910；字沃堯）作為一個最具代表性的案例，具體地說明「中國小說現代性」這種學術話語出現以來，學界圍繞着「中國文學現代性」、「中國小說現代性」、「現代中國小說開端的分水嶺」、「現代中國小說由誰而來」相關命題帶出的問題，以及由此等問題帶出推測、上溯、爭辯及論述方式的無效。在學界急於否定五四光環，兼及重新發掘在晚清時期被壓抑着的現代作家羣聲音的趨勢中，吳趼人作品的先驅性便被大大提高：他是晚清作家中「最重視小說技巧的革新」的一位，[8]他也是「最樂於實驗各種技巧」[9]的晚清作家，他被視為「體現中國小說從近代到現代發展過程的最佳範例」。[10]可以說，過去如果不是學術話語過分推崇「五四」文學革命的意義的話，吳趼人的重要性不需要百年後才全面被重視，而他的「全集」亦不會在晚清文學重新進入學界視野後的1990年代末期（1997年）才出現。[11]不過，在進一步分析吳趼人被高舉為「小說現代性」這一論題之前，也許需再作點補充：本章雖以探討吳趼人小說的「現代性」為論旨，但卻不是以尋找他小說內的「現代性」為依歸，也不是要對他的作品作「主觀批評」（subjective criticism）或「文本分析」（textual analysis），更不是要討論「小說現代性」的有無，又或甚麼是小說現代性等問題。本章的真正目標是希望帶出，「小說現代性」對「性質」、「特質」的討論，不應框視於「西方現代小說技法」又或「小說技法」而來，而

8　陳平原：《中國小說敘事模式的轉變》，頁79。

9　韓南（Patrick Hanan）著，徐俠譯：《中國近代小說的興起》，頁6。原著為 Patrick Hanan, *Chinese Fiction of the Nineteenth and Early Twentieth Centuries*。

10　韓南（Patrick Hanan）著，徐俠譯：《中國近代小說的興起》，頁169。

11　海風等編：《吳趼人全集》10卷（哈爾濱：北方文藝出版社，1997年）。

再循此邏輯追逐個別或單一的元素呈現於中國小說之上，這只會引起一場徒勞的追逐。亦即是說，本章不會討論吳趼人小說內容及技法的創新、優美、先驅性及重要性，而只是以他作為中國小說現代性的元批評（meta-criticism）。

二、吳趼人小說的「傳統性」

在晚清小說與現代性的議題上，吳趼人是一個很值得探討的案例。在他身處的時代中，吳趼人已享負盛名，在蜂擁而出的晚清小說作家中，吳趼人本來就是「晚清四大小說家」的一位。[12] 他集報人、撰著人、編輯於一身，本來在社會及文壇中就有一定影響力。從當時的評論可見，吳趼人的小說在清末文壇極受歡迎，被譽為「傑作」、[13]「首屈一指」，[14] 甚得文評家的歡心，亦得廣大讀者支持，可以說是既叫好亦叫座。[15] 及至十多年後的「五四」，吳趼人仍甚得五四健將的認同，胡適及錢玄同便稱他的作品為「最有文學價值的

12　阿英：〈清末四大小說家〉，原刊《小說月報》1941 年 10 月第 12 期，收入《阿英全集》第 7 卷（合肥：安徽教育出版社，2003 年），頁 639。

13　《二十年目睹之怪現狀》被譽為「限於近幾十年的傑作」，見許君遠：〈評《九命奇冤》（節選）〉，原刊 1924 年 12 月 8 日和 9 日《晨報副刊》，收入周偉、秋楓、白沙編著：《驚世之書：文學書評》（北京：光明日報出版社，2003 年）。又如〈闕名筆記〉云：「實近日說部中一傑作」，見〈闕名筆記〉，1924 年，收入蔣瑞藻編：《小說考證》（上）（上海：上海古籍出版社，1984 年），頁 235。

14　新廔：〈月刊小說平議〉，《小說新報》1915 年第 1 卷第 5 期，收入陳平原、夏曉虹編：《二十世紀中國小說理論資料》第 1 卷（北京：北京大學出版社，1997 年），頁 527。

15　其他的評論，例如：汪維甫：「他的作品無不傾動一時」，〈上海三十年豔跡・序〉，1915 年，轉引自盧叔度：〈關於我佛山人的筆記小說五種〉，收入海風等編：《吳趼人全集》第 10 卷，頁 299；張冥飛：「近世所出之社會小說，未有能駕而上之者」，〈古今小說評林（一節）〉，1919 年，魏紹昌編：《吳趼人研究資料》（上海：上海古籍出版社，1980 年），頁 78。

作品」；[16] 雖然魯迅卻認為他的作品只是「等而下之」（見下文），但這卻無損他的受歡迎程度。

事實上，在吳趼人被近年學界封為小說「現代性」最佳示範之前，亦即是在「中國小說現代性」的議題還沒有出現時，吳趼人小說與「傳統小說」的關係似乎比與「現代小說」更為密切。首先，吳趼人自言寫小說的目的是要「本着主張恢復舊道德」、[17]「借小說之趣味之感情，為德育之一助」。[18] 表面看來，這跟「新小說」提倡者梁啟超（見下章）的態度極為接近，就是他們都認同小說的價值，選擇小說這個本來被邊緣化了的文類作譴責社會、改良社會的工具。而且吳趼人與梁啟超一樣，都在社會及輿論界甚有名氣。吳趼人更於庚子事變後立志不再為遏制言論的報紙任喉舌及傳聲筒，並因而矢志全心寫小說，就是看準了小說於新時代的傳播能力及社會功能。[19] 不過，吳趼人卻清楚指出他是以文傳道及文以載道為本，他要本着維護「舊道德」的立場出發，這又似乎與中國傳統文學觀並無不同。從內容上看，他的小說多反映社會時弊，以作警世喻世之效。譬如膾炙人口的代表作《二十年目睹之怪現狀》，全書以「死裏逃生」偶得主角「九死一生」所寫的書作起點，內容是記載主角混跡江湖二十年間對社會作出的控訴——他如何在「蛇蟲鼠蟻」、「豺狼虎豹」、「魑魅魍魎」三者「所蝕」、「所啖」、「所攫」下得以苟

---

16 胡適：〈五十年來中國之文學〉，《胡適全集》第 2 卷（合肥：安徽教育出版社，2003年），頁 259–345。錢玄同：〈致陳獨秀信〉，寫於 1917 年 2 月 25 日，原刊《新青年》1917 年第 3 卷第 1 號，收入嚴家炎編：《二十世紀中國小說理論資料》第 2 卷（北京：北京大學出版社，1997 年），頁 24。

17 吳趼人：〈月月小說序〉，魏紹昌編：《吳趼人研究資料》，頁 322。

18 魯迅：《中國小說的歷史變遷》，《魯迅全集》第 9 卷，頁 334–335。

19 歐陽健：《古小說研究論》（成都：巴蜀書社，1997 年），頁 217–257。

存性命於亂世，[20] 小說諷喻意義不但力透紙背，甚至可以說是流於露骨及口號式的呼喊。又如他的《恨海》，以一對戀人纏綿悱惻的愛情悲劇來批判傳統禮教，[21] 有些時候甚至利用主角「開口見喉嚨」式的對白來作猛烈攻擊，表面好像非常前衛，然而故事裏有着非常通俗的元素，且以維護傳統社會觀念為依歸，因而被人看成是開啟鴛鴦蝴蝶派的導航者。[22] 在「中國現代性」論述出現以前，他只被列作「中國古典小說」[23]，這也不是不無因由的。從形式方面來看，吳趼人的小說雖然被眾多西方現代學者視為現代小說的先鋒人物，但不得不承認的是，他的小說顯然留有很多傳統小說的痕跡，最明顯的幾處就是：（一）他的小說有眉批及總評，及有楔子作入話，這分明就是章回小說的指定規範；（二）長中篇小說都有章回，譬如有 108 回的《二十年目睹之怪現狀》，每章就有回目標示內容梗概，讓讀者從標題自行按圖索驥，另一方面也可顯出作者吟詩對句的傳統文學修養；（三）小說常有應景的詩文，常見「以詩為證」、及「詩云」等；（四）從第二回開始有在章回小說常見的結尾套語「要知後事如何，且待下文再記」，及開首套語「卻說……」、「且說……」等，這都是傳統小說裏常見的格式。事實上，吳趼人自述他學習寫小說之始，就是以傳統章回小說為臨摹對象的：「於是始學為章回

---

20 吳趼人：《二十年目睹之怪現狀》，1903 年 –1905 年，《吳趼人全集》第 1 卷、第 2 卷（哈爾濱：北方文藝出版社，1997 年）。

21 吳趼人：《恨海》，《吳趼人全集》第 5 卷（哈爾濱：北方文藝出版社，1997 年），頁 1–80。

22 吳立昌主編：《文學的消解與反消解——中國現代文學派別論爭史論》（上海：復旦大學出版社，2005 年），頁 131。

23 朱世滋：《中國古典長篇小說百部賞析》（北京：華夏出版社，1990 年），頁 706–713。

小說，計自癸卯始業，以迄於今，垂七年矣。」[24] 換言之，在中國小說史上，吳趼人小說的內容以及表現手法都不能算作嶄新前衛。譬如如果我們着重其形式似章回而內容具諷喻性及警世意義，就能與清代長篇《儒林外史》同承一脈。研究晚清小說的先鋒魯迅，就曾經把《二十年目睹之怪現狀》在內容與形式上跟《儒林外史》作比較，並指出其所謂對社會的諷刺只屬「謾罵」，致使「描寫失之張皇，時或傷於溢惡。言違其實，則感人之力頓微，終不過連篇『話柄』，僅足供閒散者談笑之資」，[25] 所以在魯迅的眼裏，《二十年目睹之怪現狀》不但在內容上不能媲美《儒林外史》，在形式上也只屬等而下之之作。魯迅說：「這兩種書〔《官場現形記》、《二十年目睹之怪現狀》〕都用斷片湊成，沒有甚麼線索和主角，是同《儒林外史》差不多的，但藝術的手段，卻差得遠了。」[26]

三、吳趼人小說的「現代性」

　　吳趼人過去常被視為晚清「新小說」的代表人物，甚至有學者稱在他的小說裏看到「現代性」的所在，[27] 可以想像，他的小說自當有與「舊小說」不盡相同的新穎之處。在吳趼人的小說擁有這樣多傳統小說痕跡的前提下，甚麼元素令他的小說被歸入「現代」？這是一個更值得深入研究、仔細分析的課題。

24　吳趼人：〈近十年之怪現狀自敍〉，1910 年，《吳趼人全集》第 3 卷（哈爾濱：北方文藝出版社，1997 年），頁 299。

25　魯迅：《中國小說史略》，《魯迅全集》第 9 卷，頁 286。

26　魯迅：《中國小說的歷史的變遷》，《魯迅全集》第 9 卷，頁 334–335。

27　米列娜編、伍曉明譯：《從傳統到現代：19 至 20 世紀轉折時期的中國小說》，頁 70。原著為 Milena Doleželová-Velingerová, *The Chinese Novel at the Turn of the Century (1897–1910)*, 1980。

　　首先，吳趼人選擇把他的作品刊在梁啟超主編的《新小說》上，這行為本身就宣告了他的立場：他寫的是「新」的小說。刊行時，他又打着「社會小說」的旗幟，所據的是一種嶄新的小說分類，甚至是一種新文類。可以說，這些都是作者刻意擺脫傳統小說範疇的標誌。吳趼人雖受章回小說啟蒙，但他身處 1900 年代的上海，對外國小說也是有所聞有所看的。雖然他似乎不懂外語，[28] 然而由於他的好友周桂笙是當時文學翻譯領域的活躍人物，他在耳濡目染下多看翻譯小說是很有可能的。[29]

　　事實上，要釐訂甚麼屬於現代小說的內容，並不容易；但要討論甚麼形式令人耳目一新，倒是比較明顯。吳趼人小說內的創新技巧，便正是他的作品被認為開創現代小說先聲的重點所在。這點在中西方學者都是認同的，例如米列娜（Milena Doleželová-Velingerová）說過：「吳沃堯是最多才多藝和勇於革新的人」，[30] 而陳平原也強調「在新小說家中，吳趼人無疑是最重視小說技巧的革新的」。[31] 不過，討論吳趼人小說在形式上「新」的所在，似乎應該首先參考這種說法的濫觴──胡適。這並不是純粹因為他是研究晚清小說的先鋒，更重要的是，胡適在「傳統中國小說」與「現代小

28　雖然在重新發掘吳趼人價值的過程中發掘了不少他的生平資料，但現今學術界對他有沒有外語能力，能否直接吸收外國小說一事猶未能定斷，但由於這不是本章重點所在，因此不擬深入討論。只列一兩種說法作參考：馬漢茂（Helmut Martin）就認為他完全不懂外語，見 William Nienhauser et al. eds, *The Indiana Companion to Traditional Chinese Literature* Vol. 1 (Bloomington, Indiana: Indiana University Press, 1986), p. 905; Milena Doleželová-Velingerová 在她的 *The Chinese Novel at the Turn of the Century (1897–1910)* 書內把周桂笙自述喜歡看外國小說的一段記述誤認為吳趼人的自述，因此認定吳趼人自己可以看外文，見前引書，頁 71。

29　魏紹昌編：《吳趼人研究資料》，頁 333–340。

30　米列娜：《從傳統到現代：19 至 20 世紀轉折時期的中國小說》，頁 11。

31　陳平原：《中國小說敘事模式的轉變》，頁 79。

說」（或「西洋小說」）之間，充分強調了西洋小說對吳趼人的影響，
且認為這些西洋小說的衝擊使吳趼人可以突破中國傳統小說的陳
規，為中國小說探求一條通往現代化的康莊大道。胡適在 1922 年
應《申報》五十週年之邀而作的〈五十年來中國之文學〉一文中這
樣說：

> 吳沃堯曾經受西洋小說的影響，故不甘心做那沒有結構
> 的雜湊小說，他的小說都有點佈局，都有點組織。這是他勝過
> 同時一班作家之處。[32]

必須指出，胡適與魯迅同為研究晚清小說的先驅，前者的
〈五十年來中國之文學〉發表於 1922 年，後者的《中國小說史略》
（以及由此而來的《中國小說的歷史的變遷》）均完稿於 1920 年
左右，但從上引魯迅對吳趼人的負面評價看，兩人對吳趼人及其
《二十年目睹之怪現狀》的評價卻有天淵之別。本書在第四章將會
詳盡分析建構魯迅新小說觀的知識及學術思路來源。簡言之，胡適
看中吳趼人小說中的「結構」、「佈局」、「組織」，認為這是濫觴於
西洋小說，而魯迅則從小說內容本身去看。二者放在一起，吳趼人
小說既像「傳統」又似「現代」的雙面性便更形突兀了。

有趣的是，近數十年評論晚清小說的評論者，卻幾乎一面倒地
投向胡適的一方。對晚近的小說評論者來說，吳趼人小說最引人注
目的地方，首先要算是其中所顯出的技巧上面的創新。不用置疑的
是，胡適是研究晚清小說的先鋒，然而他對吳趼人小說的研究的影

---

32 胡適：〈五十年來中國之文學〉，《胡適全集》第 2 卷，頁 262。

響力，同樣來自他的另一種身份——他作為外國漢學的開路先鋒，他的研究是為「漢學研究的里程碑（landmark）」。[33] 胡適雖不一定宣示他用甚麼思想資源及文學觀念作批評工具，然而他的分析井然有序，從他運用「有機結構」、「我」於「佈局」及「結構」內的串連功能等等理路去推測，他是以一套西方分析理念，以這些專門術語精密地分析中國小說，這不但順應了五四時代的科學精神，更是建構於他一直提出的實證及求證的研究理念上。[34] 他在重估中國一切價值的同時，提倡以「方法，觀點和態度」為中國探求創造性轉化。[35] 在五四之時，胡適便用了跡近今天我們稱為「形式主義」的方法來分析晚清小說，這本身就是重要的創舉，且逐漸為西方學者繼承，甚至結合了後來大盛的結構主義及由此衍生而來的敘事學（narratology）作進一步發揮。

　　最早把敘事學配合中國「傳統及現代」小說框架去考察吳趼人小說的，是捷克學派語言小組漢學家普實克（Jaroslav Průšek）。普實克對捷克學派門人米列娜及高利克（Marián Gálik）等人的影響不必多說，[36] 隨着他的學術進入北美學術圈，他以結構主義的分析方法探討現代中國小說，開拓了一代又一代英語界學者的視野，

33　C. T. Hsia, *A History of Modern Chinese Fiction, 1917–1957* (New Haven: Yale University Press, 1961), p. 15.

34　本章於此無法深入分析胡適當時是運用了古典主義的文學理念作批評晚清小說的標準。簡單而言，胡適強調故事起頭、佈局的完整，結構的統一對稱等觀念，在他的時代，這很可能是啟自西方古典主義對他的啟蒙。可參考 Dominique Secretan, *Classicism* (London: Methuen, 1973)。

35　余英時：《重尋胡適的歷程：胡適生平與思想再認識》（台北：聯經，中央研究院，2004 年），頁 196。

36　Marián Gálik, "Preliminary Remarks on the Prague School of Sinology II," in *Asian and African Studies*, 20.1 (2011), pp. 95–96.

雖然他在分析魯迅時的意識形態同樣引起不少論爭。[37]普實克早於1980 年代就指出，文學作品的創作方法也要受文學結構的約制，意義也必須在整個結構之中才能顯現；於是他將個別文本內部的因素（敘事者）提升出來考察，精確地分析結構內的一個表現特徵與整體結構之間的關係，以探求系統內這個參數（敘事者）功能的轉變能否反映文學結構的演化。他說：「探索本世紀初中國小說敘事者的作用的發展，可以看出整個文學結構的變化，找到整個文學結構變化的原因和動力。」[38]而肇自他的分析，不獨吳趼人小說內的「敘事者」，吳趼人小說中形式上的其他「創新」也漸漸成為「體現中國小說從近代到現代發展過程的最佳範例」。[39]在這個脈絡下，學界發現吳趼人的前衛意義勝過了所有的晚清作家：「吳趼人一直在這兩個因素〔按：指『敘事者』與『意識中心』〕上所做的實驗至少與魯迅一樣多，有些實驗被歸功於魯迅，其實吳趼人早在 10 年或 20 年前就做過」、[40]「預示着魯迅的《狂人日記》」。[41]

上文算是簡單地交代以技巧創新來探討「小說現代性」討論的形成過程，在下面，我們會探討以這種方式來考察「小說現代性」的問題所在。對於這些說法，為作準確的分析，我們先照錄原文，

37 Leonard K.K. Chan, "'Literary Science' and 'Literary Criticism': The Průšek-Hsia Debate," in Kirk A Denton, *Crossing between Tradition and Modernity: Essays in Commemoration of Doleželová Milena Velingerová* (Czech: Karolinum Press, 2016), pp. 25–40.
38 普實克：〈二十世紀初中國小說中敘事者作用的變化〉，普實克著，李燕喬等譯：《普實克中國現代文學論文集》（長沙：湖南文藝出版社，1987 年）。Jaroslav Průšek, "The Changing Role of the Narrator in Chinese Novels at the Beginning of the Twentieth Century," in Leo Ou-fan Lee ed., *The Lyrical and the Epic: Studies of Modern Chinese Literature*, pp. 110–120。
39 韓南（Patrick Hanan）著，徐俠譯：《中國近代小說的興起》，頁 169。
40 韓南（Patrick Hanan）著，徐俠譯：《中國近代小說的興起》，頁 170。
41 米列娜：《從傳統到現代：19 至 20 世紀轉折時期的中國小說》，頁 70。

之後才綜述分析並予以總結回應。

　　吳趼人的小說最常為學者所稱道的技巧創新，可以概括為「第一人稱」、「限制視角」、「倒裝敍述」及「框式結構」四項。

1. 第一人稱

　　自從晚清小說與現代性的議題出現以來，學者最常關注的一個課題，就是敍事者的運用，正如上文已指出，這被視為判別現代與傳統小說內「文學結構變化的原因和動力」的首要條件。而談到敍事者，就一定會以吳趼人的《二十年目睹之怪現狀》為例。小說以「死裏逃生」偶得「九死一生」所寫的書開始，即以第一人稱的「我」為敍事者，並以此來貫通全書，這點早在胡適的〈五十年來中國之文學〉中便指示出來了。不過，他當時所注重的並不是「我」所反映的敍事者選擇上的革新，而是以「我」來統一全書結構的功能。胡適說：「全書有個『我』做主人，用這個『我』的事跡做佈局綱領，一切短篇故事都變成了『我』二十年中看見或聽見的怪現狀。即此一端，便與《官場現形記》、《文明小史》不同了。」[42]

　　晚近不少評論者都與胡適一樣，特別留意這個「我」的出現，不過，對於「我」的分析，現在成為更精密更具深意的「第一人稱個人敍事方式」話語分析。例如，米列娜認為：

　　　　可以肯定，第一人稱個人敍事方式是中國白話小說史上的創新。吳沃堯的《二十年目睹之怪現狀》就是白話文學中第

42　胡適：〈五十年來中國之文學〉，《胡適全集》第 2 卷，頁 262。

一部採用第一人稱敘事方式的小說。[43]

　　《二十年目睹之怪現狀》讓第一人稱敘述者進行社會和政治批判，這意味着譴責小說在其發展過程中大大地向前邁進了一步。第一人稱敘述使敘述者的話具有真實感，從而能對讀者產生更強烈的影響。[44]

韓南（Patrick Hanan）在《中國近代小說的興起》中指出：

　　在《二十年目睹之怪現狀》中，第一人稱敘事者的作用是中國小說實驗性的突破。[45]

　　吳趼人《二十年目睹之怪現狀》中第一人稱敘事者的運用，被看作是現代中國小說中最鮮明的技巧創新，甚至現在，一個習慣閱讀傳統小說的讀者，在看到連篇累牘的敘事者「我」時，也會感到某種震撼。[46]

杜博妮（Bonnie S. McDougall）也指：

　　歐洲及受歐洲影響的日本小說是新式小說及新技法最主要的來源。1908 年由吳趼人引入第一人稱敘事到中國小說。[47]

　　《二十年目睹之怪現狀》是吳沃堯最為知名的小說。小說

43　米列娜：《從傳統到現代：19 至 20 世紀轉折時期的中國小說》，頁 64。

44　米列娜：《從傳統到現代：19 至 20 世紀轉折時期的中國小說》，頁 71。

45　韓南（Patrick Hanan）著，徐俠譯：《中國近代小說的興起》，頁 6。

46　韓南（Patrick Hanan）著，徐俠譯：《中國近代小說的興起》，頁 173。

47　Bonnie S. McDougall and Louie Kam, *The Literature of China in the Twentieth Century* (London: Hurst & Co.), p. 83.

是第一本以第一人稱的白話中國小說，且有相對現代心理的刻劃及結構的創新。[48]

劉禾在〈敍述人與小說傳統〉中則說：

> 古典通俗小說的說話人是一個輪廓清楚、職能明確的第三人稱敍述人。「他」作為小說的主導因素，規定了這一類小說的敍述模式，包括主題的範圍，敍述的視角和語氣。這個突出的形象不僅為我們深入研究通俗小說提供了一把鑰匙，而且也在敍述文體上解答了「第一人稱」敍述的白話遲遲沒有起步的原因──職業「說話人」永遠是「第三人稱」敍述人。筆者見到的較早嘗試用「第一人稱」寫作白話小說的是晚清的吳趼人。[49]

綜合來看，上述引文除了強調這個第一人稱的敍事者為「最鮮明的技巧創新」、「引入中國」、「實驗性的突破」的創新之處外，更希望辯明這種手法的合理性，如帶來的效果（「真實感」）、目的（「進行社會和政治批判」）、貢獻（突破中國傳統說書）等等。

2. 限制（限知）視角

在討論到敍事者的角色以及由此而來的人稱（即是「誰說」）的問題後，順理成章要問的就是「誰看」的問題。誠如最常為學者引

48　Bonnie S. McDougall and Louie Kam, *The Literature of China in the Twentieth Century*. p. 88.

49　劉禾著，宋偉傑等譯：《語際書寫：現代思想史寫作批判綱要》（上海：上海三聯書店，1999 年），頁 219–247。

用其敍事學理論的代表人物熱奈特 (Gérard Genette) 所言，「視角」(perspective) 在敍述技巧的批判中，既是一個最常被討論，也是一個最常受人誤解的議題。[50] 批評者往往都把「誰人的視角」與「誰是敍事者」這兩個可以截然區分的問題混淆起來。在對吳趼人小說的批判中，也有類似的情況。

一些學者明白地指出，「限制視角」是「新小說」(尤其是吳趼人的小說) 對中國傳統小說所作的其中一項重大突破。陳平原在《中國小說敍事模式的轉變》中說：

> 可以這樣說，在 20 世紀初西方小說大量湧入中國以前，中國小說家、小說理論家並沒有形成突破全知敍事的自覺意識，儘管在實際創作中出現過一些採用限制敍事的作品。在擬話本中，有個別採用限制敍事的，如文人色彩很濃的《拗相公飲恨半山堂》；明清長篇小說中也不乏採用限制敍事的章節或段落。但總的來說，中國古代白話小說的敍述大都是借用一個全知全能的說書人的口吻。[51]

> 到了《二十年目睹之怪現狀》、《冷眼觀》(王濬卿)、《老殘遊記》、《鄰女語》(連夢青) 等可就大不一樣了。作家力圖把故事限制在「我」或老殘、金不磨的視野之內，靠主人公的見聞來展現故事。[52]

50　熱奈特 (Gérard Genette)：《辭格 III》(台北：時報文化，2003 年)，頁 228。英文譯本為 Gérard Genette, *Narrative Discourse,* trans. by Jane E. Lewin, foreword by Jonathan Culler (Ithaca, N.Y.: Cornell University Press, 1980)。

51　陳平原：《中國小說敍事模式的轉變》，頁 63。

52　陳平原：《中國小說敍事模式的轉變》，頁 72。

韓南在《中國近代小說的興起》中也說：

> 小說中的敍事者通常按照其知曉度（全知的、限知的、
> 外部的，等等）和可信度來界定。單獨從這一角度看，或多或
> 少，前現代的中國小說必然表現為靜止的。直到 1903 年吳趼
> 人的《二十年目睹之怪現狀》之後——或者更嚴格地說是 1906
> 年的《禽海石》，我們才發現那種一貫的、限知的敍事，也即
> 小說中現代意識的實質性特徵。[53]

從上文可見，由於學者發現一個不容否定的史實，就是中國
曾經出現「限制敍事的作品」，因此這種手法的「創新性」已沒有像
「第一人稱」一樣被大大強調。那麼，西方小說對中國小說的影響
在哪裏？吳趼人的現代性又在哪裏？於是便出現了兩種方法來說
明其合理性：第一是量的問題，即承認西方小說大量湧入中國以
前，中國即使有採用限制敍事，然而卻是「個別」，以及片面而不
覆蓋全部小說的（白話小說仍用全知）；第二，中國小說內一早出
現的「限制敍事」並不是真正的「限制敍事」，只有在某一種標準之
下「非靜止」而又「一貫的」限知視角才是「現代意識的實質性特徵」
的「限知敍述」，只有待西方小說湧入以後，中國小說的「限知敍
述」才算是具有「自覺意識」。

3. 倒裝敍述

倒裝敍述的手法就是涉及「敍事時間」的問題。以敍事者所身

53　韓南（Patrick Hanan）著，徐俠譯：《中國近代小說的興起》，頁 9–10。

處的時間為定位點，大體上可以區分為「順敍」、「倒敍」及「插敍」等不同的類型。誠如陳平原所言：「研究者一般把吳趼人的《九命奇冤》作為第一部學習西方小說倒裝敍述手法的作品。」[54] 而最早提出這論點的，很可能也是胡適。胡適在〈五十年來中國之文學〉中已說：

> 《九命奇冤》受了西洋小說的影響，這是無可疑的。開卷第一回便寫凌家強攻打梁家，放火殺人。這一段事本應該放在第十六回裏，著者卻從十六回直提到第一回去，使我們先看了這件燒殺八命大案，然後從頭敍述案子的前因後果。這種倒裝的敍述，一定是西洋小說的影響。[55]

及後方梓勳在〈《九命奇冤》中的時間：西方影響與本國傳統〉一文中，對胡適的說法有所補充，他說：

> 整部《九命奇冤》的時間安排是錯綜複雜和深思熟慮的。由於處於小說開始這一突出位置上，第一個倒敍比之其他倒敍更引人注目，但後來的倒敍也同樣重要。它們與第一個倒敍互相呼應，從而使故事充滿懸念和意外的事件。
>
> 《九命奇冤》這部小說頻繁採用倒敍，這在傳統中國小說中實屬罕見，因此人們不禁要問：倒敍手法是否直接來自西方小說。[56]

---

54 陳平原：《中國小說敍事模式的轉變》，頁 40。
55 胡適：〈五十年來中國之文學〉，收入《胡適全集》第 2 卷，頁 321。
56 方梓勳：〈《九命奇冤》中的時間：西方影響與本國傳統〉，米列娜：《從傳統到現代：19 至 20 世紀轉折時期的中國小說》，頁 123。

由於學者們都同意在中國小說傳統內能確實找到倒裝敍事的事例，因而已完全放棄標舉這種手法的「創新性」，同時也放棄了像前述例子「限制視角」一樣，在細微技術層面處處強分「西式」與「中式」的手法（西式、非靜止而又一貫），以及放棄了考察外在條件（量的問題）上的不同之處。然而，由於胡適曾經這樣高調地強調「這種倒裝的敍述，一定是西洋小說的影響」，因此，倒裝敍述似乎成為了一個「先驗性」的現代小說技法所在而被廣泛接受了。

4. 框式結構

隨着敍事學研究的愈趨精密，對構成敍事文本的各項元素的分析也越趨仔細。除了對「人稱」、「視角」及「時間」等比較顯著的敍述技巧的分析外，「敍述層」也成為一個越來越被注意的議題。一些晚清小說評論者便認為，吳趼人的小說其中一個能夠突破傳統小說而別開新猷的地方，就在於他小說中所顯出的複雜敍事層次。譬如劉禾便指出：

> 他〔吳趼人〕發表在《新小說》月刊上的《二十年目睹的怪現狀》（1902）雖然冠以通俗小說的形式，但實際上屬於西方早期自傳小說傳統，與上面討論的中國古典通俗小說已經有了質的區別。突出地表現在敍述的「框式結構」（narrative frame）的使用上，如第一回中講述的關於「死裏逃生」如何得到此書的手稿，後來寄給新小說社發表的經過。……〔中略〕《二十年目睹的怪現狀》藉此「框式結構」（narrative frames）展開了第一人稱的敍述，書中的故事和人物的表現角度被敍述人的中心意識牢牢控制，一切皆由我所見所聞。敍述人「我」

與故事主人公的「我」之間的關係由回憶的行為，即由回憶的撰寫活動固定下來的，前者（敍述主體）僅僅在年齡上大於後者（行為主體），敍述人同小說世界的這種關係在正宗的古典通俗小說中是找不到的。[57]

米列娜也強調層外的敍述者是為現代性所在：

> 傳統小說中的「奇」旨在表明這個社會是一個虛偽的吃人的社會。傳統小說中的奇或反常是正常的事物，事件和人物所具有的隱秘性，而它們的奇是由一個局外的敍述者揭示出來的。
>
> 在這裏我看到了《二十年目睹的怪現狀》的現代性，它預示著魯迅的《狂人日記》。[58]

本來，每一種敍事分析都是獨立以及個別的，然而為了進一步鞏固以敍事技法證明吳趼人小說之「現代」的研究方法，一種由「我」的意識牢牢操縱的框式結構被認定為「小說現代性」的正宗：「古典通俗小說中是找不到的」、「在這裏我看到了《二十年目睹的怪現狀》的現代性」。

四、傳統小說的「現代性」

「第一人稱」、「限制視角」、「倒裝敍述」及「框式結構」等等這

57　劉禾著，宋偉傑等譯：《語際書寫：現代思想史寫作批判綱要》，頁 226–227。
58　米列娜：《從傳統到現代：19 至 20 世紀轉折時期的中國小說》，頁 68。

些當代文學批評所使用的術語，在晚清以前的傳統中國文學評論裏固然不曾見到，但這些術語所意指的敍述技巧及手法，在晚清以前的中國文學作品裏是否真的不可見，卻不是沒有爭議的。在這一節，我們會看看在中國小說傳統內有沒有這些被認為是「創新」的現代小說特性。

先看「第一人稱」的問題，我們在上面已開列出一些評論者的意見，認為吳趼人在《二十年目睹之怪現狀》中所運用的「第一人稱敍事者」是「中國小說實驗性的突破」、是「中國白話小說史上的創新」。此外，有些評論者還斷言，「中國過去的小說都是用第三人稱來寫」。[59] 但其實在中國過去的小說裏，卻不難找到一些以「第一人稱」為故事的敍述者的。

小說敍事分析中所謂「第一人稱」或「第一人稱敍事者」，簡單來說，就是以「第一人稱」的人物作為故事的主角。以現時文法上的「人稱代名詞」(personal pronoun) 來說，「我」這個代詞稱為「第一人稱」，「你」稱為「第二人稱」，「他」稱為「第三人稱」。《二十年目睹之怪現狀》中「九死一生」所寫的書，就正是以「我」為主角。因此，評論者便認為，《二十年目睹之怪現狀》運用了「第一人稱敍事者」。但問題是，在吳趼人的《二十年目睹之怪現狀》出現以前，有沒有中國小說也曾使用「第一人稱敍事者」呢？對於這個問題，先必須注意的一點是，在漢語裏「我」字只是其中一個「第一人稱代名詞」，卻不是惟一的一個。王力在《漢語史稿》〈人稱代詞的發展〉一節中，就說明上古人稱代詞從古至今，出現了很多變化，其中除了「我」字以外，如「余」、「吾」、「朕」、「私」、「卬」、「予」、

---

59 侯健：〈晚清小說的內容表現〉，「晚清小說專輯」，《聯合文學》1985 年第 1 卷第 6 期（台北：聯合文學出版社），頁 19。

「台」等字，[60] 也都可以用作為「第一人稱代名詞」。由是觀之，中國傳統小說內便可以找到不少使用「第一人稱敍述者」的小說，[61] 例如王度《古鏡記》以「我」及主角「度」為敍述者，[62] 李公佐《謝小娥傳》以第一人稱「余」為敍事者，[63] 韋瓘《周秦行紀》起首第一句就是第一人稱的敍述「余真元中舉進士落第」，[64] 鄭禧的《春夢錄》以第一人稱「余」自述他與吳氏的愛情故事，[65] 張鷟《遊仙窟》以第一人稱「余」為敍事者，[66] 沈復的《浮生六記》以第一人稱「余」為敍事者講述他與芸娘的愛情故事等，[67] 都是「第一人稱敍事」的手法。

「第一人稱」以外，在「限制敍事」方面，中國傳統小說中其實也可以找到不少的例子。所謂「限制敍事」，是出自「視角」（perspective）或「觀點」（point of view）的類目下，與全知、外部敍事相對。限制敍事是指用特定人物的眼光去看周遭發生的事情，而讀者只能透過該人物的眼光而得知故事的發展。熱奈特曾指出過，限制敍事並不一定只限於第一人稱中，考察的標準往往是述說

60　王力：《漢語史稿》（重排本）（北京：中華書局，2004 年［1980 年］），頁 302。

61　小川環樹：〈古小說の語法——特に人称代名詞および疑問代詞の用法について〉，《中国小説史の研究》（東京：岩波出版社，1968 年），頁 274–292。

62　王度：《古鏡記》，收入《太平廣記》第 230 卷，李昉等編：《太平廣記》（香港：中華書局，2003 年），頁 1761–1767。

63　李公佐：《謝小娥傳》，收入《太平廣記》第 491 卷，李昉等編：《太平廣記》（香港：中華書局，2003 年），頁 4030–4032。

64　韋瓘：《周秦行紀》，收入《太平廣記》第 489 卷，李昉等編：《太平廣記》（香港：中華書局，2003 年），頁 4018–4020。

65　鄭禧：《春夢錄》，全文收入中國哲學書電子化計劃（ctext）https://ctext.org/wiki.pl?if=gb&res=436495&remap=gb，檢索於 2019 年 2 月 14 日。

66　張鷟：《遊仙窟》，張文成撰，李時人、詹緒左校註：《遊仙窟校注》（北京：中華書局，2010 年）。另全文《遊仙窟》全文收入中國哲學書電子化計劃（ctext）https://ctext.org/wiki.pl?if=gb&res=617188，檢索於 2019 年 3 月 29 日。

67　沈復：《浮生六記》，全文收入中國哲學書電子化計劃（ctext）https://ctext.org/wiki.pl?if=gb&res=213774，檢索於 2019 年 2 月 14 日。

敍述者知道的事與故事人物所知等同，而當中又可以分為固定式、不定式與多重式，視乎聚焦的視點有否轉變。這個人既不一定要是第一人稱，也沒指明故事由多少人作敍述。換言之，故事可以來回往復在幾個人之間。熱奈特舉的例子是《一位年輕藝術家的畫像》(*A Portrait of the Artist as a Young Man*)，裏面是以全知第三人稱從這個定義去看的。[68] 在中國傳統內，限知的敍事不但很早出現，而且大量存在。譬如唐傳奇中李朝威的《柳毅傳》，故事是以第三人稱為隱藏的敍事者。「儀鳳中，有儒生柳毅者，應舉下第，將還湘濱。」在柳毅回家的途中，遇上「蛾臉不舒，巾袖無光，凝聽於道畔」的婦人。小說對婦人出場的描寫，是以熟練的技巧從柳毅的視點出發：「見有婦人，牧羊於道畔……。」這裏說「見有婦人」而不是「有婦人」，這點就與以全知的視角介紹柳毅出場的「有儒生柳毅者」很不同了。[69] 至於其他的例子如王度《古鏡記》、張鷟《遊仙窟》、李公佐《謝小娥傳》、沈亞之《秦夢記》、[70] 韋瓘《周秦行紀》，及谷神子《杜子春》、《譚九》等等，都是使用了限制敍事的例子。

至於「倒裝敍述」，是指故事與情節的發展時間逆方向發展。重要的是，在整個作品中，只要有某一次的時間回溯，就已經可以說是倒敍，因此，在同一個故事之內，可以有着很多次的倒敍，而不獨指整個故事的時間必須由結局開始。其實，在傳統中國，作為歷史論述，早在《左傳》便已經有倒裝敍事的模式。小說方面，要找到倒裝的手法，也實在可以說是輕易而舉。幾乎在每個朝代裏，都

68　熱奈特：《辭格 III》，頁 230。

69　李朝威：《柳毅傳》，收入《太平廣記》第 419 卷，李昉等編：《太平廣記》(香港：中華書局，2003 年)，頁 3410–3417。

70　沈亞之：《秦夢記》，收入《太平廣記》第 282 卷，李昉等編：《太平廣記》(香港：中華書局，2003 年)，頁 2248–2250。

有大量的例證，即以唐代李復言《續玄怪錄》內的〈蘇州客〉為例，故事講述秀才劉貫詞到蘇州途中遇上龍神並替其送信，故事最後部分才講述四年前龍神如何犯下盜竊罽賓國鎮國之寶，而有家不得歸的情節，這部分是便倒裝敍述。[71] 其他的又如宋《三國演義》、明代宋麓澄《布簾集》中的《珍珠衫記》、清朝王士禎《池北偶談》中的《女俠》，都在論述故事中大量穿插了逆時間的倒裝敍述。事實上，被胡適認為是第一篇「現代倒裝」的吳趼人《九命奇冤》刊出前一年，梁啟超的《新中國未來記》也是使用了倒裝敍事的——故事從1980 年開始。可以說，中國小說上下二千年多年的歷史中從來不缺倒裝敍事。而令人不解的是，對胡適而言，為甚麼一定要是「福爾摩斯式」的倒裝，亦即是故事一開始就揭發殺人結局，然後逐漸倒敍各種線索或解釋神秘失踪過程的倒裝才算是精心的倒裝敍事？

「框式結構」方面，在中國小說內就更容易找到。甚至可以說，框式結構或敍事層的運用，是中國小說作者的看家本領。無論小說故事是由第一人稱還是第三人稱的敍事者說出來，既不論這個「第幾人稱」的敍事者有沒有介入故事的內層，也不用考慮其視角的運用是全知還是限知，各種情況的例子都隨處可見。我們知道，中國傳統小說裏大量出現的「話說」、「話分兩頭」、「且道」，其實都是明確的記號，目的就是要提醒讀者將要進入到另一個故事或者敍述層次。在敍述功能上，如要追述過去的事件、向故事中另一人補充或提供內容，往往都會進入另一個明確的故事層。此外故事中夢境的出現、遊仙的經歷等，事實上也是向讀者提供一個逾層的機會。由此看來，在中國傳統小說內出現的「有層次」的故事，就不勝枚舉了。如《南柯太守傳》、《紅樓夢》、《鏡花緣》、《聊齋誌異》，都

71　牛僧孺、李復言撰，程毅中點校：《續玄怪錄‧續玄怪錄》（北京：中華書局，2006 年）。

是較明顯的例子。也許有學者會認為，只有第一人稱的敘事者述說回憶自己過去的故事，從而進入另一個故事層，才可算是框式結構。即使是這樣，中國傳統小說的例子也同樣不缺乏，如張鷟的《遊仙窟》以及韋瓘的《周秦行紀》等，都符合這樣的條件。就故事層次而言，有研究者指出，明朝董說的小說《西遊補》，堪稱中國敘事傳統中的一個異數，故事不但「層出不窮」，[72] 且敘事訊息貫穿在各層來回往復，也沒有露出敘事的破綻。如果單單以此點為判準，《西遊補》比熱奈特在《辭格》一書中稱作為「敘事學提供了重大的突破和意義」[73] 的《追憶逝水年華》更有層次，甚至可以說，中國明代小說其實已經很「現代」，董說比普魯斯特更「現代」。

五、以敘事手法探討小說現代性的困局

我們在上一節看到，早至唐代的中國小說裏，便已經可以見到那些被稱為吳趼人小說之「突破」的敘述技巧。如果我們必須承認這些技法為小說的現代特質，同時在上面的論述中，我們又已看到晚清以前的小說裏，便已經可以見到這些敘事技巧，為甚麼我們不把中國小說現代化的開端推得更前，推進至晚明、晚宋，甚至晚唐呢？「中國小說現代化」的起始，到底在於晚清、晚明、晚宋還是晚唐？這是一個值得思考的問題。

其實，晚清的某些小說，例如吳趼人的小說，之所以被認為是中國小說現代化的先驅，歸根究底，無非是因為在這些小說裏已可

72　高辛勇：〈西游補與敘事理論〉，《中外文學》1984 年第 12 卷 8 期，頁 5–23；以及高辛勇：《形名學與敘事理論——結構主義的小說分析法》（台北：聯經，1987 年），頁 212–214。

73　熱奈特：《辭格 III》，頁 71。

以察見在五四一代那些被公認為「中國現代小說」的作品裏所突出表現的技巧。例如：上述的「第一人稱」、「限制視角」、「倒裝敍述」以及「框式結構」四項，便都同時表現在魯迅的《狂人日記》之內，由於《狂人日記》早已成為公認的第一篇現代小說，因此這篇小說內的某些技巧便反過來被認定為小說現代性的標記，而忽略（有意或無意地）了傳統小說其實也同樣具備着這些技巧。不過，出於中國歷史進程的考慮，把晚清甚至晚明的小說，視為中國小說現代化的先聲，還勉強可以接受，假如把晚宋或晚唐的中國小說舉出來，則難免太駭人聽聞，難以想像了。於是，部分評論者便嘗試在上述這些技巧的革新外，另訂一些額外的條件，以確保吳趼人（或者其他的晚清、晚明小說家）的革新地位不至被古人所取替。然而，從這個角度看，這種探討小說現代性的手法，是不是只屬對已滲透於我們之中、被認同為「現代性」的一種意識形態的追認，而不在於探討中國小說以往有沒有這些敍事特式，以及某些西方小說的技巧對中國小說傳統而言是否真的是創新？

我們除了看到這些敍事技巧在中國小說傳統之內不算創新外，以敍事手法為小說現代性的標記的這種討論，內部其實也充滿種種的矛盾。

首先，有研究者便指明，吳趼人《二十年目睹之怪現狀》的第一人稱敍事方式，是「中國白話小說史上的創新」。一直以來，在中國小說研究上，似乎有一個不可逾越的分類，即「文言小說」與「白話小說」的區分（或「通俗小說」與「文人小說」的區分）。[74] 論

74　當這些分類越趨仔細，討論就有混亂及複雜化的傾向。譬如漸漸有這些說法：「中國古典小說一般分為通俗和文言兩大傳統。」蓋文言是語言問題，通俗是品味與性質的問題。

者認為這種文言與白話之分的理據，是在於不同的文學起源，前者主要取法史傳與辭賦，後者則更多得益於俗講和說書。但在這個似乎不證自明的區分之下，一個更深層的問題，卻似乎常常被忽略掉：為甚麼兩者都稱為「小說」？顯然，兩者統稱為「小說」，便足以表明兩者之間存在着統一性。既然這樣，在小說敘事技巧革新的問題上，我們為甚麼硬要預先分開文言與白話來討論，而把某些技巧視為「文言小說的創新」，而另一些則視為「白話小說的創新」呢？探討敘事技巧，有認為是探討敘事結構之內訊息如何傳遞，從而有方便進一步探討文本的意義。熱奈特開宗明義地提到：「敘事〔分析〕……指的是構成論述主題的真實或虛構之連續事件，以及它們的連接、對立、重複等多樣關係。在此『敘事分析』意味着針對行動和情景本身進行整體研究，而不論及使我們掌握此整體知識的語言媒介。」[75] 可見，熱奈特強調的是，語言媒介並不是敘事分析的研究下的一個細項。

我們若必須要以文言與白話的問題去區分，會導致一個怎樣的結論？要推翻或證實吳趼人的《二十年目睹之怪現狀》的「現代性」是在於「第一本以第一人稱的白話中國小說」的說法，只要依靠能否在中國傳統小說內找到一篇以白話寫成並以第一人稱敘述的小說。即使我們無法在歷史上找出一本比《二十年目睹之怪現狀》更早出現的第一人稱白話小說，然而從這樣的命題下的結論應該是「中國白話小說現代性」，而不是「中國小說現代性」，這才合乎這種討論處處要區分「文言」、「白話」的邏輯。

中國小說一向分為文言及白話兩個系統，論者認為，由於文

---

75 此段引文中譯本與英譯本有異，在此參照《辭格 III》中文版第 76 頁及英文版第 25 頁整理而成。

學起源不同，研究中國小說現代性的理路，應該兵分「文言、白話」兩路。的確，口頭傳統（oral tradition）與書寫傳統（literary tradition）可以說是兩個不同的生產傳統。然而，我們知道，不獨中國文學，其實可以說很多地方的文學傳統都可以分為這兩種傳統，西方文學也不例外，[76] 那為甚麼在中國小說現代性的研究上卻偏要分開這兩種（文言及白話）系統去分辨？學者們一直要強分這兩種語言系統的小說，固然是為了照顧中國小說特殊的情況，就是自宋以後有大量產自說書傳統的白話小說沒有收歸在官方及大型的小說類目中。但是，這樣的思路為我們帶來更糾纏不清的討論，更無助於我們分析問題。譬如說，唐人傳奇是文人創作，應歸入書寫傳統而不歸入說書式的口頭傳統之內，但正如塩谷溫指出，唐人傳奇裏面，有以白話，有以文言，也有以四六駢體寫成的。[77] 如果將唐傳奇因為是文人的創作而歸入文言傳統，其中白話及駢體寫成的作品又如何處置？

　　學者認為中國現代小說受外來文學的影響：「歐洲及受歐洲影響的日本小說是新式小說及新技法最主要的來源。1908 年由吳趼人引入第一人稱敘事到中國小說。」[78] 在西方文學傳統裏，*Don Quixote*（《唐吉訶德》）一直被公認為第一本現代小說（novel），但 *Don Quixote* 並不以第一人稱敘事著稱。至於在日本——既然中國現代小說西方現代化是繞道東瀛而來，我們也應該看看日本小說

76　Albert Bates Lord, *The Singer of Tales* (Massachusetts, Cambridge: Harvard University Press, 1960); Walter J. Ong, *Orality and Literacy* (London: Methuen, 1982).

77　塩谷溫：〈關於明代小說「三言」〉，青木正兒等著，汪馥泉等譯：《中國文學研究譯叢》（上海：上海文藝出版社，1992 年），頁 5–6。

78　Bonnie S. McDougall and Louie Kam, *The Literature of China in the Twentieth Century*, p. 83.

的情形，同樣的，被稱為是第一本「近代日本小說」的二葉亭四迷
（Futabatei Shimei）的《浮雲》，也不是以第一人稱為敘事者。[79] 另
一方面，回到敘述技法本身，就第一人稱作整篇敘事虛構文本的技
巧來看，聖奧古斯丁（Saint Augustine）以自傳體所寫的《懺悔錄》
（*Confessions*）就是一個很早可以在西方文學內找到的例子。由此
可見，第一人稱事實上也不是甚麼現代技法。此外，倒裝手法在西
方小說或敘事文本裏本身也不是甚麼新的技法，而熱奈特也明言：
「我們不至蠢到聲稱時間錯置是種罕見或現代手法，相反地，它是
文學敘述的傳統筆法之一。」[80] 所以，這些技法本身，不但在中國小
說傳統本來不新，事實上在西方敘事傳統之內，也不屬於「現代」。

　　除了加設兩種語言系統去討論之外，有些時候，在討論到個別
的技法之時，學者認為，中國傳統文學作品中已出現的技法與西方
的技法是有質的分別的。譬如討論到吳趼人小說中的第一人稱敘
事之所以創新之時，認為他的這種手法與中國本來已存在的技法是
「在純粹形式方面的相似並非一種聯繫」。米列娜這樣說：

　　　　認為中國第一人稱敘事作品（在文言敘事作品中建立起來
　　的）和吳沃堯小說之間存在聯繫的看法也會使人誤入歧途。它
　　們的第一人稱敘事方式在純粹形式方面的相似並非一種聯繫。
　　如果將《二十年目睹的怪現狀》同沈復在十九世紀初所寫的自
　　白性散文《浮生六記》相比，這是非常明顯的。沈復在書中敘
　　述了他的私生活，婚姻和感情經歷。外部世界的描寫──至少

79　Marleigh Grayer Ryan, *Japan's First Modern Novel: Ukigumo of Futabatei Shimei*.
　　(New York: Columbia University Press), 1967. 二葉亭四迷：《浮雲》，收《坪內逍
　　遙・二葉亭四迷集》（東京：筑摩書房，1967 年）。
80　熱奈特：《辭格 III》，頁 86。

在核心章節中——寥寥無幾。沈運用第一人稱的敍述方式直接傳達他內心深處的情感和心緒。他的敍述是以內省的抒情散文所寫的自白。因此，它與文言文學的傳統完全結合。在這一傳統中，抒情的，內省的，第一人敍述者自古代起就已在敍事詩和論文中形成和發展起來了。吳沃堯的小說恰好相反，它定集中在敍述者對自己周圍社會的觀察之上，而在小說的過程中，敍述者的個人生活卻愈來愈被推入背景。這部第一人稱小說的主人公顯然是外向的。敍述者的個人情感幾乎不存在。[81]

　　米列娜看來想在這裏指出，《二十年目睹的怪現狀》與《浮生六記》的分別，在於前者為「外向的」，而後者則為「內省的」。但這樣的區分，卻只說明了一種「第一人稱敍事者」在使用上的內部區別，或「第一人稱敍事者」在不同事物上的使用上的區別，卻不能使人明白：既然《二十年目睹的怪現狀》與《浮生六記》兩者都同樣使用「第一人稱敍事者」，則為甚麼這種「在純粹形式」上的相同，並不能算是「一種聯繫」？為甚麼認為二者之間存在聯繫就「會使人誤入岐途」？所謂「第一人稱敍事者」，豈不是本來就是一種敍述技法的「形式」？難道在技法形式上有相似或相同，竟不可以說存在某種聯繫？強為區分「第一人稱敍事者」的「外向」與「內省」的使用，可不就是把敍述內容上的分別混進敍述技巧的分析中？

　　此外，大部分學者顯然已充分注意到，在傳統中國小說裏已可以見到上述所指出的技巧，於是便嘗試把「中國小說敍事模式」轉變的主體，從個別作品轉移到整個時代的基本趨向之上。這種做法的代表人物是陳平原，他的研究提供了一個以敍事學分析傳統小說

81　米列娜：《從傳統到現代：19 至 20 世紀轉折時期的中國小說》，頁 70。

研究的典範，把中國小說現代化的問題帶入一個新的視野，[82] 他在
《中國小說敘事模式的轉變》中說：

> 按照這個理論框架來衡量，中國古代小說儘管有個別採
> 用倒裝敘述的，有個別採用第一人稱限制敘事和第三人稱限
> 制敘事的，也有個別以性格或背景為結構中心的；但總的來
> 說，中國古代小說在敘事時間上基本採用連貫敘事，在敘事角
> 度上基本採用全知視角，在敘事結構上基本以情節為結構中
> 心。這一傳統的小說敘事模式，20 世紀初受到了西方小說的
> 嚴峻挑戰。在一系列對話的過程中，外來小說形式的積極移
> 植與傳統文學形式的創造性轉化，共同促成了中國小說敘事
> 模式的轉變：現代中國小說採用連貫敘述，倒裝敘述，交錯敘
> 述等多種敘事時間；全知敘事、限制敘事（第一人稱、第三人
> 稱）、純客觀敘事等多種敘事角度；以情節為中心、以性格為
> 中心、以背景為中心等多種敘事結構。[83]

　　陳平原的分析主要建立在一個這樣的基礎論點上，就是中國現
代小說那些與傳統有別的敘事模式，並不是從來不曾在中國傳統小
說裏出現（這一點，卻是其他認為中國小說傳統與現代的臨界點在
於「新形式」的專著所沒有的論點以及理據），相反，陳平原認為所
有所謂的「現代敘事模式」，都可以在中國傳統小說找到。不過，
他所謂「中國小說敘事模式的轉變」並不是指在中國現代小說裏突

---

82 《中國小說敘事模式的轉變》的最大貢獻，除了在文本分析外，更在循此計劃而編成
　　的 5 卷本《二十世紀中國小說理論資料》及無數晚清文學的新議題。另，本章所引
　　用的古小說例子很多都來自陳平原的專著。
83 陳平原：《中國小說敘事模式的轉變》，頁 5。

然出現了一些全新的敍事模式，而是到了某一個時間，某些以往零星可見的敍事模式突然大量地湧現，成為了小說創作的主流。即是，從他這個富有啟發性的研究，我們正正可以看出從個別小說內顯出的技法不足以作為判別現代小說的準則，而某一個時代的整體趨勢才是最關鍵的因素。然而，他雖然把問題帶進一個新視野，卻把原來的議題模糊了，原因是這樣的論點實際上帶出另一個問題，就是「中國小說敍事模式的轉變」，到底是量的觀點，還是質的問題？在他之前的論述，都刻意論證中國本來已有的任何一個敍述技巧與後來被認為是西方式的這個敍事技巧有質的分別，而陳平原的論述則指出，現代小說的出現（或者小說進入「現代」世紀），是因為這些技法的大量使用，這便是量的問題。可是，說到量的時候，我們卻又可以看到其中別的問題。舉例說，我們怎樣確定從明代《痴婆子傳》的 1 個倒裝，到《九命奇冤》的 16 個倒裝「大量」出現，小說就進入了現代？此外，如果整個現代小說的敍事模式的轉變是建立在量的變化上，那我們便有理由要求一個對傳統小說能夠全面量化的方案。即，我們必須找出「全部」傳統小說，並分析其敍事模式，看看在數量上是否有重大的分別，才能確立有這樣的「敍事模式的轉變」的出現。但這是可行的嗎？到底我們有沒有能力「量化」傳統小說？「傳統小說」覆蓋範圍又是否只是他圖表中所參照的 1898–1902 年？[84] 而更重要的是，以他採用的理論架構——結構主義中的敍事——去看，他以文本內的敍事分析，是指對某個文本內部個別參數與整個結構關係的分析，意即，敍事特色與文本內的其他關係形成一個相對照的參考，此謂之一個結構。但是，如果要問某一個時期在社會內甚麼敍事模式才是主流、才是大多數的問

84　陳平原：《中國小說敍事模式的轉變》，頁 9–13。

題，這卻顯然已經越出了文本內結構性分析的範圍，而涉及到許多文本以外的因素。因為，量的增多，必然是因「社會敘事」的結構改變，諸如社會經濟結構上面的因素，包括他的專著後面所探討的問題，如印刷術與現代媒體的發達等。可是，既然要探究的是「敘事模式的轉變」，並以此作為論據，實際是屬於小說敘事技巧的研究範圍，卻不是在「社會敘事」分析內。

六、小結

　　正如本章的「引言」所言，本章並非以吳趼人小說的「文本分析」為目標。吳趼人的小說所扮演的角色，只不過是本章的橋樑，而不是本章的終點。因此，上述的討論也不是針對個別學者對吳趼人小說的文本分析而言。毫無疑問，上面提到的晚清小說評論者對晚清小說研究各有其不可多得的貢獻，各為我們提供了探討晚清小說的不同視野。因此，本章提出的疑點並不是針對人們過去對吳趼人小說的分析而發的。筆者所關注的，毋寧是一種關於中國小說現代性的分析方法。這種方法不一定是某位學者的明確主張，卻可能於不知不覺中出現在眾多不同學者的具體分析裏。本章就是嘗試透過眾多不同學者對吳趼人小說的具體分析去展現這種方法上的傾向。事實上，《狂人日記》成為公認的中國現代小說的典範以後，評論者往往都趨向把「中國小說現代性」的重點放在敘事技法的創新之上，如上述提到的「第一人稱」、「限制視角」、「倒裝敘述」及「框式結構」等等。漸漸地，這些小說敘事技巧似乎便成為「中國小說現代性」的充分條件。吳趼人的個案更能突出這種討論的困局，而不用回到《狂人日記》之上，因為我們看到近年圍繞吳趼人的討論，已經純化到討論小說現代性就只在於討論小說技法的地步。

　　魯迅的《狂人日記》成為「小說現代性」研究的典範，有其本身的歷史起源。論者是出於一種以美學對抗政治對文藝思想的控制的考慮。為了突出魯迅「文學家」的身份，最佳的論據就是以其作品內的創作特色及其在美學方面的貢獻與成就，制衡 1970 年代以前的文學史當中魯迅所被描述的革命家、政治活動家形象。李歐梵在〈魯迅創作中的傳統與現代性〉中這樣說：

> 　　我將盡量把魯迅的藝術置於一個盡可能大的，中國當時的文化背景中，而不是限制在一個意識形態框架中。後者僅僅導致這樣一個結果，⋯⋯讓人們看到魯迅是如何一步步走向馬克思主義和革命。因而，這裏主要的問題不在於魯迅為甚麼和怎樣變成了一個革命者，而在於探討他是如何成為一個中國現代作家。[85]

　　不過，這種討論一旦確立後，起源則被忘記了。於是逐漸地，每當於比魯迅小說更早發現一些現代敘事技法，學界便如同發掘了中國小說被壓抑的現代性一樣。晚清小說技巧之研究所以漸成風尚，與這種中國小說現代性研究的方法趨向不無關係。不過，正如上文的分析，上面所提到的四種小說敘事技巧不只在晚清的小說可以見到，而是遠至唐代的小說作品中也可以見到。於是，為了確保中國小說現代性的發掘不致越過晚清的樊籬，人們又額外加設重重的關卡，如第一人稱成為一個參照後，附加條件有：必須是白話小說，然後一定要批評社會，卻不可以作內省回顧，而敘事者也

85　李歐梵：〈魯迅創作中的傳統與現代性〉，樂黛雲主編：《當代英語世界魯迅研究》，頁 79–80。原文為 Leo Ou-fan Lee, "Tradition and Modernity in the Writings of Lu Xun," in Leo Ou-fan Lee ed., *Lu Xun and His Legacy*, p. 4。

規定必須從天真者變成一個世故的成人。最後，現代中國小說只得魯迅的《狂人日記》一篇能通過種種的審查。然而，在這樣的討論裏，我們往往見到學者們在不知不覺中違反其方法上的出發點：他們往往以技巧分析出發，而以內容上的區分或深入詮釋故事內容而告終。譬如在說明「第一人稱」的技巧時，慢慢落入討論這種技法如何有助內容的展現：利用「無知與天真」或「外地人看上海」[86]的敍事者去批評社會的怪現狀，「有效地摒棄了權威性的敍事者聲口」。[87] 也就是說，這種分析越出了純粹敍述技巧分析的範圍，致使內容也在技巧革新以外成為中國小說現代化的參考標準。

　　本章的目的就在於嘗試指出，不可能簡單地把某些文本內所見的敍述技巧作為識別「中國小說現代性」的判準。單單從敍述技巧方面來說，是不能充分反映中國小說現代化的含義的。敍述技巧只是中國小說現代化的其中一個條件，卻不是其充分的條件。於此，我們可以回到提供敍事學作為中國小說結構模式轉變研究的經典——普實克的名文〈二十世紀初中國小說中敍事者作用的變化〉，他說：「因為我們必須要注意，文學結構中個別因素的某些變化，和這些變化給那種文學結構造成的壓力，要發展到甚麼程度才能徹底改變整個結構。」他舉了一個某文學技巧（敍事者）的改變影響整個文學發展變化的例證，目的是「從相反的角度來探討這個問題，說明為甚麼有時外國文學的影響使文學結構的某些方面發生變化，但卻不能導致新的文學結構的產生。」而他的結論是「我所提供的材料表面上會給於這個問題以否定的答案」。[88] 這其實是足以令人深思的，由此也可以讓我們確定，中國小說的現代性除表現在

86　陳平原：《中國小說敍事模式的轉變》，頁 84。
87　韓南（Patrick Hanan）著，徐俠譯：《中國近代小說的興起》，頁 192。
88　普實克著，李燕喬等譯：《普實克中國現代文學論文集》，頁 110–120。

小說的敍事技巧上，亦可能體現在小說的敍事內容上，甚至在小說的社會地位以及小說與其他文類之間的關係上。簡單來說，中國小說的現代化，可謂牽涉整個文學結構的變化，而不是某種特定的小說技巧上的革新所能夠充分說明的。

最後，套用幾本書的書名為本章作結，既然「現代」還是一個「未完成的計劃」（unfinished project）[89]，則在發掘更多被抑壓的現代性之前，「如何『現代』，怎樣『文學』」[90]這個議題，還是值得我們再進一步深思的。

---

89 Jürgen Habermas, "Modernity: An Unfinished Project," in Maurizio Passerin d'Entrèves and Seyla Benhabib ed., *Habermas and the Unfinished Project of Modernity: Critical Essays on the Philosophical Discourse of Modernity* (Cambridge, Massachusetts: MIT Press, 1996).

90 王德威：《如何「現代」，怎樣「文學」》（台北：麥田出版，1998年）。

第二章

移植新小說觀念：坪內逍遙與梁啟超

一、引言

　　梁啟超（1873–1929）在 1902 年發表〈論小說與羣治之關係〉，提出小說界革命。這篇文章在中國文學發展史上佔有極其重要的地位：一方面對傳統小說作重新檢討，甚至全盤否定，認為小說是中國道德敗壞的主要原因；另一方面卻十分矛盾地繼承了中國傳統文學的實用觀，認為小說對羣眾的教化有莫大的影響，足以擔當「新一國之民」的工具。在這篇論文中提出的「小說為文學之最上乘」的壯語，更是中國文論內亘古未有、打破長久以來小說低微地位的定論。[1] 同時，梁啟超又大力提倡翻譯外國小說，輸入日本政治小說《佳人奇遇》，以至編印小說雜誌《新小說》，目的就是形成一重要文學陣地以傳播、界定、篩選他重新定義的「新小說」。梁啟超不啻是帶領「中國小說現代化」的關鍵人物。[2]

1　梁啟超：〈新小說第一號〉，原刊《新民叢報》1902 年第 20 號，收入陳平原、夏曉虹編：《二十世紀中國小說理論資料》第 1 卷，頁 56。

2　譬如，陳平原就認為：「中國小說敘事模式的轉變，基本上是由以梁啟超、林紓、吳趼人為代表的與以魯迅、郁達夫、葉聖陶為代表的兩代作家共同完成的。」見陳平原：《中國小說敘事模式的轉變》，頁 6。

　　梁啟超的「新小說」觀念是他在經歷了戊戌政變，被迫流亡日本後提出的。在這以前，他與老師康有為（1858–1927）倡議新政，所寫七萬多字的《變法通議》，[3] 在說到童蒙教育的「論幼學」一章中，「說書部」雖稍有涉及小說的社會功能，但裏面的觀點既無理論建設的明確目標，亦不能獨立成個別體系，而且往往只是參照康有為的觀點來加以發揮。很明顯，有意識地提出小說界革命以及新小說的概念，是他在日本經歷了明治文壇的洗禮後才出現的。過去，不少中日學者已探討過梁啟超怎樣從日本明治文學中汲取養料，再轉化到中國來，其中大都集中在追尋梁啟超與德富蘇峰的關係。這是可以理解的，因為德富蘇峰與梁啟超同為新聞輿論界鉅子，他們的背景確有很多相似的地方，加上梁啟超自己也直接提到德富蘇峰，特別在梁氏的《自由書》以及〈夏威夷遊記〉中，以致當時的留日學生以及後來的學者很容易就找到梁氏受德富蘇峰影響的痕跡。[4]

　　可是，明治文壇最重要的小說理論家卻不能算是德富蘇峰。一個對明治文壇以及日本近代小說文學的形成有更重要、更深遠影

3　梁啟超：《變法通議》，梁啟超：《梁啟超全集》第 1 冊第 1 卷（北京：北京出版社，1999 年），頁 34–42。本章所引梁啟超的引文，全部錄自《梁啟超專集》（光盤資料庫）（北京：北京大學出版社，北京大學未名文化發展公司製作，1998 年）。亦部分參考狹間直樹編製：《電子版飲冰室文集》，日本京都大學人文科學研究所（http://sangle.web.wesleyan.edu/etext/late-qing/xinminshuo-kyoto.html）。但為方便讀者追查引文起見，仍列出原文在《梁啟超全集》以及在其他文集內的出處。

4　馮自由著：《革命逸史》第四集（台北：台灣商務印書館，1969 年），特別是〈日人德富蘇峰與梁啟超〉一章，頁 269–270。王曉平：〈梁啟超文體與日本明治文體〉，《近代中日文學交流史稿》（長沙：湖南文藝出版社，1987 年），頁 272–277。夏曉虹：《覺世與傳世：梁啟超的文學道路》（上海：上海人民出版社，1991 年），以及夏曉虹：《晚清社會與文化》（武漢：湖北教育出版社，2001 年）。陳建華：《「革命」的現代性——中國革命話語考論》（上海：上海古籍出版社，2000 年），特別是第二章第四小節的〈「詩界革命」的現代性：梁啟超與德富蘇峰〉，頁 40–44。

響的人物是坪內逍遙（1859–1935）。如果我們任意翻開一本日本近代文學史，大概會找到有關坪內逍遙的描述，用的都是類似的說話，說他是「明治文學的啟蒙家」、[5]「近代文學黎明的曉鐘」、「日本新舊文學的分水嶺」等等。[6] 坪內逍遙雖然不像梁啟超經歷政變磨難而從九死一生中悟出時代真諦，他也沒有像梁啟超般因去國之苦而頓然想出小說的新功能；然而二人相同的地方在於，都因為新時代的來臨，過去的學術及文學信念受到徹底動搖，而需要從一個更宏大及開闊的視野了解文學的意義，才寫出創造時代的文學宣言來。坪內逍遙的文學生命遭遇到空前的打擊，他憤然寫下《小說神髓》。[7] 自他的《小說神髓》於 1884 至 1885 年橫空面世之後，「小說」一詞及其附帶思想及意義便在日本正式與猥褻通俗的江戶小說分道揚鑣。

　　《小說神髓》分為上下兩篇，上篇從歷史變遷、種類、裨益去重新闡明「小說」；下篇處理創作及技法方面的問題，包括文體、

5　中村真一郎：〈坪內逍遙「近代文學的基石」〉，稻垣達郎編：《坪內逍遙集》，興津要等編：《明治文學全集》第 16 卷（東京：筑摩書房，1969 年），頁 371–372。

6　其實，隨便翻開任何一本日本文學史，大概對坪內逍遙的描述是相類的。久松潛一：「《小說神髓》是近代文學的曉鐘」，久松潛一等編：《日本文學史》第 1 冊（東京：至文堂，1964 年），頁 28。島崎藤村在〈文學界誕生之時（文学界の生れた頃）〉一文中回憶《小說神髓》時說：「坪內逍遙的《書生氣質》與《小說神髓》就好像天將破曉黎明尚未到來之前，在濃霧重重之中，乍聞雞鳴一樣。」見三好行雄編：《島崎藤村全集》第 11 卷（東京：筑摩書房，1981 年–1983 年），頁 358。

7　坪內逍遙在自傳〈回憶漫談〉裏說到自幼沉浸在小說中，在他大學本科三年級那年，英籍教師 William Houghton 讓學生分析《哈姆雷特》中王后 Gertrude 的性格。坪內從傳統倫理觀念出發，以分析人物性格以及小說的道德意義為題，可是，英籍教師判給他很低的分數。一個在友儕間一向被喻為「文學通」的人卻慘遭滑鐵盧，讓他開始醒覺到傳統小說的價值標準，不足以評價新興的文學，於是他發奮涉獵大量的英國文藝作品以及文藝理論方面的書刊，逐漸揚棄了從小長期培養起來的江戶戲作文學的文藝觀。坪內逍遙：〈回憶漫談〉以及〈新舊過渡期的回想〉，各收入稻垣達郎編《坪內逍遙集》，頁 345 及頁 399–406；以及參考柳田泉：《若き坪內逍遙：明治文学研究》（東京：日本図書センター，1984 年），頁 108。

結構法則、主人公的設置、敍事法等等。他之所以要重新為「小說」定位，是因為不滿意江戶時代以來「小說」只被視為李漁所言的「義發勸懲」、「勸善懲惡」的道德教化工具。他更不滿意 1868 年文明開化運動以來，「小說」只淪為宣傳政治的工具。[8] 因此他以藝術的角度來強調小說應有明確的美學價值，而內容應以人情為主，筆法應該盡量寫實，小說作者應穿透人物的內心，以細緻的筆觸剖析人的心理，描寫社會，讓作品如實地、如自然般透現在讀者眼前。自《小說神髓》出現以後，小說在明治日本的地位驟然提升，「小說是甚麼」在文壇及讀者的理解上完全改弦易轍，小說的寫作方法重新確立。新的小說觀念由坪內逍遙而來，明治文壇對他的觀念有直接吸收，如《文學界》的眾人；或在他刺激之下出現如雨後春筍的小說理論，如二葉亭四迷（1864–1909）於 1886 年出版的《小說總論》；也有對坪內逍遙小說觀念的補充及討論，如明治文學史上最有名的論爭之一——坪內逍遙與森鷗外的「沒理想論爭」。[9] 不過，自坪內逍遙奠下現代小說觀念後，明治以後有關小說的討論很難繞過他設定下的範疇及標準。不容忘記的是，就連德富蘇峰也深受坪內逍遙的影響（這點本章會在最後一部分會作進一步說明）。因此可見，日本新小說，或日本小說現代化，應以坪內逍遙為起點。

　　從上面很簡單的敍述，已能見到梁啟超與坪內逍遙相似的地方——他們各自在自己國家的小說發展史以及文學傳統上扮演相類似的角色，都是要改變傳統小說的概念，為國民建立新小說觀念。

8　中村光夫：《日本の近代小說》（東京：岩波書店，1954 年），頁 10–11。

9　坪內逍遙與森鷗外兩人的文章分別為〈沒理想の語義を弁す〉，稻垣達郎編：《坪內逍遙集》，頁 189–194，以及〈柵草紙山房論文〉，吉田精一編：《森鷗外全集》（東京：筑摩書房，1971 年），頁 5–65。可以說，這場論爭是發生在 18 世紀的英國寫實主義與德國觀念主義（或「唯物主義」與「唯心主義」）思潮論爭在日本的重演。

不過，這相似並不是出於偶然，也不是出現類似後人在比較文學意義下偶擷而來的相似性，而是出自梁啟超一種有意識而來的從日本移植、學習、挪用。晚清文人在急遽學習泰西、西洋及東洋以革新時代，求民族自保的環境中，隨學隨用各種外來觀念，不一定會標明思想來源的出處，也不一定會標明翻譯版本、原作者及原文出處，當然，這也有可能是被自身外語能力所限，又或考慮到版權問題，更可能是出於對自身及時代的焦慮（見本著關於呂思勉及林紓的討論）。本章主旨在於探討中國近代新小說觀念的建立過程，[10] 並透過分析坪內逍遙與梁啟超的文字，在剖析中國近代新小說的概念的同時，闡述新小說的觀念取道日本而被移植到中國的途徑，而其中會特別注意新小說與文學的關係。

二、坪內逍遙與梁啟超：現代「小說」觀念的啟蒙者

　　1918 年，對日本文學文化有深厚了解的周作人（1885–1967），在北京大學文科國文門研究所小說組的講演〈日本近三十年小說之發達〉中，首先指出兩國小說近年的發展情況非常相似。他概括地談到日本小說發達的情況，更突出地談論坪內逍遙《小說神髓》的貢獻。當他回顧中國的情況時，語重深長地分析了當時「講新小說也二十多年」的中國，實在是「毫無成績」，其中最缺的書就是坪內逍遙的《小說神髓》，他說：

10　移植新小說觀念，可以見於兩個層面，第一是指理論的建構，第二是指寓理論於實踐，即是把這些理論訴諸具體的創作活動。坪內逍遙與梁啟超不但提倡新小說觀念，更身體力行嘗試創作，前者有《當世書生氣質》，後者有《新中國未來記》等。可惜，他們的創作，相比其理論文字的貢獻，可以說是不甚顯著。本章只討論他們對新小說理論方面的建樹。

　　中國現時小說情形，彷彿明治十七八年〔1884–1885〕時
的樣子，所以目下切要辦法，也便是提倡翻譯及研究外國著
作。但其先又須說明小說的意義，方才免得誤會，被一般人拉
去歸入子部雜家，或併入《精忠岳傳》一類閒書。——總而言
之，中國要新小說發達，須得從頭做起，目下所缺第一切要的
書，就是一部講小說是甚麼東西的叫《小說神髓》。[11]

　　然而，即使周作人搖旗吶喊，我們看到的歷史事實卻是，不要
說中國人自己沒有寫出一部《小說神髓》來，就是《小說神髓》的
中文全譯本也要在晚清大概一百年後的 1991 年才出現。[12] 坪內逍
遙除了在 1935 年逝世時曾經引起幾篇悼念文章外，[13] 他的傑作《小
說神髓》似乎對中國文壇沒有起甚麼大的影響及作用。不過，儘管

11　周作人：〈日本近三十年小說之發達〉，原刊 1918 年 5 月《北京大學日刊》第 141–
　　152 號，收入鍾叔河編：《周作人文類編》第 7 卷《日本管窺》（長沙：湖南文藝出版
　　社，1998 年），頁 237 及 248。

12　有關《小說神髓》的內容及譯文，本章參考坪內雄藏：《小說神髓》（東京：松月堂，
　　明治 20 年（1887 年））外，輔以參考稻垣達郎編：《明治文學全集》第 16 卷《坪內逍
　　遙集》（東京：筑摩書房，1969 年）；坪內逍遙著，稻垣達郎解說，中村完、梅澤宣
　　夫註釋：《日本近代文學大系·坪內逍遙集》（東京：角川書店，1974 年）；柳田泉、
　　中村完解說：《「小說神髓」研究》（東京：日本圖書センター，1987 年）而來；譯文
　　參考自劉振瀛譯：《小說神髓》（北京：人民文學出版社，1991 年），及 Tsubouchi
　　Shōyō, The Essence of the Novel, trans. by Nanette Twine, Occasional papers;
　　No. 11 (Brisbane: Department of Japanese, University of Queensland, 1981)。

13　在民國的中國文壇裏，有關坪內逍遙的介紹文章並不多。除周作人外，謝六逸可稱
　　為最推崇坪內逍遙的一位。他在商務版及北新版的《日本文學史》中對坪內逍遙大加
　　讚揚之外，又於 1933 年以「坪內逍遙博士」為題，在《文學》（第 1 卷第 3 號）上評
　　介其一生的文學事業及成就。其後，坪內逍遙於 1935 年 2 月逝世，為紀念這位日本
　　著名的文學家，謝六逸又於當年 5 月以「小說神髓」為題，在《文學》（第 4 卷第 5 號）
　　上專文評論這部著作。這些文章的內容繁簡不一，然而觀點大致相同。其他提及到
　　坪內逍遙的還有夏丏尊：〈坪內逍遙〉，原刊 1935 年 6 月《中學生》，收入夏弘寧選
　　編：《夏丏尊散文譯文精選集》（北京：中國文聯出版社，2003 年），頁 176–179。

當時沒有中國人寫一本類似《小說神髓》的小說理論專著，又或立刻把《小說神髓》翻譯過來，但並不是說《小說神髓》的思想內容從沒有給傳到中國來。事實上，早在晚清新小說初步建立的時候，梁啟超便已經借助《小說神髓》的主要觀點，提出了「小說界革命」。

　　早在東渡日本以前，梁啟超便可能已經在康有為的《日本書目志》第 14 卷〈小說門〉內幾次看到坪內逍遙的名字了，譬如其作品《春之屋漫筆》出現 2 次，[14] 以及坪內逍遙的筆名「坪內雄藏」出現在《新編浮雲再版》等；[15] 到了日本「廣搜日本書而讀之」後，他對坪內逍遙的名字便有直接的援引。在〈東籍月旦〉一文的評語所見，他對坪內逍遙所著的《上古史》、《中古史》有所推介，並知道這兩書是「專門學校講義錄本」。[16] 而在稍遲發表的一篇文章〈讀日本大隈伯爵開國五十年史書後〉（1910 年）裏，他更述及坪內逍遙一生最得意的戲劇著述《國劇小史》。[17] 表面看來，他的確沒有正面提及《小說神髓》，我們暫時也沒有直接證據實證梁啟超曾涉獵過坪內逍遙的《小說神髓》。梁啟超到明治日本後閱讀過些甚麼，閱讀過哪

14　康有為：《日本書目志》，1897 年–1898 年，《康有為全集》（上海：上海古籍出版社，1987 年），頁 1206，1245。

15　《浮雲》是二葉亭四迷的作品。二葉亭四迷因仰慕坪內逍遙的名氣請教於坪內，並在坪內的指導下完成以及修改「日本第一本」現代小說《浮雲》。坪內逍遙恐怕以文壇新秀之名出版對作品的接收與認同不夠，因此先以自己的名義出版。可參考 Marleigh Grayer Ryan, *Japan's First Modern Novel: Ukigumo of Futabatei Shimei* (New York: Columbia University Press, 1967)。另外，二葉亭四迷：《浮雲》，收《坪內逍遙‧二葉亭四迷集》（東京：築摩書房，1967 年）。

16　梁啟超：〈東籍月旦〉，1899 年–1900 年，《梁啟超全集》第 1 冊第 2 卷，頁 325–334。

17　梁啟超：〈讀日本大隈伯爵開國五十年史書後〉，《梁啟超全集》第 4 冊第 7 卷，頁 2100。另外，在梁氏「戊戌以後所聚之書」《梁氏飲冰室藏書目錄》內，收有坪內雄藏的《倫理と文學》一書。見國立北平圖書館編：《梁氏飲冰室藏書目錄》（北京：北京圖書館出版社，2005 年），頁 595。

一本、哪一類日文書籍，可能還有待整理及發掘，不宜妄下明確的判斷。[18] 但如果我們細心比較梁啟超與坪內逍遙的小說論，我們卻旋即可以發現，梁啟超的小說論中實有不少與坪內相似的言論。從他的小說革命論大都出於東渡之後，而坪內逍遙又是明治時期日本小說評論界的首要人物來看，很難相信梁啟超會錯過坪內逍遙的現代小說論。而通過比較兩者而指出梁啟超與坪內逍遙有關小說的討論的相近之處看來，我們甚至有理由相信，梁啟超確是受到坪內小說論的影響，甚至刻意移植這些新的小說觀念。

儘管我們今天都認定梁啟超是中國近代新小說的倡導者，但其實，較諸他終身勤奮不倦而完成的百萬言著作而言，論小說的文章其實為數不多。最能確定的一點是，梁啟超影響中國小說發展的文章，包括〈譯印政治小說序〉（1898 年）、〈論小說與羣治之關係〉（1902 年）、〈新小說第一號〉（1902 年）、〈中國惟一之文學報——「新小說」〉（1902 年）等，全都是在維新失敗，東渡日本以後幾年寫成的。很明顯，東渡日本以後的經歷，是梁啟超發展其小說改革思想的重要土壤，他也自言「前後若出兩人」。[19] 然而，令人感到可惜的是，即使近年在日本及中國現代化的議題下，有關梁啟超如何受日本明治文壇影響的討論已有長足的發展，[20] 但過去學界所關注

18　京都大學人文學科研究所主持下的「共同研究梁啟超」計畫，其中研究議題之一就是搜集並整理梁啟超到日本後所看過的日本書目。見〈共同研究梁啟超・序〉，狹間直樹編：《共同研究梁啟超：西洋近代思想受容と明治日本》（東京：みすず書房，1999 年），頁 i-xii。

19　梁啟超：〈三十自述〉，《梁啟超全集》第 2 冊第 4 卷，頁 957。

20　Joshua A. Fogel ed., *The Role of Japan in Liang Qichao's Introduction of Modern Western Civilization to China, China Research Monographs*, No. 57 (Berkeley, CA: University of California Berkeley, 2004)；狹間直樹編：《共同研究梁啟超：西洋近代思想受容と明治日本》；鄭匡民：《梁啟超啟蒙思想的東學背景》（上海：上海書店出版社，2003 年）。

的一直側重在梁啟超在文界革命（新詞語、新文句）[21]、詩界革命方面如何得力於明治文壇，[22] 即使討論「小說界革命」方面的，重點也只放在政治小說，[23] 而且還有過分偏重研究「政治小說」的「政治」而非「小說」的傾向。[24] 具體落實到梁啟超所引發的中國小說觀念的轉化，以及這轉化怎樣與他在日本受到的影響有關，特別是他怎樣通過明治日本而轉折輸入了西方現代的小說觀念這些重要課題上的研究，卻一直闕如。[25] 在這一節裏，我們會嘗試填補這空白，深入剖析梁啟超所推動及協助建立的中國新小說理念究竟怎樣受到明治文學，尤其是明治文學的代表人物坪內逍遙的影響。

　　有關梁啟超新小說觀念的論述為數不少，對他經典語句的引用更是令人耳熟能詳，我們不再作詳細討論。下文從他所提出的幾個重要論點入手，包括小說的地位（由小說的新功能所帶動）、小說的分類及小說歸類等幾個層面去處理觀念的問題，並以坪內逍遙的

21　王曉平：〈梁啟超文體與日本明治文體〉，《近代中日文學交流史稿》，頁 272–277，夏曉虹：《覺世與傳世：梁啟超的文學道路》，頁 201–272，特別是第八、九章；以及夏曉虹：《晚清社會與文化》，特別是第三章「梁啟超與日本明治小說」，頁 53–87。

22　陳建華：《「革命」的現代性——中國革命話語考論》，特別是第二章第四小節的〈「詩界革命」的現代性：梁啟超與德富蘇峰〉，頁 40–44。

23　山田敬三著，汪建譯：〈漢譯《佳人奇遇》縱橫談——中國政治小說研究札記〉，趙景深主編：《中國古典小說戲曲論集》（上海：上海古籍出版社，1985 年），頁 384–404。

24　樽本照雄在〈梁啟超の「羣治」について——「論小説与羣治之関係」を読む〉一文中，大量展示了梁啟超「政治小說」譯介中「羣」與「社會」的用法以及意義。參考樽本照雄：〈梁啟超の「羣治」について——「論小説与羣治之関係」を読む〉，《清末小説》1997 年 12 月第 20 號（大津：清末小説研究会），頁 5–29。

25　在近代中國小說觀念轉變的議題上，袁進的《中國小說的近代變革》以及黃錦珠的《晚清時期小說觀念之轉變》可以說是這方面研究的代表作。不過兩書的研究範圍，只在於討論新舊小說觀念上的不同，不在於處理中國小說觀念如何經日本（特別是明治時期）轉化。分別見袁進：《中國小說的近代變革》（北京：中國社會科學出版社，1992 年），及黃錦珠：《晚清時期小說觀念之轉變》（台北：文史哲出版社，1995 年）。

文字作參照，以展示二者之間的關係。我們可以先從小說的地位開始，這是一個最首要且基本的問題，因為很多環繞着小說的問題都跟它的地位有關，尤其是梁啟超在這個問題上說了一句在當時可說是驚天動地的說話：「小說為文學之最上乘」，徹底地改變了小說在中國文學以至思想界的位置。

三、小說的地位

在中國的舊學傳統裏，小說位居九流十家之末，而一直僅被視為「君子弗為」的「小道」，不為傳統知識階層的士大夫所看重。這種情況，自東漢以來便已如此。班固取劉歆的《七略》而為《漢書‧藝文志》，首揭「九流十家」的分類。《漢書‧藝文志》說：「小說家者流，蓋出於稗官，街談巷語，道聽塗說者之所造也。孔子曰：『雖小道，必有可觀者焉，致遠恐泥。』是以君子弗為也，然亦弗滅也，閭里小知者之所及，亦使綴而不忘，如或一言可採，此亦芻蕘狂夫之議也。」[26] 這種看法，直至清代紀昀主編的《四庫全書總目提要》，仍然沒有大變。《提要‧子部‧小說家》引班固云：「班固稱：『小說家流，蓋出於稗官。』如淳注謂：『王者欲知閭巷風俗，故立稗官，使稱說之。』然則博採旁蒐，是亦古制。固不必以冗雜廢矣。今甄錄其近雅馴者，以廣見聞。惟猥鄙荒誕，徒亂耳目者，則黜不載焉。」[27]

然而，這只不過是傳統理念下的小說在中國所佔的位置。一直

26　班固：〈藝文志〉，《漢書》第 30 卷（北京：中華書局，1964 年），頁 1745。

27　紀昀總纂：〈小說家類一〉，《四庫全書總目提要》，第 140 卷，子部 50（北京：中華書局，1965 年），頁 1182。

以來，一般論者都簡化地說梁啟超是要打破小說這種低微的地位，為小說平反。但事實並不是這樣。梁啟超在 1902 年所寫的〈論小說與羣治之關係〉裏其實比當時其他人更猛烈地批評小說，他批評的就是中國傳統小說，認為舊小說裏充斥着各種各樣的腐敗思想，諸如「狀元宰相」、「佳人才子」、「江湖盜賊」及「妖巫狐鬼」等，使得中國「羣治腐敗」，國民身受其害：「今我國民惑堪輿」、「今我國民慕科第若膻」、「今我國民輕棄信義」、「今我國民輕薄無行」、「今我國民綠林豪傑」[28]，都是因為民眾讀了傳統的舊小說，換言之，小說是中國落後腐敗的根源。這樣的舊小說得到這樣低微的位置是理應如此的，沒有平反的必要。舊小說「影響於人心風俗」，中國國民腐敗，「大半由舊小說之勢力所鑄成也」，這一點，是梁啟超一直堅持的。[29]

不過，梁啟超〈論小說與羣治之關係〉一文又用上大量的篇幅，從小說的普遍性、小說直接間接的影響、[30] 四種力量、優點與缺點、小說的類型等，去說明「其性質其位置」：[31] 這顯然又是要全面地洗掉「小說」一詞過去一直所帶有的負面印象。由於不能登大雅之堂的只是中國的「舊小說」，而不是「小說」本身，在全面否定了舊小說後，梁啟超便提出重要的立論，他的策略是借助「泰西」

28　梁啟超：〈論小說與羣治之關係〉，原刊《新小說》1902 年第 1 號，收入陳平原、夏曉虹編：《二十世紀中國小說理論資料》第 1 卷，頁 53。

29　梁啟超：「十年前之舊社會，大半由舊小說之勢力所鑄成也。」梁啟超：〈告小說家〉，《梁啟超全集》第 5 冊第 9 卷（北京：北京出版社，1999 年），頁 2747。

30　梁啟超：「故常欲於其直接以觸以受之外。而間接有所觸有所受。」梁啟超：〈論小說與羣治之關係〉。而坪內逍遙在〈小說的神益〉一節中也說到：「乃若論及小說之利益，必須先以區分，一為直接之利益，一為間接之神益。」（坪內逍遙：《小說神髓》，頁 84）。

31　梁啟超：〈論小說與羣治之關係〉，原刊《新小說》1902 年第 1 號，收入陳平原、夏曉虹編：《二十世紀中國小說理論資料》第 1 卷，頁 50。

和「域外」的權威性，從而賦予小說「最上乘」、「最精確」、「最高尚」、「為功最高」的價值。其文章中最常為人徵引的幾句是：

> 小說之道感人深矣。泰西論文學者必以小說首屈一指，豈不以此種文體曲折透達，淋漓盡致，描人羣之情狀，批天地之窾奧，有非尋常文家所能及者耶！[32]
>
> 譯者曰：此法國著名文家兼天文學者。例林瑪利安君所著之《地球末日記》也，以科學上最精確之學理，與哲學上最高尚之思想，組織以成此文，實近世一大奇著也。[33]
>
> 小說為文學之最上乘，近世學於域外者，多能言之。[34]

那時候還對「泰西」認識不深的梁啟超，論證的來源其實只有日本。他在日本親眼看到政治小說成為明治日本自由民權運動對「自由」訴求的渠道，看到「小說」不只可以「載大道」，也可以「救國救民」。這使他了解到：小說言辭通俗，有助「易傳行遠」，只要善加利用，真的可以為宣傳「區區政見」的一大助力，使國家的「政界日進」。梁啟超說「彼美、英、德、法、奧、意、日本各國政界之日進，則政治小說，為功最高焉」就是這個意思。[35] 針對着中國維新失敗，他曾在不同的地方多次點出小說和日本維新的關係：「於日本維新之運有大功者，小說其一端也。明治十五六年間，民

32　梁啟超：〈中國惟一之文學報「新小說」〉，原刊《新民叢報》1902 年第 14 卷，收入《二十世紀中國小說理論資料》第 1 卷，頁 58-63。

33　飲冰〔梁啟超〕：《〈世界末日記〉譯後語〉，原刊《新小說》第 1 號，收入陳平原、夏曉虹編：《二十世紀中國小說理論資料》第 1 卷，頁 57。

34　梁啟超：〈新小說第一號〉，原刊《新民叢報》1902 年第 20 號，收入陳平原、夏曉虹編：《二十世紀中國小說理論資料》第 1 卷，頁 56。

35　梁啟超：〈譯印政治小說序〉，原刊《清議報》1898 年第 1 冊，收入陳平原、夏曉虹編：《二十世紀中國小說理論資料》第 1 卷，頁 37。

權自由之聲遍滿國中。」[36]

不過，梁啟超所沒有告訴中國讀者的是，即使在日本，小說原來也不是一直有這樣重要的影響力的。坪內逍遙在《小說神髓》中早已指出：「蓋本國習俗，若夫小說自身之裨益，豈獨供春日永晝，驅趕寂寥獨處之睡魔；秋夜漫漫，僅聊以寂寥鬱悶；其效能若乎此。小說乃為婦女童蒙的玩物。」[37] 在這樣的理念下，日本傳統小說也自然只能是一無是處，甚至並不是真正的創作。所以，坪內逍遙說，當時日本世俗所流行的小說，「若以繪畫喻之，則仍處浮世繪之位置，未及真正繪畫之階段」。[38]

很明顯，這情況跟中國傳統是一樣的，而且，這種情況也同樣不是由於小說這種文類本身存有甚麼局限，而是因為人們未認識到小說的真正價值。問題的核心在於日本的舊小說，坪內逍遙批評日本的舊小說謂：

> 故近來刊行之小說、稗史，若非馬琴、種彥之糟粕，乃多屬一九、春水之膺物，蓋晚出之戲作者之流，專以李笠之語為師，以為小說、稗史的主要目乃在寓勸懲之意，乃製造一套道德模式，極力欲此模式放置腳色入其內，雖然作者並不一定想去拾古人的糟粕，然區於寫作範圍狹窄，自然也就只能寫出趣意雷同，如出一轍的稗史，豈非一大憾事耶！[39]

36　梁啟超：〈傳播文明三利器（飲冰室自由書一則）〉，原刊《清議報》1899 年第 26 冊，收入陳平原、夏曉虹編：《二十世紀中國小說理論資料》第 1 卷，頁 39。

37　坪內逍遙：《小說神髓》，頁 84。

38　坪內逍遙：《小說神髓》，頁 86。

39　坪內逍遙：《小說神髓》，頁 41。

　　坪內逍遙認為過去的小說作者，徒具小說家之名，實則只是「戲作者之徒」、「翻案家」，根本「沒有一個夠得上是真正作者的」。他們創作的態度毫不嚴肅，但求量多，寫的盡是一些低級趣味的「遊戲筆墨」，是「糟粕」，而歸根究底，這些「戲作者」還抱殘守缺的原因，不但因為「專以李笠翁的話為師」，更因為沒有意識到中國的舊小說是阻礙表達人情，甚至阻礙國家進化的。他說：

　　　　於中國謾罵小說為誨淫導慾之書，乃指《金瓶梅》、《肉蒲團》之流。然則於我國，皆卑物語等敗壞風俗之書，描寫男女隱微的痴情，流於卑俗淫猥的情史之類。然《金瓶梅》、《肉蒲團》以及猥褻的情史之類，屬似是而非的小說，莫能稱作真正的小說。為甚麼這樣說呢？因為這類小說都含有藝術中最忌諱的猥褻下劣要素的緣故。這類猥褻的情史，無疑是以誨淫導慾作為它的全篇的眼目，這種似是而非的小說、稗史，經常在世上出現……[40]

　　他的目的並不是要摒棄小說，而是希望激勵日本小說的發達：「將我國不成熟的小說、稗史，逐步加以改良修正，使之可以凌駕西方的小說之上，成為完美無缺的東西，形成標誌着國家榮譽的一種偉大藝術。」[41]

　　坪內逍遙一方面指出舊小說有諸種問題，另一方面要為小說叫冤，抱不平，因為他認為小說能傲視同儕、冠絕古今，但傳統小說無法勝任，新意義之下的小說才有所作為。為了展現新小說的長處，他比較了這種小說與各種文類的優勝劣敗之處：

40　坪內逍遙：《小說神髓》，頁 87。
41　坪內逍遙：《小說神髓》，頁 42。

　　因此那些小說，稗史，如果能夠做到富於神韻，那麼不但說它是詩，說它是歌，使之立足於藝術殿堂之一也毫無不可：而且無寧說是理當如此的。畢竟，小說之旨，在於寫人情世態。使用新奇的構思這條線巧妙地織出人的情感，並根據無窮無盡、隱妙不可思議的原因，十分美妙地編織出千姿百態的結果，描繪出恍如洞見這人世因果奧秘的畫面，使那些隱微難見的事物顯現出來──這就是小說的本分。因此，那種完美無缺的小說，它能描繪出畫上難以畫出的東西，表現出詩中難以曲盡的東西，描寫出戲劇中無法表演的隱微之處。因為小說不但不像詩歌那樣受字數的限制，而且也沒有韻律這類的桎梏；同時它與演劇、繪畫相反，是以直接訴之讀者的心靈為其特質的，所以作者可進行構思的天地是十分廣闊的。這也就是小說之所以能在藝術中取得地位的緣故，並終將凌駕於傳奇、戲曲之上，被認為是文學中惟一的、最大的藝術的理由吧！[42]

　　在這段重要的引文裏，坪內逍遙提出了兩個核心論點：第一，他對小說的力量作了仔細的描述，既「能描繪出畫上難以畫出的東西」，又能「表現出詩中難以曲盡的東西」，甚至「描寫出戲劇中無法表演的隱微之處」；第二，由於小說具備了這些優點，因此值得大力的推崇──小說是「文學中惟一的、最大的藝術」。小說的力量，不但見諸其他的文學體裁不能望其項背的描述能力，更在於這種力量是直接影響人心的。小說能感動人心，就是坪內逍遙《小說神髓》全文的精髓所在。坪內逍遙更指出小說的刺激力是很厲害的，小說有「給心靈以強烈刺激，感觸事物」[43]的能力。這不但開啟

42　坪內逍遙：《小說神髓》，頁 48。
43　坪內雄藏：《小說神髓》（東京：松月堂，明治 20 年（1887 年）），頁 23–24。

了後來關於小說對心靈的作用的討論——怎樣的寫法能給予心靈強烈的刺激感，亦讓坪內理論超越了他提倡寫實的樊籬。

這幾個論點在梁啟超的新小說論述中也可以見得到。梁啟超強調的小說「感人之深」、[44]「感人為主」，[45] 小說「四力」「醺、浸、刺、提」(特別是「刺」)，[46] 都與這些觀點相似。而第二點所強調小說在文學中的位置，其實就是上面所說梁啟超新小說觀中最為石破天驚的觀點。雖然坪內逍遙在這段引文中用上不同的字句，但意思跟梁啟超所說的「小說為文學之正宗」是一致的。坪內逍遙指出，既然小說本身是「文學的正宗」，是這樣「高尚的藝術」，因此，讀者對象也有所改變，小說不是婦女的玩物，而是「有識之士讀小說，感受之深，莫若讀其他經書或讀正史可能比擬。泰西諸國，那些大人學士，都競相披閱稗史，以追求快樂之故」。[47] 而這點，梁啟超也有所響應：「在昔歐洲各國變革之始，其魁儒碩學，仁人志士……於是彼中綴學之子，黌塾之暇，手之口之。」[48] 這些相似和雷同，可以進一步確定坪內逍遙對梁啟超的影響。

不過，更值得深入討論，而且也是其他學者過去所嚴重忽略的一個要點是：坪內逍遙在這些有關小說的表面評述背後，實際上既為文學作了新的界定，同時也給小說賦予了新的含義。有意思的是，梁啟超也作了相類的工作，且方向和觀點都是接近的。

---

44 梁啟超：〈論小說與羣治之關係〉，原刊《新小說》1902 年第 1 號，收入陳平原、夏曉虹編：《二十世紀中國小說理論資料》第 1 卷，頁 50。

45 梁啟超：〈新小說第一號〉，原刊《新民叢報》1902 年第 20 號，收入陳平原、夏曉虹編：《二十世紀中國小說理論資料》第 1 卷，頁 56。

46 梁啟超：〈論小說與羣治之關係〉，原刊《新小說》1902 年第 1 號，收入陳平原、夏曉虹編：《二十世紀中國小說理論資料》第 1 卷，頁 51–52。

47 坪內逍遙：《小説神髓》，頁 48。

48 梁啟超：〈譯印政治小說序〉，原刊《清議報》1898 年第 1 冊，收入陳平原、夏曉虹編：《二十世紀中國小說理論資料》第 1 卷，頁 37。

四、小說的歸類

可以肯定，今天人們以詩、小說、戲劇、散文為其重要體裁的文學概念，是肇自西方，特別是西方 19 世紀以來重想像、重作者個性而催生的文學觀念。在日本，把小說歸入文學內，與其他體裁如詩、散文、戲劇相列相對的，是始自坪內逍遙的《小說神髓》。[49] 在這之前，「文學」一詞的內涵，與今天所指的西方文學觀念有很大分別，可以說，他們過去是一直沿襲着中國傳統的文學觀。[50] 市島春城就說：

　　在那非用漢文（寫作）就以為不是文學的時代，戲作者（按指寫通俗小說的人）一概受了排斥，當時西洋之所謂文學，還未受世人的理解，闡明此點而啟發世間的愚蒙的，就是坪內君的《小說神髓》。[51]

而研究明治文學的專家柳田泉亦指出：

49　鈴木貞美：《日本の「文学」概念》（東京：作品社，1998 年）；柳田泉：《明治初期の文学思想》（東京：春秋社，1965 年）。

50　在日本方面，明治以前，「文學」概念與中國極有關聯，譬如指在律令制裏賜給親王的家庭教師，以及江戶時代諸藩的儒官等，可參考新村出編：《廣辭苑》（東京：岩波書店，1998 年第 5 版），「文學」一條，頁 2381。在明治維新之後，文學對應於現代西方 "literature" 的概念逐步確立。在日本以及中國，「文學」一字的演變過程很複雜，五四開始，中國亦發生了一場有關「文學」涵義探源的運動，當中涉及的問題很廣泛。讀者如對此論題感興趣，可參閱鈴木修次：〈文学の訳語の誕生と日中文学〉，古田敬一編：《中國文學の比較文學的研究》（東京：汲古書院，1986 年），頁 327–352，及鈴木貞美：《日本の「文学」概念》一書。

51　市島春城：〈明治文學初期の追憶〉，原刊於大正十四年（1925 年），題為「明治初頭文壇の回顧」，後改題為「春城筆語」、「市島春城選集」，收入十川信介編：《明治文學回想集》（上）（東京：岩波書店，1998 年），頁 188。

　　從來，除了詩歌之外，文學被全面輕視，當作無用之物。
這個情況，到了明治維新之際亦然。在明治之時，還特別強調
了功利主義，實學思想抬頭……先生〔坪內逍遙〕本着愛好文學
之心，以文學的本質、原理，不斷探求文學是怎樣的事物……
而扭轉了時代文學的弊端，使文學革新的方向得以貫徹。[52]

　　另一方面，在傳統中國的學術分類裏，小說一直被放在經史子
集四部的子部之內。簡單而言，若以近代西方學術分類眼光分析，
「史」是「歷史」，「子」為「哲學」，「集」為「文學」，而「經」的《詩經》
應屬文學，《尚書》、《春秋》應屬史學，不一而足。《漢書・藝文
志》首先把小說列入了「諸子略」的九流十家之中，其後《隋書・經
籍志》吸納了晉荀勗《中經簿》的分類方法，改而將羣書分為「經、
史、子、集」四部，小說開始被收入「子部」。自此以後，中國學
術的分類就一直沿用這個方法，直至清乾隆的《四庫全書》為止都
沒有大變動。

　　晚清時期，我們見到已有人初步認識到傳統四部其實並不能容
納這種新的「小說」概念，而提出修正。但他們最初的觀點仍然不
脫「經史子集」這個基礎。最典型和廣為人知的是康有為在〈《日本
書目志》識語〉中的說法：

　　可增七略為八、四部為五。〔按：四部即經史子集〕……
僅識字之人，有不讀「經」，無有不讀小說者。故「六經」不能
教，當以小說教之；正史不能入，當以小說入之；語錄不能喻

52　柳田泉：〈坪內逍遙先生の文學革新の意義を概論す〉，稻垣達郎編：《坪內逍遙集》，
　　頁 361–370。

〔按：語錄即子部〕，當以小說喻之；律例不能治〔按：律例，即文學的律例，即是集〕，當以小說治之。[53]

就是嚴復與夏曾佑在為《國民報》提出要譯印「說部」時，也是從「經史子集」出發的：

　　舉古人之事，載之文字，謂之書。書之為國教所出者，謂之<u>經</u>；書之實欲創教而其教不行者，謂之<u>子</u>；書之出於後人，一偏一曲，偶有所託，不必當於道，過而存之，謂之<u>集</u>：此三者，皆言理之書，而事實則涉及焉。書之紀人事者，謂之<u>史</u>；書之紀人事而不必果有此事者，謂之稗史；此二者，並紀事之書，而難言之理則隱寓焉。此書之大凡也……夫說部之興，其入人之深，行世之遠，幾幾出於<u>經史</u>上，而天下之人心風俗，遂不免為說部之所持。[54]〔重點為筆者所加。〕

甚至東渡前的梁啟超自己，也同樣以四部的分類了解「小說」，他在 1892 年入萬木草堂時所寫的《讀書分月課程》中，在中國傳統的學術分類的「經學書、史學書、子學書」裏加多了「理學書」以及「西學書」，裏面顯然沒有一項是與我們今天意義下的文學、小說相對應的。[55] 此外還有梁啟超早期（《時務報》時期）最具代表性的論述：1896 年的《西學書目表》與 1897 年的《變法通議》。論者多注意的是《變法通議》中〈論幼學〉「說書部」所表現的小說觀，

53　康有為：〈《日本書目志》識語〉，《康有為全集》，頁 13。

54　幾道、別士：〈本館附印說部緣起〉，陳平原、夏曉虹編：《二十世紀中國小說理論資料》第 1 卷，頁 25–26。

55　梁啟超：〈讀書分月課程〉，《梁啟超全集》第 1 冊第 1 卷，頁 5–8。

然而《西學書目表》中所透露的他早期對小說的概念同樣是不容忽視的。在《西學書目表》中所列 30 種書中，我們今天認定為早期「漢譯傳教士小說」的《昕夕閒談》（改編自 *Night and Morning*）及《百年一覺》（*Looking Backward*），[56] 在梁啟超的分類下只歸入「無可歸類之書」。[57] 不過，這並不是說梁啟超不知道《昕夕閒談》及《百年一覺》為「小說」，事實上，在《昕夕閒談》及《百年一覺》後，他就分別附加了「英國小說、讀畢令人明白西洋風俗」、「西人之小說、言及百年後世界」的識語。[58] 不過，當時梁啟超所關注的是政治上的變法與維新，而他的分類方法以及對「小說」的了解，仍以中國學術的範圍去概括西學書，因此，在《〈西學書目表〉序例》一文，他就處處顯示以中國的系統去囊括西方學術的困難與短拙。所以在一開首的第一句，他就說「余既為《西書提要》，缺醫學、兵政兩門未成」，這是他把《西書提要》與《四庫提要》比擬後所得的判斷，然後文中又說「西學各書，分類最難，凡一切政皆出於學，則政與學不能分。非通羣學不能成一學，非合庶政不能舉一政，則某學某政之各門，不能分」等，[59] 也足以顯示他意識到以中國舊學與「西學各書」相配應其中一個鴻溝在「分類最難」。通過他們的分類

56　有關「漢譯傳教士小說」的定義，以及《昕夕閒談》及《百年一覺》的內容及在晚清文學界的影響，請參考 Patrick Hanan, *Chinese Fiction of the Nineteenth and Early Twentieth Centuries*, pp. 58–84。

57　梁啟超的《西學書目表》全表內容，收在增田涉：《中國文學史研究：「文學革命」と前夜の人々》（東京：岩波書店，1967 年），頁 381–424；也見於增田涉：〈梁啟超の「西學書目表」〉，增田涉：《中國文學史研究：「文學革命」と前夜の人々》，頁 368–380。

58　梁啟超：《西學書目表》，增田涉：《中國文學史研究：「文學革命」と前夜の人々》，頁 403。

59　梁啟超：〈《西學書目表》序例〉，《梁啟超全集》第 1 冊第 1 卷，頁 82–83；或〈讀西學書法〉，《飲冰室合集（集外集）》（北京：北京大學出版社，2005 年），頁 1169。

以及歸類行為，我們知道梁啟超以及處於該時代的人如何理解小說，因為他們必須首先理解這個稱為小說的事物，才可以進行分門別類，而我們也就可以知道他們當時如何理解事物的意涵了。

由此可見，晚清新思想家雖然已經刻意標榜「小說」之新，以圖脫離當時中國已有的對小說的定見，但從他們的分類上去看，小說仍然按傳統的分類術語被放在經史子集的系統之內。直至梁啟超從明治文壇了解到新小說其實是完全不同的事物後，他才把小說歸入「文學」之中，提出「小說為文學」的說法，並透過「小說界革命」中的「小說為文學之最上乘」一句，使整個社會風氣為之一變，異口同聲地認同「小說為文學」。譬如黃人就說：

> 近日海通，好事者趨譯及西小說，始知歐美人視為文學之要素，化民之一術，遂靡然成風。[60]

不少晚清文人就更進一步確認梁啟超「小說為文學」的論斷：

> 小說者，實文學上之最上乘也！
> 故取天下古今種種文體而中分之，小說佔其位置之一半，自餘諸種，僅合佔其位置之一半。偉哉小說！[61]
> 小說，小說，誠文學界中之佔最上乘者也。其感人也易，其入人也深，其化人也神，其及人也廣！[62]

60　見黃摩西主編《普通百科新大辭典》（上海：國學扶輪社印行，1911 年）內「小說」一條，收入鍾少華編：《詞語的知惠：清末百科辭書條目選》（貴陽：貴州教育出版社，2000 年），頁 41。

61　楚卿：〈論文學上小說之位置〉，原刊《新小說》1903 年第 7 號，收入陳平原、夏曉虹編：《二十世紀中國小說理論資料》（第 1 卷），頁 81。

62　陶佑曾：〈論小說之勢力及其影響〉，原刊《遊戲世界》1907 年第 10 期，收入陳平原、夏曉虹編：《二十世紀中國小說理論資料》第 1 卷，頁 247。

可見，「小說為文學之最上乘」的創新性以及革命意義，除了在於把小說的地位以不可量計的倍數及速度提升外，更在於把小說從「子部」的一種解放出來，驟然成為「文學」內的一種體裁。不過要注意的是，「小說為文學」一句，在中國幾千年以來的文學史上是互古而未曾有的原因，[63] 不但因為此時「小說」的意義轉變了，最重要的更是「文學」的涵義也轉化了，而轉折的核心過程，亦是由梁啟超而來的。

「文學」一詞其中一個最廣為人知的出典，是《論語》的〈先進篇〉內孔門四科的一科：「文學：子游、子夏」，[64] 所指的是「文章博學」[65]。不過，「文學」一詞的意義在中國古籍裏是非常豐富的，不但泛指文章經籍，文才學識，在漢「獨尊儒術」以後，更與儒家的文教觀念有不可分割的意思，譬如儒家經典、儒生，以及經學博士的官名等。這種看法，梁啟超東渡以前，在他的文章裏也常常找到這種用例。例如他在 1896 年的〈古議院考〉內就說：「詔公卿問賢良文學」，1896 年的〈三先生傳〉中「皇上之內侍，本為貢生，雅好文學」也包含這個意思。然而，在東渡後，他的「文學」觀已經與以往不同，內裏不但由想像文學體裁之一的「小說」所組成，更認為小說是文學內的最上乘。要留心的是，這種看法的形成，是要在「小說」與其他文學體裁所共同組合成一整體的結構內才能看到。梁啟超 1902 年在〈論小說與羣治之關係〉一文內，揭櫫「小說界革

---

63 魯迅也曾經不無感歎地說過：「在中國，小說不算文學，做小說的也決不能稱為文學家。」魯迅：〈我怎樣做起小說來〉，《魯迅全集》第 4 卷（北京：人民文學出版社，1981 年），頁 511。

64 朱熹：〈先進篇〉，李申譯註《四書集注全譯》（成都：巴蜀書社，2002 年），頁 243。

65 何晏注，邢昺疏，李學勤主編，朱漢民整理《論語注疏》（北京：北京大學，1999 年），頁 143。

命」的口號，再配合他早在 1899 年提出的「詩界革命」，「文界革命」，一個包含「小說、散文、詩」的「文學」概念才完全定型。在這個新的「文學觀」的基礎上，梁啟超才會有「小說為文學之最上乘」的斷語，而也因如此，他在同年所寫的〈釋革〉中正式提出「文學革命」的要求。[66]

　　我們繼承了文學革命遺產百多年，似乎對文學的定義已有充分的認識，亦不會感到這個詞對我們有任何甚麼陌生之處。「文學」在我們熟知的語義裏，大概令人立刻想到以藝術的手法表現思想、情感，例如指詩、散文、戲劇、小說等體裁的虛構想像作品。然而，對文學這樣的理解，在 1920 至 1930 年代還只是在沉澱當中，而當時就有不少人認識到，人們所講的「文學」是經歷了一個很大的轉折過程的：

　　　　西方文化的輸入改變了我們的「史」的意念，也改變了我們的「文學」的意念。我們有了文學史，並且將小說、詞曲都放進文學史裏，也就是放進「文」或「文學」裏……[67]

　　　　中國的新文學是對舊文學的革命，是另起爐灶的新傳統，是現代化的一環……[68]

　　不但如此，他們更肯定這種新的文學觀念的轉變是來自梁啟超的。錢玄同（1887–1939）就說：「梁任公實為創造新文學之一

66　梁啟超：〈釋革〉，《梁啟超全集》第 2 冊第 3 卷，頁 759–762。

67　朱自清：〈詩言志辨・序〉，朱自清：《朱自清全集》第 6 卷（南京：江蘇教育出版社，1988 年），頁 127。

68　朱自清：〈關於大學中國文學系的兩個意見〉，朱自清：《朱自清全集》第 2 卷（南京：江蘇教育出版社，1988 年），頁 114。

人……輸入日本新體文學，以新名詞及俗語入文，視戲曲小說與論記之文平等（梁君之作新民說，新羅馬傳奇，新中國未來記，皆用全力為之，未嘗分輕重於其間也），此皆其認識力過人處，鄙意論現代文學之革新，必數梁君。」[69] 由此可見梁啟超的貢獻。

五、小說的分類

我們剛看過在作為一個結構的「文學」內「小說」與其他文類的關係。現在，我們看看「小說」內各種體裁的分類。坪內逍遙的小說觀對梁啟超移植新小說還有另外一個重要的影響，就在於小說的內部分類。

傳統中國小說曾經有多種不同的分類方式，較受人重視的是明朝胡應麟在《少室山房筆叢》將小說分為「志怪」、「傳奇」、「雜錄」、「叢談」、「辯訂」及「箴規」六大類別；[70] 清乾隆時紀昀總編的《四庫全書總目提要》把小說分為「敍述雜事」、「記錄異聞」及「綴緝瑣語」三類。[71] 不過，中國小說的分類方式，到了梁啟超的〈論小說與羣治之關係〉，則不但可以說是異軍突起，更可以說是企圖對整個傳統分類模式作顛覆。他提議一種新方法，基本上把小說分成兩大類，他認為「小說種目雖多，未有能出此兩派範圍外者」。這兩派範圍分別是：

69　錢玄同：〈致陳獨秀信〉，原刊 1917 年 3 月 1 日《新青年》第 3 卷第 1 號，收入陳平原、夏曉虹編：《二十世紀中國小說理論資料》第 1 卷，頁 25。

70　胡應麟：〈二酉綴遺〉，《少室山房筆叢》（北京：中華書局，1958 年），頁 459–489。

71　紀昀總纂：〈小說家類一〉，《四庫全書總目提要》，第 140 卷，子部 50（北京：中華書局，1965 年），頁 1182。

　　凡人之性。常非能以現境界而自滿足者也。而此蠢蠢軀殼。其所能觸能受之境界。又頑狹短局而至有限也。故常欲於其直接以觸以受之外……日趨於利者。其力量無大於小說。小說者。常導人遊於他境界。而變換其常觸常受之空氣者也。此其一。

　　人之恆情。於其所懷抱之想像。所經閱之境界往往有行之不知。習矣不察者。無論為哀為樂為怨為怒為戀為駭為憂為慚。常若知其然而不知其所以然。欲摹寫其情狀。而心不能自喻。口不能自宣。筆不能自傳。有人焉和盤托出。澈底而發露之。則拍案叫絕曰。善哉善哉。如是如是。所謂夫子言之。於我心有戚戚焉。感人之深。莫此為甚。此其二。[72]

　　梁啟超認為讀者通過閱讀小說能滿足兩種深層需要：第一種為超越個人經歷的慾望。因為小說可以「常導人遊於他境界」而使人超越「頑狹短局」，超越「蠢蠢軀殼」。這種能「導人遊於他境界」的小說，他稱之為「理想派小說」；而第二種則可以如實地表達人的內心深處的感受或者慾望。因為小說可以把「心不能喻、口不能宣、筆不能傳」的感情「和盤托出」，令感情枯燥、言辭匱乏的我們嘖嘖稱奇。這一種小說，他稱之為「寫實派小說」。

　　梁啟超所謂的「理想派」與「寫實派」，大抵即相當於我們今天的文學術語裏面所謂的「浪漫主義」（romanticism）與「寫實主義」（realism）。從文字的表面看來，將「寫實派」對應於「寫實主義」問題不大，但將「理想派」配對於「浪漫主義」，卻難免令人生疑。

72　梁啟超：〈論小說與羣治之關係〉，原刊《新小說》1902 年第 1 號，收入陳平原、夏曉虹編：《二十世紀中國小說理論資料》第 1 卷，頁 50–51。

首先我們要知道，"romanticism"並不一定翻譯作「浪漫主義」，而"idealism"也不一定是指「理想主義」。在晚清到五四的一段時間裏，「理想」一詞的用意非常的混雜，包含理想（idea）、想像（imagination），以及與浪漫主義的詞根的"romance"混在一起。[73] 這一方面是晚清文人理解的限制，另一方面亦是由於他們輸入這種「寫實主義」與「理想主義」的理論來源——經日本而來的英國文學理論——也本來如此。[74] 這種混亂到了五四之時，亦仍未完全廓清。譬如，陳獨秀曾在〈現代歐洲文藝史譚〉中把"romanticism"譯作「理想主義」：「歐洲文藝思想之變遷，由古典主義一變而成理想主義（romanticism），此在十八、十九世紀之交。文學者反對模擬希臘羅馬古典文體所取材者，中世之傳奇，以抒其理想耳。此益影響於十八世紀政治社會之革新，黜古以崇今也。」[75]

　　另一方面，周作人在〈日本近三十年小說之發達〉裏把"romanticism"譯作「傳奇派」。[76] 周作人跟梁啟超所指的「理想」，跟傳奇有這樣大的關係，其實跟坪內逍遙《小說神髓》的分類有

73　這部分在下一章有關呂思勉的討論中會述及更多。

74　Michael Wheeler 指英國小說在進入維多利亞時期之際，為了強分"novel"及"romance"的分類，有些學者會以兩種體裁的手法以及題材是寫實性還是想像性作分野："The realistic and idealistic tendencies often came under the headings of Novel and Romance according to the Victorian terminology. Scholars would distinguish between the two board categories of fictive narrative and used the terms 'the real' and 'the ideal' to denote the two basic artistic modes, which are related to the Novel / Romance distinction and to the subject of realism." 見 Michael Wheeler: *English Fiction of the Victorian Period* (Harlow, Essex: Longman Group, 1994), p. 7。

75　陳獨秀：〈現代歐洲文藝史譚〉，秦維紅編：《陳獨秀學術文化隨筆》（北京：中國青年出版社，1999 年），頁 124。

76　周作人：〈日本近三十年小說之發達〉，原刊 1918 年 5 月《北京大學日刊》第 141–152 號，收入鍾叔河編：《周作人文類編》第 7 卷《日本管窺》，頁 238。

關。坪內逍遙在《小說神髓》內曾經以多個方式嘗試為小說分類，有按歷史時代作分類的，也有按小說的描寫方法而作分類的。在《小說神髓》的上卷裏，坪內逍遙就以大量的篇幅，在一邊回顧小說歷史變遷的同時，一邊指出小說可分為兩大類。他首先指出「小說」是虛構物語的一種，即所謂傳奇的一個變種。所謂傳奇即是英國人所謂的 "romance"。"romance" 是將「構思放在荒唐無稽的事物上，以奇想成篇，根本不顧是否與一般社會產生相矛盾」。至於「小說」，即 "novel"，情況則不一樣，它是以寫世間的人情與風俗為主旨的，以一般世間可能有的事實為素材來進行構思的；這就是二者大致上的區別。在大體勾勒出 "romance" 與 "novel" 的分別後，他又指出「傳奇」興起的原因在於當時的人都喜好奇異，所以一旦出現投合時尚的奇異故事，時人就加以歡迎，決不去怪責故事的荒誕無稽，相反，即使與實際情況大相矛盾，讀者反讚其奇想，不以為怪，於是作者就更加刻意求奇，雕心鏤骨，煉字造句，力求編造得越新越好。然而隨着文明的進步，世人對這種傳奇（romance）的荒唐無稽，自不能不感到厭倦，於是傳奇衰頹，興起了所謂嚴肅的以寫實態度反映人情的物語（novel）。[77] 他認為傳奇是「荒唐無稽」的「奇異故事」，只能「反映舊時代的產物」，因為「隨着文明的進步」，世人即唾棄。而「小說」出現之時，就是傳奇衰亡之日。因為傳奇的「體裁完備之後，就形成了現今這樣的小說，就不應該再搞那種荒唐的情節，寫奇異的故事了」。[78]

　　為了配合這兩種不同的體裁，就要有不同的寫作方法。坪內逍

77　《小說神髓》，頁 51–68。坪內逍遙對一些術語的理解或運用，有時並不統一。參見坪內逍遙著，稻垣達郎解說，中村完、梅澤宣夫註釋：《日本近代文學大系·坪內逍遙集》，頁 47。

78　坪內逍遙：《小說神髓》，頁 52。

遙在《小說神髓》的上篇的〈小說的變遷〉裏闡明小說的來龍去脈，
為了分別說明這兩種不同的體裁的寫作手法如何配合，他在〈主人
公的設置上〉一節，就分別點明小說以及傳奇的寫作手法。坪內逍
遙說：

> 在塑造主人公上有兩派：一為現實派，一為理想派。
>
> 所謂現實派，是以現實中存在的人物為主人公。所謂以
> 現實中存在的人物為主人公，就是說以現實社會中常見的人
> 物性格為基礎來塑造虛構的人物。為永春水以及追隨他的人
> 情本的作者，都屬於此派。
>
> 所謂理想派則與此不同。它是以人類社會應該有的人物
> 為基礎來塑造虛構的人物。現實派是以平凡人為素材，理想
> 派是以應該有的人物為素材。[79]

梁啟超把「寫實派」與「理想派」這種當時西方流行的小說分
類方式引入中國，過去也有學者注意到，但卻只限於零星地觸及，
卻忽略了梁啟超這個分類的意義所在。[80] 當中，最早留意到這個問
題的是夏志清，他在〈新小說的提倡者：嚴復和夏曾佑〉一文中，
首先指出梁啟超的「理想派」以及「寫實派」並不是承自中國傳統
而來，而更值得注意的是，夏志清還初步認識到梁啟超與坪內逍
遙的關係，他說過「兩人所用的術語相似」。[81] 可惜的是，他沒有繼

79　坪內逍遙：《小說神髓》，頁 157–159。
80　夏曉虹：《覺世與傳世：梁啟超的文學道路》；蔣英豪：〈梁啟超與中國近代新舊文學
　　的過渡〉，《南開學報》1997 年第 5 期，頁 26。
81　C.T. Hsia, "Yen Fu and Liang Ch'i- ch'ao as Advocates of New Fiction," in W.
　　Allyn Rickett et al ed., *Chinese Approaches to Literature from Confucius to Liang
　　Ch'i-Ch'ao* (New Jersey: Princeton University Press, 1978), p. 241.

續發揮或詳加論述，只是在註腳稍為帶出這個觀點，而不是要正式提出一個說法來。此外，一位非常留意梁啟超與明治文學關係的日本學者斎藤希史，亦曾指出梁啟超的「理想派小說」與「寫實派小說」兩大類，實與坪內逍遙的 "romance" 與 "novel" 相對應。[82] 不過，斎藤希史也沒有闡釋其中一個最有趣的地方：在我們熟知西方文學的今天，"novel" 並不指「寫實」，"romance" 也不指「理想」。一個正確的概念或正確的理解，同時出現在兩個人身上，這並不稀奇，因為這是循正當的理解出發而得到的必然結果。但如果兩人對一種事物都有同樣的誤解，要說這兩個人沒有任何的關連是難以令人信服的，而且，這個誤解越是天馬行空，越能顯出兩人有直接的關係。坪內逍遙對 "novel" 理解為寫實，梁啟超也跟着這樣說，不就是說明梁啟超接觸到坪內逍遙的《小說神髓》，並取得了他的看法嗎？

　　回到中國小說的分類上。當然，從小說歷史的發展情況看到，梁啟超引入這種二分小說方法是失敗的，因為中國文壇沒有對這樣的二分法產生任何的迴響，甚至可以說是置若罔聞。從上引〈論小說與羣治之關係〉的兩段文字所示，這樣的分類方法既不全面，也沒有提出文藝理論作支持或說明，以至指導中國讀者理解這兩種完全陌生的分類方式以及其創作意義。不過，除了這種從創作手法入手的分法外，梁啟超所引進的另一種分類方法，在中國的影響卻是非比尋常的，甚至可以說把中國傳統小說分類衝擊得體無完膚，而且，這種影響一直延宕到我們今天的小說分類上。

82　斎藤希史：《近代文学観念形成期における梁啟超》，狹間直樹編：《共同研究梁啟超：西洋近代思想受容と明治日本》，頁 296–230。

在梁啟超精心策劃的「中國惟一之文學報《新小說》」[83]，我們見到第一期欄目裏對小說作了這樣的分類：

1.　圖畫	2.　探偵小說
3.　論說	4.　寫情小說
5.　歷史小說	6.　語怪小說
7.　政治小說	8.　劄記體小說
9.　哲理小說	10.　傳奇體小說
11.　軍事小說	12.　世界名人逸事
13.　冒險小說	14.　新樂府

在這 14 項的小說分類中，我們今天大概仍會用上一半之多，可見，從晚清開始的這種分類是蘊含巨大的影響力的。梁啟超在《新小說》使用這種新小說分類後，中國其他幾份有質素、有銷量的文藝雜誌便立刻出現了對此的模仿，譬如《新新小說》、《月月小說》以及《小說林》等。而晚清的士大夫對梁啟超引入這種範圍較廣、有具體小說作品示範的小說分類，不但非常受落，而且還產生了一定的衝擊以及討論。在新舊文學交替的階段，晚清文人一方面模糊地以西方小說分類去套入中國傳統小說，例如有人這樣去形容《紅樓夢》：「吾國之小說，莫奇於《紅樓夢》，可謂之政治小說，可謂之倫理小說，可謂之社會小說，可謂之哲學小說、道德小說」；[84]

83　梁啟超創辦的《新小說》有借用日本春陽堂刊行的《新小說》。而有關梁啟超對《新小說》的籌備工作，可參考郭浩帆：〈《新小說》創刊行情況略述〉，清末小說研究会編：《清末小說研究》2002 年第 4 期，頁 219–28。

84　俠人：〈小說叢話〉，原刊《新小說》1905 年第 13 號，收入陳平原、夏曉虹編：《二十世紀中國小說理論資料》第 1 卷，頁 89。

另一方面，不少人被這種西方小說所「恫嚇」，認定中國小說分類膚淺，不夠深度：

> 俠人：西洋小說分類甚精，中國則不然，僅可約舉為英雄、兒女、鬼神三大派，然一書中仍相混雜，此中國之所短。[85]
> 紫英：「泰西事事物物，各有本名，分門別類，不可假借。」[86]

這都充分展示出梁啟超的分類方法對當時小說理論界造成的強大震撼。同樣地，這情況在日本也有出現。梁啟超引進西方小說的分類方法，在日本濫觴自坪內逍遙。他在《小說神髓》內全面地介紹西方的宗教小說、軍事小說、航海小說[87]……不一而足。在《小說神髓》內，我們同樣看到小說種類初期落地植根於日本文學土壤的不適應期。他一方面以 "novel" 與 "romance" 二分小說演變歷史，另一方面又以共時的 (synchronic) 小說分類觀念，套在歷時的 (diachronic) 日本小說發展內：

> 小說從其主要用意來看可以區分為兩類。即一是勸善懲惡，一是模寫。勸善懲惡小說，在英國稱為 didactic novel。它是一種極盡諷喻勸世的作品，專以獎誡為眼目來虛構人物、安排情節的。曲亭馬琴以後的著作，大都類此……
> 模寫小說 (artistic novel) 與所謂的勸善懲惡小說是性質截然不同的東西，它的宗旨只在於描寫世態，因此無論在虛構人

85　俠人：〈小說叢話〉，同上註。
86　紫英：〈新庵諧譯〉，原刊《月月小說》1907 年（第一年）第 5 號，收入陳平原、夏曉虹編：《二十世紀中國小說理論資料》第 1 卷，頁 273。
87　《小說神髓》，頁 81。

物還是安排情節上，都體現上述眼目，極力使虛構的人物活躍
在虛構的世界裏，使之盡量逼真……[88]

說曲亭馬琴的戲作是"didactic novel"，就好像說中國的志人、
志怪小說是中世紀騎士小說"romance"一樣，忽略了這些小說類
型其實是產生自不同的社會因素及不同的歷史背景。難怪日本文
化評論者柄谷行人批評《小說神髓》在文類觀念上，出現「非歷史
意識」的情況。[89]

六、「小說」作為"the novel"的對譯語

在這一節裏，我們會看看坪內逍遙和梁啟超分別在日本和中國
怎樣移植新的小說觀念，並嘗試確立二者的關聯。

「小說」作為一種文學體裁，在日本，在中國都是古已有之的。
坪內逍遙的《小說神髓》出現以前，日本已經有「小說」一字，也有
豐富的「小說」、「故事」傳統。日語漢字「小說」的語源跟漢語並
無多大區別，有「街談巷語，道聽塗說」、「飾小說以干縣令，其於
大達亦遠矣」等的意思。[90] 有學者指出「小說」一詞是在平安時代
（794–1192）隨着其他的漢籍進入日本的，但只限於指涉漢籍之中，
而與日本物語、和書傳統不相雜廁。[91] 不過，即使不用追溯到平安

---

88 《小説神髓》，頁 78–79。
89 柄谷行人：《日本近代文学の起源》（東京：講談社，1988 年），頁 211。當然，這
點有值得商榷的地方，坪內逍遙的《小説神髓》以一種進化的觀念去分析小說的發
展，進化觀念服膺的是線性向前發展的歷史時間，是否「非歷史」還可以再討論。
90 《日本文學大辭典》（7 卷本）內「小說」一項，見藤村作編：《日本文學大辭典》（7 卷
本）（東京：新潮社，1956 年），頁 54。
91 何曉毅：〈「小說」一詞在日本的流傳及確立〉，《陝西師范大學學報（哲學社會科學
版）》，1995 年 2 期，頁 148–149。

時代或更早的朝代，只要我們回到江戶時代（1603–1867），即是坪內逍遙早期醉心的小說家曲亭馬琴的時代，就已經可以了解在坪內逍遙全面接受及介紹西洋 "novel" 觀念前，「小說」在日本的意義了。

　　坪內逍遙在《小說神髓》裏面不諱言自幼酷愛小說稗史，令他浸淫達十餘年之久的作家，是曲亭馬琴（《八犬伝》）、柳亭種彥（《田舍源氏》）、為永春水、十返舍一九（《膝栗毛》）、梅亭金鵞（《七偏人》）等人。這批後來被坪內逍遙指斥為「戲作者之徒」、「翻案家」「而非真正作者」之流的人物，他們的作品在江戶時期非常受歡迎，而這實在與中國明清白話小說有密切關係。[92] 中國明清小說，特別是《水滸傳》、《三國演義》，及馮夢龍「三言」、「二拍」等傳入江戶日本後，由於小說結構新穎、情節精彩、人物鮮明等因素而迅速受到歡迎，加上是在鎖國期間的舶來品以及漢唐文化一向具備的高深文化形象，於是，大量形形色色模仿、翻案這些白話小說的讀本應運而生。坪內逍遙在《小說神髓》常常說到的範例《神稻水滸傳》就是其中一個模仿《水滸傳》之作。這些小說在江戶一帶極受歡迎，甚至到了 1743 年及 1758 年有間岡白駒、澤重淵等人翻譯及作註釋中國的「三言」及「二拍」，更有方便日本讀者閱讀中國白話小說的《小說字匯》（1792 年）、《小說字林》（1884 年）等。而模仿的「小說」方面，有如描寫男女情事的「人情本」、詼諧滑稽的「滑稽本」、寫花街柳巷事情的「灑落本」等讀本。不過，雖然這些小說很受歡迎，然而也受到江戶時代大興的正統儒學（特別是朱子學）所鄙視。因此，坪內逍遙《小說神髓》一文內不斷地提到，這些「小說」雖然很受人歡迎，但是在社會地位不高，內容狹窄，一般被視為為娛樂大

92　和漢比較文學会編：《江戶小説と漢文學》（東京：汲古書院，1993 年），頁 193–256。

眾而設，結果便成為不能登大雅之堂的「婦女童蒙的玩物」。

　　坪內逍遙用整本《小說神髓》重新介定「小說」的意涵，叫人「放棄崇拜馬琴，再不要心醉春水，或尊種彥為師，一味嚐其糟粕」；應該「斷然擺脫陳套」。他對「小說」觀念革新的貢獻，更在於他利用了日語書寫系統內一種稱作「振り仮名」的拼寫方法，以 "novel" 的語音符號「假名」「ノベル」（phonetic symbols），對譯漢字「小說」。而從此把漢字「小說」與西方 "novel" 兩個語彙對應，在語際交換過程中，使 "novel" 成為譯入文化（日本）中的詞彙「小說」的對應語／對譯詞（equivalence）。

　　我們上文說到「小說」一詞早至平安時代已經在日本有跡可尋，而另一方面，坪內逍遙也不是首個使用 "novel" 這個字的人。在《小說神髓》出版（1884 年 –1885 年）前，"novel" 這個字已經隨着洋蘭學問進入日本了。譬如在 1869 年的《英和對譯袖珍辭書》，我們看到：[93]

> Novel a. 新法新說法度ノ創立
> Novel adj. 新タラキ
> Novelist s. 新法ヲ行フ人新聞ヲ畫ク人
> Novelty s. 新ラレキフ

　　幾年後，在 1867《和英漢林》（*A Japanese and English Dictionary*）[94] 的 "novel" 一條，又翻作「草雙子」（kusazōshi）、「作

93　堀達之助：《英和對譯袖珍辭書》，1869 年出版，現參考堀達之助編，堀越亀之助增補：「改正增補和訳英辞書」《英和対訳袖辞書》(Shanghai, American Presbyterian Mission Press, 1869), p. 384。

94　J. C. (James Curtis) Hepburn, *A Japanese and English Dictionary, with an English and Japanese Index* (Shanghai: American Presbyterian Mission Press, 1867), index p. 70.

物語」(sakumono-gatari)，雖然這些體裁都是指故事書，卻沒有翻作「小說」一詞。這些都可能說明：第一：「小說」這個詞只在漢籍內使用，而 "kusazōshi" 及 "sakumono-gatari" 等是日本文學傳統內的故事形式；第二：「小說」與 "novel" 兩字都同時存在，但彼此不用作對譯語。譬如，另一明治時代赫赫有名的啟蒙家西周 (Nishi Amane)，於他介紹西洋學藝的《百学連環》內，就把 "romance" 稱作「稗史」，"fable" 稱作「小說」。[95]

　　因此可見，坪內逍遙的貢獻，在於把「小說」一詞翻譯 "novel"。而從社會廣泛地接受了這個翻譯詞並成為影響至今的「定譯」，我們看到他影響力的深遠。他在《小說神髓》裏把「小說」一詞本來帶有的中國傳統小說觀念擦去，並把新概念新意義 (new register) 注入舊名詞。在《小說神髓》裏，他大力抨擊「小說」一詞所指稱的江戶時代蘊含中國道德的舊小說觀念，把以往的觀念與名詞脫鈎。從此，「小說」在一般人的心目中，無論體裁、寫作方法、意涵，都不再指江戶時代的舊小說以及中國傳統小說相關的概念。另一方面，他以整個《小說神髓》十多章節的篇幅，從「小說」的歷史變遷、目的、種類、裨益，以及寫作手法、創作法則等，去重新釐清

95　較為人熟知在明治早期曾翻譯 "novel" 一詞的是西周。西周介紹西洋文藝的《百学連環》第 1 編裏，把 "romance" 稱作「稗史」，"fable" 稱作「小説」。然而，在他的認知裏，「小説」並不是放在「文學」之內的，原因有二：他把「小説」以及稗史放在「普通學」(common science) 下的「歷史」內，與「傳」(biography)、「年表」(chronology)、「年契」(synchronology) 以及「古傳」(mythology) 並列；而另一方面，"literature"（文學）在他的用法之下，是指中世紀的「七藝」(seven liberal arts) 的意義。見西周著，大久保利謙編：《西周全集》第 1 編（東京：宗高書房，1960 年 –1981 年），頁 84–87。由此可見，西周即使吸收了在明治早年傳入日本的在華傳教士漢譯詞典（如 Robert Morrison（1822 年）及 William Lobscheid（1871 年））的翻譯，而更早接觸及翻譯 "literature" 以及 "novel"，然而，從他的歸類方法更可看見，坪內逍遙才是使得整個日本朝現代西方「文學」以及「小説」觀念轉化的關鍵人物。這方面討論，見本書最後的總結。

小說的作用、價值及地位。當中所指的「價值及地位」，是指「小說」
現在應當是屬於藝術範圍以內、文學以內的一種體裁，而不應再囿
於明治早期「文學」作為「實學」的觀念而只用作「勸善懲惡」。在
坪內逍遙的努力下，配合整個社會沉浸在一種「維新」、「革新」的
氣氛下，舊的觀念、舊的價值漸漸隱去。在這個時候，坪內逍遙就
為這個名詞注入新觀念，而他賦予新觀念的參考坐標，就是現代西
歐社會的價值，以及西方社會進入「現代」以後出現的 “novel”（特
別是他當時所參考的 18 世紀英國文學的 “novel”）觀念。譬如，在
寫作手法方面，他就處處以產生自 18 世紀以後的西歐文學創作手
法「寫實主義」作為圭臬；小說的意涵不再是「街談巷語，道聽塗
說」，而是虛構的敘事體；模寫小說的老師不再是馬琴、春水、種
彥，而應學習「近代小說名手如林，如司各特、李德、仲馬、艾略
特等人……欲奮力凌駕其上」。[96]「小說（novel）」這個新名詞，其
實只是整個明治日本改革時空內眾多新名詞、新概念出現的一環。
從幕末到明治維新的文明開化過程中，日本為了輸入西洋思想，利
用漢字製造大量「新名語」，或以舊有的名詞翻譯現代西歐新思想。
這些使用漢字的新造詞是在對應西洋學術的過程中，隨着用假名標
示在漢語之上，而形成的新概念。這些新名詞，從日常生活的實物
如瓦斯、伏特，到學術用語如政治、經濟、科學、哲學等語彙，到
一些較為抽象一些的觀念如客觀、命題、現象等等，都是分別用以
對應西洋語而在明治十年左右形成並確立的。[97]「小說」一詞，就像
其他的新造語、翻譯語（如自由、政治、有機、社會、民主）一樣，

96　坪內雄藏：《小說神髓》（東京：松月堂，明治 20 年（1887 年）），頁 36-37。
97　柳父章：《翻訳語成立事情》，以及森岡健二：《近代語の成立——明治期・語彙編》
　　（東京：明治書院，1991 年）。

同是這個時代的產物，標誌着明治社會「西歐現代化」的印記。[98]

至於在中國，我們知道，並沒有一個通過翻譯建立「新名詞」、「翻譯語」以把西歐思想直接輸入國內的歷史時空，而我們的書寫系統，也沒有日本的這一種標音特色。不過，晚清的時候也曾經出現大量「新名詞」，這些新名詞湧入中國的時候，在社會上引起熾熱的迴響，甚至爆發了要抵制「新名詞」的討論。[99] 在「新名詞」輸入近代中國的歷史上，梁啟超可以說是最重要的人物，他所編輯出版的《新民叢報》、《清議報》就是一個把形形色色的新名詞帶入中國的重要渠道。[100] 而其實，附有新意涵的「小說」一詞，就是他帶入晚清中國的眾多新名詞之一。

梁啟超渡日並在明治日本浸淫了一段時期以後，看到日本明治社會進步人士振臂一呼所大力提倡的小說原來並不是傳統意義上的中國小說，更不是在明治維新前受中國影響的物語，加上他眼前的這些小說原來可以成為宣傳政治的救國工具，便積極把「小說」以「新」的旗號移植入中國了。但梁啟超不像坪內逍遙，他沒有把 "novel" 的觀念直接輸入中國。他雖曾經學習拉丁文，但似乎不太懂英語，且興趣也不在文學上，他大有可能不知道 "novel" 在西語的內涵是指甚麼，但在用法上，他是找對了核心點的。梁啟超強調新小說的「新」，正正就與西語 "novel" 一字的語源吻合。我們知道，"novel" 有兩種詞性：第一是來自古老意大利語的 "novella"，

98　柳父章很早就意識到「小說」在明治以後是一個翻譯語，用作對應 "novel" 的觀念。然而，他沒有詳細分析小說觀念如何在日本轉變。見柳父章：《翻譯文化を考える》（東京：法政大學出版局，1978 年），頁 44–45。

99　詳見羅志田：《清季民初關於「國學」的思想論爭》（北京：生活・讀書・新知三聯書店，2003 年），第四章「抵制東瀛文體」，頁 153–170。

100 Federico Masini, *The Formation of Modern Chinese Lexicon and Its Evolution toward a National Language: The Period from 1840 to 1898* (Berkeley: California University Press, 1993), pp. 98–103.

語源是拉丁文 "novellus"，意指「新」的意思；第二種意指 "novel" 作為一種文學體裁的出現，指 16 世紀之時散文體小說 "prose fiction" 漸漸在社會上流行，而「新」於以往以韻文體敍事的故事。他使用「新小說」，將「新小說」以雜誌名義帶入中國，為的就是要與傳統小說作識別。

至於到底梁啟超有沒有注意到把「小說」作為 "novel" 的「翻譯語」及「新名詞」是坪內逍遙的貢獻，我們暫時沒法確定。但從他運用這個詞的層面看來，梁啟超把在明治日本學得的與往昔不同的「小說」觀念輸入中國時，是明確地意識到「小說」這個詞彙已經與傳統的小說有分別的。在〈論小說與羣治之關係〉，他重新分析小說的本質，包括小說的普遍性、小說的直接間接之影響、四種力量、優點與缺點、小說的類型等，目的，就是要重新為「小說」下定義，洗掉「小說」過去所帶有的負面意涵。另一方面，他實際上是帶出了另一種小說來，一種區別於「舊的」、「傳統」的「新」小說。而更重要的是，他受到了坪內逍遙小說觀的影響，而坪內逍遙則是以「小說」一詞翻譯 "novel" 一字的。因此，雖然梁啟超沒有直接輸入 "novel" 的觀念，但他通過對坪內逍遙小說理論的吸收，而間接輸入了 "novel" 的觀念。在此以後，中國對於「小說」一字的使用上以及觀念上，也漸漸把歐洲現代 "novel" 橫向移植進入了中國小說的發展軌道上，成為現代歐洲小說嫁接中國小說傳統的發展軌跡之重要轉折。

梁啟超經日本（坪內逍遙）把西方小說觀念（特別是英國 18 世紀以來）傳入晚清後，雖然新的理念還只是在形成的階段，但舊的觀念卻慢慢地逐漸瓦解，而小說也開始踏上西方現代化之途。晚清的知識分子以及讀者，處於不斷接受「新名詞」衝擊，接收新思想、新概念的時代，他們與梁啟超一樣，看到「小說」之名雖同，但卻

未必不察覺到「小說」內涵出現的變化。其中一個最重要的例證就是，我們看到陶佑曾在 1907 年的〈論小說之勢力及其影響〉一文中寫到：

> 自小說之名詞出現，而膨脹東西劇烈之風潮，握攬古今利害之界線者，惟此小說；影響世界普通之好尚，變遷民族運動之方針，亦惟此小說，小說！小說！誠文學界佔最上乘者也。其感人也易，其入人也深，其化人也神，其及人也廣。是以列強進化，多賴稗官，大陸競爭，亦由說部，然則小說界之要點與趣意，可略睹一斑矣。[101]

當新小說觀念逐漸在社會上傳播並得到接納後，「新小說」開始等同於「小說」。晚清的文人在沒有「新」字標榜時，一樣了解到此「小說」（西洋小說）與彼「小說」（中國傳統小說）實在不同，否則，有差不多 2,000 年小說傳統的中國，斷不會在 1907 年有「自小說之名詞出現」一句，而這一句清楚帶出，小說是反映「東西」「古今」「界線」的！1902 年，梁啟超既提出口號「新小說」（欲新道德，必新小說；欲新宗教，必新小說；欲新政治，必新小說[102]），亦開展具體實踐方針──文藝雜誌《新小說》；這裏，既是動賓結構的「新小說」（「革新小說」），又更是偏正結構的名詞「新的小說」。這樣，我們看到，小說在中國文學發展史上，從此與「舊小說」擘裂了。

101　陶佑曾：〈論小說之勢力及其影響〉，原刊《遊戲世界》1907 年第 10 期，收入陳平原、夏曉虹編：《二十世紀中國小說理論資料》第 1 卷，頁 247。

102　梁啟超：〈論小說與羣治之關係〉，原刊《新小說》1902 年第 1 號，收入陳平原、夏曉虹編：《二十世紀中國小說理論資料》第 1 卷，頁 50。

七、小結

　　學術界一直沒有「發現」梁啟超的小說觀念是借鑒自坪內逍遙，當中可能因為坪內逍遙一向不為中國學界所注意，更可能是因為梁啟超與坪內逍遙的筆墨因緣不及與其他日本啟蒙家的關係那麼表面的緣故，尤其是當我們看到梁啟超曾大力公開讚賞、表揚、推介其他的日本啟蒙家，如福澤諭吉、中江兆民、加藤弘之、德富蘇峰、中江藤樹、浮田和民、熊澤蕃山、大鹽後素、吉田松陰、西鄉南洲等等。但在上文已指出過，梁啟超對坪內逍遙的名字以及對明治文壇的認識是不淺的。另一方面，學者一般認為，在梁啟超渡日的 1898 年，日本政治小說已介於落潮，而坪內逍遙的影響力漸漸被後起之秀如尾崎紅葉、幸田露伴、森鷗外、德富蘇峰等人的風頭蓋過，[103] 因而忽視了梁啟超對坪內逍遙小說觀念的吸收。但是，正如筆者在第一節提到，坪內逍遙對日本「現代小說」是奠下基礎的貢獻，在明治以後談到「小說」很難繞過他設定下的範疇以及標準。一種重要的理論在提出後的二三十年漸漸失去當日提出時的震撼是很自然的事，但這不代表這種理論的影響力已經消失，相反，這種理論已經有如空氣一樣被人們每天呼吸着了。

　　正如本章第一節已簡單提到，過往，研究者着力論證梁啟超如何從德富蘇峰取得思想資源，如梁啟超的文章〈無慾與多慾〉、〈無名之英雄〉或〈煙士披裏純〉明抄暗譯自德富蘇峰的文章，或其觀念如「三界革命」中的「文界革命」、「詩界革命」脫變自德富蘇

103　Peter F. Kornicki, *The Reform of Fiction in Meiji Japan* (London: Ithaca Press, 1982), 特別是第 2 章 "*Shosetsu Shinzui* and its impact", pp. 25–39。

峰的論調而來等，近年來學者都有留意到了。[104] 不過，中國學界所一直忽視的卻是：德富蘇峰在坪內逍遙的身上找到非常多的「煙士披裏純」（inspiration），而這點在日本學界是已有論述的。德富蘇峰著名的《評近來流行之政治小說》（〈近来流行の政治小説を評す〉）、〈小說論〉三篇〈小説を読む善悪の事〉、〈小説の善悪を批評する標準の事〉、〈女流、小説を讀むの覺悟の事〉等，[105] 無論在譴詞用語或文章內容等各方面，都是建基在坪內逍遙的《小說神髓》的。簡單地說，在內容方面，德富蘇峰在〈近来流行の政治小説を評す〉激烈批評「政治小說」藝術拙劣的意見，就是來自坪內逍遙的《小說神髓》中對寫實小說的看法。坪內認為政治小說人物套上太多作家自己的生硬政見，損害了小說人物的真實個性；《評近來流行之政治小說》內五點中的「不符體裁」、「結構形同於無」、「意匠變化小」等等，更是明確地來自《小說神髓》下半卷探討小說敘事方法的〈人物的法則〉一節與〈主人公的設置〉；另外，〈小說を讀む善惡の事〉、〈小說の善惡を批評する標準の事〉裏面一些主要觀點也是來自《小說神髓》內常常提到的小說之力在於影響人的善惡之感與對善惡的判別；而其他的一些觀念，如蘇峰在〈女流、小說を讀むの覺悟の事〉一文內對婦女閱讀小說之看法，也一樣來

104　樽本照雄：〈梁啟超の盜用〉，樽本照雄：《清末小説探索》，頁 249–255。陳建華：〈「詩界革命」的現代性：梁啟超與德富蘇峰〉，陳建華：《「革命」的現代性──中國革命話語考論》，頁 40–44。

105　德富蘇峰：〈近来流行の政治小説を評す〉，原刊《國民之友》明治 20 年（1887年）7 月第 6 號，收入吉田精一、淺井清編：《近代文學評論大系 1 明治期 I》，頁 40–46；德富蘇峰：〈小説論〉，原刊《女學雜誌》明治 20 年（1887 年）11 月第 84號，收入吉田精一、淺井清編：《近代文學評論大系 1 明治期 I》，頁 46–53。

自坪內逍遙的《小說神髓》。[106]

　　德富蘇峰以外，坪內逍遙在《小說神髓》內提出的觀點更是受到整個明治文壇迅速而廣泛的吸納，演變為整個文壇對小說的主流看法。在《小說神髓》出版後的一年，高田半峰發表論文〈佳人之奇遇批評〉，直接對這部政治小說的代表作進行了否定性的評價。文章認為以《佳人奇遇記》為代表的日本政治小說實質上是政論而非小說，人物是木偶人，作品是贗品。這種對政治小說的批評，當然與德富蘇峰不遑多讓，可見坪內逍遙在明治文壇的影響力以及震撼力是很廣泛的。[107]跟着，高田半峰在 1886 年《中央學術雜誌》進一步提出「小說は、最も上品なるもの（小說為文學之最上品）」的說法，就是坪內在《小說神髓》內以大量的篇幅說明的文學的高尚以及文學比其他體裁優勝的論點。事實上，高田半峰就是早年（1847 年）與坪內一起把英國小說家 Sir Walter Scott 的作品 *The Bride of Lammermoor* 作一部分意譯為有名的政治小說《春風情話》的文友。

　　移植，就是把非根植、醞釀、生產於本國土壤的事物嫁接（graft）過來。把西方 "novel" 的文學傳統移進 20 世紀中國及日本，就是把西方中世紀與現在之間的一段西方學者稱為「現代」的時期所產生的特定文學體裁，移入並接上中國以及日本的文學傳統。本章的目的，一方面要展示坪內逍遙與梁啟超如何移植西方小說到本國，另一方面要論證二人的移植過程並不是毫無關聯，而是

106　見笹淵友一：《浪漫主義文學の誕生》（東京：明治書院，1958 年），頁 553–556；及中村青史：《德富蘇峰‧その文学》（熊本：熊本大学教育学部国文学会，1972 年），頁 142–149。

107　半峰居士：〈佳人之奇遇批評〉，原刊《中央學術雜誌》27，明治 19 年（1886 年）3 月第 27 號，收入吉田精一、浅井清編：《近代文學評論大系 1 明治期 I》（東京：角川書店，1971 年），頁 338–343。

出於中日兩國特殊的歷史脈絡。上文指出過，坪內逍遙與梁啟超的小說觀點，實在有不少相似的地方。由於梁啟超的這些論點，都出於他東渡日本後，而坪內逍遙是明治日本文壇最有影響力的人物之一，我們可以相信，梁啟超是在日本受到坪內逍遙的影響才得出這些觀點的。退一步而言，即使不說梁啟超是直接從閱讀坪內逍遙的作品而得出他的觀點，但由於坪內逍遙當時在日本已很有影響力，梁啟超亦很可能間接地獲得他的想法。如果坪內逍遙與梁啟超的關係真有迂迴的地方，亦好以此作譬喻說明中國西化過程之迂迴曲折。我們知道，中國並不是直接取經自西方，而是繞道東瀛曲行（detour）至西。梁啟超、魯迅、郁達夫、郭沫若等人從明治開始受日本的影響，而坪內逍遙、福澤諭吉、西周、森鷗外、夏目漱石等卻通過留學、遊歷或翻譯西文而直接受西方影響。這大概也正是梁啟超在《清代學術概論》中不無自嘲的「梁啟超式」輸入：「無組織，無選擇，本末不具，派別不明」，而生出「晚清西洋思想之運動，最大不幸者一事焉，蓋西洋留學生殆全體未嘗參加於此運動」的感慨。[108] 然而，如果在明治以前日本沒有對漢文化及漢字傳統深厚的吸收，中日在明治前後迂迴的歷史因緣其實也是無法展開的。

108　梁啟超：《清代學術概論》，《梁啟超全集》第 5 冊第 10 卷，頁 3066。

第三章

呂思勉（成之）〈小說叢話〉對太田善男《文學概論》的吸收——兼論西方小說藝術論在晚清的移植

一、引言

1914 年發表在《中華小說界》上的〈小說叢話〉,[1] 是一篇探索中國小說從近代過渡到現代非常重要的理論文章。學者認為,這篇論文是晚清過渡到民國時期最長的小說理論文章,其重要性可作為晚清小說理論的總結,[2] 單就這一點,已經足以與晚清小說理論的開山之作——嚴復、夏曾佑〈本館附印說部緣起〉媲美相論。然而非常可惜的是,學界對這篇理論文章沒有充分的認識和理解。

首先,就作者身份而言,這篇在《中華小說史》目錄以「成之」署名,然而內文則以「成」發表的論文,雖然學界現在普遍認為這

1　成之:〈小說叢話〉,原刊《中華小說界》1914 年（第一年）第 3–8 期,收入陳平原、夏曉虹編:《二十世紀中國小說理論資料》（第 1 卷）,頁 438–479。

2　黃霖、韓同文編選註:《中國歷代小說論著選》,頁 402–403。

是由史學家呂思勉（1884–1957）所撰，[3] 但值得注意的是，呂思勉的字是「誠之」。而在呂思勉日記《殘存日記》以及作為其自傳文章的〈三反及思想改造學習總結〉（1952 年）內，從來沒有提及這篇〈小說叢話〉，[4] 造成學界多年來忽視了呂思勉對晚清文學發展的深切關心。而有關呂思勉的多本傳記，包括李永圻編《呂思勉先生編年事輯》，[5] 以及俞振基編的《蒿廬問學記》內〈呂思勉先生編著書籍一覽表〉及〈呂思勉先生著述繫年〉，[6] 也沒有隻字提及〈小說叢話〉。

　　呂思勉就是「成之」的推測，到了 1982 年才正式出現。1982年上海古籍出版社《古代文學理論研究》叢刊第六輯刊載〈小說叢話〉，文末徑署「呂思勉」的名字，並附有魏紹昌寫的〈附記〉。〈附記〉指：「本文寫於清末民初之際，系呂先生早年之作，其（一）曾在當時刊物上登載，然發表時署名僅書一「成」字，知者絕鮮；其（二）系未刊稿，幾經戰亂搬動，已殘破不全，現將兩者稍加整理發表於此，籍免湮沒。」[7] 當時從《中華小說界》上已攝得全文，擬

3　迄今，我們仍然沒有掌握第一手資料，証明〈小說叢話〉的作者成之就是呂思勉。不過，今天，〈小說叢話〉已經由「呂思勉史學論著編輯組」收入呂思勉的《論學集林》內，可見呂思勉就是成之的說法已經被學術界視為定論。《論學集林》所據的是 1982 年發表在《古代文學理論研究》叢刊第六輯上的〈小說叢話〉，文章有刪節。見呂思勉：《論學集林》（上海：上海教育出版社，1987 年），頁 165–176。經過學界多年鈎沉搜羅呂思勉散佚的遺稿，在 2016 年出版的《呂思勉全集》中，已確收〈小說叢話〉全稿，並已作校及補正，見呂思勉：〈小說叢話〉，《呂思勉全集》第 11 卷（上海：上海古籍出版社，2016 年），頁 25–58。

4　呂思勉：〈三反及思想改造學習總結〉，1952 年，《呂思勉全集》第 12 卷（上海：上海古籍出版社，2016 年），頁 1218–1230。

5　李永圻 1992 年編的《呂思勉先生編年事輯》，原先並沒有收入〈小說叢話〉，見李永圻編，潘哲翬、虞新華審校：《呂思勉先生編年事輯》（上海：上海書店，1992 年）；李永圻 2016 年的〈呂思勉先生著作繫年〉已補回這資料，見《呂思勉全集》第 26 卷（上海：上海古籍出版社，2016 年），頁 531。

6　俞振基：〈呂思勉先生編著書籍一覽表〉、〈呂思勉先生著述繫年〉，《蒿廬問學記》（北京：生活・讀書・新知三聯書店，1996 年），頁 276–282，頁 283–344。

7　《古代文學理論研究》叢刊第六輯，頁 278。

收入《中國歷代小說論著選》。據黃霖所示，他比對兩文之下，得知魏紹昌當時並不是循《中華小說界》取得〈小說叢話〉原文，在整理殘章時，且將管達如的〈說小說〉的部分內容竄入。由此推斷，魏紹昌的稿源或是來自呂思勉後人。但此一推斷，未能證實。[8] 不過，在未能提出新證據否定呂思勉是〈小說叢話〉的作者前，我們雖可存此疑問，但不應否定此說。

導致〈小說叢話〉不能產生廣泛討論的因素，除了作者的身份在過去沒法確定外，過去探討晚清小說的研究中，並沒有一個完備的視野作分析也是其中的關鍵。我們首先要確定的是，呂思勉這篇〈小說叢話〉的主要觀點，是大量參考自日本明治時期學者太田善男（1880–？）的《文學概論》（1906 年）而來。在下文，我會循着這條線索，把呂思勉〈小說叢話〉放回處在從古到今、從中國到西方這雙軌轉變中的晚清小說觀念內作討論。

不過，即使沒有這條線索，〈小說叢話〉的價值也不應該被忽視。正如上文所說，〈小說叢話〉是民初最長的小說理論，內文分析小說的觀點非常全面。然而非常可惜的是，我們今天所見有關〈小說叢話〉的所謂分析，只限在〈小說叢話〉抽取幾個重點複述一遍，而沒作深入的論析。惟一例外的是 2000 年 Dušan Andrš 以王國維、徐念慈以及呂思勉探討晚清小說理論中的虛構性的博士論文。[9] 作為西方首篇討論〈小說叢話〉的論文，加上試圖以一個理論架構探討〈小說叢話〉之舉，此文的價值必須受到大力肯定。但有沒有外國思想啟蒙〈小說叢話〉都好，呂思勉全文沒有用上「虛構」

---

8 黃霖、韓同文編選註：《中國歷代小說論著選》，頁 357–409。

9 見 Dušan Andrš, *Formulation of Fictionality: Discourse on Fiction in China between 1904 and 1915*, Ph.d. Thesis (Prague: Charles University, 2000)，未刊稿。

以及與此有直接關聯的詞彙（下文有更多討論），因此我們不能以歷史後來的發展及結論，附加在〈小說叢話〉之上，單單以對中國小說演變以及〈小說叢話〉文本的討論過程，其實無法充分展析呂思勉理論內的虛構觀念。當然，〈小說叢話〉在推演新的、外來小說觀念時，論理過程混淆駁雜，[10] 用字含混不清，使後人理解上產生不必要的困難，也增加學者對此文深度討論的難處。不過，如果我們不急以西方小說理論強加於〈小說叢話〉作詮釋，而把此文置回晚清小說之過渡，特別是梁啟超以降給晚清小說帶來的過渡期間的現象來考察，那我們只要稍加整理〈小說叢話〉內的觀點，便能從混淆駁雜中梳理出一個系統來，並能理解：這些貌似似是而非之論、遣詞用句與今日出現差異的地方，正反映晚清新舊、中西思想衝擊的痕跡；而這些混亂，實在是新知識還未沉澱晚清學術之反映；也因此，〈小說叢話〉在晚清小說觀念現代化過程中的重要意義，無論如何也不應忽視。

　　本章的目的，首先在於細緻地展現呂思勉借鑒《文學概論》的地方，以補足〈小說叢話〉以及其相關背景上的歷史空白，展現呂思勉如何引用經日本而來的西方小說藝術論建構中國小說理論。再配合〈小說叢話〉出版時的歷史脈絡，討論這篇文章對晚清至民初半新不舊小說觀念的開創及繼承，以此展現中國近現代小說觀念轉變的軌跡。

---

10 〈小說叢話〉中太多張冠李戴，似之而非之論，如「悲情小說，訴之於情的方面；而喜情小說，則訴之於知的方面」；又喜作簡單二元來簡單化很多理論，如「小說有有主義與無主義之殊」，令人有不知所云之感；當然，文中也不乏極超越時代限制之處，如說「小說者，近世之文學（頁 438）」，就可以說是超越同儕的。詳論見下文。

二、呂思勉與太田善男的藝術論

呂思勉從來沒有在自己的日記以及自傳文章內提到〈小說叢話〉，因此，他曾經參考太田善男的《文學概論》一事，在文學史上就更譚莫如深。的確，直到今天，我們沒法確定呂思勉通過甚麼渠道接觸到《文學概論》。據現時的材料看來，太田善男的《文學概論》並沒有被翻譯成漢語。[11] 不過，這並不代表晚清文人對此書感到陌生。相反，《文學概論》在晚清學界可謂風靡了不少文學研究者，特別在啟導中國學人如何論述中國文學應從實用觀念走上非實用的美學道路上，貢獻尤大。譬如，與呂思勉一樣曾在東吳大學（今蘇州大學）教書的黃摩西（黃人），在他的《中國文學史》（1909年）的第三編第一章〈文學之起源〉第一節「文學定義」中，就清楚列出他有關「文與文學」的觀念是參考自太田善男的《文學概論》的：「日本太田善男所著《文學概論》第三章第一節云：『文學者，英語謂之利特拉大。literature 自拉丁語 litera 出……。』」[12] 此外，在周作人差不多這個時間寫成的〈論文章之意義暨其使命因及中國近時論文之失〉（1908年），[13] 也有大量參考太田善男的《文學概論》

---

11 在実藤惠秀編的《中國人留學日本史》內，沒有找到《文學概論》的蹤跡。見実藤惠秀著，譚汝謙、林啟彥譯：《中國人留學日本史》（香港：中文大學出版社，1982年），特別是文學類一欄，頁 556–566。

12 湯哲聲、涂小馬編著：《黃人》（北京：中國文史出版社，1998年），〈摩西文輯存〉，頁 67，及王永健：《蘇州奇人黃摩西評傳》（蘇州：蘇州大學出版社，2000年），〈黃摩西《中國文學史》選錄〉一節，頁 468–495。

13 周作人：〈論文章之意義暨其使命因及中國近時論文之失〉，原刊《河南》1908年5至6月第4至5期，收入鍾叔河編：《周作人文類編》第3卷《本色》（長沙：湖南文藝出版社，1998年），頁 1–30。另外，學界最近發現魯迅其實亦大量參考太田善男的《文學概論》，見張勇：〈魯迅早期思想中的「美術」觀念探源——從《儗播布美術意見書》的材源談起〉，《中國現代文學研究叢刊》2017年第3期，頁 116–127。

的地方。[14] 我們知道，周作人是在 1906 年 6 月留學日本的，而太田善男的《文學概論》也是於 1906 年出版。

　　呂思勉雖然沒有到日本留學過，更只謙虛地表示自己的日語程度僅止於「和文漢讀法」。[15] 但早在 1912 年，當他還任教於上海私立甲種商業學校時，就說明因為當時沒有教本可依，所以隨時代的風習，參考日文書作教材。[16] 此外，在 1921 年，他曾翻譯過一篇日本學者津田左右吉所撰的〈滿鮮地理歷史研究報告〉第 1 冊[17] 為〈勿吉考〉，並曾附加詳細的譯者識語，以「譯者按」的形式來註明自己作為歷史學研究者對原文史料上不同意的地方。[18] 由此可見，呂思勉的日語能力是很不錯的。

　　另一方面，儘管太田善男的名字今天在中國以至日本學界已鮮有人提及，但其實，他曾不遺餘力地譯介外國文學及哲學理論到明治日本，貢獻殊多。太田善男生於 1880 年（歿年不詳），1905 年東京大學英文科畢業。畢業後曾任職博文館，後任教慶應義塾大學（後改為慶應大學），現今慶應大學仍然留有太田善男編纂的英語論文集。1904 年與小山內薰、川田順、武林無想庵等創辦文藝雜誌《七人》，[19] 並於《朝日文藝》專欄撰寫反自然主義的評論，在 1918

14　根岸宗一郎：〈周作人留日期文学論の材源論について〉，《中国研究月報》總第 50 期（東京：中国研究所，1996 年 9 月），頁 38–49。

15　李永圻編，潘哲羣、虞新華審校：《呂思勉先生編年事輯》，頁 101。

16　呂思勉：〈三反及思想改造學習總結〉，李永圻編，潘哲羣、虞新華審校：《呂思勉先生編年事輯》，頁 50–51。

17　津田左右吉：〈勿吉考〉，原刊《滿解報告 I》，1915 年，收入《津田左右吉全集》第 12 卷（東京：岩波書店，1963 年 –1966 年），頁 20–37。

18　鶩牛〔呂思勉〕：〈勿吉考——譯《滿州歷史地理研究報告》第一冊〉，原刊《瀋陽高師周刊》1921 年第 42 期，頁 2–8，收入呂思勉：《呂思勉全集》第 11 卷，頁 277–286。

19　有關《七人》雜誌的創辦經過，可看中村武羅夫：《現代文士二十八人》（東京：日高有倫堂，1909 年），〈小山內薰〉，頁 226–248。

年翻譯 David Hume 的 *A Treatise of Human Nature* 為《ヒューム人性論》，1932 年撰寫《文藝批評史》，1921 年撰寫《最近思潮批判》，可以說是活躍於明治文壇的人。

《文學概論》一書，就是 1906 年太田善男在博文館工作的時候出版的。《文學概論》分上下篇：上篇的〈文學總論〉由三章組成，包括「藝術とは何ぞや」（何謂藝術）、「藝術の組成」（藝術的組成）、「文學の解說」（文學解說）；下篇題為〈文學各論〉，由四章組成，論及組成文學觀念的各個文類，包括第四章的「詩とはなにぞや」（何謂詩）、「吟式詩」（韻文）、「讀式詩」（美文）以及「雜文學」。太田善男的《文學概論》，是總論文學概念的書，像今天的文學導論，全書約 300 多頁。[20] 呂思勉不可能亦不會把全部《文學概論》引到他的文章內，最主要是參考了兩個方面：第一是有關藝術論的部分，亦即是《文學概論》上篇的第一、二章有關藝術的部分；第二是有關小說觀念方面，就是《文學概論》第六章〈讀式詩〉內論及小說的地方。對這幾個部分的吸收，最主要反映在〈小說叢話〉的前半部分上；而〈小說叢話〉的後半部，則是呂思勉在吸收這些觀念後以中國小說（特別是以《紅樓夢》）對新觀念的演繹。

三、小說的兩種特質：勢力與藝術的對立

呂思勉在〈小說叢話〉裏，大量參考太田善男《文學概論》的觀點，目的就是要補充晚清小說論的偏頗。呂思勉開宗明義指出，晚清小說大盛的現象並不健康（頁 438）：「今試遊五都之市、十室之

20　太田善男：《文學概論》（東京：博文館，明治 39 年（1906 年）9 月）。

邑，觀其書肆，其所陳列者，十之六七，皆小說矣。」而社會上各
階層的人，「負耒之農、運斤之工、操奇計贏之商」，「皆小說思想
所充塞矣」。除了農工商之外，社會上「知識最高之士人」，在思想
言行方面，也同樣受到「小說之感化」。這種由小說帶來的彌漫社
會的力量，他概括為「小說之勢力」。

　　本來，小說跟勢力風馬牛不相及。小說在中國傳統內價值低
微，一直被文人當作閒書聊以自娛，或只是茶餘飯後以資談柄的話
題。不過，在晚清國力漸頹之時，小說卻被文人附託成為挽救國勢
的工具，而得以受到前所未有的重視。不過，當時的人雖然開始留
意小說這種文類，卻對小說的本質、功用、價值、分類等問題無一
定見，特別是 1902 年之前，新舊小說觀念出現短兵相接的局面，
新的如嚴復、夏曾佑的〈本館附印說部緣起〉已經出現，舊的卻仍
在二千年前《漢書・藝文志》內找立論根據。各種各樣的小說觀念
有如戰國時代一樣，哪一種看法能震動人心，哪一種就立刻成為風
從模仿的對象。如果從文學的發展規律來看，這種勢力的擺盪，就
好像個鐘擺，來回在極端之中找出均衡點。

　　早於 1901 年，由筆名衡南劫火仙的文人所寫的〈小說之勢力〉
已點出小說依附在救國情緒中出現震動人心的效應，而出現「小說
家勢力之牢固雄大」的問題。[21] 到了梁啟超〈論小說與羣治之關係〉
（1902 年），小說與勢力儼然成為不可分開的搭配詞。梁氏論到小
說帶有「四力」：「熏、浸、刺、提」之外，更有足以支配人心的「入
力」、「感染力」。此後，小說在社會上捲起的風起雲湧的力量，就
隨着梁啟超振動的文筆不脛而走。在 1902 年到 1908 年的短短五

21　衡南劫火仙：〈小說之勢力〉，原刊《清議報》1901 年第 68 期，收入陳平原、夏曉虹
　　編：《二十世紀中國小說理論資料》（第 1 卷），頁 48。

年間，梁啟超鮮明的論調可謂是一枝獨秀地成為小說界的代表，他的小說觀產生了盲從響應的效果，有人對梁啟超的理論加以發揮，更多的人是隨着梁啟超的革命口號去空喊口號，把一股空有愛國熱情而沒有理性或理論的討論全部灌輸在小說之上。這些論調特別見諸《新小說》刊物中的〈小說叢話〉欄目內，[22] 更成為各大小說發刊詞的套語，以確保銷路。[23]「小說的勢力」由救國的神奇妙藥，已逐漸發展到無所不能，漫延到社會上各個範圍：啟童蒙、開民智、倡科學、破迷信、勸善懲惡、改善風俗。有關這些可以概括為「小說有用論」的論述，學者都已臚列詳盡的例子，並已詳細說明背景、產生原因，在這裏不贅述。[24]

在這種「小說有用論」下，小說被看成是中國社會的萬能藥，更成為宣泄社會不滿的工具，[25] 而出現了大批「開口見喉嚨」的藝術

22　如俠人：「小說之所以有勢力於社會者，又有一焉，曰堅人之自信。凡人立於一社會，未有不有其自信以與社會相對抗者也。」俠人：〈小說叢話〉，原刊《新小說》1905 年第 13 號，收入陳平原、夏曉虹編：《二十世紀中國小說理論資料》（第 1 卷），頁 94。又如陶佑曾：「咄！二十世紀之中心點，有一大怪物焉：不脛而走，不翼而飛，不叩而鳴；刺人腦球，驚人眼簾，暢人意界，增人智力；忽而莊，忽而諧，忽而歌，忽而哭，忽而勸，忽而諷……電光萬丈，魔力千鈞，有無量不可思議之大勢力。」陶佑曾：〈論小說之勢力及其影響〉，原刊《遊戲世界》1907 年第 10 期，收入陳平原、夏曉虹編：《二十世紀中國小說理論資料》（第 1 卷），頁 247。

23　較明顯的例子包括《新世界小說社報》第一期〈新世界小說社報發刊辭〉（1906 年）以及〈創辦大聲小說社緣起〉等，見陳平原、夏曉虹編：《二十世紀中國小說理論資料》（第 1 卷），頁 201–204，頁 393–394。

24　晚清社會如何功利地利用小說，以及對其背景的分析，可參考王觳敏：〈中國近代知識普及運動與通俗文學之興起〉，《近代文化生態及其變遷》（南昌：百花洲文藝出版社，2002 年），頁 195–290，及黃錦珠：〈小說之社會性質論〉，《晚清時期小說觀念之轉變》（台北：文史哲出版社，1995 年），頁 147–212。

25　阿英指出這時的小說的最大特色是不斷抨擊政府和一切社會惡現象，見阿英：《晚清小說史》第一章〈晚清小說的繁榮〉，《阿英全集》第 8 卷（合肥：安徽教育出版社，2003 年），頁 6。《晚清小說史》最早於 1937 年由商務印書館刊行；1955 年經作者略增刪修訂後出版。1980 年，吳泰昌據作者 1977 年歿前叮嚀加以修訂校勘，後有多種版本面世。本論以 2003 年版《阿英全集》為準。

性不高的小說。在社會對小說認識不深的情況下，仍然未調整出一種新的平衡點，大量藝術性低劣的小說仍然鋪天蓋地湧現，而「小說有用論」、「小說的勢力」等新迷信，已經達到被信為可以「造成世界」，甚至興國興邦，「與社會相對抗者」的地步。

　　當時即使有部分的人對這種情況產生懷疑、不滿，但限於知識水平，只能慨歎小說為「新八股」，而苦於欠缺有力的理論以矯正這種荒謬的現象。[26] 而與呂思勉持差不多觀點而又比呂思勉更早出現的，是王國維、黃人（黃摩西）以及徐念慈。他們在整個社會大喊小說是社會萬能藥之時，卻能一反潮流，指出中國社會對待小說的態度存在着好走極端的弊病。[27]

　　不過，即使有這些先知式的靈光及思想火花迸現，非常可惜的是，由於這些理論自身的局限，[28] 也由於當時的實嚴峻的社會環境，這些觀點並未能有效遏止小說有用論的看法。所謂當時實際社會環境，就是林紓（林譯）小說的大收旺場（見本書乙部的第五至七章），抵銷了他們論點的有效性。林紓在啟導晚清文人走向世界的過程中雖是功不可沒，但無可置疑的是，他的小說觀是非常傾

26　如寅半生的〈《小說閒評》敍〉，就只流於對這種現象的感歎：「十年前之世界為八股世界。近則忽變為小說世界，蓋昔之肆力於八股者，今則鬥心角智，無不以小說家自命……」寅半生：〈《小說閒評》敍〉，1906 年，收入陳平原、夏曉虹編：《二十世紀中國小說理論資料》（第 1 卷），頁 200。

27　三人代表論文如下：王國維：〈紅樓夢評論〉，《教育世界》1904 年第 76–78、80–81 號；摩西〔黃人〕：〈《小說林》發刊詞〉，《小說林》1907 年第 1 期；覺我〔徐念慈〕：〈《小說林》緣起〉，《小說林》1907 年第 1 期；分別收入陳平原、夏曉虹編：《二十世紀中國小說理論資料》（第 1 卷），頁 113–130，頁 253–255，頁 255–257。

28　袁進：〈黃摩西、徐念慈小說理論的矛盾與局限〉，《華東師大學報（哲學社會科學版）》1986 年第 3 期，頁 15–19。另外，在呂思勉之前，的確有王國維以先見之明指出小說的藝術本質，不過，正如學者所指出，王國維在〈紅樓夢評論〉闡述美學的目的，更在於藉〈紅樓夢評論〉來闡發叔本華哲學，見葉朗：《中國小說美學》（北京：北京大學出版社，1982 年），頁 245。

向「小說有用論」的，從他的《《黑奴籲天錄》例言〉以及〈《孝女耐兒傳》序〉中鼓吹以小說啟民智就可見一斑。而呂思勉〈小說叢話〉在 1914 年才出版，雖然整整遲了黃人、徐念慈的文章七年出版，但是從文章開首一段對「小說的勢力」的描述，我們就知道，這七年以來，小說有用論並沒有因為黃人以及徐念慈的提倡而得以矯正，反而是繼續風靡傳播。[29]

呂思勉〈小說叢話〉就是在這種背景下產生的。雖然他開宗明義地點出小說的勢力，但目的卻不是要否定社會上流行的說法，指小說並不能興家國、治風俗、改人心，更不是要逆其道而行，支持傳統的論調──認為小說是無用的東西；他的目的是要作冷靜、理性的呼籲，暫且把「小說有用論」放在一邊存而不論，先從多方面去認識小說之性質：「明於小說之性質，然後其所謂與社會之關係，乃真為小說之所獨，而非小說與他文學之所同也。」（頁 439）否則，一切討論、爭辯、叫囂，僅流於表面而空泛，而最終則淪為「枝葉之談，而非根本之論」（頁 439）。而整篇〈小說叢話〉最「根本之論」，就是要帶出「美術之性質既明，則小說之性質，亦於焉可識已」（頁 440）。

呂思勉跟時人最不同之處，是他並沒有像他們一樣空喊充滿煽動性的感情語句，他說：「小說之性質，果何如邪？為之說者曰：『小說者，社會現象之反映也』，曰『人間生活狀態之描寫也』。」

---

29 這一點，在後人的眼中，就看得特別明顯，譬如沈從文就指出：「林譯小說的普遍流行，在讀者印象中更能接受那個新觀念，即從文學中取得人生教育，雖然這個新觀念未能增加當時讀者對小說的選擇力。」沈從文：〈小說與社會〉，《沈從文全集》第 17 卷（太原：北岳文藝出版社，2002 年），頁 303。

（頁 439）他能夠從混沌的叫囂裏，以明晰的哲學詞彙，整理兩個具體的討論方針，指出小說乃「社會現象之反映」以及「描寫人間社會」，這實在得力於太田善男的《文學概論》之助。太田善男在《文學概論》的〈小說之意義〉一節裏說到：

> 諸家對小說的定義莫衷一是。有說小說是生活狀態的投影，有說是人類生活之摹寫。暫此按這些言論而看，起碼可以承認小說有人類生活的摹寫一面，蓋亦不足道盡小說摹寫之本質。因為「模寫」一語，亦云如實地複製出來，亦是通過臨摹呈現出來。（頁 282）[30]

其實，單就這一點，我們已可看到呂思勉與時人最大的分別，是他已置身在西方美學理論中。因為當他指出自己不同意小說的本質是「社會現象之反映」以及「人間生活的描寫」時，他已脫離中國小說的立論基礎──「叢殘小語」、「街談巷議」，因為傳統中國小說觀念中的「小語」、「巷議」的特質，從來沒有西方美學論的核心觀念──「模仿論」中的反映、模寫、摹擬的特質。[31]

呂思勉不認同小說是模仿，指出若認同小說本質是「反映」或「描寫」，那將會是「一面之真理」，而他進一步，指出藝術並不是死板實物：「凡號稱美術者，決無專以摹擬為能事者也。專以摹擬

30　本章《文學概論》引文由筆者自譯，下同。
31　中國傳統美學到底有沒有出現支配西方美學的模仿論，曾經引起深刻的討論。見 James Liu, *Chinese Theories of Literature* (Chicago: University of Chicago Press, 1975), pp. 1–15, p. 49; William Touponce, "Straw Dogs: A Deconstructive Reading of the Problem of Mimesis in James Liu's *Chinese Theories of Literature*," in *Tamkang Review* 11.4 (1981), pp. 359–390.

為能事者，極其技，不過能與實物等耳。」（頁 439）而小說之為藝術，在於藝術的特質能超越刻板的「摹擬」，突出「製作」之妙：

> 夫美術者，人類之美的性質之表現於實際者也。美的性質之表現於實際者，謂之美的製作。（頁 439）

他立論鏗鏘有力，是攝取了太田善男的主要觀點。太田善男在多個地方指出，藝術是人類的製作，如他認為：

> 夫藝術者，可以認為通過想像將萬物萬象加以自己心中理想而表現出來的一種美感運作。就此而看，藝術好像有三個條件：一則萬物萬象，二則加以心中理想，三則美的製作。凡有此三者，足以稱為藝術。（頁 2–3）

不過，要強調的是，太田善男的《文學概論》從沒論及小說勢力一事。由此可見，這個議題是呂思勉眼見中國小說界的弊病而立的，而他參考《文學概論》的目的，就是要在紛擾的雜音中，尋求理論支持以探索小說本質。在下一節，本章先指出呂思勉如何移入太田善男小說作為藝術的論點，然後再進一步分析晚清小說理論如何吸收西方小說觀念。

四、模仿論以及「寫實與理想」的論爭

呂思勉提出小說的本質在於美，且以西方的美學論去解釋小說為何是藝術。呂思勉認為「美術」最能表現人類的美，因為這種美的性質，是經過人（心靈）加工「製作」的「表現」

（representation），[32]「凡一美的製作，必經四種階級而後成」。（頁
439）這四個階級，呂思勉歸納為「模仿、選擇、想化與創造」。這
四個步驟，是從太田善男《文學概論》的〈第二章〉「藝術の組成」
（頁 11–16）抽絲剝繭而來。太田善男在《文學概論》內詳述了藝術
作法的步驟，包括「模仿」、「選擇」、「模仿與選擇的比較」、「想
化」、「積極的想化與消極的想化」、「想化的標準」、「創作」、「藝術
家的理想境」等不下九個細項，這些論點本章無法全部譯出，只能
按呂思勉參考太田善男的地方，把《文學概論》若干部分翻譯如下：

> 模仿者，並不作對美醜的甄別，只描寫自然界已有的現象
> 而已。而選擇者，是要由自然界中挑選、探索優勝的事物出
> 來。因此，其價值後者優越前者，毋庸贅述。（頁 10）

> 僅次於模仿而來的就是選擇（selection）。即是通過比較
> 對照二件物件，判斷優劣，挑選優美的出來，此謂之選擇。
> （頁 11）

> 因此，嚴格而言，選擇者，指未能擺脫模仿範疇者。若以
> 小說創作的「主義」去作譬喻，模仿有如寫真主義，即是極端
> 的寫實主義，將萬物萬象原原本本徹徹底底地描寫出來，選
> 擇則有如一般的寫實主義，由於雖未能擺脫所謂「自然的」限
> 制，但自有色彩將優美的事物挑選出來，從而就只有一種善美
> 的結果。（頁 11）

---

32 至於「製作」、「製造」如何扣緊西方藝術以及小說觀念，見 Jürgen Klein, "Genius,
Ingenium, Imagination: Aesthetic Theories of Production from the Renaissance
to Romanticism," in Frederick Burwick and Jürgen Klein eds., *The Romantic
Imagination* (Amsterdam: Rodopi, 1996), pp. 19–62, 以及參考本書下一章有關魯
迅小說觀念中的虛構意識的論述。

再進一步下一個階段就是想化，具體來說是理想化了。（頁13）

想化的結果「變形」素有相反的兩種形態：一則為增加，一則為減少。前者可稱之作積極的想化（Positive Idealisation），後者可稱之為消極的想化（Negative Idealisation）。前者的功能是擴大，便是在實物以上放大美的成份；後者的功能則是刪除，便是將污點去除以及稍加變化，而保持實物之美。（頁14）

上述的四項因素，或多或少都擁有仿造（imitative）色彩。它們均不是藝術的終極理想。藝術的終極理想在於創作（creation）。夫創作者，就是將自己感受的所有事物昇華為一，然後由此創作出新的事物。換言之，就是將自己的觀察結果集中起來，以一個理想形式呈現出來，此謂之創作。（頁16）

呂思勉的基本觀點，雖然比太田善男簡約，但可以說，是囊括了應該有的重點，當然，二人在行文用詞上有稍稍不同。為更好說明二者的接近，我們先徵引呂思勉的說法，後再作分析：

所謂四種階級者，一曰模仿。

模仿者，見物之美而思效其美之謂也。凡人皆能有辨美惡之性。物接於我，而以吾之感情辨其妍媸。其所謂美者，則思效之；其所謂不美者，則思去之（美不美為相對之現象，效其美即所以去其不美也）。醜若無鹽，亦欲效西施之矉笑；生居僻陋，偏好襲上國之衣冠，其適例也。

二曰選擇。選擇者，去物之不美之點而存其美點之謂也。接於目者不止一色，接於耳者不止一音。色與色相較而優劣見焉，音與音相較而高下殊焉。美者存之，惡者去之，此選擇

之說也。能模仿矣，能選擇矣，則能進而為想化。

想化者不必與實物相觸接，而吾腦海中自能浮現一美的現象之謂也。豔質雲遙，閉目猶存遐想；八音既歇，傾耳若有餘音：皆離乎實物之想像也。人既能離乎實物而為想像，則亦能綜錯增刪實物而為想像。姝麗當前，四支百體，盡態極妍。惟稍嫌其長，則吾能減之一分；稍病其短，則吾能增之一寸。凡此既經增減之美人，浮現於腦海之際者，已非復原有之美人，而為吾所綜錯增刪之美人矣。此所謂想化也。能想化矣，而又能以吾腦海中之所想像者，表現之於實際，則所謂創造也。

合是四者，而美的製作乃成。故美的製作者，非摹擬外物之謂，而表現吾人所想像之美之謂也。吾人所想像之美的現象之表現，則吾人之美的性質之表現也。蓋人之慾無窮，而又生而有能辨別妍媸之性。惟生而有能辨別妍媸之性也，故遇物輒有一美不美之觀念存乎其間；惟其欲無窮也，故遇一美的現象，輒思求其更美者，而想化之力生焉。想化既極，而創造之能出焉。如徒以摹擬而已，則是人類能想像物之美，而不能離乎物而為想像也，非人之性也。（頁 439–440）

呂思勉在他的〈小說叢話〉中，對太田善男的中心思想以及論證方式，可以說是亦步亦趨的。雖然我們看到，太田善男頗能要言不煩地指出西方模仿論的核心思想，如「模仿者，並不作對美醜的甄別，只描寫自然界已有的現象而已」。而呂思勉則一方面用冗長的語句去說明，一方面又加插古雅的語言（如妍媸、[33] 豔質雲遙、八

33　我們在黃人的小說論中，也常常見到以「妍媸」的說法去論及「美」。譬如在他的〈小說小話〉內，他說：「小說之描寫人物，當如鏡中取影，妍媸好醜。」見蠻〔黃人〕：〈小說小話〉，陳平原、夏曉虹編：《二十世紀中國小說理論資料》（第 1 卷），頁 258。

音既戰）以及中國的典故「西施之顰笑」以助國人了解。可惜的是，可能由於歷史條件的限制，他在演繹時造成一定的含混，以及出現層次不清的現象。譬如太田善男指出模仿是不甄別美醜，而只照錄自然界現象；但是在呂思勉看來，模仿只是模仿有美感的事情，「其所謂美者，則思效之；其所謂不美者，則思去之（美不美為相對之現象，效其美即所以去其不美也）」。這點，其實已涉及第二步驟的「選擇」了。也因此，本來太田善男在「模仿」以及「選擇」兩點上有清晰的界線，而且給人一種一語中矢的明快感，但呂思勉卻把兩者混在一起。但整體而言，呂思勉這 4 個步驟的藝術理論以及核心觀念是直接受太田善男影響的。

　　在看過兩文相似的地方後，我們現在要指出如何看出呂思勉移植西方藝術理論。呂氏指出藝術的 4 個層次：模仿、選擇、想化、以及創造，在西方藝術論中其實可以簡單歸納為兩個範疇：「模仿」與非純粹模仿而來的「表現」。

　　西方美學理論中對藝術的描述與評價，雖然歷來混沌紛陳，但大致走不出「模仿」與「表現」之爭，而這兩種分野，則主要受柏拉圖與亞里士多德這兩位古希臘哲學家的思想支配。「模仿」不用多言，這是源自西方古希臘文藝理論的一個核心概念——mimesis, imitation。古希臘人並沒有一個概念相當於我們現在所謂「藝術」（fine arts）。西方現代的藝術概念，在 18 世紀才出現。[34] 在此之前，關於文藝的討論主要圍繞「模仿」這個概念而進行，諸如詩、音樂、繪畫與雕刻等，我們現在認為屬於藝術的活動，在古希臘時代都被視為不同類型的模仿活動。柏拉圖認為詩和繪畫都是對感覺世界

34　Paul O. Kristeller, "The Modern System of the Arts," in Kristeller, *Renaissance Thought and the Arts* (New Jersey: Princeton University, 1990), pp. 163–227。

的模仿，而感覺世界則只是真實的理型（idea）世界的影像，因而詩和繪畫就被認為離開真實世界有兩步之遙遠。言下之意，柏拉圖認為詩和繪畫等模仿活動，最多亦不過是對影像世界的複製，效果縱然好，也還是對外界的一種被動而忠實的模仿。[35]

　　另一方面，呂思勉所言的「選擇、想化、創造」等範疇，則可以概括為藝術表現說。在西方，柏拉圖提出模仿理論後，他的弟子亞里士多德，雖認同模仿論，卻同時另闢蹊徑，指出模仿所反映的，根本不是鉅細無遺的現實，而是現實中具有普遍意義的成份——「理型」（idea），因此所謂模仿，是一種自由的接觸。藝術家可以用他自己的方式表現實在，他指出詩不但是忠實的複製，更是一種比歷史「更哲學」的了解現實的途徑。[36]

　　圍繞模仿論的討論，在中世紀沉寂了一段時間後，特別在文藝復興時代又再被重提。只是，本來在古希臘針對模仿實物（如：石頭、牀）的討論，變為模仿「自然」。不過，在模仿的過程中，文藝復興的詩人認為「僅僅模仿自然是不夠的，因為這種自然在某些方面是粗糙的，不令人愉快的；他必須選取自然中美的東西，摒棄不美的東西……」。[37] 而所謂美與不美的爭議點，就在於到底藝術模仿對象比較美，還是經過藝術把對象的形象理想化（idealization），去掉瑕疵，只抽出對象的美才是達到完美的效果。這種討論，特別是進入現代之後，藝術家以及哲學家普遍認為，利用藝術把心目中

35 Plato, *Republic*, trans. by Henry D. P. Lee (London: Penguin Classic, [1955]2003), pp. 596–597.

36 Aristotle, *Poetics*, ed. and trans. by Stephen Halliwell, in Loeb Classical Library (https://www.loebclassics.com/view/aristotle-poetics/1995/pb_LCL199.3.xml, retrieved on 4 Jan 2018), 1448a, 1449b, I, 1451b 27, 1460b l3.

37 M.H. Abrams, *Mirror and the Lamp: Romantic Theory and the Critical Tradition* (Oxford: Oxford University Press, 1953), pp. 35–47.

理想的原型表現的時候，事實上是摻入一定的想像力的。譬如約翰生（Samuel Johnson）認為，所謂的「想像」，是「形成理想畫面的能力」（The power of forming ideal pictures）。[38]

模仿論隨着時代的推移而有所改變，經過 15 世紀哲學家對所謂「實物 ／ 存在」是存在於外在還是存在於經驗之內的討論，慢慢因應不同的歷史環境，被另一組本屬於哲學中表示對思想概念的實體性的討論的術語以及相關概念繼承，這就「寫實主義」（realism）與「理想主義」（idealism）的對立討論（antithesis）。[39] 這種討論，在哲學中亦叫唯物主義及唯心主義的對揚式討論，但在美學理論中，卻主要是有關忠實地描摹對象，還是根據心靈中想像樣式去描述對象的討論。[40] 這些有關藝術的討論，譬如寫實主義以及理想主義的討論，就成為席勒（Friedrich Schiller）〈論素樸的詩與感傷的詩〉（1795 年）一文，討論秉持着素樸氣質的詩人寫出來的詩像「寫實主義」一般，而感傷的詩則是來自「理想主義」。而這次 "realism" 及 "idealism" 第一次作為文學術語出現後，[41] 慢慢隨着歐洲十八世紀德國、法國、英國緊密的文學思潮運動（literary movement），而成為個別作家、不同派別以及文學運動的信念以及標語。[42] 影響所及，

---

38 Samuel Johnson, Jack Lynch ed., *Dictionary of the English Language* (Florida: Levenger Press, 2002), p. 258.

39 Stephen Halliwell, *Ancient Texts and Modern Problems* (New Jersey: Princeton University Press), pp. 96, p. 155, p. 310.

40 M.H. Abrams, *Mirror and the Lamp: Romantic Theory and the Critical Tradition*, p. 36.

41 René Wellek, "The Concept of Realism in Literary Scholarship," "The Concept of Romanticism," "Romanticism Reconsidered," in Stephen G. Nichols Jr. ed., *Concepts of Criticism* (New Haven: Yale University Press, 1963), pp. 221–255; 128–198.

42 西歐自十七世紀以來德、法、英國勃發的「古典主義」、「寫實主義」、「浪漫主義」的發展過程複雜，但無法一一述及，詳見 Jacques Barzun, *Classic, Romantic, and Modern* (Chicago: University of Chicago Press, 1961)。

寫實與理想的探討，後來更隨着英國小說在十八世紀湧現而成為討論用語。維多利亞時期的英國，社會上漸有一種傾向於用寫實方式寫作的小說出現，評論認為這有別於之前傳統中大部分由浪漫語系而來的騎士對理想追求的描述，於是認為小說是寫實的，而概括騎士的傳奇為浪漫的以及理想的，而慢慢簡化出寫實主義多是 "novel" 的寫作手法，而為追求理想甚至脫離現實而寫，又帶有一點誇張、奇情、浪漫手法的則是 "romance"。[43] 爾後，這種討論，甚至深入到以個別作家為對象，指個別作家（譬如 George Eliot 以及 Charles Dickens）及其作品，一方面執着於描述現實社會，另一方面通過寫實地描述社會不滿以表現個人的理想，或對失落理想的響往。[44]

中國以及日本對西歐文藝理論的吸收，是通過個別文類的興起而一併把西方藝術觀念、術語、背景輸入，這與西方理論的發展出現相反的現象。在西方，形成各種藝術觀念的討論源遠流長，古而有之，隨着時代的發展而成為不同文類的核心觀念。中國與日本輸入西方的文類概念（如小說、戲劇）時，一併輸入西方藝術論中最當下最新鮮的討論（十八世紀以來理想與寫實的對立），同時把背後支撐這些討論的古老藝術理論（模仿論）也同時輸入。不過，中國比起明治日本在移入西歐小說理論時，在深度以及廣度而言時間更壓縮，也因此更混亂。

在西歐，「美學」（aesthetica）在 1735 年經鮑姆嘉通（Alexander Gottlieb Baumgarten, 1714–1762）提出，而在日本則要到 1872

43　Michael Wheeler, *English Fiction of the Victorian Period 1830–1890* (London: Longman, 1985), p. 7.

44　當一般人執着於討論 George Eliot 屬寫實主義還是理想主義的論爭時，評論家 George Henry Lewes 站出來為他解釋他的小說中關於理想與現實的爭議。Alice R. Kaminsky ed., *The Literary Criticism of George Henry Lewes* (Lincoln: University of Nebraska Press, 1964), pp. 87, 89。

年，由日本思想家西周（1829–1897）所著的《美妙學說》才正式被提到。西周以「美妙學」對譯 "aesthetic"，以「美術」翻譯 "Fine Art"。[45] 1882 年，美國學者芬諾洛薩（Ernest F. Fenollosa, 1853–1908）赴日本作題為「美術真說」（美術之真諦）的演講，美術史才被廣為知曉。[46] 翌年，中江兆民（1847–1901）將法國學者維隆（E. Véron, 1825–1889）的 *L'esthetique* 日譯為《維氏美學》；1884 年小說理論家 Sir Walter Besant 在日本舉行以「芸術としてのフィクション」（小說作為藝術）為題的演講，後以「フィクションの芸術」（小說的藝術）為題發行。此後，到了 1885 年，日本現代小說理論的嚆矢坪內逍遙所著的《小說神髓》，就是參考來自《美術真說》、《維氏美學》、Sir Walter Besant 的理論去建立小說為美學的理據。[47] 太田善男《文學概論》一開始就以藝術統攝所有的文學類型，不但是繼承了坪內逍遙的這個系統，更重要的是顯示了日本文學對西方藝術的成熟吸收。

　　在中國，小說是文學，而文學是藝術的論點，前部分最初由梁啟超 1902 年〈論小說與羣治之關係〉一文傳入中國。然而，在梁啟超的文章內，從來無認同小說是藝術，而小說的藝術特質，也在梁啟超之文內闕如。如果這不是他的錯失或大意忽略，就是因為他只

45　西周在 1870 年出版的《百学連環》（特別講義）內，把 "liberal arts" 譯作「藝術」，而到了 1872 年，他始把近代的藝術觀念（aesthctic）通過藝術概念帶到日本。見西周著，大久保利謙編：《美妙學說》，《西周全集》第一冊（東京：宗高書房，1960 年 –1966 年），頁 477。

46　秋庭史典：〈「美學」の定着と制度化〉，巖城見一：《芸術／葛藤の現場：近代日本芸術思想のコンテクスト》（京都：晃洋書房，2002 年），頁 49–66。

47　関良一：〈《小説神髓》の正立──《美術真説》、《修辞及華文》との関連について〉，関良一：《逍遥・鴎外：考証と試論》（東京：有精堂出版，1971 年），頁 63–64；亀井秀雄：《「小説」論：『小説神髓』と近代》（東京：岩波書店，1999 年），頁 1–4，頁 15。

着眼小說作為救國的實質工具而故意將之抹去。

　　雖然梁啟超並無點出小說的特質在於藝術，但他卻把藝術創作法則及其相關詞彙，帶入晚清社會來。所言的就「寫實」以及「理想」對揚式的討論。固然，在梁啟超並不關心藝術與小說本質的前提下，他的討論，實在亦「謬誤」百出。但在指出梁啟超的問題所在之前，我們要先指出兩點：第一，這種討論，是他由日本傳入中國的；第二，就是這種「寫實」以及「理想」的討論，因為梁啟超的影響而在晚清大盛，在梁啟超東渡日本之前，在中國是沒有的，而他東渡之後，差不多每篇晚清小說理論裏幾乎都看到。梁啟超到日本的 1898 年，正是日本爆發明治文壇最有名的「理想與寫實」論爭（或稱作「逍鷗論爭」）之後幾年。[48]1891 年，坪內逍遙在任職的東京早稻田大學創辦《早稻田文學》雜誌，並在此雜誌上引發與森鷗外有名的「沒理想論爭」，這是明治文壇史上的著名事件。坪內逍遙在〈シエークスピヤ脚本評註〔筆者註：莎士比亞劇本評註〕〉中表示：一般評論莎士比亞有兩種態度，一是沿文章的形式方面的字義、修辭；另一是批評作品的觀念內容方面。坪內認為應從事前者，而不是後者。他說：「當然應該高度肯定他〔莎氏〕那寫出活生生的人物性格的手腕，也可以讚揚他那比喻之妙，想像之妙，着想之妙。」但由於不同的讀者可以作出種種不同的解釋，如果見識高超的人還可以，如果是個見識淺短的人，那麼他的批評就可能把作品降格了。因此他又實實在在地得出結論說，謂造化（大自然）是無心的，可以包容任何解釋，這就是「沒理想」。文

48　在宮島新三郎的《明治文學十二講》以及久松潛一、藤村作（1932 年）《明治文學序說》中，都指出 1894 年至 1905 年正是明治文學史中的第三期，即是「理想主義與寫實主義」相對立的時候。見宮島新三郎：《明治文學十二講》（東京：大洋社，1925 年），pp.101–112。

藝與造化相同，作家應捨棄各自的小理想，記錄事實，提供讀者歸
納的材料即可」，他說：「但如果稱讚他〔莎氏〕的理想，說他像大
哲學家那樣高深，則我很難同意，無寧說應該讚揚的，是他的沒理
想。」[49] 對此，當時剛剛從德國回日本的另一明治文壇巨擘森鷗外，
於 1889 年創辦的《しがらみ草子》雜誌內，對坪內逍遙上述的見
解以〈エミル、ゾラが沒理想〉[50] 提出反駁。森鷗外反駁道：世界
上除「實」之外還有「想」，亦即是「先天的理想」。文學作品不管
怎樣千變萬化，包羅萬象，也不管讀者怎樣去理解，文學總離不開
審美觀，而美就是理想的反射及呈現。森鷗外認為，世界上除「實」
之外還有「想」，而他不像坪內逍遙一樣，認為「理想」一詞帶有太
多複雜的意義，他指出「想」就是"イデア idee"或"idea"，是指
「先天的理想」。[51] 對詩人、美術家和作家說來，就是神來的靈感，
是從無意識界而來的先天的理想，是人先天就有的感受性。他因
此批評坪內逍遙只見後天的意識而看不到先天的無意識界，無意
識界有美的理想，為了要了解它，就必須「談理」；這就是今天所
說的「理想主義」。[52] 這個論爭隨着雙方指出對「理想」一詞解釋不
同而不了了之。但隨着這個論爭，明治文壇對藝術、學理探討更

---

49 坪內逍遙：〈シエークスピヤ脚本評註〉，原刊《早稻田文学》明治 24 年（1891 年）
　　10 月第 1 號，收入吉田精一，淺井清編：《近代文學評論大系 1 明治期 I》，頁 189。

50 森鷗外：〈エミル、ソラ〔筆者註：Émile Zola〕が沒理想〉，原刊《しがらみ草子》明
　　治 25 年（1892 年）1 月 25 日第 28 號，收入唐木順三編：《森鷗外集》（東京：筑摩
　　書房，昭和 40 年（1965 年）），頁 368–369。

51 "Idee"這個概念在胡塞爾為代表的當代德國哲學家中指「精神的構想」或「想法」，
　　在這個意義上"idee"被譯作「觀念」。胡塞爾（Edmund Husserl），倪梁康譯：《邏
　　輯研究》（上海：上海譯文出版社，2003 年），A136 / B136，頁 118。

52 兩文分別為坪內逍遙：〈沒理想の語義を弁ず〉，稻垣達郎編：《坪內逍遙集》，
　　頁 189–194，以及森鷗外：〈柵草紙山房論文〉，吉田精一編：《森鷗外全集》，頁
　　5–65。

深一步，而後啓了各種各樣有關藝術觀念的不同論爭。

　　梁啓超顯然沒有交代日本這次「理想與寫實」爭議的背景，甚至在他早期的小說理論內，我們都沒有看到他認為小說是藝術的論點。不過，他卻把這種本來有關如何描寫的藝術創作法則以及藝術理念，歸入小說的功能之內。在〈論小說與羣治之關係〉一文中，他認為所有小說可以歸在「寫實派」、「理想派」之中。「理想派小說」是指可以令讀者超越個人經歷的慾望，有「導人遊於他境界」的能力的小說；而第二種的「寫實派」小說，則可以令讀者如實地表達人內心深處的感受或者慾望，因為小說可以把「心不能喻、口不能宣、筆不能傳」的感情「和盤托出」，令感情枯燥、言辭匱乏的我們嘖嘖稱奇。[53] 不過，梁啓超所說隸屬於兩種不同流派的小說功能：「理想派」能「導人遊於他境界」，相對於「寫實派」能把心、口、筆不能傳的感受「和盤托出」，其實並不是只屬於某一種類型小說的特殊功能，而是能稱之為小說都有的共同功能。事實上，無論是以哪一種手法寫小說，小說都首先就有一種「導人遊於他境界」的想像功能；而不只是寫實小說，只要是寫得好的小說，就能令人感到心、口、筆「和盤托出」的愉悅。也就是說，梁啓超把寄託感情、想像等屬於「小說」這一文類本身的特質及共性，錯誤地看成是「小說」內不同寫作方法（寫實、理想）才能呈現的個別、特殊的屬性。

　　在整個晚清小說理論的探析中，我們看到，梁啓超文風所及，晚清到民國初年文人都很熱衷於對「寫實」以及「理想」的討論。幾乎大部分的小說理論在梁啓超之後都關注到這個問題，特別是一

53　梁啓超：〈論小說與羣治之關係〉，原刊《新小說》1902 年第 1 號，收入陳平原、夏曉虹編：《二十世紀中國小說理論資料》（第 1 卷），頁 50–51。

批與他志同道合的晚清文人，而且往往發表相關文章在梁啟超創辦的《新小說》雜誌內的〈小說叢話〉一欄。[54] 隨手一翻就有：楚卿、浴血生、俠人、曼殊、周樹奎、陸紹明、周桂生、碧荷館夫人、中國老少年、觚庵、新庵、蠻、世、管達如、孫毓修、安素、蔡達、徐敬修等等。[55] 浴血生、俠人、曼殊等人全部參與梁啟超在《新小說》的〈小說叢話〉專欄撰文，呂思勉把他最重要的小說理論定名為〈小說叢話〉並不是偶然的，極可能是希望與這些同名理論名篇對話。如俠人〔佚名；1905 年〕在〈小說叢話〉就指：「故為小說者，以理想始，以實事終，以我之理想始，以人之實事終。」[56] 以及同期

54　有關〈小說叢話〉的背景及對晚清文壇的衝擊，參考阿英：〈《小說叢話》略論〉，《阿英全集》第 7 卷（安徽：合肥教育出版社，2003 年），頁 41–44。

55　討論到的地方多不勝數，現在只列出作者及篇章，除另標示出處外，均可於陳平原、夏曉虹編：《二十世紀中國小說理論資料》（第 1 卷）內找到：

楚卿〔狄葆賢〕（1903 年）：〈論文學上小說之位置〉，頁 81；

浴血生（1903 年）：〈小說叢話〉，頁 87；

俠人（1905 年）：〈小說叢話〉，頁 94；

曼殊（1905 年）：〈小說叢話〉，頁 96；

周樹奎（1905 年）：〈《神女再世奇緣》自序〉，頁 164；

陸紹明（1906 年）：〈《月月小說》發刊詞〉，頁 198；

周桂生（1904 年）：〈《歇洛克復生偵探案》弁言〉，頁 135；

碧荷館夫人（1909 年）：〈《新紀元》第一回〉，頁 381；

中國老少年（1906 年）：〈中國偵探案〉，頁 213；

觚庵（1907 年）：〈觚庵漫筆〉，頁 268；

新庵（1907 年）：〈海底漫遊記〉，頁 277；

蠻（1908 年）：〈小說小話〉，頁 267；

世（1908 年）：〈小說風尚之進步以翻譯說部為風氣之先〉，頁 320；

管達如（1912 年）：〈說小說〉，頁 397；

孫毓修（1913 年）：〈英國十七世紀間之小說家〉，頁 427；

孫毓修（1914 年）：〈二萬鎊之奇賭（節錄）〉，頁 434；

安素（1915 年）：〈讀《松岡小史》所感〉，頁 540；

蔡達（1915 年）：〈《遊俠外史》敍言〉，頁 543；

徐敬修（1925 年）：〈說部常識〉（上海：大東書局，1903 年第 8 版），頁 96–97。

56　俠人：〈小說叢話〉，原刊《新小說》第 13 號，收入陳平原、夏曉虹編：《二十世紀中國小說理論資料》（第 1 卷），頁 94。

所載曼殊所言的：「實事者，天演也；理想者，人演也。理想常在
實事之範圍內，是則理想亦等於實事也。」[57] 從俠人以及曼殊的言
辭可見，他們無論對於「理想」還是其相對面「實事」概念的演繹，
均語義不詳，沒有詳細詞義解釋，兩個概念交疊使用混淆不清，抽
象有餘而深度不足。有時「理想」等同烏托邦式、科學小說，[58] 但更
多時候，卻是指我們今天所言的「想像」。在孫毓修的《歐美小說
叢談》（1914 年）以及胡適在 1918 年提出的〈建設的文學革命論〉，
前者認為「理想」是 "imaginative"，[59] 後者認為是 "imagination"。[60]
而黃人更從美學理論去探析，指出「理想」是「與寫實主義對立」的
概念。在他的《普通百科新大辭典》中，理想是「以作者蓄於胸中
之某標準，加以去取安排，而為題材，蓋表出醇化之理想形像為重
之文藝上一主義也」。[61] 另一種討論，則是把「理想」看成一種嶄新
的小說次文類——理想小說。1906 年創刊的《月月小說》及《新世
界小說社報》兩個雜誌不約而同地開闢一項新欄，稱之為「理想小
說」。事實上，如果我們單單從《月月小說》及《新世界小說社報》
的發刊詞以及對「理想小說」的釋義去理解何謂「理想小說」，則

57　曼殊：〈小說叢話〉，原刊《新小說》第 13 號，收入陳平原、夏曉虹編：《二十世紀中
　　國小說理論資料》（第 1 卷），頁 96。

58　如陸紹明、周桂生、碧荷館夫人等人的文章，出處見上。

59　孫毓修《歐美小說叢談》原稿從 1914 年起連載於多期的《小說月報》，後來經商務
　　印書館在 1916 年出版單行本，現據孫毓修《歐美小說叢談》（上海：商務印書館，
　　1926 年再版），頁 104。

60　胡適在論到文學的創作方法以及如何選取材料時說到：「個人的經驗的，所觀察的，
　　究竟有限。所以必須有活潑精細的理想（imagination），把觀察經過的材料，一一
　　的體會出來，一一的整理如式……。」胡適：〈建設的文學革命論〉，原刊《新青年》
　　1918 年第 4 卷第 4 號，收入《胡適全集》第 1 卷（合肥：安徽教育出版社，2003
　　年），頁 64。

61　見黃摩西主編《普通百科新大辭典》（上海：國學扶輪社印行，1911 年）內「理想」
　　一條，收入鍾少華編：《詞語的知惠：清末百科辭書條目選》，頁 108。

可能會徒勞無功。《月月小說》指「理想主義」為：「人有敏悟，事有慧覺，非夷所思，鈎心鬥角。想入非非，覯不數數，有勝百智，無失千慮。作理想小說第三。」[62] 而《新世界小說社報》的〈發刊辭〉中，則指「理想小說」為：「過去之世界，以小說挽留之；現在之世界，以小說發表之；……政治焉，社會焉，偵探焉，冒險焉，豔情焉，科學與理想焉，有新世界乃有新小說……」[63] 這些用來反映他們理解甚麼是理想小說的定義，既空洞，又抽象，我們實在不能在其中明白對他們而言何謂「理想小說」。幸好的是，《月月小說》的用例為我們提供了解答他們如何理解「理想小說」的線索，蕭然郁生所寫《烏托邦遊記》就被看作是理想小說，另一方面，碧荷館夫人則指出與科學有關的題材最能顯出理想小說的特色。[64]

這種想像與理想概念的混淆，相信是受了早期以漢語翻譯西方概念時混亂的影響。但是，我們要注意的是，與「寫實主義對立」的概念，並不能輕率地就認為等同於「虛構」，或是討論虛構的理論根源。Dušan Andrš 在其博士論文中，作了一次很好的示範。他分析晚清「寫實主義與理想主義」的理論根據，並指出這是「虛構」（fictionality）觀念的理據所在。在西方藝術的討論，虛構的討論自有其語源（fiction）及其自身觀念的演變。Wolfgang Iser 在 *The Fictive and the Imaginary: Charting Literary Anthropology*

---

62 《月月小說》發刊詞〉，陳平原、夏曉虹編：《二十世紀中國小說理論資料》（第 1 卷），頁 198。

63 《新世界小說社報》發刊辭〉，陳平原、夏曉虹編：《二十世紀中國小說理論資料》（第 1 卷），頁 204。

64 1909 年碧荷館夫人《新紀元》第一回，原刊《小說林社版》，收入陳平原、夏曉虹編：《二十世紀中國小說理論資料》（第 1 卷），頁 381。

（《虛構與想像：文學人類學疆界》）就提醒到，[65]「想像」與「虛構」的觀念在今天很多人的認識裏，已經混為一談，尤其是兩者都成為十九世紀文學觀念的核心觀念，但其實兩個概念在哲學以及觀念的發展中，並不應該看作一體。

呂思勉在他的文章內，在他處理「寫實」以及「理想」的問題時，由於借助太田善男理論的觀點，可以說是在晚清以最詳細，也最貼近西方藝術論的理路（先指出藝術製作過程，然後才進一步探討小說的創作路向）去討論。然而，他卻不能避免受梁啟超的思路影響，把小說創作法等同小說觀念本身看待：「小說自其所載事跡之虛實言之，可別為寫實主義及理想主義二者。」（頁445）這種過分二元化的討論，也是他在〈小說叢話〉中，常常簡單概念化以討論問題而出現的弊病。我們首先看看對呂思勉而言，甚麼是「寫實主義」：

> 寫實主義者，事本實有，不借虛構，筆之於書，以傳其真，或略加以潤飾考訂，遂成絕妙之小說者也。小說為美的製作，義主創造，不尚傳達。然所謂製作云者，不過以天然之美的現象，未能盡符吾人之美的慾望，因而選擇之，變化之，去其不美之部分，而增益之以他之美點，以成一純美之物耳。夫天然之物，盡合乎吾人之美感者，固屬甚鮮，然亦不能謂為絕無，且有時轉為意造之境所不能到者。苟有此等現象，則吾人但能記述抄錄之，而亦足成其為美的製作矣。此寫實主義之由來也。此種著錄，以其事出天然，竟可作歷史讀，較之意造

65　Wolfgang Iser, *The Fictive and the Imaginary: Charting Literary Anthropology* (Baltimore: J. Hopkins University Press, 1993).

之小說，實更為可貴。但必實有其事而後可作，不能強為耳。如近人所作短篇記事小說其多，往往隨手拈來，絕無小說之文學組織，讀之亦絕無趣味，此直是一篇記事文耳，何小說之云！此即無此材料而妄欲作記實小說之弊也。又有事出臆造，或十之八九，出於緣飾者，亦妄稱實事小說以欺人，此則造作事實，以亂歷史也。要之小說者，文學也。天然事實，在文學上，有小說之價值者，即可記述之而成小說。此種雖非正宗，恰如周鼎商彝，殊堪寶貴。若無此材料，即不必妄作也。（頁445）

　　呂思勉首先認為，寫實主義是「事本實有，不借虛構」。首先，我們知道，無論寫實小說多麼寫實，都一定是通過虛構想像而來，亦即是他所言的經過藝術的不同層次的加工，把經驗幻化，抽取藝術的原型而來。[66] 而他在這一段內，說明只屬於寫實小說的特質時所用的根據「小說為美的製作……而亦足成其為美的製作矣」，卻是他自己定下的藝術論（藝術製作過程）中的論點，由此可見，這本來是屬於所有藝術的特質，他卻認為是寫實主義的手法。循此，我們看到他對於寫實主義小說以及藝術理論，有不少的誤解。

　　同樣，在處理「理想」主義一點上，類似的情況亦出現。首先，我們要知道，理想小說對呂思勉而言，是指「發表自己所創造之境界者，皆當認之為理想小說」：

　　　凡小說，必有其所根據之材料。其材料，必非能臆造者，

66　George Levine, *The Realistic Imagination: English Fiction from Frankenstein to Lady Chatterley* (Chicago: University of Chicago Press, 1981).

特取天然之事實，而加以選擇變化耳。取天然之事物，而加之以選擇變化，而別造成一新事物，斯謂之創造矣。……故無論何種小說，皆有幾分寫實主義存。特其宗旨，不在描寫當時之社會現狀，而在發表自己所創造之境界者，皆當認之為理想小說。由此界說觀之，則見今所有之小說中，百分之九十九，皆理想小說也。此無足怪，蓋自文學上論之，此體本小說中之正格也。（頁 446）

而構成「理想小說」的原材料，是「特取天然之事實」而「非能臆造者」，那麼，就這點而言已是跟寫實小說一樣，而且也跟他自己對理想小說的定義「所創造之境界者」出現矛盾。然後，他又指出「故無論何種小說，皆有幾分寫實主義」，可惜，這點與他「見今所有之小說中，百分之九十九，皆理想小說也」的論點有一定的抵觸。可見，在小說觀念本身，以及對不同小說創作手法的運用的看法，他非常混亂。

五、文學之美

呂思勉在論述過小說作為藝術以及其本質後，進一步論證小說作為文學的特質。同樣，在這一部分，他也緊扣在美的觀念上。本來，論及文學之美，應以文辭、文章之美為核心，但他卻集中討論文章中的聲音之美。呂思勉指出：

此種文學，所以異於純以耳治之文學者：彼則以聲音為主，文詞為附，所謂按譜填詞，必求協律，雖去其詞，其律固在，而徒誦其詞，必不能知其聲音之美；此則聲調之美，即存

乎文字之中，誦其詞，即可得其音，去其詞，而其聲音之妙，亦無復存焉者矣。蓋一則先有聲音之美，而後附益之以文詞；一則為文詞之中之一種爾。凡文，必別有律以歌之而後能見其美者，在西文謂之 Declamation，日本人譯曰朗讀。但如其文字之音誦之，而即可見其美者，在西文曰 Recitation，日本人譯為吟誦。其不需歌誦，但目識而心會之，即可知其美者，在西文曰 Reading，日本人譯曰讀解。（頁 442）

這部分其實也是參考自太田善男《文學概論》而來的：

　　由於敍事詩、抒情詩、劇詩，素有可唱的特點（singable），當中充滿着音樂的調子（musical tone），從而在音聲（即是調子）與義（即是意義）兩方面都可兼得。小說、美文卻是有可讀的特點（readable），無聲有義，讀者只可以單從意義一個方面去欣賞。因此，小說的文體須要着重意義，務要易讀。

　　如上面的說明，敍事詩與抒情詩，都以吟誦（recitation）去傳達，劇詩就由朗讀（declamation）去傳達，讀式詩則總是通過讀解（reading）去傳達，才得到讀者的了解。小說這種文學作品，要純粹於吟式詩，與此同時，着重意義一事，必將嚴格於其他形式的詩歌。（頁 285–286）

　　像上一節一樣，呂思勉抽取了太田善男的核心概念，然後增補了一些中國文學的觀念作解釋，還特別加入大量的中國藝術作品（昆曲、京調）以及中國文學作品（《閱微草堂筆記》、《水滸》等），來說明他所理解的文學作為藝術的觀點。對於今天的讀者我們而言，看到呂思勉（或太田善男）以吟誦（recitation）、朗讀（declamation）、讀解（reading）等去說明小說的特質，實在難免

令人大惑不解。這裏，也許我們應該回看太田善男《文學概論》的結構。

　　《文學概論》是一本有關整體文學概念的論述，內文由各種文類組成，次序為：詩、戲劇、小說以及雜文學。當中，詩的部分所佔的部分是最多的，共 150 頁（頁 62–226）。討論完詩後，太田善男進而討論戲劇和小說，卻把戲劇放在「劇詩」的架構之下，把小說放在「讀式詩」之下。這種看法，在今天看來是很特別的，但其實，這是以詩為文學核心觀念的餘痕。西方「小說」概念出現於現代社會後，而以小說為文學中的美文的觀念，則更待 18 世紀後出現。本來，在古典美學論中，我們很難找到哲學家討論到藝術之美的時候，會以小說為美文的模範或以小說為立論對象，譬如康德、席勒等就絕無以小說作為論美學的對象。上文提過把「美學」（aesthetica）與哲學分家的鮑姆嘉通，他的論文《對詩的哲學沉思》就是以詩為論題，而絕無提及小說。考察小說在西方逐漸歸到美學範疇的文學觀念發展歷程，在理論層面來看，黑格爾把「小說」置於「史詩」歷史發展脈絡中是為一個突破。[67] 其實，這種以詩作為小說發展源頭的觀念，到了 19 世紀的英國文學理論中還是很普遍的，David Masson（1822–1907）在著作 *British Novelists and their Styles* 開宗明義指出小說（原文指：novel 及 prose fiction）是附屬於詩的系統之內，小說是來自三種不同的詩，包括 "lyric, the narrative or epic, and the dramatic"，中間的分野基礎，在於詩是

67　黑格爾（Hegel）認為小說是「現代中產的史詩」(the modern bourgeois epic)，見 Georg Wilhelm Friedrich Hegel, *Aesthetics: Lectures on Fine Art* (Oxford: Clarendon Press, 1975), 15:414; A, 2:1109; 13:242; A, 1:184。

有韻的文章，而小說是無韻的文體。[68] 他的理據是詩與小說一樣，均屬由「想像」迸發而來的創作物。這點，可見他是希望把小說的地位抬高到與詩一樣，也反過來反映了小說 19 世紀在西方的地位。雖然太田善男在他參考的眾多英國文學理論書目內，並未標明詳細參考了 David Masson 的書，[69] 但從他把小說一章放在「讀式詩」的架構內之舉，可見兩者的理論基礎有十分的淵源。

六、小說作為文學類型

在論及藝術觀念後，呂思勉進一步討論到小說作為「文學」的觀念。這部分的確是很有趣的，因為我們從中可以看到中國小說蛻化傳統的歸類後，如何配合晚清社會環境，發展一套屬於自己的理論出來。呂思勉在〈小說叢話〉中說：

> 小說自其所敍事實之繁簡觀察之，可分為：
> 複雜小說
> 單獨小說
> 單獨小說，以描寫一人一事為主；複雜小說則反之。單
> 獨小說，可用自敍式；複雜小說，多用他敍式。蓋一則只須述
> 一方面之感情理想，一則須兼包多方面之感情理想也。複雜
> 小說，篇幅多長；單獨小說，篇幅多短……（頁 442）

68　David Masson, *British Novelists and their Styles* (Cambridge: Chadwyck-Healey 1859 / 1999), Lecture I, pp. 1–2.

69　太田善男詳列了六本日本文學理論，以及二十多本英文的文學理論書籍，當中大部分都是來自 19 世紀英國。見《文學概論》，「例言」後參考書目，闕頁數。

　　呂思勉清楚點出西方的 novel 是複雜小說，romance 是單獨小說，可以說是史無前例地把小說明顯置於西方 romance 以及 novel 的歷史發展下。本書第二章已指出梁啟超怎樣隱而不彰地把中國小說嫁接於西方故事 romance 及 novel 的傳統內。[70] 可以說，呂思勉是循此路跟進，也比梁啟超走得更遠，呂思勉在參考日本文學理論後直接引用太田善男的《文學概論》內解釋有關 novel 及 romance 的內容（頁 281，頁 298）。在《文學概論》〈讀式詩〉的第三項第四節「小說の分類」中，太田善男指出：

> 　　小說者，根據描寫對象之內心糾葛的不同，可以分為兩種，如下：
> 　　單稗（Romance）
> 　　複稗（Novel）
> 　　單稗是指故事的內心糾葛只有一個，複稗就指故事的內心糾葛有兩處或以上。例如，故事只描寫主角一個人的內心糾葛，就屬於單稗；故事描寫主角及其身邊人，不止描寫主角一個人的內心糾葛，還描寫副角以及其身邊人物的內心糾葛，就屬於複稗。兩者的分別，可以依照內心糾葛之單複而定奪。（頁 298）

　　呂思勉不但轉述太田善男文內對 "novel" 的解釋，甚至行文格式都驚人的相似，令人相信，呂思勉是親自看過，甚至是細閱過《文學概論》，而不是經二手資料，或由他人轉述的。事實是，他基於太田善男有關「內心糾葛」的分析出發，分別整理出 novel 以及

70　見本書〈移植新小說觀念：坪內逍遙與梁啟超〉一章。

romance 的應用範圍，包括：格式、語言、描寫手法、篇幅、內容、結構等等，現在歸納如下：

> 單獨小說，以描寫一人一事為主；……
>
> 單獨小說，可用自敍式；……
>
> 只須述一方面之感情理想，……
>
> 單獨小說，篇幅多短；……
>
> 單獨小說，只述一人一事，偶有所觸，便可振筆疾書。其措語，只一方面之情形須詳，若他方面，則多以簡括出之。即於實際之情形，不甚了了，亦不至不能成篇。
>
> 複雜小說，多用他敍式，一則須兼包多方面之感情理想也；
>
> 複雜小說，篇幅多長；
>
> 複雜小說，同時敍述多方面之情形，而又須設法，使此各個獨立之事實，互相聯結，成一人事，故材料須弘富，組織須精密，撰著較難。
>
> 二者撰述之難易，實有天淵之隔也。（頁 442-443）

不過，我們亦要指出，在呂思勉的論述內，除有參考自太田善男的理論外，也有呂思勉自己按他對晚清社會小說發展規律的觀察得出的見解。他說：

> 單獨小說，宜於文言。複雜小說，宜於俗語。蓋文言之性質為簡括的，俗語之性質為繁複的也。觀複雜小說與單獨小說撰述之難易，而文言與俗語，在小說中位置之高下可知矣。

　　　　然則複雜小說之不得不用俗語，單獨小說之不得不用文
　　言，其故可不煩言而解矣。蓋複雜小說，同時須描寫多方面
　　之情形，其主義在詳，詳則非俗語不能達。單獨小說，其主義
　　只在描寫一個人物，端緒既簡，文體自易簡潔，於文言較為
　　相宜也。而複雜小說之多為長篇，單獨小說之多為短篇，其
　　故又可知矣。蓋一則內容之繁簡使然，一則文體之繁簡使
　　然也。（頁 442–443）

　　呂思勉認為單獨小說，是 romance，應該用自敍式以及文言，
並引用西方的《茶花女》、《魯濱遜漂流記》[71] 以及中國的《聊齋誌異》
作為例子說明。他又解釋 novel（即是複雜小說），應該用他敍式以
及俗話書寫，並以《紅樓夢》、《儒林外史》等作例。

　　到底甚麼是自敍式以及他敍式呢？呂思勉在頁 444 指出，自
敍式是 auto-biographic，而他敍式則是 biographic。如果以今
天的話去說，前者即是自傳體，後者則是傳記體裁。固然，這些
術語以及名詞都是通過太田善男而來，但是，太田善男（頁 288）
是以 4 種體裁（自敍式、他敍式，日記（Diary）、書簡式（Letter
writing））說明小說體例的多種多樣，並非像呂思勉一樣，二元化
地把不同的體例歸入 novel 以及 romance 的觀念之內。尤有甚者，
基於這種二元化的分析，呂思勉得出「愈複雜則愈妙」、「愈複雜而
愈見其美」，而 novel（複雜小說）能展現「一事實之全體」，因此在
知與情之上，都能「感人之深」滿足人類「求知之心」以「探究底蘊」

71　我們大概能猜到呂思勉只是看到《茶花女遺事》、《魯濱遜漂流記》的翻譯而非原文，
　　倘若他看過原文就會明白《茶花女》、《魯濱遜漂流記》在西方並不屬於 romance，
　　特別是後者《魯濱遜漂流記》，往往被認為是長篇小說 the novel（特別是英國）發展
　　的分水嶺。

的分析，因此 novel 絕對比 romance 更優勝。

　　無論我們是否認同呂思勉對複雜小說（novel）的評價，他經日本的文學理論，得出「複雜小說之多為長篇」（頁 443；參考自太田善男《文學概論》中第 302 頁），是明確地把西方文類「novel ＝長篇小說」的觀念引入晚清，他同時說明情節簡單的為短篇小說（「單獨小說之多為短篇」），在當時已清楚捨棄用字數多寡作小說篇幅的分野的方法（頁 456）。這不但是當時超時代的觀念，而且具有影響中國小說發展至鉅的貢獻。而由此，我們亦可推翻過去人們的討論：以為長篇小說作為 "novel" 的觀念，是要待胡適在五四前寫了〈論短篇小說〉一文才相繼引發出來的。[72]

　　行文到止，我們已經可以作出一個歸納。呂思勉在挪用太田善男的《文學概論》的過程中，先把他認為相對於晚清最陌生的觀點作直接吸收，而鮮有改動，在協助國人理解這個觀念時，會附加少許例子說明。而在一些相對比較熟悉的觀點上，他則加入大量的意見，甚至出現「創造性的轉化」，試圖順應晚清小說觀念的發展而作出調當的適整。其實，只要再舉一例，就可以完全明白呂思勉並不是被動地、無目的地抄襲太田善男的《文學概論》。

　　在說到以小說分類去反映文學內部概念之時，呂思勉在〈小說叢話〉就列出 9 種類型。如果把這 9 種分類跟太田善男在《文學概論》的 11 種分類比較，會發現已與之前照錄太田善男的做法出現很大的不同：

72　胡適：〈論短篇小說〉，原刊《北京大學日刊》及《新青年》1918 年第 4 卷第 5 號，收入《胡適全集》第 1 卷，頁 124-136。據鄭樹森的研究，胡適的觀點是取自兩位美國學者──Bliss Perry 的 *A Study of Prose Ficton* 以及 Clayton Hamilton 的 *A Manual of the Art of Fiction* ──而來，見鄭樹森：《從現代到當代》（台北：三民書局，1994 年），頁 4。

呂思勉（頁 454–455）	太田善男（頁 303）
武事小說	戀愛小說 novel of love
寫情小說	家庭小說 domestic novel
神怪小說	宗教小說 religious novel
傳奇小說	教育小說 didactic or educational novel
社會小說	社會小說 socialistic novel
歷史小說	寓意小說 allegorical novel
科學小說	滑稽小說 humorous, or comical novel
冒險小說	悲壯小說 tragic novel
偵探小說	歷史小說 historical novel
	冒險小說 novel of adventure
	兒童小說 fairy tales

在上表，我們看到只有社會小說與冒險小說兩類是相同的。事實上，只要我們以〈小說叢話〉表中所列的類型與管達如在 1912 年發表於《小說月報》上的〈說小說〉[73] 內的類型比較（見下表），就看到兩人在小說類型上擁有着相同的見解。

管達如	呂思勉
武力的、軍事的	武事小說
寫情的	寫情小說
神怪的	神怪小說
	傳奇小說
社會的	社會小說（與太田善男相同）
歷史的	歷史小說
科學的	科學小說
冒險的	冒險小說（與太田善男相同）
偵探的	偵探小說

73　管達如：〈說小說〉，陳平原、夏曉虹編：《二十世紀中國小說理論資料》（第 1 卷），頁 397。

　　我們看到，管達如與呂思勉兩文，除了一項傳奇小說不同外，兩文在小說類型上實在有驚人的相似。管達如與呂思勉是情如手足的表兄弟，在呂思勉的傳記內，有多次提到與管達如莫逆的交情。[74] 但是，與其說呂思勉因為這個原因沿襲管達如〈說小說〉一文的觀點，倒不如認為在太田善男與管達如之間，呂思勉選擇了更能呈現中國小說發展軌跡的管達如。如果我們把管達如一文中所列的小說類型，置於晚清小說理論縱深發展的歷史脈絡，不難發現，他其實是順應梁啟超小說類型的發展而來的：

梁啟超	管達如	呂思勉
軍事小說	武力的、軍事的	武事小說
寫情小說	寫情的	寫情小說
語怪小說	神怪的	神怪小說
傳奇體小說		傳奇小說
	社會的	社會小說（與太田善男相同）
歷史小說	歷史的	歷史小說（與太田善男相同）
	科學的	科學小說
冒險小說	冒險的	冒險小說（與太田善男相同）
探偵小說	偵探的	偵探小說

　　梁啟超在 1902 年的〈論小說與羣治之關係〉以及「中國惟一的文學報」《新小說》內，曾經把西方十多種小說類型介紹給中國讀者。[75] 中國讀者面對這樣新鮮的小說文類觀念，一方面以中國小

74　呂思勉在傳記文章以及日記內記下與管達如相交知的事，由他年少時能師從史學老師謝鍾英拜管達如所賜，到管達如離世時他的傷痛，都一一記取。李永圻：《呂思勉先生編年事輯》，頁 19，頁 228–229。

75　新小說報社〔梁啟超〕：〈中國惟一之文學報《新小說》〉，原刊《新民叢報》1902 年第 14 號，收入陳平原、夏曉虹編：《二十世紀中國小說理論資料》（第 1 卷），頁 58–63。

說附會，譬如把《紅樓夢》說成是政治小說、家庭小說等等；另一方面，晚清文人在面對這樣新鮮，而又帶有一點外國舶來感的「威儀」，在大開眼界之餘，紛紛以創作小說回應，如晚清四大小說家在創作的時候紛紛套入社會小說、偵探小說的脈絡內。[76] 而無論這些處理小說類型的手法在今天看來多麼的不成熟，我們卻應從中看出，晚清社會在對小說類型進行了十多年（1902–1912）的發展以及消化後，已漸漸摸索出自己的軌道。舉例而言，在梁啟超列出的 10 多項小說類型出現後，晚清社會因為其政治背景，產生出對探偵小說的偏愛，這種在地的適應，梁啟超其後的人在論述小說類型時已造成不可忽視之勢，因此，在管達如的〈說小說〉中亦有依從；而呂思勉的〈小說叢話〉，即使在多方面大量吸取太田善男的《文學理論》後，卻仍然是按中國小說的發展模式，勾勒出一個更能貼近晚清社會發展的圖像來。

七、小結

在〈小說叢話〉的前半部分中，我們看到呂思勉大量地攝取了太田善男的《文學概論》，一方面是要扭轉晚清社會當下「小說有用論」的勢力，另一方面是為了令國人有所借鑒，從而認識小說的本來面目。因此，呂思勉在這前半部分往往長篇累牘、不加修飾地援引太田善男的觀點，而到了後半部分便會在消化太田善男的理論後加入自己的觀點，因應晚清當下的小說發展，一面結合小說有用論（如梁啟超等人的觀點），一面以小說美學觀（小說無用論）補足時

76　有關中國小說類型的研究，參看陳平原《小說史：理論與實踐》（北京：北京大學出版社，1993 年）內〈中國小說類型研究〉一章，頁 137–219。

人的不足。譬如他借用王國維 1904 年發表的〈紅樓夢評論〉為例，深化太田善男的觀點，就是希望展現理論與實踐配合下進一步探析外國小說理論與中國小說結合的可能。

小說勢力在清末民初 (1902–1914) 的發展，一直是以鐘擺的方式激盪於兩個極端之上，呂思勉希望平衡兩極，因為小說的本質，本來就是這樣——既能娛樂，亦能教化。的確，從這章看到，中國的「小說」觀念，到 1914 年所寫的〈小說叢話〉內，中國傳統的部分所剩無幾。而討論小說創作法則及詞彙、長短篇幅、小說的寫作類型以及手法（寫實／理想或浪漫）、小說作為文學的論據，都已漸見完備，但一個整合完備的西方現代的小說 (fiction) 觀念——「虛構想像」還沒有完全成型。譬如說，孫毓修在差不多寫於同一個時間的〈英國十七世紀間之小說家〉還只把 "fiction" 以音譯譯出：

> 英文 story 一字，為紀事書之總稱，不徒概說部也。其事則烏有，其文則其長者，謂之 Novel，如《紅樓夢》一類之書是矣……奇情詭理，加以詞條豐蔚，逸趣橫生，英國沸克興 Fiction 之極規也。沸克興者，即近所譯稱奇情小說。[77]

除了以音譯翻譯 "fiction" 外，他更武斷地認為 "fiction" 是小說次類型——奇情小說，而不是一個與詩、散文、戲劇並列的文類概念，更不代表「虛構想像的敍事」的小說觀念。可以看到，小說

77　孫毓修：〈英國十七世紀間之小說家〉，原刊《小說月報》1913 年第 4 卷第 2 號，錄入 1916 年商務印書館版《歐美小說叢談》，收入陳平原、夏曉虹編：《二十世紀中國小說理論資料》（第 1 卷），頁 427。

觀念到了這個時候，還有待西方文學理論進一步被吸收到中國，一個成熟的小說觀念才能慢慢成型。

　　而從吸收小說理論的過程看來，在晚清自梁啟超開始，是一條最成功的捷徑，甚至是建立論據最有力的依據。不過，自五四以後，隨着中國進一步西化，留學西方的知識人越來越多，而留學日本的知識人亦慢慢通過日本文學理論直接看西方文學理論，晚清時對明治日本文學理論的依賴漸漸減少。從魯迅清楚截然否認他的《中國小說史略》（1923 年）是剽竊自塩谷溫《支那文學概論講話》一事，[78] 就可見一斑。這點，除涉及魯迅的個人學術態度及聲譽以外，更重要的在於這顯示出，中國小說理論的建立，已能擺脫只依賴明治日本作為文學理論轉銷站的一路，轉而直接吸收西方文學理論，開創出一條可以融化新知、中西並行的道路來。

78　魯迅（1926 年）：〈不是信〉，《魯迅全集》第 3 卷（北京：人民文學出版社，1981年），頁 221。有關塩谷溫的《支那文學概論講話》與魯迅的《中國小說史略》的關係，可參考陳勝長：〈August Conrady・塩谷溫・魯迅：論環繞《中國小說史略》的一些問題〉，《中國文化研究所學報》1986 年第 17 卷，頁 344–360。

第四章

唐「始有意為小說」：從魯迅的《中國小說史略》看現代小說（虛構）觀念

一、引言

　　長久以來，人們一直認為魯迅在 1918 年發表的《狂人日記》是中國文學史上的「第一篇現代小說」。然而，一直沒有受到較大關注的一個現象是：魯迅自己在這方面從來沒有自稱「第一」，甚至沒有以這篇作品為傲。相反，他說「《狂人日記》很幼稚，而且太逼促，照藝術上說，是不應該的」，[1] 而它的功能只不過是「破破中國的寂寞」。[2] 但另一方面，對於差不多同時間寫成的另一部著作《中國

1　魯迅（1919 年）：〈對於《新潮》一部分的意見〉，《魯迅全集》第 7 卷（北京：人民文學出版社，1981 年），頁 226。

2　同上註，魯迅（1919 年）：〈對於《新潮》一部分的意見〉。另外，他又冷冷地說到《狂人日記》能「激動了一部分青年讀者的心。然而這激動，卻是向來怠慢了紹介歐洲大陸文學的緣故」。魯迅（1933 年）：〈我怎麼做起小說來？〉，《魯迅全集》第 4 卷，頁 512。另外，差不多的觀點亦可見於：魯迅（1935 年）：《《中國新文學大系》小說二集序〉，《魯迅全集》第 6 卷（北京：人民文學出版社，1981 年），頁 238。眾所周知，魯迅前後的文學觀有明顯的不同，為了顯示寫成《中國小說史略》時期魯迅的文學觀以及對小說的看法，本章特意在註譯部分以魯迅（年份）標示這些論述的寫作年份，而並非揉合兩種不同的論文註釋格式。

小說史略》（以下簡稱《史略》，初稿完成於 1920 年），魯迅的自我評價卻很不同，一方面他公開表示非常的珍愛，說那是一本「悲涼之書」，[3] 對於此書再版並有日文版，他感到「非常之高興」、「自在高興了」，認為「這一本書，不消說，是一本有着寂寞的運命的書。給它出版，這是和將這寂寞的書帶到書齋裏去的讀者諸君，我都真心感謝的」。[4] 他更以此來自詡了一個「第一」，在後來 1923 年出版的北新版 [5] 的「序言」中，他強調「中國之小說自來無史；有之，則先見於外國人所作之中國文學史中，而後中國人所作者中亦有之，然其量皆不及全書之什一，故於小說仍不詳。[6]」事實上，這不但是作者自己的期許，更獲蔡元培高度評價這是魯迅「著作最謹嚴」的著作，被同行胡適公認為「開山之作」。[7] 不過，儘管《史略》在中國文學史上公認為「第一」，也儘管作者事先張揚的自己對此書的珍視，但當我們回顧過去百年的文學研究，《狂人日記》顯然比《史略》更受重視，所產生的影響也較大。

3　魯迅（1930 年）：〈《中國小說史略》題記〉，《魯迅全集》第 9 卷，頁 3。

4　魯迅（1935 年）：〈《中國小說史略》日本譯本序〉，《魯迅全集》第 6 卷，頁 347–348。

5　《史略》最初為北京大學以及北京高等師範學校講授小說課的教材，後來經魯迅多次增刪、編訂，經北新書局出版成為現今所見的版本。有關《史略》版本演變的資料，可參考呂福堂：〈魯迅著作的版本演變〉，唐弢編：《魯迅著作版本叢談》（北京：書目文獻出版社，1983 年），頁 61–79，及楊燕麗：〈《中國小說史略》的生成與流變〉，《魯迅研究月刊》1996 年第 9 期，頁 24–31。

6　魯迅（1923 年）：〈《中國小說史略》序言〉，《魯迅全集》第 9 卷，頁 4。

7　阿英憶著，蔡元培在魯迅的挽聯內，題字「著作最謹嚴，非徒《中國小說史》」；此外，阿英也指，魯迅最初並不願把《中國小說史》交給北新出版，怕要這小書店賠本。見阿英：〈作為小說學者的魯迅先生〉，《阿英全集》第 2 卷（合肥：安徽教育出版社，2003 年），頁 789–790。此外，胡適在〈白話文學史‧自序〉說到：「在小說的史料方面，我自己頗有點貢獻，但最大的成績，自然是魯迅先生的《中國小說史略》。這是一部開山之作，搜集甚勤，取材甚精，斷制也甚嚴謹，可以替我們研究文學史的人節省無數的精力。」胡適：〈白話文學史‧自序〉（1928 年），《胡適全集》第 3 卷（合肥：安徽教育出版社，2003 年），頁 714。

　　《狂人日記》之所以得到這樣多重視，原因在於它一直被認為是理解中國現代小說源流，即是探索中國小說現代性的重要根源。在《狂人日記》出版後，圍繞這部小說的評語莫不以「劃分時代」、[8]「新紀元」、[9]「中世紀跨進了現代」冠之，[10] 而當中的表現格式又彷彿是最能宣示「新」之所在。[11] 從這種時代反應開始，配合後來的西方文學理論（特別是結構主義）着重形式的熱潮，《狂人日記》漸漸成為「小說現代性」的最佳示範。[12] 相反，《史略》卻以史為題，指涉的是紀錄過去的文獻，範圍也從先秦莊子說起，一直到晚清譴責小說止，當中並不包含一般歷史學家及文學史家所劃分的現代範圍，「現代」一詞更是不着痕跡。因此，文學史上兩本「第一」的關係就被看成是歷史分期的坐標：《史略》總結古代，《狂人日記》下啟現代。

　　但事實是，《史略》是一本從構思、提筆、到付梓都是在中國進入了「現代」以後的作品，甚至完成於與《狂人日記》差不多的時

8　魯迅的第一本小說集《吶喊》在 1923 年 8 月由北京新潮社列為《文藝叢書》出版時，8 月 31 日上海《民國日報》副刊刊登了題為「《小說集〈吶喊〉》的出版消息，稱《吶喊》是「在中國底小說史上為了它就得『劃分時代』的小說集」。另外，茅盾亦稱此為「劃時代的作品」，見茅盾：〈論魯迅的小說〉，原刊香港《小說月刊》1948 年 10 月第 1 卷第 4 期，收入《茅盾全集》第 23 卷，頁 430。張定璜也稱此為「在中國文學史上用實力給我們劃了一個新時代」，見張定璜：〈魯迅先生〉，原刊《現代評論》1925 年 1 月第 1 卷第 7–8 期，收入台靜農編：《關於魯迅及其著作》，頁 20。

9　茅盾：〈論魯迅的小說〉，原刊香港《小說月刊》1948 年 10 月第 1 卷第 4 期，收入《茅盾全集》第 23 卷，頁 430。

10　張定璜：〈魯迅先生〉，原刊《現代評論》1925 年 1 月第 1 卷第 7–8 期，收入台靜農編：《關於魯迅及其著作》，頁 20。

11　雁冰〔茅盾〕：〈讀吶喊〉，原刊《時事新報》副刊《文學》1923 年 10 月 8 日第 91 期，收入《茅盾全集》第 18 卷，頁 394–399。

12　Leo Ou-fan Lee, "Tradition and Modernity in the Writings of Lu Xun," in Leo Ou-fan Lee, ed., *Lu Xun and His Legacy* (Berkeley: California University Press, 1985), pp. 3–31.

間，所以《史略》不可能完全撇開「現代」的因素。《史略》既然是「小說的歷史」，它就像任何的歷史書寫一樣，既然重溯過去，也就一定立足現在，以今日的眼光去書寫昨天，這才符合一種「所有歷史都是當代史」說法。除此以外，《史略》作為文學史，要在恆河沙數的作品中為讀者挑選具備時代特色、反映過去文學生態的代表作品，就一定會肩負評騭好壞、正訛辨偽的學術任務。而無論這些判斷如何客觀，都必然帶有成書時代的特色以及學術氣氛。因此，構築《史略》的支柱雖是傳統中國近 2,000 年的小說史料，然而羅織在《史略》的史識卻建基於中國進入「現代」以後的觀點。

　　本章試圖提出，要理解中國現代小說的觀念，魯迅的《中國小說史略》實在是一個很合適周全的例子。魯迅在這本他自己極為看重的著作中，雖未曾正面討論甚麼是「現代小說」的概念，書內亦不見「現代」一詞，然而從他對「小說」一詞的理解與運用，特別是以「唐始有意為小說」一句重溯中國小說起源之舉，就能看到他重整國故，總結中國古代小說發展的理論架構，其實是立足於現代的小說觀念的。因此，本章希望通過《史略》及其他由魯迅編輯整理的小說史料 [13] 和零星瑣碎的論述 [14]，達到以下目的：第一，剖析魯迅

13　在 1909 至 1920 年間，魯迅花上十多年的時間，「廢寢輟食，銳意窮搜」（《小說舊聞抄》再版序言），搜集小說史料，這些史料有些在魯迅生前已經編訂，有些卻因經費的問題，一直等到魯迅死後才得以出版，可參考魯迅：《小說舊聞鈔》、《古小說鈎沉》、《唐宋傳奇集》等，見《魯迅全集》第 10 卷（北京：人民文學出版社，1981 年）。

14　小說論述首先指《中國小說的歷史的變遷》（以下簡稱《變遷》）。《變遷》是魯迅於 1924 年西安講學時的記錄稿，此講稿雖據《史略》而成，但經魯迅本人修訂，亦有補充《史略》的地方，因此甚具參考價值，見魯迅：《中國小說的歷史的變遷》，《魯迅全集》第 9 卷，頁 301–333。其他小說散論有〈宋民間之所謂小說及其後來〉、〈何典題記〉、〈關於三藏取經記等〉、〈遊仙窟序言〉、〈關於小說目錄兩件〉、〈稗邊小綴〉、〈關於唐三藏取經詩話的版本〉、〈談金聖歎〉、〈六朝小說和唐代傳奇〉、《中國小說史略》日本譯本序〉、〈破《唐人說薈》〉、〈《遂初堂書目》抄校說明〉等等。

在《史略》中重溯中國小說起源的觀點；第二，指出這些觀點乃由現代小說觀念所成。[15]

二、小說與小說書

魯迅在《史略》中有不少振聾發聵的見解，其中最被廣為引述的，可以說是唐傳奇是「有意為小說」的論斷。究竟魯迅是不是認為小說要在唐代才正式出現？我們知道，中國「小說」一詞出自《漢書‧藝文志》，原意是指一些「街談巷語，道聽塗說者之所造」。《漢書‧藝文志》說：

> 小說家者流，蓋出於稗官。街談巷語，道聽塗說者之所造也。孔子曰：「雖小道，必有可觀者焉，致遠恐泥，是以君子弗為也。」然亦弗滅也。閭里小知者之所及，亦使綴而不忘。如或一言可採，此亦芻蕘狂夫之議也。

《漢書》所言的「小說家」，是屬於九流以外的第十家。這一段文字除了清楚說明了小說的地位外，更重要的是，說明了中國小說的原生形態，即是由稗官採集一些聽回來的民間故事。不過，魯迅

---

15 儘管後世對《史略》內的史料舛誤作出補充、校正，但這無損《史略》篳路藍縷先行者的功勞與歷史價值。就此，本章不擬討論，有興趣的讀者，可參考以下文章：趙景深：〈中國小說史略勘誤〉，《銀字集》(上海：永祥印書館，1946 年)，頁 130–140；薛苾：〈《中國小說史略》中的一點疏忽〉，《魯迅研究月刊》1996 年第 6 期，頁 72；徐斯年：〈《中國小說史略》註釋補証（1，2）〉，《魯迅研究月刊》2001 年第 10 期，頁 65–75 及 2001 年第 11 期，頁 69–78；袁世碩：〈《中國小說史略》辨證二則〉，《中國古代小說研究》(北京：人民文學出版社，2005 年)，頁 28–35；以及日本在這方面的校本及考證，見中島長文：《中國小說略考證》(神戶：神戶市外國語大學外國學研究所，2004 年)。

似乎對這個小說起源的傳統說法不甚滿意，他說：

> 小說是如何起源的呢？據《漢書・藝文志》上說：「小說家者流，蓋出於稗官。」稗官採集小說的有無，是另一問題；即使真有，也不過是小說書之起源，不是小說之起源。[16]

我們應該如何解讀他這段在概念上看來有點模糊糾纏的說話？他是否要否定小說為「出於稗官」？是否要否定這個建基於《漢書・藝文志》，且獲後人普遍認同的文史常識呢？[17] 簡單來說，魯迅這段話可以廓分出兩個不同的概念，即小說與小說書。魯迅認為，古時稗官所採集的，其實並非「小說」，而是「小說書」。因此《漢書・藝文志》所說的只是「小說書」之起源，而不是「小說」之起源。不過，對於魯迅而言，小說與小說書究竟有甚麼分別？

魯迅認為《漢書・藝文志》所講的只是小說書之起源，魯迅所謂「小說書」，指的是「街談巷語，道聽塗說者之所造」，是閭巷間的鄙野之辭，是民間所流傳的故事。稗官的工作，就是尋訪這些故事，並將之集結為「小說書」。可以說，在中國古代這樣形成的所謂「小說」，其實是一種最廣義的「集體創作」。編採者最大的角色，只在於結集及潤色。故此，這些收集與增飾故事的人，往往隱姓埋名，不欲忝竊故事的原創性。[18] 也由此，有人總結中國小說的成書

---

16 魯迅：《變遷》，《魯迅全集》第 9 卷，頁 302。
17 近人就此的考證，可參考余嘉錫：〈小說家出於稗官〉，《余嘉錫文史論集》（長沙：岳麓書社，1997 年），頁 245–258；周楞伽〈稗官考〉，《古典文學論叢》第 3 輯（濟南：齊魯書社，1982 年），頁 257–266；潘建國：〈《漢書・藝文志》「小說家」發微〉，《中國古代小說書目研究》（上海：上海古籍出版社，2005 年），頁 1–21。
18 小說的作者與小說的生產形態有緊密的關係，有關小說作者的問題，詳見本章下文第四節。

過程是「聚合式」，或「滾雪球」[19]，意即在故事雛型出現之後，在後人手中不斷潤飾細節而成。[20] 魯迅並沒有用上「聚合式」、「滾雪球」這樣的字彙。不過，我們在《史略》尤其是《中國小說的歷史的變遷》裏，都看到他是充分了解到中國小說的這種特質，以及由此而來的發展脈絡的。[21] 而中國小說的這種方式，由漢開始一直沿用至明朝——一個距離《藝文志》非常遙遠的時代，其間都可以看到這種小說的發展模式的繼承。魯迅說到明小說時仍以此說明：

> 其在小說，則明初之《平妖傳》已開其先，而繼起之作尤夥。凡所敷敘，又非宋以來道士造作之談，<u>但為人民閭巷間意，蕪雜淺陋，率無可觀</u>。然其力之及於人心者甚大，又或有<u>文人起而結集潤色之，則亦為鴻篇巨制之胚胎也</u>。〔引文重點為筆者所加，後同。〕

19　胡適：《白話文學史》，1928 年，《胡適全集》第 11 卷（合肥：安徽教育出版社，2003 年），頁 205-555；石昌渝：《中國小說源流論》（北京：生活・讀書・新知三聯書店，1994 年），頁 294-296。

20　這種說法近年在學術界獲得不少的迴響，尤其是在國外的漢學研究中。譬如：日本學者大塚秀高認為小說的原生形態為「物語」，後來經過「原小說」聚集才有「小說」的出現，而他所謂的「小說」是指西方意義下的 "novel"。因此，他認為中國第一本由文人創作的小說是《金瓶梅》。大塚秀高：〈從物語到小說——中國小說生成史序說〉，《學術月刊》1994 年第 9 期，頁 108–113。另外，蘇聯漢學家李福清（B. L. Riftin）用普羅普（Vladimir Propp）的《民間故事形態學》（*Morphology of the Folktale*）的分析方法，從明清小說倒行出發找到各小說的故事原型，認為中國小說的起源形態與西方小說有根本的不同。李福清著，李明濱譯：《古典小說與傳說：李福清漢學論集》（北京：中華書局，2003 年）。

21　譬如魯迅說到，明人湯顯祖的《邯鄲記》、清人蒲松齡《聊齋誌異》中的〈續黃粱〉，都是由〈枕中記〉的故事加以發揮；又或者唐人白居易作了〈長恨歌〉，影響到後來清人洪昇的《長生殿》；唐人白行簡的〈李娃傳〉，敘李娃的情節，成為元人的《曲江池》、明人薛近兗的《繡襦記》的藍本；又再如：金人董解元《弦索西廂》，與元人王實甫《西廂記》和關漢卿的《續西廂記》、明人李日華的《南西廂記》和陸采的《南西廂記》等等，全導源於元稹的〈鶯鶯傳〉。詳見魯迅：《變遷》，《魯迅全集》第 9 卷，頁 301–333。

> 匯此等小說成集者，今有《西遊記》行於世，其書凡四種，
> 著者三人，不知何人編定，惟觀刻本之狀，當在明代耳。[22]

　　另一方面，為人忽略的另一個重要論點就是，魯迅在整本《史略》內述及這個傳統小說觀念時，卻往往是與另一個小說觀念相對而言的，這個觀念就是「創造」或「獨創」。在《史略》〈第二篇　神話與傳說〉中，他就說到：

> 志怪之作，莊子謂有齊諧，列子則稱夷堅，然皆寓言，不足徵信。《漢志》乃云出於稗官，然稗官者，職惟採集而非創作，「街談巷語」自生於民間，固非一誰某之所獨造也，探其本根，則亦猶他民族然，在於神話與傳說。[23]

　　志怪是古代小說的一類。在這裏魯迅也表達出與上述同樣的觀念，即否定《漢書・藝文志》小說為「出於稗官」的說法，而提出志怪的「本根」，是「在於神話與傳說」。他所提出的理由是：「稗官者，職惟採集而非創作，『街談巷語』自生於民間，固非一誰某之所獨造也。」由此可見，對於魯迅而言，「小說」不同於「小說書」，關鍵在於「小說」是「創作」，是「誰某之所獨造」的。魯迅在《史略》〈第五篇　六朝之鬼神志怪書（上）〉：

> 其書〔劉義慶的《幽明錄》〕今雖不存，而他書徵引甚多，大抵如《搜神》《列異》之類；然似皆集錄前人撰作，非自造也。[24]

22　魯迅：〈第十六篇　明之神魔小說（上）〉，《史略》，《魯迅全集》第 9 卷，頁 154。
23　魯迅：〈第二篇　神話與傳說〉，《史略》，《魯迅全集》第 9 卷，頁 17。
24　魯迅：〈第五篇　六朝之鬼神志怪書（上）〉，《史略》，《魯迅全集》第 9 卷，頁 48。

在〈第八篇唐之傳奇文〉：

> 如是意想，在歆慕功名之唐代，雖詭幻動人，而亦非出於<u>獨創</u>，干寶《搜神記》有焦湖廟祝以玉枕使楊林入夢事，大旨悉同，當即此篇所本，明人湯顯祖之《邯鄲記》，則又本之此篇。既濟文筆簡煉，又多規誨之意，故事雖不經，尚為當時推重，比之韓愈《毛穎傳》……[25]

魯迅不但以「獨造」、「自造」、「獨創」等觀念衡量中國各朝代（六朝、唐、明）的小說，並以此作為價值標準評議中國小說。在〈第十三篇　宋元之擬話本〉談論到宋的小說時，魯迅就說：

> 蓋《宣和遺事》雖亦有詞有說，而非全出於說話人，乃由作者<u>掇拾故書</u>，益以小說，<u>補綴聯屬</u>，勉成一書，故形式僅存，而精采遂遜，文辭又多非己出，不足以云<u>創作</u>也。[26]

魯迅否定宋的《宣和遺事》為小說，理由是「作者掇拾故書……補綴聯屬」，實在「不足以云創作」。此外，魯迅更以這個觀念來反駁紀昀對蒲留仙的批判。魯迅說到，紀氏認為《聊齋誌異》小說中人「兩人密語，決不肯泄，又不為第三人所聞，作者何從知之」？紀昀因而認為，這實在是蒲留仙小說內的一個嚴重缺陷。而正因為如此，他為了避免自己在寫小說《閱微草堂筆記》時再犯《聊齋誌異》的缺憾，就「竭力只寫事狀，而避去心思和密語」。魯迅卻反以此譏笑紀氏「支絀」，他說：

---

25 魯迅：〈第八篇　唐之傳奇文（上）〉，《史略》，《魯迅全集》第9卷，頁70。
26 魯迅：〈第十三篇　宋元之擬話本〉，《史略》，《魯迅全集》第9卷，頁119。

> 如果他〔紀昀〕先意識到這一切是<u>創作</u>，即是<u>他個人的造</u>
> <u>作</u>，便自然沒有一切掛礙了。……[27]

　　在這裏，魯迅好像既不能同情地理解古人，也似乎過於嚴苛。因為正如下文將要指出，魯迅浸淫在現代的各種觀念已久，他所言的「創作」只屬現代小說觀念才有的內容。所以這是紀昀無論如何都不會意識到的，因此紀氏也根本不可能「沒有一切掛礙」。至於紀氏為甚麼「竭力只寫事狀，而避去心思和密語」，可能因為他沒看《紅樓夢》內各人的「心思和密語」，又或者他並不認為《紅樓夢》是小說，因此也沒有把它收進他作為總纂而編成的《四庫全書》之內。從紀昀編撰的《四庫全書總目提要》，以及紀氏自己編寫的小說《閱微草堂筆記》的〈序〉所示：「是以退食之餘……乃採掇異聞，時作筆記，以寄所欲言」，[28] 我們就充分理解到，紀氏這裏所言的「採掇異聞」，或是組成《閱微草堂筆記》的篇名「如是我聞」所示，其實即是秉承了中國傳統的「道聽塗說」、「叢殘小語」的小說觀念。由此看來，紀氏心目中的「小說」，其實只相當於魯迅所言的「小說書」，而不是魯迅所謂「小說」了。

　　在這個背景下，我們可以把魯迅「小說是如何起源的呢」一段頗為語義糾纏的引文重新解讀如下：

> 小說是如何起源的呢？據《漢書》《藝文志》上說：「小說家者流，蓋出於稗官。」稗官採集小說〔按：指故事〕的有無，

27　魯迅（1927 年）：〈怎麼寫（夜記之一）〉，《魯迅全集》第 4 卷，頁 23。

28　紀昀著，王賢度校點：《閱微草堂筆記》（上海：上海古籍出版社，1980 年），頁 567–568。

是另一問題；即使真有，也不過是小說書之起源，不是小說
〔按：指出於「創造」的小說〕之起源。

魯迅否定小說出自《漢書‧藝文志》的起源，是因為他不認同
「採集」「自生於民間」而來的故事可以叫「小說」。在魯迅的理解
裏，「小說」已經是西方觀念革新下「創作」的一種，是「一誰某之
所獨造」、「個人的獨造」。這點已透露出，魯迅所言的「小說」與
中國傳統本來的小說，實在已是完全不一樣的東西，只是「小說」
之名雷同而已！

三、唐始有意為小說

既然魯迅不認同由稗官所採集的是「小說」，另外提出「唐始
有意為小說」的論點。那麼，值得認真處理的便是：究竟他是以甚
麼來作為分辨的論點？而為甚麼他認為唐代的傳奇才是小說的起
源？在《史略》第八篇〈唐之傳奇文（上）〉中，他說：

> 小說亦如詩，至唐代而一變，雖尚不離於搜奇記逸，然敍
> 述宛轉，文辭華豔，與六朝之粗陳梗概者較，演進之跡甚明，
> 而尤顯者乃在是時則始有意為小說。胡應麟（《筆叢》三十六）
> 云，「變異之談，盛於六朝，然多是傳錄舛訛，未必盡幻設語，
> 至唐人乃作意好奇，假個說以寄筆端。」其云「作意」，云「幻
> 設」者，則即意識之創造矣。此類文字，當時或為叢集，或為
> 單篇，大率篇幅曼長，記敍委曲，時亦近於俳諧，故論者每訾
> 其卑下，貶之曰「傳奇」，以別於韓柳輩之高文。[29]

29　魯迅：〈第八篇　唐之傳奇文（上）〉，《史略》，頁 70。

　　本來，「傳奇」在中國小說史的地位並不高，「傳奇」一詞的出現本身已是一種嘲諷或貶損，[30] 唐人根本不以為這是小說，甚至不會歸類作「傳奇」，只是在宋人歐陽修所修《新唐書・藝文志》後才開始列入小說一類內。[31] 在中國小說史內最早高調地確認唐傳奇的地位的，是明人胡應麟，他在《少室山房筆叢》中重新整理小說的分類，在六類之中特闢一類為「傳奇」。[32] 不過，胡應麟的論說實際上並無助於提升傳奇在小說史的命運，到清朝編《四庫全書總目提要》的時候，傳奇又因當時的社會風氣而被貶斥為「猥鄙荒誕，徒亂耳目者」而被摒之於門外。及至魯迅的考證、辯訂以及高度的肯定，唐傳奇的地位才重新確認。

　　魯迅一方面採用胡應麟的說法，以自己的說話「即意識之創造」去闡釋胡氏的「盡幻設語」、「作意好奇」；另一方面卻超越並豐富了胡氏的論述，具體指出唐為小說的開端。不過，如果我們細心想想，其實魯迅在《史略》第一篇〈史家對於小說之著錄及論述〉已列出「小說」一詞早見於唐朝以前差不多一千年的《莊子・外物篇》，[33] 而詳細闡述「小說」一詞具體內容的是《漢書・藝文志》，那麼，他那唐「始」有意為小說的說法從何說起？魯迅釐訂這個「始」的標準是甚麼？唐傳奇以前出現的小說都是「無意為之」的小說嗎？小說如何能無意出現，一個人如何能「無意」或「不經意」寫一部好小說？循這些問題出發，足以知魯迅「始有意為小說」的說法，實在由很多意蘊組成。

30　這點見諸很多宋人的文論以內，譬如：宋人陳振孫《直齋書錄解題》，又如宋代陳師道《後山詩話》等。

31　歐陽修、宋祁撰：《新唐書》（北京：中華書局，1975 年）。

32　胡應麟：《少室山房筆叢》（上海：上海書店，2001 年），頁 282–283。

33　魯迅：〈第一篇　史家對於小說之著錄及論述〉，《史略》，《魯迅全集》第 9 卷，頁 5。

其實，魯迅「唐始有意為小說」的論斷，完全是以現代的小說觀念為基礎而產生的。通過對這個論斷的分析，我們不但可以理清魯迅重溯中國小說起源的觀點，還可以由此看出古代與現代小說觀念之不同。簡單而言，上引「其云『作意』，云『幻設』者，則即意識之創造矣」一段，可分出幾個不同的概念：第一，「作意」；第二「幻設」；第三「意識之創造」；第四「敍述宛轉，文辭華豔」、「施之藻繪」等的問題。這四個概念之間關係密切，互相扣連，必須詳加筆墨說明，否則從《史略》看現代小說觀念一題亦無從說起。因為只要我們反問，如果這些因素早出現於唐代，只是「異名同實」的話，唐傳奇豈不是已為現代小說？又或者，既然胡應麟已提出一部分與魯迅相同的理論，那麼胡氏便實在是現代小說論的始祖，[34]無用等待魯迅贅言，而中國小說現代化就更應早自唐或明朝出現，是在中國「內在理路」(inner logic) 的「自發」力量下產生，而不用等待 19 世紀「西方衝擊」、「中國回應」模式下才出現。[35] 因此，在

34 有學者以西方類型學 (genre) 分析，特別是以 René Wellek 以及 Northrop Frye 文類學的理論，比附胡應麟的小說分類，認為這就是 "fiction" 概念在中國出現之時。不過，此文既沒有解釋 "fiction" 的觀念，論據也流於薄弱。事實上，分類可以賦予一個認知的框架，而分類的基礎，也只是按事物本物的共同屬性。早至《漢書・藝文志》內的小說，本身也已是類的一種，與西方類型研究並沒有直接的關係。見 Laura Hua Wu, "From *Xiaoshuo* to Fiction: Hu Yinglin's Genre Study of *Xiaoshuo*," *Harvard Journal of Asiatic Studies* 55.2 (1995), pp. 339–371。

35 這個討論由 John King Fairbank 與 Paul Cohen 的討論而來，爭議的重點是中國是否被動地在外力之下促成現代化過程，傳統力量的角色以及貢獻，以及這個「衝擊─回應」的論述中的西方中心主義的歷史觀。這套中國現代化發生論曾經深深影響九十年代中國文學研究界，各著述分別見 John K. Fairbank and Teng Ssu-yü, *China's Response to the West: A Documentary Survey, 1839–1923* (Massachusetts, Cambridge: Harvard University Press, 1954), 及 Paul A. Cohen, *Discovering History in China: American Historical Writing on the Recent Chinese Past* (New York: Columbia University Press, 1984)。以此理論闡發中國小說發展的歷史模式的討論，可分別參考陳平原：《中國小說敍事模式的轉變》，頁 13–15，以及袁進：《中國小說的近代變革》(北京：中國社會科學出版社，1992 年)，頁 139–142。

說明魯迅是以現代觀念衡量中國小說時，也有必要討論到這些現代小說才有的特質（即是「小說現代性」）的合法性。

為了突顯「唐始有意為小說」的立論，魯迅用了一個很「結構性」的方法來說明，就是以唐與六朝這兩個緊接的時代作一比較，開列出這樣的兩個命題：唐有意為小說，晉無意為小說。魯迅認為唐傳奇雖脫胎自六朝志人志怪小說，但能青出於藍而稱為小說發展之濫觴，理由在於唐人能有意識發揮一些晉人本來已掌握的因素，這個因素就是「幻設」，亦即是我們今天的用語「虛構」。晉唐兩代人最基本不同之處是，唐人能刻意為工，有意識地加以發揮「幻設」，使之「作意好奇，假個說以寄筆端」而已。《史略》中散見於各章中的「幻設」、「盡幻」、「構想之幻」等語，簡言之，就是今天所說的「虛構」與「想像」。魯迅甚至以白話說出：「作者往往故意顯示着這事跡的虛構，以見他想像的才能了。」[36]

不過，由此而馬上帶出的另一個問題是：這是否意味着以往的中國小說從來都沒有虛構成份，各種小說類型內都找不到虛構的特質，因而「構想之幻」、「幻設」能夠成為現代小說的觀念？過去，有學者指出中國文學在儒家思想主導下重實用重教化，看重文學的實用功能，要求文以載道，因而不鼓勵虛言妄語的概念、也貶抑怪力亂神的描述；[37] 亦有學者認為中國文學內的虛不是虛構的虛、虛妄的虛，而是道家虛靈的虛；[38] 甚至有學者認為中國文化太重歷史，所有的信與疑而引申到虛與實都由判別歷史事實而來，所以虛構

36　魯迅：〈六朝小說和唐代傳奇文有怎樣的區別？——答文學社問〉，《魯迅全集》第 6 卷，頁 322。

37　鈴木修次、高木正一、前野直彬合著：《文學概論》（東京：大修館書店，1967 年），特別是「中國文學特質」一節有關「虛構性」的討論，頁 338–346。

38　黃繼持：《文學的傳統與現代》（香港：華漢文化事業公司，1988 年），頁 1–17。

「自然也就不曾予以抽象概括或命名」。[39] 無論原因是甚麼，是抽象還是具體，這些學者似乎都在回應中國文學不曾缺乏「虛構想像」。況且，稍具文學感的人都知道，只要搦管為文，都必會涉及想像虛構的運作過程，更不用說在中國小說發展上，李卓吾、金聖歎評明清小說時都提過「假」、「空」的概念，前者評《水滸傳》說到：「《水滸傳》事節都是假的」（第一回評）；後者評《三國》時就說「從空結出」（十二回評）[40] 等。事實上，魯迅當然也早已注意到這個問題，而我們也根本不用縱橫中國文學三千年去搜索查證，就在唐之前的晉小說內早已有「虛構」的特質了。魯迅在上段出自《史略》第八篇的引文後緊接說到：

> 　　幻設為文，晉世固已盛，如阮籍之《大人先生傳》，劉伶之《酒德頌》，陶潛之《桃花源記》《五柳先生傳》皆是矣，然咸以寓言為本，文詞為末，故其流可衍為王績《醉鄉記》韓愈《圬者王承福傳》柳宗元《種樹郭橐駝傳》等，而無涉於傳奇。傳奇者流，源蓋出於志怪，然施之藻繪，擴其波瀾，故所成就乃特異，其間雖亦或託諷喻以紓牢愁，談禍福以寓懲勸，而大歸則究在文采與意想，與昔之傳鬼神明因果而外無他意者，甚異其趣矣。[41]

　　既然魯迅自己也說「幻設為文，晉世固已盛」，那麼為甚麼他不說晉「始有意為小說」？為了更好說明這個他自言「很難解答」[42]

39　陳洪：《中國小說理論史》（合肥：安徽文藝出版社，1992 年），頁 16，及黃霖等著：《中國小說研究史》（杭州：浙江古籍出版社，2002 年），頁 50。

40　金聖歎：「從空結出」（十二回評）、「憑空造謊」（二十五回評）。金聖歎，艾舒仁編：《金聖歎文集》（成都：巴蜀書社，1997 年），頁 258–260，頁 274–276。

41　魯迅：〈第八篇　唐之傳奇文（上）〉，《史略》，《魯迅全集》第 9 卷，頁 70。

42　魯迅：〈六朝小說和唐代傳奇文有怎樣的區別？——答文學社問〉，《魯迅全集》第 6 卷，頁 322。

的問題，他在《史略》外另撰文〈六朝小說和唐代傳奇文有怎樣的區別——答文學社問〉說明。他說：

> 　　現在之所謂六朝小說，……在六朝當時，卻並不視為小說。……還屬於史部起居注和雜傳類裏的。那時還相信神仙和鬼神，並不以為虛造，所以所記雖有仙凡和幽明之珠，卻都是史的一類。
>
> 　　則六朝人小說，是沒有記敍神仙或鬼怪的，所寫的幾乎都人事，文筆是簡潔的，材料是笑柄，談資，但好像很排斥虛構，例如《世說新語》說裴啟《語林》記謝安不實，謝安一說，這書大損聲價云云。
>
> 　　但六朝人也並非不能想像和描寫，不過他不用於小說，這類文章，那時也不謂之小說。[43]

六朝的小說一般分為兩大類：志人與志怪。從行文中，我們看到魯迅先述及志怪小說，他說：「現在之所謂六朝小說……並不以為虛造。」然後他又說到志人小說，固名思議是「志人」，「所寫的幾乎都人事」，順理成章也就沒有甚麼弄虛作假的描述，因此魯迅說「好像很排斥虛構」。由此，我們看到，魯迅是先以一個「虛構想像」的條件勘察六朝的小說，這是無可爭疑的。既然兩者的答案都是否定——「不以為虛造」、「排斥虛構」，那麼是否說明六朝的人不會「虛構想像」？事實上也並非如此，魯迅於是也急着替六朝的人解釋道：「六朝人也並非不能想像和描寫，不過他不用於小說，

43　魯迅：〈六朝小說和唐代傳奇文有怎樣的區別？——答文學社問〉，《魯迅全集》第6卷，頁322。

這類文章，那時也不謂之小說。」六朝的人既然擁有想像虛構的才能，卻沒有在我們現在看到的所謂六朝小說內展現出來，可能性有二：第一，「不過他不用於小說」，至於選用甚麼文類，這不涉及小說討論範圍以內；第二，也就是更關鍵的原因是「這類文章，那時也不謂之小說」。就正如魯迅在這段引文所開宗明義說到的「現在之所謂六朝小說，……在六朝當時，卻並不視為小說」。由這個地方，我們終於明白了晉人能幻設，卻只是魯迅口中「幻設為文」而不是「幻設為小說」的原因，因為「那時也不謂之小說」、「在六朝當時，卻並不視為小說」。寫虛構的事也好，寫真實的事也好，六朝人當時的觀念是寫文章。他們所寫的事情，寫人物行傳的，因為是實有，所以最初「屬於史部起居注和雜傳類裏」，這也是本來理應如此。不過，按着這邏輯接着去問，既然是描寫實有的事，六朝人為何又寫鬼——一個看來在內容上極天馬行空之能事，發揮想像淋漓盡致的小說題材？這也是不難解答的：因為以當時的人的認知以及世界觀看來，鬼神是「實有」的，「並不以為虛造」。「蓋當時以為幽明雖殊途，而人鬼乃皆實有，故其敍述異事，與記載人間常事，自視固無誠妄之別矣。」[44] 因此，在六朝時，以鬼怪作題材的作品仍然不能算是「幻設」。

　　總而言之，無論魯迅上溯小說的起源點至唐是對或錯，我們被他折服而同意與否，我們都必先認識魯迅是以「虛構」作為一個判別「小說」內涵的先行條件，因為對魯迅而言，小說已是「虛構想像」。這是他在《史略》裏一個基本而明確的命題。不過，雖然「虛構」是魯迅眼中判別「小說」的第一個條件，卻不是一個獨立充分自足的條件，否則，晉人已足稱「有意為小說」。

44　魯迅：〈第五篇　六朝之鬼神志怪書（上）〉，《史略》，《魯迅全集》第 9 卷，頁 48。

四、個人的造作

　　魯迅所說的「個人的造作」、「自造」、「虛造」、「造作」、「構造」[45]、「創作」等眾多的「造」與「作」，或者「意識之創造」，實在並非中國小說原來已有的內涵，而是出自西方現代小說（fiction）。英語的 "fiction"，出自希臘文語源 "*plasmata, plasmatika*"（拉丁化拼音），由此字而衍生出形形色色有關造、作、創、構的概念。由於這是造出來的，所以是假的，是虛構的。[46]「小說」作為一種概括虛構文體的文類稱謂，在 17、18 世紀才漸漸形成。[47] 必須強調，虛構的作品成為一個褒義詞，是非常近代的事情，小說獲得社會普遍認同，可以說是在 18 世紀浪漫主義胎動後才形成。[48] 在古希臘及至希羅時期的社會，[49]

45　魯迅：《變遷》，《魯迅全集》第 9 卷，頁 322。

46　Tomas Hägg, *The Novel in Antiquity* (Oxford: Blackwell, 1983), pp. 2–4.

47　Terence Reed 認為小說成為一種文類，差不多是發生在 1755 至 1832 年間的事。見 Terence Reed, *The Classical Centre: Goethe and Weimar, 1775–1832* (Oxford: Oxford University Press, 1986), pp. 98–99。

48　譬如在英國 16 世紀時期伊莉沙白（Elizabeth period）期間（1558–1603），即使當時的 romance 擁有大量讀者羣，在社會上所獲得的評價仍是非常低。甚至到了 18 世紀，一個被認為英國小說湧現的年代，我們看到 Henry Fielding、Samuel Richardson 等人的小說中，每每都強調小說內容為真實的事情，小說是某一個人的真實經歷，更以自傳體裁去寫。就是因為在當時，"fiction" 所指的虛構，仍然指向負面的價值意義。有關伊莉沙白期間的小說概念見 Paul Salzman, *English Prose Fiction 1558–1700: A Critical History* (Oxford: Clarendon Press, 1985)；有關 18 世紀後小說及該時代代表人物 Henry Fielding, Samuel Richardson 的小說研究太多，只列兩本作參考，見 Ian Watt, *The Rise of the Novel* (Berkeley: University of California Press, 1957); Lennard Davis, *Factual Fictions: The Origins of the English Novel* (Philadelphia: University of Pennsylvania Press, 1996), pp. 102–122。

49　"Fiction" 一字，早至 Plato 的 *Republic* 已出現，除了表示「謊言」外，更表示「最差勁的錯失」："The stories in Homer and Hesiod and the poets. For it is the poets who have always made up fictions and stories to tell to men", "What sort of stories do you mean and what fault do you find in them? The worst fault possible." 見 Plato, *Republic*, trans. by Henry D. P. Lee, pp. 377–378, pp. 130–133。另外，有關希羅時期「小說」的社會地位，可參考 Hoffman Heinz ed., *Latin Fiction, The Latin Novel in Context* (London; New York: Routledge, 1999), p. 253。

以及後來的基督教主導的社會下，「小說」、「虛構」等一直是被貶抑的概念。[50] 事實上，以小說之名 (無論是小說的對譯語 "fiction" 還是 "novel") 指稱古希臘類似今天所說的「小說」文類，都有時代錯誤以及「誤名」(misnomer) 之嫌。[51] 小說是現代社會的產物，[52] 在中國晚清的時候，認為西方小說只是進入「現代」後才地位「上乘」，這是當時霧裏看花的識見。因為說小說冠於一眾文體之首而列於最「上乘」的說法，只涉及觀點問題，當中並不涉及對錯所在，但說一種產自「現代」社會的東西進入「現代」，卻明顯是由於欠缺歷史意識而引起的錯誤。西方文類中的 "the novel" 或 "fiction" 是產自現代，有趣的是，中國的「小說」確是由漫長的歷史國度進入現代中國社會。可惜的是，這只限於「小說」之名而已，小說的內涵已給徹底改換。[53]

　　既然小說的內容已經包含了一個全新的意涵，寫小說的人當然也今非昔比，不再是《藝文志》內的一個學術流派「小說家」了，所以魯迅說：

50　佛克馬 (Fokkema Douwe Wessel)、蟻布思 (Elrud Ibsch) 指出文藝復興以降，拉丁經典文本的重要性及權威性漸漸隕落，小說才獲得興起的契機。見佛克馬 (Fokkema Douwe Wessel)、蟻布思 (Elrud Ibsch)：《文學研究與文化參與》(北京：北京大學出版社，1996 年)，頁 42–43。

51　Arthur Heiserman, *The Novel before the Novel: Essays and Discussions about the Beginnings of Prose Fiction in the West* (Chicago: University of Chicago Press, 1977), p. 4；另見 Hoffman Heinz ed., *Latin Fiction, The Latin Novel in Context* 一書的 p. 3。

52　Terry Eagleton 指出，很多人為 novel 尋根，譬如 Mikhail Bakhtin 重溯至古羅馬及希羅時期的 romance；Margaret Anne Doody 在她的 *The True Story of the Novel* 指出小說出自古地中海，最終都只會徒勞無功，因為古代與現代的歷史條件都不一樣，甚至最獲人認同的 novel 起源於 romance 一說，Terry Eagleton 認為都未必可以說是直接繼承，因為 romance 最重要的特質是韻文體，以及以神仙故事 (fairy tales) 作結，這些都不同於 novel。見 Terry Eagleton, *The English Novel* (London: Blackwell, 2005), pp. 1–5，另外可參考 Gillian Beer, *The Romance* (London: Methuen, 1970)。

53　見本書第一章。

> 　　小說家的侵入文壇，僅是開始「文學革命」運動，即
> 一九一七年以來的事。自然，一方面是由於社會的要求的，一
> 方面則是受了西洋文學的影響。[54]

「侵入文壇」的說法並沒有半點誇張的成份，因為小說本來就
沒有甚麼地位，寫這些小說的人既然「不入流」，自然不受重視甚
或可任意忽略。這點可以說是小說的悲劇命運：稗官收集道聽塗
說而「掇拾故書」、「補綴聯屬，勉成一書」以成小說的成書方式，
與小說的地位高低本來並無必然關係；不過，《藝文志》所言小說
的性質「道聽塗說」，很快就被儒家否定了。《論語・陽貨》訓示：
「道聽而塗說，德之棄也」，[55] 小說既是「小道」又是「棄德」，加上
孔子又力勸「君子弗為」、「致遠恐泥」，在這樣的社會壓力之下，
寫小說的人自然不願暴露自己身份，給汶汶君子作為笑柄。魯
迅說：

> 　　在中國，小說是向來不算文學的。在輕視的眼光下，自從
> 十八世紀末的《紅樓夢》以後，實在也沒有產生甚麼較偉大的
> 作品。[56]
> 　　在中國，小說不算文學，做小說的也決不能稱為文學家，
> 所以並沒有人想在這一條道路上出世。[57]

54　魯迅（1934 年）：〈《草鞋腳（英譯中國短篇小說集）》小引〉，《魯迅全集》第 6 卷，頁
　　20–21。

55　何晏注，邢昺疏，李學勤主編，朱漢民整理：《論語注疏》，頁 239。

56　魯迅（1934 年）：〈《草鞋腳（英譯中國短篇小說集）》小引〉，《魯迅全集》第 6 卷，頁
　　20–21。

57　魯迅：〈我怎麼做起小說來？〉，《魯迅全集》第 4 卷，頁 512。

　　因此，自古以來，中國小說在作者一欄，多是作者不詳或無從稽考。如《封神演義》，只稱「余友舒沖甫自楚中重資購有鍾伯敬先生批閱《封神》一冊，尚未竟其業，乃託余終其事」。[58] 長長的一句，先來一個「余友」，又要借助別人權威的「批閱」，但最終也沒有道出作者是誰。又像《金瓶梅》這一類的作品，在「文以載道」的大綱領下，作者雖說是要通過描寫情慾來反映人性人生，但總不敢把自己的聲譽押上。據卷首「欣欣子」序說，作者是「蘭陵笑笑生」。「笑笑生」究為何人，也至今無法確認。有人考據為「嘉靖間大名士」（沈德符的說法），又有人說是「紹興老儒」（袁中道的說法），甚至有人稱為「金吾戚里」的門客（謝肇淛的說法），但全部都語焉不詳，永遠只是另一個符號的延宕。即使在今天被視為極優秀文學作品的《三國演義》，雖然當時已受到一定的愛戴，有人還以此為評點的對象，更稱之「四大奇書」之一，然而事實是此書較諸其他同時期的文學作品，地位仍然不能相提並論，從它內容被肆意宰割，作者是誰當時無人關注，以致現在無從過問就可見一斑。弔詭的是，常被稱為小說研究奇才的金聖歎，其實當日也在肆意截去《水滸傳》，更偽造故事結局。[59] 而今天所言有名有姓的小說作者，在當日，也屬於相距權力核心極遠的文人。因為小說不是讀書人認為值得插手的領域，所以即使藏書家中有名望的小說著者、編撰者也多是下級文人：「三言」的馮夢龍只是壽寧知縣，「二拍」的凌濛初不過上海縣丞，集《三國演義》、《水滸傳》（由他補記完成）大成的羅貫中更只是一位胥吏（最下層的吏人），《西遊記》的吳承恩是長興縣丞，《金瓶梅詞話》的作者，上文已說到，身份姓名均不明，據推斷是中下層的知識分子；其他的編者，有的是書店的老闆，有

58　李雲翔：〈《封神演義》序〉，朱一玄編：《明清小說資料選編（上冊）》（濟南：齊魯書社，1989 年），頁 553。

59　詳情可參考魯迅：〈談金聖歎〉，《魯迅全集》第 4 卷，頁 527–530。

的是塾師。吳敬梓出身全椒縣望族吳家，曹霑家屬正白旗漢軍（漢人隸籍清朝大將軍麾下的家族），出生於江南織造府第，家庭地位相當尊貴。但是，他們都是破落子弟，失意宦場的人，門第和一般編撰者自然有很大的分別。魯迅在《變遷》說：

> 他〔羅貫中〕做的小說很多，可惜現在只剩了四種。而此四種又多經後人亂改，已非本來面目了。——因為中國人向來以小說為無足輕重，不似經書，所以多喜歡隨便改動它——至於貫中生平之事跡，我們現在也無從而知……[60]

古代小說地位低微，古代小說的作者要令自己心血更受重視，最好的方法就是訴諸權威，而這個權威，首選就是古人。因此「託名古人」、「偽託」更是司空見慣的事。魯迅在考據六朝出現的「漢人小說」時說：

> 現存之所謂漢人小說，蓋無一真出於漢人，晉以來，文人方士，皆有偽作，至宋明尚不絕。[61]

他又在第六篇內說到：

> 佛教既漸流播，經論日多，雜說亦日出，聞者雖或悟無常而歸依，然亦或怖無常而卻走。此之反動，則有方士亦自造偽經，多作異記，以長生久視之道，網羅天下之逃苦空者，今所

60　魯迅：《變遷》，《魯迅全集》第 9 卷，頁 322。
61　魯迅：〈第四篇　今所見漢人小說〉，《史略》，《魯迅全集》第 9 卷，頁 32。

存漢小說，除一二文人著述外，其餘蓋皆是矣。方士撰書，大
抵託名古人，故稱晉宋人作者不多有。[62]

　　魯迅為甚麼在撰著《史略》過程中這樣重視作者的觀念，為作
者的部分花上這樣多的心血？[63] 難道作者的著作權只是現代的觀
念，傳統中國文學裏不曾重視著作權的問題嗎？事實並不是這樣。
著作權、出版制度、知識產權固然是現代的產物，然而卻不代表
在古代中國文獻裏，著作的觀念馬虎模糊。孔子刪《春秋》只謙稱
自己「述而不作」，司馬遷寫《史記》也只稱自己是「述故事」而「非
所謂作也」。[64] 由此可見，在古代，著作比編述、抄纂都重要；著
作的意識，並不是在中國進入現代以後才有的。

　　不過，著作小說卻是另一回事。小說受社會大眾確認，寫小說
不再是某一個不知名文人的自我宣泄，而是一個有名有姓的作者
個人獨造的傑作，確是發生在現代文壇的事情。「『創作』這個名
詞，受人尊敬與注意，由五四運動而來。」[65] 在現代的觀念下，寫小
說、作文學創作是人成為天才的另一個指稱，而作品則被看成是
作家迸發創作力、靈感、想像力的製成品，社會上只有作家（廣義
的）才賦有這種天才。不受羈勒的想像力不再是柏拉圖指謂靈魂墜
落的肇因，而是由作家任意調配、恣意操縱的驅遣物。康德更謂
「創意是表示天才的自發性」，「天才具有創造能力，而想像力造就

62　魯迅：〈第六篇　六朝之鬼神志怪書（下）〉，《史略》，《魯迅全集》第 9 卷，頁 56。
63　增田涉回憶《中國小說史略》著作點滴時也說到，魯迅對於「小說的作者及作者的古
　　來的紀錄」是花上很多精神以及心血的。增田涉著，龍翔譯：《魯迅的印象》（香港：
　　天地圖書有限公司，1980 年），頁 55。
64　張舜徽：《中國文獻學》（上海：上海古籍出版社，2005 年），頁 26–31。
65　沈從文：〈論中國創作小說〉，《沈從文全集》第 16 卷（太原：北岳文藝出版社，
　　2003 年），頁 197。

天才」、「具創意的想像力是天才創作的泉源與創造力的基礎」[66]。在
17、18、19世紀後的西方文學，天才、想像力、獨創、創作力等
觀念，通過複雜的文化嬗變及社會制度轉變，成為互換指涉相關的
名詞。[67] 這種觀念在中國的發展，自晚清「文學之最上乘」的口號
蔓延開始，加上對以前「文以載道」的反彈，小說便成為最主要的
創作文體，是天才作者展現文學創造力的最佳場域。魯迅說過：
「創造文學固是天才」、「詩歌小說雖有人說同是天才即不妨所見略
同，所作相像，但我以為究竟也以獨創為貴」。[68]「作者」此時是「創
造力」、「天才」、「個性」的所指。[69] 在崇拜創作、仰慕天才、尊重

---

66 Immanuel Kant, *Critique of Judgment*, trans. by James Creed Meredith (Oxford: Clarendon Press, 1952), p. 47, p. 171.

67 名詞與概念的嬗變涉及一個非常複雜的過程，當中也經過漫長的歷史及文化變遷。
簡單而言，天才通過創造活動以表現自己具有原創性這項心智活動，而不是只會作
單純的模仿。在十八世紀中期以前，具有原創性的活動都只被籠統地歸在「創意」一
詞的名下，到了文藝復興的時期，兩個不同的拉丁名詞（*ingenium, genius*）漸漸從
「創造」這個概念中細分出來。當時認為，天才的能力，是一種天賦的能力，是自然
的力量，而並非通過內在能力與後天學習所能獲得。Raymond Williams, *Keywords,*
esp. "genius", "creativity", "originality" (London: Fontana, 1976); René Wellek,
History of Modern Criticism, 1750–1950 (vol. 1–5) (London and New Haven,
1955–1965), esp. vol. I *The Later Eighteenth Century*, p. 13; vol. 2 *The Romantic
Age*, p. 164–165 等闡及有關 imagination, genius, inspiration 及 talent 等的地方。

68 魯迅在多個地方都討論了創作與天才的關係。他說到《狂人日記》時，總自嘲自己不
是作家，要留待中國的其他天才。見魯迅（1919 年）：〈對於《新潮》一部分的意見〉，
《魯迅全集》第 7 卷，頁 226。另外，在〈葉紫作《豐收》序〉一文內，他又說：「作者
寫出創作來，對於其中的事情，雖然不必親歷過，最好是經歷過。……我所謂經歷，
是所遇，所見，所聞，並不一定是所作，但所作自然也可以包含在裏面。天才們無論
怎樣說大話，歸根結蒂，還是不能憑空創造。」見魯迅（1935 年）：〈葉紫作《豐收》
序〉，《魯迅全集》第 6 卷，頁 219。本章此處是針對梁實秋〈文學是有階級性的嗎？〉
一文中的觀點「創造文學固是天才」而發，見魯迅（1935 年）：〈「硬譯」與「文學是有
階級性的嗎」？〉，《魯迅全集》第 4 卷，頁 195。

69 另外，茅盾在〈個性與天才問題〉內與青年談及文學創作時，就更直言說：「我們可
以談談天才的問題……天才並不是一種神秘的獨立而自在的東西，它只是最高的智
力的代名詞，用普通的字眼來說：天才最高的謂之天才……理解力，綜合力，想像
力，而尤其創造力，應當是天才之所以為天才的特徵。」茅盾：〈個性與天才問題〉，
《茅盾論創作》，頁 546。

個性的五四文壇，釋放古代對小說「作者」身份的壓抑，給他們一個公道，還他們一個真面目是自然不過的事。以此，正好解釋了魯迅《史略》的考據重點偏重作者的原因。[70] 從這角度看，《史略》本身不但引領潮流，更是配合民國初年考據古代小說「作者」的大潮的書寫。我們今天對中國古代小說作者的認知，其實很多都是來自五四時期留下的遺產。魯迅在〈後記〉中，總結了考據方法以及民國初年同代人（如朱彝尊、胡適、謝無量）考據「作者」的實績：

> 已而於朱彝尊《明詩綜》卷八十知雁宕山樵陳忱字遐心，胡適為《後水滸傳序》考得其事尤眾；於謝無量《平民文學之兩大文豪》第一編知《說唐傳》舊本題廬陵羅本撰，《粉妝樓》相傳亦羅貫中作，惜得見在後，不及增修。其第十六篇以下草稿，則久置案頭，時有更定，然識力儉陋，觀覽又不周洽，不特於明清小說闕略尚多，即近時作者如魏子安、韓子云輩之名，亦緣他事相牽，未遑博訪。況小說初刻，多有序跋，可借知成書年代及其撰人……[71]

他在〈《中國小說史略》日本譯本序〉再強調：

> 鄭振鐸教授又證明了《西遊記》中的《西遊記》是吳承恩《西遊記》的摘錄，而並非祖本，這是可以訂正拙著第十六篇

70　在「原作」、「原創性」獲得這樣崇高地位的時代氣氛中，我們亦能體會，為甚麼魯迅被陳源誣陷其嘔心瀝血而成的著作《史略》是剽竊自塩谷溫（1878–1962）之作《支那文學概論講話》時，感到震怒與歷久不能釋懷。見魯迅（1926 年）：〈不是信〉，《魯迅全集》第 3 卷，頁 221。有關塩谷溫的《支那文學概論講話》與魯迅的《中國小說史略》的關係，可參考陳勝長：〈August Conrady・塩谷溫・魯迅：論環繞《中國小說史略》的一些問題〉，《中國文化研究所學報》1986 年第 17 卷，頁 344–360。

71　魯迅（1924 年）：〈中國小說史略・後記〉，《魯迅全集》第 9 卷，頁 296–297。

的所說的，那精確的論文，就收錄在《病僂集》裏。還有一件，
是《金瓶梅詞話》被發見於北平，為通行至今的同書的祖本，
文章雖比現行本粗率，對話卻全用山東的方言所寫，確切的證
明了這決非江蘇人王世貞所作的書。[72]

五、小說為藝術

上文已經討論到魯迅是以甚麼判斷標準（「創作」、「虛構」）去
勘察古代小說，又論述到這些條件的現代性的問題。但是，這兩點
仍然未足以充分解釋魯迅所謂小說的起源在唐的立論。因為，很明
顯，「虛構」的成份在六朝的小說已有，並獲魯迅肯定地說「晉世固
而盛」[73]。關於晉的小說，雖然在魯迅的批評內是「然亦非有意」，但
魯迅並不是說晉代完全沒有作者寫作，又或是晉代的作者沒有有意
識地進行創作。因為我們明白，一篇作品的出現，無論作者的名字
是否能夠傳播於當代或後世，也不管他的評價及地位高低、成書過
程如何，都必先有一個人曾經進行寫作，曾經意識地寫作東西，才
會有作品的出現。這是不容置疑的。因此，我們實在有必要進一步
釐清魯迅說的晉小說「然亦非有意」的地方，以及唐「始有意為小
說」的觀點。

魯迅否定晉的小說有兩個不同原因，第一是晉人即使能虛構，
然而他們根本不用小說這個名稱或概念，那時候根本是不叫小說
的，所以魯迅稱他們能「幻設為文」，而不是幻設為小說。相反地
說，小說地位低微，有意寫小說的人不多，而且，地位低微的小說

72　魯迅（1935 年）：〈《中國小說史略》日本譯本序〉，《魯迅全集》第 6 卷，頁 347。
73　魯迅：〈第八篇唐之傳奇文（上）〉，《史略》，《魯迅全集》第 9 卷，頁 70。

能否一直存世倒是成疑，就像上文說到劉義慶的《幽明錄》以及更早的《漢書・藝文志》內的小說，原書早已不存，只能在其他徵引了這些小說的書內一窺這些小說的內容。至於魯迅否定晉「始有意為小說」的第二個原因，可以說是更直接了，他曾在兩處地方直接指斥晉人「無意」，比說到唐的「有意」更多。他在《史略》〈第五篇〉說到晉人小說：

> 文人之作，雖非如釋道二家，意在自神其教，然亦非有意為小說，蓋當時以為幽明雖殊途，而人鬼乃皆實有，故其敍述異事，與記載人間常事，自視固無誠妄之別矣。[74]

在這段引文後，他又在〈第八篇〉重申一次六朝「小說」「無意」的原因：「傳鬼神明因果而外無他意者。」魯迅指出，六朝的人寫鬼神的題材，目的是為「發明神道之不誣」，[75] 即是「意在自神其教」，也就是為了傳教，為了宏揚「道」的意念去「寓懲勸」才寫鬼神。對魯迅而言，「專主勸懲，已不足以稱小說」。[76] 由此，我們知道，他要求小說的創作動機並不是功利實用為主，而是一種為抒發個人性靈，為「藝術而藝術」的態度。

但另一方面，唐的人「有意」之處，是不是他們在寫作過程中，一開始就意識到自己在寫小說呢？在上文的第二節，我們已說過唐人也沒有以為自己在寫「小說」，更沒有認為自己在寫「傳奇」，那是後人（宋人）回溯歷史時所附加的。至於說到創作目的，恐怕

74　魯迅：〈第五篇　六朝之鬼神志怪書（上）〉，《史略》，《魯迅全集》第9卷，頁48。
75　魯迅：〈第五篇　六朝之鬼神志怪書（上）〉，《史略》，同上註，頁45。
76　魯迅：〈第二十二篇　清之擬晉唐小說及其支流〉，《史略》，《魯迅全集》第9卷，頁217。

唐人就比晉人更功利了。只要我們翻開任何一本中國文學史，都會看到歸納唐傳奇大盛的主因，是因為社會上衍生了一種稱作「溫卷」、「行卷」的習氣。即是，文人在公開應考科舉之前，先呈獻自己的文章給社會上的達官顯人過目，以展示自己的史才、詩筆、議論、抱負，以博取他們的垂青和提攜。[77] 唐人這種以寫作為攀緣富貴、考取功名工具的行為，跟魯迅「有意為文」的觀點是不是相矛盾？因為「有意為文」的觀點是意指非功利、純文藝的創作目的，而魯迅更是清楚知道唐人以文章作為考取功名的「敲門磚」的功利意圖，[78] 他甚至曾作出譴責：

> 在歆慕功名之唐代，雖詭幻動人，……失小說之意矣。[79]

　　那為甚麼魯迅在說到「失小說之意矣」後仍然願意稱唐為「有意為小說」？這是否他論點上的漏洞？事實並非如此。魯迅說「有意為文」，重點是「意」字；然而所謂「意」卻是有歧義的。因為只要我們細心去疏解，我們即可以看到，晉人之「意」，只是以文字去傳教，以文字去寓懲勸，目是在傳教本身，卻不在「為文」，寫文

77　南宋趙彥衛《雲麓漫鈔》記述，見黃霖、韓同文編選註：《中國歷代小說論著選》，頁65。另見程千帆：《唐代進士行卷與文學》（上海：上海古籍出版社，1980年），以及傅璇琮：《唐代科舉與文學》（西安：陝西人民出版社，1986年）。

78　「唐以詩文取士，但也看社會上的名聲，所以士子入京應試，也須豫先干謁名公，呈獻詩文，冀其稱譽，這詩文叫作『行卷』。詩文既濫，人不欲觀，有的就用傳奇文，來希圖一新耳目，獲得特效了，於是那時的傳奇文，也就和『敲門磚』很有關係。」魯迅：〈六朝小說和唐代傳奇文有怎樣的區別？〉，《魯迅全集》第6卷，頁322。另又見「顧世間則甚風行，文人往往有作，投謁時或用之為行卷，今頗有留存於《太平廣記》中者（他書所收，時代及撰人多錯誤不足據），實唐代特絕之作也」。魯迅：〈第八篇　唐之傳奇文（上）〉，《史略》，《魯迅全集》第9卷，頁70。

79　魯迅：〈第八篇　唐之傳奇文（上）〉，《史略》，《魯迅全集》第9卷，頁70。

章只被他們作為傳道的過渡，文章只是一種工具而已。換言之，魯迅所謂「意」，重點乃在區分本與末、目的與手段的關係：

> 幻設為文，晉世固已盛，如阮籍之《大人先生傳》，劉伶之《酒德頌》，陶潛之《桃花源記》《五柳先生傳》皆是矣，然咸以寓言為本，文詞為末，……而無涉於傳奇。[80]

魯迅於此清楚指出，晉人寫作，「咸以寓言為本，文詞為末」。相反，唐人卻「作意好奇，假個說以寄筆端」，唐人刻意求工於文字創作上，文辭本身是為目標，這就是魯迅所言的「意識之創造」的對象。他們有意識編織文字，使文思幻化為「敍述宛轉，文辭華豔」的文章，且在文章中賣弄炫耀文章的技巧、文采、辭藻。這就是魯迅所言「施之藻繪，擴其波瀾」的意思。無論這些作品最後能否為他們帶來官職，但在這撰寫的階段，每個文人的心思都放在文章之事上，創作變成目的本身。因此，寫成一篇優美動人的文章，既是他們最初執筆的動機，也是最終的結果。所以，雖然唐人創作背後可能仍帶有功利的考慮——高中科舉，然而這已是另一個層次的事，這點是與六朝不同的。六朝的文章是引人入教，文章只是工具，它始終只是一篇傳道的文字，縱然可能帶有一些文采，然而功能卻在傳遞訊息，這些訊息作導人向善、奉人入教，或發佈資訊之用，訊息一經傳遞，文章也旋即被棄若敝屣，再沒有價值可言，此謂之工具。所以，即使晉人與唐人都是有種功利的考慮，然而他們最終的意圖卻是不同的：前者為導人入教，後者則回到文章本身，以文辭為本。

---

80 魯迅：〈第八篇 唐之傳奇文（上）〉，同上註，頁70。

　　在這裏，我們可以說，當魯迅申明小說創作以及文學作品自身就是純然的目的，藝術不是一種手段的時候，他就是有意提出「為藝術而藝術」的口號了。嚴格而言，他提出的是十九世紀以後的近代文學現象。[81] 應該強調，把小說當作一種文藝，與詩歌、散文、戲劇等文學體裁並列，歸入藝術的一種，這是現代以後的事情，更準確的，應該稱作出自一種「純文學」（belles-lettres）的觀念。[82]

　　由於魯迅把小說作為文體附於「文學」與「藝術」之下，因此，評騭作品的準則順理成章地就是美學內的問題──那就是好壞美醜、優美與否的問題。所以，魯迅說到小說的條件之四的「敘述宛轉，文辭華豔」，是緊緊接着「文采與意想」的「意」而來，即是作意──為藝術而藝術之意。事實上，他也立刻以優美的文辭角度去判別小說，除了判別唐小說「敘述宛轉，文辭華豔」為小說起源的論斷外，《史略》甚至以「文藝性」壓倒「道德標準」，從而為小說平反。一個很明確的例子就是在第十九篇〈明之人情小說（上）〉出現的《金瓶梅》，他的第一個標準就是「故就文辭與意象以觀」，以此推翻長期在道德觀主宰下判斷《金瓶梅》為淫書而一無可觀的論斷。[83] 另外，在第四篇〈今所見漢人小說〉內，他也說到「若論文學，則此在古小說中，固亦意緒秀異，文筆可觀者也」。[84] 我們清楚看到，魯迅以純文藝的標準去考察「意緒秀異」，強調小說必須要「文筆可

81　從文藝復興開始，原有文化中那種渾然一體的文化與認知上的合流現象日漸分離。到了十八世紀末期，緊密而凝聚的社會已經徹底解體，相異而分化的發展傾向隨着社會結構的改變而日益明顯，社會、建制及文化層面出現的各種改革，包括宗教、工業、政治改革等，使人們意識到自己歸屬於不同社會職能，以及擁有獨特的身份與社會責任。

82　Irving Singer, "The Aesthetics of Art for Art's Sake," *Journal of Aesthetic and Art Criticism*, 12. 3 (1954), pp. 343–359.

83　魯迅：〈第十九篇　明之人情小說（上）〉，《史略》，《魯迅全集》第 9 卷，頁 182。

84　魯迅：〈第四篇　今所見漢人小說〉，《史略》，《魯迅全集》第 9 卷，頁 38。

觀」。相反，如果一篇小說只能「意想」，而不能照顧到文采的部分，結果就好像他批評《野叟曝言》中所說的：「意既誇誕，文復無味，殊不足以稱藝文」，[85] 那還是稱不上文藝的。文筆以外，魯迅還再進一步以各種文學理論去評騭作品的形式結構（如《變遷》內談到《三國演義》：以降，羅貫中的幾部作品「構造和文章都不甚好」[86]）、人物性格（如《史略》第二十六篇論到清之狹邪小說中的人物事故為全書主幹[87]）、個別表現手法（如《史略》內論到夢境的情節時間跳接，「甚似小說」（第三篇）[88]）、文辭表達等，這些都是受着西方現代文藝思想影響下而來的評核標準，與中國傳統小說無干。

在傳統中國文化內，文學並不是藝術。《論語》內言到「文學：子游、子夏」，子游、子夏研究古代禮儀與載籍並以此傳授於人，文學也並不是今天「文藝」意思。另一方面，就文體方面，要抒發情感，宏揚志向的主要是「詩言志，歌詠言」的詩；或劉勰所言的「賦者……體物寫志也」的文（《文心雕龍·詮賦》）[89]。小說，最初出現在《藝文志》的「諸子略」中，因為內裏包含着「道理」（儘管這些道理比起儒、道、法、墨、名的「道理」小，本質卻是一樣），因此，它是治身理家之辭[90]，而不是言志詠物的載體。甚至在魯迅之前的梁啟超，他雖然為小說提出了中國歷史上驚世駭俗的「小說救國論」，然而他的思維還是從中國文化一貫的脈絡——文藝服膺於

---

85 魯迅：〈第二十五篇　清之以小說見才學者〉，《史略》，《魯迅全集》第 9 卷，頁 243。

86 魯迅：《變遷》，《魯迅全集》第 9 卷，頁 322。

87 魯迅：〈第二十六篇　清之狹邪小說〉，《史略》，《魯迅全集》第 9 卷，頁 256–257。

88 魯迅：〈第二篇　神話與傳說〉，《史略》，《魯迅全集》第 9 卷，頁 20。

89 劉勰：《文心雕龍》（杭州：浙江古籍出版社，2001 年），頁 37。

90 譬如魯迅就在《變遷》說到：「『《青史子》這種話，就是古代的小說；但就我們看去，同《禮記》所說是一樣的，不知何以當作小說？』魯迅：《變遷》，《魯迅全集》第 9 卷，頁 304。

道德——展開的。小說成為文學觀念的一部分，的而且確由晚清開始，但小說在文藝角度內獲得價值認同，那是在民國初年的事情。

六、小結

在撰寫中國小說史的過程裏，魯迅同時在找尋中國小說的起源，實際上也是在嘗試解答「小說是甚麼？」、「甚麼是小說？」這些基本的問題。在觀念論的討論裏，但凡問一個名詞「是甚麼」的問題，即是要處理名詞與「陳述與該名詞相應之概念的語句」，[91]即名詞所指代的意義關係。在傳統中國，陳述小說相應之概念的語句一直是「叢殘小語」、「街談巷議」，自《漢書・藝文志》直到清《四庫全書》都沿用不衰，雖然沿歷各代文學發展過程中，「小說」一詞的內涵無可避免地出現延伸、收窄以及嬗變，但是基本上是沒有脫離這範疇的。這也是魯迅《史略》第一篇所言的「後世眾說，彌複紛紜，……論述緣自來論斷藝文」的意思。[92]儘管有很多研究認為蘊藏中國小說最豐富的傳統目錄學書目（如《藝文志》、《隋書》、《新唐書》、《舊唐書》、《四庫全書》等）內並沒有包含所有的中國小說，特別是宋元明清以來的白話小說，因而認為這些目錄所指涉的小說概念範圍不能代表中國小說的全貌，但這並不代表沒有收在目錄學書目以內的小說的作者的小說觀念有違「叢殘小語」、「街談巷議」。譬如宋的話本，由於帶有說唱文學的特質，因而被認為與一般人認知中「小說作為讀本」的觀念相差最遠。

91　Władysław Tatarkiewicz, *A History of Six Ideas: An Essay in Aesthetics* (The Hague; Boston: Nijhoff, 1980), pp. 8–9.

92　魯迅：〈第一篇　史家對於小說之著錄及論述〉，《史略》，《魯迅全集》第 9 卷，頁 5。

但無論話本是魯迅所指宋元間伎藝人「說話人的底本」，[93] 還是如增田涉所言「話本」只是一個可以包涵傳奇體、調戲等概念的抽象語，[94] 話本在宋元間被歸入「小說」一類之內，就是因為「話本」的「話」，帶有「流傳故廣」，「慫偽不信言」的意思。[95] 這其實也是規範在小說原先概念「道聽塗說」、「叢殘小語」之下的。

要簡單說明小說觀念的問題，本章願以此例說明之：在距離「現代」不遠的清朝，蒲松齡藉着寫《聊齋誌異》內的鬼狐之事諷刺時弊、抒發對社會的不滿。既要攻訐揭私，非議朝政，就會招來殺身之禍。蒲松齡躲身避禍的藉口是「作者搜採異聞，乃設煙茗於門前，邀田夫野老，強之談說以為粉本」。事實上，魯迅就毫不留情地拆穿蒲松齡的藉口說「則不過委巷之談而已」。[96] 相反，今天如果有一本小說帶有含沙射影的成份而遭人指斥，甚或要訴諸法律行動時，小說作者的第一反駁相信會是「純粹虛構，如有雷同，實屬巧合」，而不再像蒲松齡所言：小說只是作者搜採街談巷議之異聞而來的東西。以此，我們可明白中國小說觀念由傳統到今天的重大轉變。至於我們在上文說到的虛構成份、虛構的特質有沒有在中國小說內出現，金聖歎等人如何談論小說個別情節的「假」、「空」

93　魯迅：〈第十二篇　宋之話本〉，《史略》，《魯迅全集》第 9 卷，頁 110–118；以及魯迅：〈宋民間之所謂小說及其後來〉，《魯迅全集》第 1 卷（北京：人民文學出版社，1981 年），頁 144–157。

94　增田涉著、前田一惠譯：〈論「話本」一詞的定義〉，王秋桂主編：《中國文學論著譯叢》上卷（台北：學生書局，1985 年），頁 183–197。

95　《廣雅》指「話」是「調也，謂調戲也。」《聲類》：「話，訛言也。」王念孫：「《廣雅疏証》卷四上謂：話與慫音義同；他引哀公二十四年《左傳》：「是慫言也。」服虔注云：「慫偽不信言也。」凡事之屬於傳說不可盡信，或寓言譬況以資戲謔者，謂之話。取此流傳故事敷衍說唱之，謂之說話。從明代文獻看，「話本」一詞與故事有關。可參考孫楷第：〈說話考〉，《滄州集》（北京：中華書局，1965 年），頁 92–96。

96　魯迅：〈第二十二篇　清之擬晉唐小說及其支流〉，《史略》，《魯迅全集》第 9 卷，頁 209。

等，其實並不是討論小說觀念的重點所在，因為這些就個別情節討論的說法，都不是西學東漸以前的「小說觀念」。正如上文已說到，小說觀念就是：一提到「小說」這個詞，當下在人們的認知印象裏的陳述語句。有歷史學家認為，中國在西潮激盪以前所有的變化都是「限於傳統之內的變法」（change within the tradition）；而在西學東漸以後卻逸出了本來已有的秩序，[97] 而中國小說觀念由「叢殘小語」、「街談巷議」轉變到「敍事虛構」，也許就可以作為這種說法的一個註腳了。

　　本章的主旨並不在於要顯示魯迅是一位偉大文學家，因而他的文論也變得很有研究價值，也不是產生自一個歷史的偶然——魯迅是身兼第一篇「現代小說」與第一本「中國小說史」作者雙重身份的人。更重大的意義在於展示這種西方現代小說的內涵怎樣從晚清開始（經日本）傳入中國，透過梁啟超「新小說」所高揚的「新」的旗幟出現，以識別於中國舊有的小說觀念。這種「新小說」觀念，最初因為對西方小說的理解不足，在晚清社會出現囫圇生吞的現象，經過困窘蹣跚的階段，在「以中衡西」及「中不如西」心態下展開，[98] 而到後來慢慢用「以中化西」手段消化吸收，[99] 到了 1920 年代初的民國，即魯迅撰寫小說史之時，這種觀念已融化成為文學知識

97　John K. Fairbank, Edwin O. Reischauer and Albert M. Craig, *A History of East Asian Civilization* (London: Allen & Unwin, [1960–1965], 1960).

98　「以中衡西」是一種認識外來新思想的過程，由於晚清文人對新觀念接觸不久，了解不深，只能附會於傳統中的某些已有觀念上，才能發生真正的意義。這種現象在晚清文論中比比皆是，不能逐一枚舉，但特別可以從梁啟超、林紓、陶佑曾等人那裏看到。見陳平原、夏曉虹編：《二十世紀中國小說理論資料》（第 1 卷）（北京：北京大學出版社，1989 年）。

99　見王宏志：〈「以中化西」及「以西化中」——從翻譯看晚清對西洋小說的接受〉，胡曉真編：《世變與維新：晚明與晚清的文學藝術》（台北：中央研究院中國文哲研究所，2001 年），頁 589–632。

的有機部分。時人不但可以去掉「新」這個前綴詞來指稱這種小說觀念，且在魯迅撰寫《史略》時，更以此作為理論架構，並以此總結中國古代小說，當中卻是不着一點痕跡。新舊中西渾然天成至此，中國小說的發展方向步上西方之途，及至中國認同西方現代化的歷史過程，蓋由此得以證明。

乙部　翻譯小說實踐

第五章

從林紓看中國翻譯觀念由晚清到五四的轉變
——西化、現代化與原著為中心的觀念

一、引言

　　中國文化從傳統走到現代，林紓（1852–1924）起着非常重要的作用。可以說，無論在文學史、翻譯史、思想史以及文化史的論述裏，繞過林紓不論，勢必殘缺不全。林紓從 1898 年翻譯小仲馬（Alexandre Dumas, 1824–1895）的《巴黎茶花女遺事》（*Dame aux camélias*）開始，[1] 在短短的時間裏便譽滿天下，達到「中國人見所未見」的成就。[2] 五四以來，即使是不同文學觀念的作家、評論家和文學研究者，全都承認曾或多或少地受到林紓的影響，[3] 甚至在作

1　阿英在〈關於《巴黎茶花女遺事》〉一文中清楚指出，《巴黎茶花女遺事》譯於 1898 年，1899 年正月是「已刻印完峻」。阿英：〈關於《巴黎茶花女遺事》〉，原刊《世界文學》1961 年第 10 期，收入《阿英全集》第 2 卷（合肥：安徽教育出版社，2003 年），頁 840。

2　陳衍：「《巴黎茶花女》小說行世，中國人見所未見，不脛走萬本」，《清三・文苑傳》，《福建通志》第 26 卷（上海：上海古籍出版社，1987 年），頁 2501。

3　魯迅、周作人、胡適、巴金、鄭振鐸、朱自清、錢鍾書、郭沫若、鄭伯奇、林語堂等人全部都公開承認自己曾受林紓的影響，在此不詳贅。

品中模仿以至抄襲林紓。[4] 就是早在五四以前便明確地對林譯小說表示不滿，並以《域外小說集》開創翻譯事業的周氏兄弟，在批評林紓中仍然忍不住承認「當時中國流行林琴南用古文翻譯的外國小說，文章確實很好」，[5] 正好以反論的角度說明了林紓的力量。然而，另一眾所周知的事實是，在晚清聲名遠播的林紓，到了 1919 年的五四時代，中間區區轉眼二十年，卻落得「桐城妖孽」、「遺老」、[6]「亡國賤俘」、[7]「罪人」[8] 的惡評，而不得飲恨退隱歷史現場。換言之，林紓的影響力在瞬間被全面抹煞。令人大惑不解的是，五四時期對林

4　例如鍾心青三十回的《新茶花》，〈小說管窺錄〉內所載曰：「因武林林稱茶花第二，而慶如號東方亞猛，故以《新茶花》名書」，見梁啟超等著：《晚清文學叢鈔・小說戲曲研究卷》（台北：新文豐出版公司，1989 年），頁 508。另外，曹聚仁也指出過：「至於蘇曼殊的《斷鴻零雁記》、《絳紗記》、《焚劍記》、《碎簪記》那幾種小說……多少也受了《茶花女》、《迦茵小傳》一類翻譯小說的影響。」見曹聚仁：《文壇五十年》（上海：東方出版中心，1997 年），頁 44。與曹聚仁有同樣觀察的還有蘇雪林，見〈林琴南〉，《今人志》（上海：上海良友圖書公司，1935 年），頁 71–80。當然，更多人熟知的是鴛鴦蝴蝶派。姚鵷雛是出自林紓門下，見鄭逸梅：《清末民初文壇軼事》（上海：學林出版社，1987 年），頁 24。另外，張謬子記述林琴南直指鴛鴦蝴蝶派的周瘦鵑是「摹余筆墨，皆頗肖也」，見〈畏廬師近事〉，《禮拜六》1922 年 3 月 19 日第 153 期。

5　魯迅《域外小說集》序言中「不足方近世名人譯本」就是指林譯小說。「《域外小說集》為書，詞致樸訥，不足方近世名人譯本。特收錄至審慎，迻譯亦期弗失文情。異域文術新宗，自此始入華土。使有士卓特，不為常俗所囿」，魯迅：〈《域外小說集》序言〉，《魯迅全集》第 10 卷，頁 155。另外，魯迅在 1932 年 1 月 16 日致增田涉的信中說：「《域外小說集》發行於一九〇七年或一九〇八年，我與周作人還在日本東京。當時中國流行林琴南用古文翻譯的外國小說，文章確實很好，但誤譯很多。我們對此感到不滿，想加以糾正，才幹起來的。」《魯迅全集》第 13 卷（北京：人民文學出版社，1981 年），頁 473。

6　周作人：〈林琴南與羅振玉〉，原刊《語絲》1924 年 12 月第 3 期，收入鍾叔河編：《周作人文類編》第 8 卷《希臘之餘光》（長沙：湖南文藝出版社，1998 年），頁 721。

7　胡適：〈建設的文學革命論〉，原刊《新青年》1918 年第 4 卷第 4 號，收入《胡適全集》第 1 卷，頁 68。

8　錢玄同：〈寫在半農給啟明的信底後面〉，原刊《語絲》1925 年 3 月 30 日第 20 期，收入薛綏之、張俊才合編：《林紓研究資料》（福州：福建人民出版社，1982 年），頁 165。

紓大力批判的人，卻正是晚清時期——他們的青年時代——曾經沉迷過林譯小說的同一批人。歷史上的林紓，無論在個人形象還是社會評價方面都被分成兩半了。顯然，癥結不在於他本人在思想或行為上出現了甚麼質變。那麼，對於這種評價上的改變，我們應該如何解釋？

近年翻譯研究理論蓬勃發展，林紓在中國翻譯史上擔當的角色以及貢獻，又重新成為研究焦點。可是，現在所見的討論，大多沒有抓住導致林紓歷史評價前譽後毀的關鍵所在。本章嘗試指出，在中國翻譯史上，林紓成為「真是絕可怪詫的事」，[9] 其實正好側寫了近代中國翻譯史上最重要的一環——文學翻譯規範從晚清到五四的嬗變。以林紓作為討論中國翻譯史從近代到現代過渡的案例，我們可以清晰而有力地指出中國翻譯觀念在短短數十年間曾出現了急遽轉變的歷史事實。本章的目的，就是藉着林紓現象展現及分析這個過程，解釋這個轉變的原因。本章嘗試指出，晚清中國在西力忽迫下，出現了近代史上一個特殊的翻譯觀念；而產生這個特殊的翻譯觀念的背景，正是晚清中國處於一個與西方話語權角力競爭的特殊歷史境遇。本章論述晚清中國與西方的權力關係時，並不採用「西方衝擊——中國反應」的模式，[10] 而是採用接近於後殖民的

9　胡適：〈論翻譯——與曾孟樸先生書〉，原刊《胡適文存》第 3 集，收入《胡適全集》第 3 卷（合肥：安徽教育出版社，2003 年），頁 803。

10　在闡述中國現代史的發生過程上，過去學界一直把費正清（John. K. Fairbank）的「西方衝擊（western impact）vs. 中國抵抗（China resistance）」奉為圭臬，直至到在 1980 年代中，柯文（Paul A. Cohen）指出這種論述模式帶有西方中心主義，因為論述中含有認為中國社會長期以來基本上處於停滯狀態，只有經過十九世紀中葉西方衝擊後，中國才向近代社會演變的意味，因而他呼籲史學研究者應以一套中國中心觀的模式取代之，力求取代殖民地史的框架。不過，柯文的詳細分析以及有力的指證，其實本身並沒有脫離費正清的思維模式。而且在近年史研究的新理論下，頗多研究指出，無論費正清還是柯文的模式，其實並不能有力說明晚清

角度，希望以一個「去現代化話語干擾」的模式，[11] 重看翻譯規範的
特殊轉變。翻譯研究者 Gideon Toury 在翻譯研究的經典論文〈翻
譯規範的本質和功用〉中，提出了翻譯規範（norms）的概念，詳細
分析譯者在翻譯時所面對的種種來自譯入語社會及文化的制約，以
了解直接影響譯者選用翻譯策略的因素，以此解釋為何譯文在進入
譯入語社會時，會產生偏離原著、不通順以及與文義及語句不對等
的情形。他的理論，後來被翻譯研究者 Edward Gentzler 及 Theo
Hermans 進一步採用，指出由於翻譯是社會實踐行為，因此，通
過分析不同歷史時期的譯作，以及文化接受翻譯過程中所產生的規

中國與西方相遇的歷史狀況以及提出周全的解釋。其中一個角度，就是從文明碰
撞（the clash of civilization）的角度出發，指出晚清中國以繼承傳統思想而來的「文
明 vs. 非文明」的思考模式對待初遇西方所產生的問題：中國長久以來不承認西方
是有文明的，因而貶之作夷，直至中國人開始認識西方有文明，發現這套思維模
式其實不足以應付西方的問題時，中國亦開始承受沉重的歷史代價。上述所列書
目，順序為：John. K. Fairbank, Teng Ssu-yü, *China's Response to the West: A
Documentary Survey, 1839–1923* (New York: Atheneum, 1963); Paul A. Cohen,
*Discovering History in China: American Historical Writing on the Recent Chinese
Past* (New York: Columbia University Press, 1984)；以及佐藤慎一：《近代中国の
知識人と文明》（東京：東京大学出版会，1996 年），頁 3–174。

11　何謂「受現代化話語干擾」？今天我們在研究晚清的歷史時，常常看見一些論調，譬
如：晚清因為士大夫愚昧無知而錯過了現代化的契機。事實上，是不是當時反對西
方的士大夫，都是出於愚昧無知？是不是他們反對西化的理據，都是不值一哂的？
而錯過現代化契機的說法又有沒有對現代化作出反省？近年西方對這個問題有進一
步的研究，何偉亞（James L. Hevia）從後現代的歷史觀，從朝貢制以及賓禮等象徵
文化系統的角度入手，徹底解構費正清的「西方衝擊 vs. 中國抵抗」論述的不足，指
出晚清中國與西方的相遇，實在是兩個建構中的帝國的碰撞，亦即是說，中國當時
並不是被動地在抵抗西方的衝擊。見 James L. Hevia, *Cherishing Men from Afar:
Qing Guest Ritual and the Macartney Embassy of 1793* (Durham: Duke University
Press, 1995)。另外，孫廣德《晚清傳統與西化的爭論》（台北：台灣商務印書館，
1982 年）一書，能令我們更好反思當時士大夫提出的反對西化的理據。

範，可看出主宰着社會產生成規的權力因素。[12] 翻譯作為一種文化實踐，同樣構塑了權力不對稱的關係，[13] 因此通過研究晚清到五四的翻譯活動，就更能反映當時在地發生的中西碰撞的畫面。晚清中國在與西方話語權力競爭中產生特殊翻譯觀念，到了民國初年，隨着中國由最初被迫西化到選取走上現代化的道路，翻譯觀亦最終回到我們熟知的以原著為中心的價值觀念，而林紓就成為此翻譯觀轉變過程中的犧牲品。

二、晚清的譯界

　　林紓在 1898 年翻譯小仲馬的《巴黎茶花女遺事》，不但拉開他自己翻譯事業的序幕，更揭起晚清翻譯小說的熱潮，當時的人就視這部小說為「破天荒」。[14] 阿英在《晚清小說史》中，指出晚清的小說繁盛是由梁啟超以及林紓而來。[15] 不用多言，梁啟超對晚清小說的貢獻，是在小說革命理論的建設方面，但在實踐方面，他的成績

12　可參考：Gideon Toury, "The Nature and Role of Norms in Translation," in Lawrence Venuti ed., *The Translation Studies Reader*, pp. 198–211; Edward Gentzler, *Contemporary Translation Theories* (London, New York; Routlegde, 1993), pp. 105–9, 114–25; Theo Hermans, "Norms and the Determination of Translation: A Theoretical Framework," in R. Alvarex and M. Carmen- Africa Vidal eds., *Translation, Power, Subversion* (Clevedon, England: Multigual Matters, 1996), pp. 25–51。

13　Tejaswini Niranjana, *Siting Translation: History, Post-structuralism and the Colonial Context* (Berkeley: California University Press, 1992), p. 2.

14　惲鐵樵：〈《作者七人》序〉，原刊《小說月報》1915 年第 6 卷第 7 號，收入陳平原、夏曉虹編：《二十世紀中國小說理論資料》（第 1 卷），頁 530；阿英：〈關於《巴黎茶花女遺事》〉，原刊《世界文學》1961 年第 10 期，頁 840。

15　阿英：〈關於《巴黎茶花女遺事》〉，原刊《世界文學》1961 年第 10 期，頁 840。阿英：《晚清小說史》，《阿英全集》第 8 卷，頁 194。

便不見得出色，起碼他也曾經不無自嘲地說自己的作品「似說部非說部，似稗史非稗史」、「與尋常說部稍殊」。[16] 林紓這時候的出現，無疑為梁啟超的新小說理論注入了最好的內容，成為最佳的示範。隨着《巴黎茶花女遺事》的大收旺場，林紓成功地將小說推上梁啟超所言「為文學之最上乘」的寶座。不過，以文學救國這理念而言，林紓與梁啟超其實是相近的；此外，林紓自己的創作《庚辛劍腥錄》(1913 年)、《金陵秋》(1914 年)，也不能算得上是成功的新小說，更不要說是「文學之最上乘」了。真正把小說推向文學最上乘寶座的是他所翻譯的西洋小說，也就是文學史上幾乎成為一個自身獨立的文類的「林譯小說」。

我們知道，林紓從沒有接受過任何外語或翻譯的訓練，他開始與王壽昌合譯《巴黎茶花女遺事》，不過因緣際合，事前並無周詳準備，[17] 但此書出版卻獲得空前成功，「書出而眾譁悅」、「一時洛陽紙貴」、「不脛走萬本」，[18] 使林紓一夜成名。他雖始料不及，其後卻以此為維新救國的工具，[19] 最後譯出了近 230 部外國小

16　飲冰室主人〔梁啟超〕：〈《新中國未來記》緒言〉，原刊《新小說》1902 年第 1 號，收入陳平原、夏曉虹編：《二十世紀中國小說理論資料》(第 1 卷)，頁 54–55。

17　林紓本人並沒有告訴我們他怎樣走上翻譯小說的道路，從他身旁的友好所述，林紓在 1897 年中年喪妻，心情極度鬱結，這時從法國回國的好友魏瀚、王壽昌鼓勵林紓和他們一起翻譯法國小說以排解鬱悶，林紓怕自己不能勝任，婉言相拒，但魏瀚「再三強之」，林紓半開玩笑地說：「須請我遊石鼓山河。」於是在福州風景區鼓山遊船，王壽昌與林紓「耳受手追」地譯出這篇名作。此外，非常支持及留心維新事業的林紓，本來是希望可以翻譯拿破崙及俾士麥全傳，以響應以小說救國的維新口號，最終事與願違。邱煒萲就指出《巴黎茶花女遺事》：「反於無意中得先成書，非先生志也。」見邱煒萲：〈客雲廬小說話〉，《揮塵拾遺》，《晚清文學叢鈔：小說戲曲研究卷》，頁 408，及張俊才：《林紓評傳》(天津：南開大學出版社，1992 年)，頁 68。

18　陳衍：《福建通志》第 26 卷 (上海：上海古籍出版社，1987 年)，頁 2501。

19　林紓以翻譯小說揚名以前，用以白話寫的《閩中新樂府》(1897 年) 抒發他鼓吹新法，倡導新政的思想。

說。[20] 然而，這裏指出林紓走上翻譯道路充滿偶然性，卻不是說林紓的成功只是純粹的偶然所致。

　　首先，林紓在晚清的成功，不是出於僥倖，更不是因為晚清沒有翻譯人材。林紓奮身翻譯事業，殫精竭慮，從他譯出《巴黎茶花女遺事》到《離恨天》(*Paul et Virginie*) 的大概 10 年間，[21] 若要認為晚清翻譯界「蜀中無大將」，這個立論是不能成立的。當時「每年新譯之小說，殆逾千種以外」，林紓卻能在這樣的情況下脫穎而出，[22] 絕對「非偶然者」。[23] 在晚清的譯界，儘管懂外文、翻譯的人才的數量不能與今天等量齊觀，然而也可謂俯拾皆是。[24] 隨手拈來的例子就有：徐念慈 (1875–1908) 1903 年翻譯《海外天》(*The Wreck of the Pacific*)，1905 至 1908 年翻譯《新舞台》(原著同名：《新舞台》)，1905 年翻譯《黑行星》(*The End of the World*)；惲鐵樵 (1878–1935) 翻譯過眾多英國小說、遊記；[25] 周桂笙 (1873–1936)

---

20 長期以來學界依據林薇及馬泰來〈林紓翻譯作品全目〉一文整理而來的數據，認為林紓翻譯了 180 種外國小說，見林薇：《百年沉浮：林紓研究綜述》(天津：天津教育出版社，1990 年)，頁 86–95；此數據已被推翻，林譯小說達至少 213 種，見樽本照雄：《林紓冤罪事件簿》(大津：清末小說研究会，2008 年)，頁 4。

21 林譯作由之前的黃金時期轉變到後來的「老手頹唐」的時間，有不同的說法。阿英認為 1907 年前是林譯小說的黃金時期，見阿英：《晚清小說史》，《阿英全集》第 8 卷，頁 194。錢鍾書認為林紓在 1913 年譯完的《離恨天》為一分水嶺，見錢鍾書：〈林紓的翻譯〉，原刊《文學研究集刊》(第 1 冊) (北京：人民文學出版社，1964 年)，後經修改收入錢鍾書《舊文四篇》，收入薛綏之、張俊才合編：《林紓研究資料》，頁 306–307。

22 披髮生〔羅普〕：〈《紅淚影》序〉，《紅淚影》(廣智出版社，1909 年)，收入陳平原、夏曉虹編：《二十世紀中國小說理論資料》(第 1 卷)，頁 379。

23 沈禹鍾：〈《(甲寅)雜志(說林)之反響〉，《申報》，1926 年 1 月 25 日。

24 馬祖毅：《中國翻譯簡史‧五四運動以前部分》(北京：中國對外翻譯出版公司，1984 年)，頁 700–796。

25 《小說月報》上有多篇出自惲鐵樵翻譯的作品，如第 5 卷第 1 號的〈黎貝嫩古林記〉譯自美利堅〔美〕H.S. Joslyn，第 5 卷第 3 號的〈弗羅列大橫海鐵道記〉譯自 Stephen J Hunter。

在 1906 年譯出《福爾摩斯再生案》、《八寶匣》、《左右敵》、《含冤花》、《海底沉珠》等。[26] 而近年研究發現，刊登在《教育世界》上一系列的翻譯小說，實在是出自王國維的手筆，當中包括托爾斯泰的《枕戈記》（今譯《砍伐森林》）、[27] 哥德斯密 (Oliver Goldsmith)《威克得之僧正》（今譯《維克斐牧師傳》；*The Vicar of Wakefield*）。另外，較後周氏兄弟的《域外小說集》，以及更早由西方傳教士所翻譯的小說，如《昕夕閒談》（*Night and Morning*）及《百年一覺》（*Looking Backward*）、《伊索寓言》（*Aesop Fables*）等都是不折不扣的翻譯小說；更不要說比較「不純粹」的翻譯作品，如帶有西洋小說特色的譯述（如吳趼人的小說）、改篇、豪傑譯（梁啟超的作品）、偽譯等，品種繁多，沒法全部羅列。由此可以証明，林紓的成功其實不是當時譯界凋零所致。以上的例子，以上提到的一眾人物，雖然不能算是寂寂無聞，但翻譯小說的聲望與口碑卻遠遠不及林紓。

尤其甚者，不少晚清文人是精通外語的譯者：惲鐵樵通英語、周桂笙操法、英兩語、徐念慈能日語及英語、孫毓修掌握英語等等，但更重要的是他們對文學、小說、翻譯都抱有一定的鑒賞能力以及抱負，甚至能夠提出一些超出時代限制的觀點。譬如 1911 年任商務印書館編譯、1912 年任《小說月報》主編的惲鐵樵，就是他獨具慧眼地在眾多的文學稿中推許當時只是文壇新人的魯迅，以及其第一篇小說創作〈懷舊〉。因此，我們對惲鐵樵的文學鑒賞能力不必存疑。惲鐵樵就曾表明自己對林紓非常賞識。[28] 另外曾經翻

26　樽本照雄：《清末民初小説目録》第 5 版（大津：清末小説研究会，1997 年），頁 5、558、1076、4645。

27　樽本照雄：《清末民初小説目録》第 5 版，頁 4483。

28　樹珏〔惲鐵樵〕：〈關於小說文體的通信〉，原刊《小說月報》第 7 卷第 3 號，收入陳平原、夏曉虹編：《二十世紀中國小說理論資料》（第 1 卷），頁 566。

譯過眾多外國小說，結成《歐美文學譯叢》，更把自己學習英語的心得寫成《中英文字比較論》的孫毓修，便認為林紓的小說評論非常中肯。[29] 特別要注意的是徐念慈，他指出小說屬於美學範疇，反對梁啟超以小說淪為救國工具的識見，就此論調，已成為中國現代小說發展史上一個不可多得的先鋒，加上他對晚清譯界所提出的高識遠見，更是冠絕當時。他對於林紓的讚美之詞更是溢於言表；1908 年所寫的〈余之小說觀〉一文中，就說到：「林琴南先生，今世小說界之泰斗也，問何以崇拜之者眾？……足佔文學界一席而無愧色。」[30] 這些人眾口一詞的評價，在在就是透露出一個極重要的訊息：「近世譯者盛稱林琴南。」[31]

若以作品論，尤其以後來的譯評標準來看，比林譯更接近今天翻譯標準的作品其實也已經出現，不過它們遭受的冷遇實在是我們所不能想像的，這就是指魯迅、周作人在 1909 年合作出版的《域外小說集》。周氏兄弟的《域外小說集》無論選材、譯法，在今天都得到高度的推崇，可是，《域外小說集》的價值其實是要待到五四時翻譯觀念徹底轉變後才被重新追認，[32] 在最初出版時卻是無

29　孫毓修認為即使林紓不審西文，但他對狄更斯的理解以及評語，「頗能中肯」。孫毓修：《歐美小說叢談》(上海：商務印書館，1926 年)，〈司各德、迭更司二家之批評〉一節，頁 32。

30　覺我〔徐念慈〕：「林琴南先生，今世小說界之泰斗也，問何以崇拜之者眾？則以遣詞綴句，胎息史漢，其筆墨古樸頑豔，足佔文學界一席而無愧色。」覺我〔徐念慈〕：〈余之小說觀〉，原刊《小說林》1908 年第 10 期，收入陳平原、夏曉虹編：《二十世紀中國小說理論資料》(第 1 卷)，頁 336。

31　周劍云：〈《痴鳳血》序文〉，原出資料不詳，轉引自薛綏之、張俊才合編：《林紓研究資料》，頁 206。

32　胡適在〈五十年來中國之文學〉中評到：「十幾年前，周作人與他哥哥也曾用古文來譯小說。他們的古文工夫既是很高的，又都能直接了解西文，故他們譯的《域外小說集》比林譯的小說確是高的多。」胡適：〈五十年來中國之文學〉，1922 年，收入《胡適全集》第 2 卷，頁 280。

人問津的。毫無疑問，在晚清社會，《域外小說集》是無法跟「林譯小說」相比的。由此可見，林紓的成功，並不是因為讀者並無選擇。相反地說，在眾多的外國翻譯作品中，在眾多溝通中西的文化人當中，林紓是晚清讀者當時的共同選擇，林紓的出現是反映特定的社會和時代需要的。晚清獨特的歷史狀況、社會因素，天衣無縫地契合了林紓的個人專長，卻沒有為徐念慈、孫毓修、周桂笙，甚至周氏兄弟等人提供發展和發揮的條件。

既然林紓是整個晚清社會在翻譯活動上的共同選擇，是晚清譯界眾望所推許的代表人物，以他作為一個案例，首先展現了他的代表性。通過分析由他而來多不勝數的評論，我們就更可以掌握這個時代本來隱而不彰的對翻譯的集體認知。以此作出發點，配合下文有關五四翻譯觀念對比、時代背景考察等內容，便可以了解這個時代翻譯觀念轉變的原因。我們看到，五四一代對林紓毫不留情地施以痛擊，當中並不涉及個人恩怨，那是因為當時的社會價值（特別是翻譯觀念）在五四前後出現了急劇的轉變，以使後來的人對林譯小說和林紓本人作出全盤否定。或者更準確一點說，五四論者是要否定林紓所代表的整個晚清的翻譯觀念。

三、對譯筆的重視

本節從晚清時期人們對林譯小說的評價出發，勾勒晚清的翻譯觀念。

林紓譯出 210 多部作品，當中以《巴黎茶花女遺事》、《黑奴籲天錄》、《迦茵小傳》、《塊肉餘生述》、《拊掌錄》等在社會上影響最大。從圍繞這些作品而來的評述中，我們看到一個非常有趣的現象，就是當時的人對林譯的印象中，最受關注的就是譯筆，亦即譯

文的筆調、風格、韻味等藝術因素。「林琴南……最初出之《茶花女遺事》及《迦茵小傳》，筆墨腴潤輕圓」，[33]「文章確實很好」，[34] 既有「詞章之精神」又有「形容之法」，[35] 有人甚至認為因為林紓的譯筆而做到「高尚淡遠」。[36] 而林紓在翻譯不同名作時，能用他「筆墨」營造三種境界：「一以清淡勝，一以老練勝，一以濃麗勝」，而三種境界「皆臻極點」，因此說林紓是為晚清翻譯界的「小說界泰斗，誰曰不宜？」[37] 美的標準本來是比較主觀的，不過，晚清文人認為林紓的譯筆優美，能見諸一個共同點，就是林紓能以古意盎然的筆法去翻譯外國小說，他們認為林紓：「則以遣詞綴句，胎息史漢，其筆墨古樸頑豔」、更認為「生平所譯西洋小說，往往運化古文之筆以出之」，因而「若林氏文，光氣爛然」、「有無微不達之妙！」。[38]

　　讀者要求譯筆明白流暢，譯文達到藝術水平，滿足他們美學的期待，實在合乎常理。這本來就不是一種特殊、非普遍的評價標準，無論用古文還是白話文來進行翻譯，原都應該達到這個要求。在晚清，古文可以說是當時整個社會惟一以及必然的選擇。[39] 然而有趣

33　小說月報編輯：〈覆周作人函《炭畫》〉，1923 年 2 月 27 日《小說月報》，見周作人：〈關於《炭畫》〉，《周作人文類編》第 8 卷《希臘之餘光》，頁 568–569。

34　魯迅：1932 年 1 月 16 日〈致增田涉信〉，《魯迅全集》第 13 卷，頁 473。

35　公奴：〈金陵賣書記〉，開明書店版，1902 年，收入陳平原、夏曉虹編：《二十世紀中國小說理論資料》（第 1 卷），頁 65。

36　樹珏〔惲鐵樵〕：〈關於小說文體的通信〉，原刊《小說月報》第 7 卷第 3 號，收入陳平原、夏曉虹編：《二十世紀中國小說理論資料》（第 1 卷），頁 566。

37　侗生：〈小說叢話〉，原刊《小說月報》1911 年（第二年）第 3 期，收入陳平原、夏曉虹編：《二十世紀中國小說理論資料》（第 1 卷），頁 388–390。

38　沈禹鍾：〈《甲寅》雜志〈說林〉之反響〉，《申報》，1926 年 1 月 25 日。

39　胡適指出甲午後所有的文章，包括嚴復、林紓、譚嗣同、梁啟超、章炳麟、章士釗等的文章，雖然各具淵源和特點，根本都是延續古文而來。另外，陳獨秀也明言：「適之等若在三十年前提倡白話文，只需章行嚴一篇文章便駁得煙消灰滅。」陳獨秀與胡適有關〈科學與人生觀〉一文所言，見陳獨秀：〈答適之〉，收入《胡適文存》第 2 卷，收入《胡適全集》第 2 卷，頁 229。

的卻是，晚清考核林譯小說的首要標準——譯筆流麗，卻在林紓不懂西文這個事實下發生，這的確是可堪玩味的。林紓很多地方說過自己不懂外文：「予不審西文，其勉強廁身於譯界者」、[40]「鄙人不審西文」、[41]「吾不審西文，但資譯者之口」、[42]「紓本不能西文，均取朋友所口述而譯」[43]，他甚至明言自己不懂西文是「海內所知」的事實。這樣說卻帶出一個深具反諷意義的事實：對晚清讀者來說，好的翻譯跟譯者有沒有能力正確傳達原作的意思是沒有多大的關係的。他們是以文藝性較濃的角度去看林紓的翻譯，換言之，準確與否在讀者的心中並不重要。我們可以周桂笙作為一個反例。周桂笙外文水平遠高於林紓，然而處處考計原文，結果他被評為「譯筆並不出色」。而另一方面，梁啟超的筆力不遜於林紓，然而他的《十五小豪傑》用了報章體，充斥了大量白話議論，因而令人覺得「沉悶乏味」。[44] 由此可見，雖然梁啟超能寫得流暢傳神，不過由於不能滿足晚清對小說「美感」的要求，他的翻譯卻不能達到林譯小說的效果。

　　儘管林紓不懂外文為「海內所知」，但晚清的人對林紓的譯者身份不僅肯定，更推崇備至：「〔林紓〕生平所譯西洋小說」、「林琴南先生諸譯本」、「林先生所譯名家小說」、「譯書之卓有名譽者也」。[45] 而當中最有份量的就是維新派領袖康有為評他為「譯才」，[46]

40　林紓：〈《孝女耐兒傳》序〉，吳俊標校：《林琴南書話》（杭州：浙江人民出版社，1999 年），頁 77。

41　林紓：〈《西利西郡主別傳》識語〉，吳俊標校：《林琴南書話》，頁 98。

42　林紓：〈《興登堡成敗鑒》序〉，吳俊標校：《林琴南書話》，頁 129。

43　林紓：〈《荒唐言》跋〉，吳俊標校：《林琴南書話》，頁 116。

44　錢鍾書：〈林紓的翻譯〉，薛綏之、張俊才合編：《林紓研究資料》，頁 306–307。

45　光翟〔黃伯耀〕：〈淫詞惑世與豔情感人之界線〉，原刊《中外小說林》（第一年）第 17 期，收入陳平原、夏曉虹編：《二十世紀中國小說理論資料》（第 1 卷），頁 310。

46　康有為：「譯才並世數嚴林，百部虞初救世心」，〈琴南先生寫〈萬木草堂圖〉，題詩見贈，賦謝〉，見《庸言》第 1 卷第 7 號，「詩錄」，頁 1。

雖然這與他立志要以「古文家」存世的願望相違背。當時更有一些人認為林紓在這種限制下，能寫出這樣優美的作品，實在是非常可貴，絲毫沒有半點譴責之意：「琴南不諳原文彌覺可貴！原書之旨，派宗桐城，筆力雄健，彌覺可貴！」[47]而另一些人，為了拔高林紓的優勝之處，甚至不惜貶低時人：「林琴南譯的西洋小說，處處都高人一等，偏是要說李涵秋的《廣陵潮》好。——研究《廣陵潮》的好處，便是粗淺和淫穢。」[48]

　　晚清讀者似乎非常肯定林譯小說是「翻譯」作品，而不是當時也非常流行的「譯述」，這似乎說明了他們有一個特殊的文學翻譯觀念，與我們現在有的並不完全一樣。至於他們的文學翻譯觀念是甚麼，跟原文有沒有關係，或有怎樣的關係，我們還要進一步釐清。

　　晚清文人在彰顯林譯的優點的時候，其實往往也會參照原文。譬如侗生在指稱林紓為「近代最好的小說家」的時候，就援引「原著」作一對比：

　　　林先生所譯名家小說，皆能不失原意，尤以歐文氏所著者，最合先生筆墨。《大食故宮餘載》一書，譯筆固屬絕唱……《塊肉餘生述》一書，原著固佳，譯筆亦妙。書中大衛求婚一節，譯者能曲傳原文神味，毫釐不失。余於新小說中，歎觀止矣。……[49]

　　侗生是誰，現有的資料仍不足以考證。侗生懂不懂西文？有沒

47　周劍云：《《痴鳳血》序文》，錄自薛綏之、張俊才合編：《林紓研究資料》，頁 206。

48　沈禹鍾：〈純正小說與讀者〉，《小說世界》第 8 卷第 10 期。

49　侗生：〈小說叢話〉，原刊《小說月報》1911 年（第二年）第 3 期，收入陳平原、夏曉虹編：《二十世紀中國小說理論資料》（第 1 卷），頁 388–390。

有參考原文？如何得出林紓「不失原意」、「毫釐不失」，甚至能「曲傳原文神味」的結論？對這些問題現有資料不足以解答。不過，從侗生認同他的朋友所說「林先生譯是書〔《不如歸》〕，譯自英文，故無日文習氣，視原書更佳」，[50] 足見他雖有原著的觀念，卻是一個非常空疏，沒有實質內容的翻譯觀念，因為他所認同的是這種經多種（4種：日本、英文、口譯、林譯）重譯後的版本。

　　另一個例子就是清末曾在工部、郵傳部和大理院做過官的孫寶瑄，他在自己的日記《忘山廬日記》就明言：

　　　　經甫雖不能西語，頗通西文，能流覽泰西說部，謂其文章之佳妙，如我國《石頭記》者不少。觀時人以漢文譯者，往往減色，可見譯才之難。今人長於譯學者有二人：一嚴又陵，一林琴南。嚴長於論理，林長於敍事，皆馳名海內者也。[51]

　　孫寶瑄認為林紓是「馳名海內」的「譯才」，因為他長於敍事，能夠把泰西說部「文章之佳妙」突顯出來，而其他「漢文譯者」卻筆力不足，不能精彩地傳遞原文色彩，這點是與晚清以譯筆為尚的風氣吻合的。但既然孫寶瑄明言自己「不能西語」，那麼他就根本沒有看過原文，他說「頗通西文，能流覽泰西說部」，可想而知，他認為看譯文就是看原文。而他更以此出發，作出以下中西小說比較之論：

　　　　西人小說每處作驚人之筆，使人不可猜測，而又不肯明言，須待終卷……即中國小說何獨不然？但中國人喜言妖邪

50　侗生：〈小說叢話〉，原刊《小說月報》1911年第3期，收入陳平原、夏曉虹編：《二十世紀中國小說理論資料》（第1卷），頁388–390。

51　孫寶瑄：《忘山廬日記》，收入陳平原、夏曉虹編：《二十世紀中國小說理論資料》（第1卷），頁571。

鬼怪，任意捏造，往往不合情理……

西人亦往往說怪說奇，使人驚愕不定，陳審觀之，皆於人情物理無不密者⋯．

余最喜觀西人包探筆記，其情節往往離奇雙人傲詭……

我國小說之敍人一事也，往往先離而後合，先苦而後樂。外國小說亦然。惟我國人敍述筆墨，每至水窮山盡處，輒借神妖怪妄，以為轉捩之機軸。

西人則不然，彼惟善用科學之真理，以斡旋之。[52]

孫寶瑄在不懂原文的情況下寫出洋洋灑灑中西小說比較的分別，我們今天看來實在嘖嘖稱奇，亦難免使人覺得其輕率不慎。不過，在晚清的社會，不懂外文，未讀原文的人，比較中西小說，發表泛泛之論，其實為數不少。譬如一個以俠人為筆名的人，他在一篇長達千餘字的文章裏批評原著以及譯作，並作出中西文學比較，第一句卻是開宗明義說：「余不通西文，未能讀西人所著小說，僅據一二譯出之本讀之」，[53] 情況就跟孫寶瑄一樣。

我們在這裏指出侗生、孫寶瑄，甚至俠人的言論，並不是想說明時人大言不慚，在沒有看過原文的情形下就妄下結論，甚至作一些空泛的中西小說比較論；而是希望指出，在晚清，不懂西文的人可以這樣確信自己能夠透過閱讀譯本來比較譯文與譯本的關係，其實是顯示他們把一種絕對的信任委諸譯者。換言之，在晚清的翻譯活動過程中，翻譯的權威性（authority）是在譯者這邊，而不在原

52　孫寶瑄：《忘山廬日記》，收入陳平原、夏曉虹編：《二十世紀中國小說理論資料》（第1卷），頁 573。

53　俠人：〈小說叢話〉，原刊《新小說》1905 年第 13 號；收入陳平原、夏曉虹編：《二十世紀中國小說理論資料》，頁 92。

文及原著本身。這是一個很重要的問題，因為到了五四的時候，隨著中國對西化的理解有所轉變，權威的來源亦慢慢從譯者移回原著身上，而林紓作為「譯者」的身份隨之就被抹煞，他的譯文也受到大肆攻擊。

我們還可以從這個「權威性」的角度去進一步檢視晚清對林紓的評價。我們說過，林紓不懂外文，時人不但認為林紓能夠克盡譯者的職責，做到「不失原意」，有效傳達原文的精神，有時候更甚至認為林譯小說比原文更好，除了上文指出的時人認為他最善於翻譯的歐文（Washington Irving）以及狄更斯（Dickens）的作品屬於「絕唱」，令人歎為觀止外，侗生與友人更明言《不如歸》實在「視原書更佳」：「林先生譯是書，譯自英文，故無日文習氣。」為甚麼會這樣？其中一個很重要的原因在於時人認為西方與中國有根本的差異，而外國的東西未必全部適應中國的國情，這當中包括中西文字上的差異。時人認為如果把蟹行蚓書的西文直譯入中國，會使中文「冗贅不堪」，變得不倫不類。一個叫苦海餘生的人就察覺到：

> 中西文體不同，直筆譯之，謂能盡善盡美耶？琴南知此，故視其說部一篇到底，有線索、意境，直如為文，匪不盡心力而為之。——欲其不享盛名得乎？[54]

因而，五四時期所謂林紓的缺點，在晚清時人看來卻根本就是林紓的優點所在，因為如果林紓懂得外文，反而會處處考量原文，被西文的原文窒礙：「今不善譯書者，往往就彼之文法次序

54　徐敬修：《文學常識》（上海：大東書局，1925 年），第 71 頁。

出之，一入我文，遂覺冗贅不堪，此譯者之大病也。是故余閱小說，不為少矣，自林〔紓〕、魏〔易〕所制以外，未見有佳者，職是之故。」[55]

　　相反，林紓只需經口譯者傳授，把原文的大意默印心中，即可用一種格義的方式，用他的生花妙筆把外國知識適當地輸入中國。而這點，就是林紓比一般懂西文的人優勝之處：「若林先生固於西文未嘗從事，惟玩索譯本，默印心中，暇復暱近省中船政學堂學生及西儒之諳華語者，與之質西書疑義，而其所得力，以視泛涉西文輩，高出萬萬。」[56]

　　今天一般人的理解，譯者懂外文可以讓他正確理解原文，把原文的原旨、原意傳播到譯入語文化去。但在晚清社會根本不承認有必要按原文表達，懂不懂西文便不是一個首要的條件，而翻譯的方法只要「玩索」、「默印」就可以了。這甚至可以說是晚清譯界的共識，譬如在《自由結婚》弁言，譯者就說得很清楚：「若按字直譯，殊覺煩冗，故往往隨意刪減，使就簡短，以便記憶。區區苦衷，閱者諒之。」[57] 這樣的例子實在不勝枚舉，我們從吳趼人、梁啟超、包天笑、蘇曼殊等人的文章裏也可以輕易地找到證據。必須強調，林紓自己的翻譯觀跟整個晚清譯界是互相呼應的。他一方面承認翻譯包含着一種依着原文而來的信念如在《魯濱遜漂流記》（*The Life and Adventures of Robinson Crusoe*）序中，林紓就說：「若譯書，則述其已成之事跡，焉能參以己見？彼書有宗教

55　孫寶瑄：《忘山廬日記》，收入陳平原、夏曉虹編：《二十世紀中國小說理論資料》（第1卷），頁 574。

56　邱煒萲：〈茶花女遺事〉，《擇塵拾遺》，1901 年，收入陳平原、夏曉虹編：《二十世紀中國小說理論資料》（第 1 卷），頁 45。

57　自由花：《《自由結婚》弁言》，自由社版，1903 年，收入陳平原、夏曉虹編：《二十世紀中國小說理論資料》（第 1 卷）頁 109。

言，吾既譯之，又胡能諱避而鏟鋤之？」[58] 在《黑奴籲天錄》例言中也明言：「書中歌曲六七首，存其旨而易其辭，本意並不亡失，非譯者憑空虛構。證以原文，識者必能辯之」。但另一方面，他的所謂「證以原文」、「非譯者憑空虛構」、「存其旨而易其辭」，往往又與他的實踐行徑大相違背。同樣在《黑奴籲天錄》，他就認為要在適當的時候作出剪裁：「是書言教門事孔多，悉經魏君節去其原文稍煩瑣者。本以取便觀者，幸勿以割裂為責。」[59]

四、中學為體，西學為用

　　為甚麼晚清的翻譯活動可以容納不懂西文，不依據原文的觀念？更有意思的是，這並不是一兩個人驚世駭俗的看法，卻是一種集體意識，是一代人的共同信念。這是一個值得深思的問題。[60]

　　其實，晚清出現這樣特殊的翻譯觀念，在中國翻譯史上並不是一個常態。由於中國是一個多民族的國家，且早已與周邊地區頻密往來，因此，自商周有文獻可考以來，翻譯在人際溝通上就扮演

58　林紓：〈《魯賓遜漂流記》序言〉，吳俊標校：《林琴南書話》，頁 114–115。《魯賓遜漂流記》由林紓 1905 年與曾宗鞏合譯。

59　林紓：〈《黑奴籲天錄》例言〉，1901 年，收入陳平原、夏曉虹編：《二十世紀中國小說理論資料》（第 1 卷），頁 43。

60　學術界近年在反思五四帶來的啟蒙意識的同時，發現有必要留意當中的黑暗面以及其宰制性，因此往往以引號「五四」代稱以往五四這個略嫌籠統的名詞。這涉及研究歷史的時候，如何處理「個別」以及「共相」的複雜問題，譬如我們說，李白是唐代的大詩人，我們不能否定，唐代也會有人不喜歡李白，李白也不能代表唐代所有詩風，但是，這是否就削弱了李白詩在唐代的代表性？本章在用到集體意識、共同信念此等詞彙的時候，並不是說所有生在晚清以及五四的人都必須擁有一種共同想法，而是說這種信念在當時是具有深刻的代表意義的；而且，不見得不同的個體不可以不約而同地擁有一個信念，譬如性格迥異，身份天差地別的人，都可以共同追求「民主」這個理念一樣。

了一個非常重要的位置，而且，因為翻譯活動往往涉及外交和宗教，所以必須嚴謹地進行。嚴謹的意思不但是指態度而言，更是指原文與譯文的差異務求減少，譬如在唐朝，由於與周邊的外族交往頻繁，因此對於翻譯的準確度要求嚴謹，除了出赦文指示「譯語學官」一定要「達異志」外，[61] 更明文規定「譯不實者」，一律嚴懲。[62] 又譬如在宋朝，宋太祖趙匡胤設立的譯經院，從格局上就首先分為譯經堂、潤文堂、正義堂，而翻譯過程就要依據這三個地方，依次入座，分成九個步驟，分別為：“（第一譯主）正坐面外宣傳梵文。第二證義坐其左。與譯主評量梵文。第三證文坐其右。聽譯主高讀梵文。以驗差誤。第四書字梵學僧。審聽梵文書成華字。猶是梵音。五筆受。翻梵音成華言。第六綴文。回綴文字使成句義。第七參譯。參考兩土文字使無誤。第八刊定。刊削冗長定取句義。第九潤文。官於僧眾南向設位。”[63] 而即使遇到與朝廷避諱的字，也「一律不改」，[64] 翻譯過程實在一字不苟，非常忠實嚴謹。由此可見，晚清的翻譯觀念在中國翻譯史上並非一個常態，而僅僅屬於一種特殊的觀念。那麼，我們就要問，為甚麼在晚清社會出現這種特殊的翻譯觀念？

　　林紓譯出法國小仲馬《巴黎茶花女遺事》造成文學界「洛陽紙貴」的 1898 年，正正就是張之洞在《勸學篇》提出「中學為體，西學為用」的一年。「中學為體，西學為用」雖然由張之洞明確提出，但是在思想史的領域內幾乎無人不認同，這句說話公認是集合了整

61　〈開元尹元赦文〉《全唐文》第 75 卷（太原：山西教育出版社，2002 年），頁 347。

62　長孫無忌著：《唐律疏義》第 25 卷（上海：上海古籍出版社，1987 年），頁 630。

63　《佛祖統紀》，收入《大正新脩大正藏經》，現根據中華電子佛典協會（CBETA）官方網站 http://buddhism.lib.ntu.edu.tw/BDLM/sutra/chi_pdf/sutra20/T49n2035.pdf，p. 439，檢索於 2019 年 2 月 14 日。

64　馬祖毅：《中國翻譯簡史——五四運動以前部分》，頁 71–72。

代晚清士大夫文人醞釀三十年，「舉國以為至言」[65] 的共同理念。換言之，《巴黎茶花女遺事》是在這種「中學為體，西學為體」的背景下產生的。眾所周知，晚清被迫向西方學習，是因為戰敗而來，是出於醒覺到要認識外國的語言及其文化，也是出於一種懾於背後權力的被動心態。清朝第一所西方語言學校京師同文館 1862 年隨着第二次鴉片戰敗而成立，《清史稿》已明言，那是因為「震於列強之船堅炮利」。[66] 本來一直以天朝大國自居的清朝，忽然籠罩在亡國滅種陰影的心態下，在被迫的心態下開始西化。在最初的階段裏，學習西方的技器只為應付實際的需要，但到了後來卻發現，僅僅學習技器已不足應付險峻的政治環境，從而進入了張之洞所言「不得不講西學」以「存中學」的階段，提出「中學為體，西學為用」來。表面看來，「中學為體，西學為用」是一種囊括中、西學問的體系。的確，在內容的層面上，張之洞的「西學」範圍，[67] 比起馮桂芬在 1861 年所倡議的「采西學議」中 [68] 所說的科學和技術的內容外，還多增了西藝、西政、西史。這已經初步脫離了當時一般人心目中西方知識是「末技」、「夷務」、「形而下」的想法了。不過，在中國傳統用語上，「體用」、「本末」、「道器」的分野，原先就有輕重、先後的分別。我們明白，「西學為用」的說法，固然是公開承認了西學也有價值，但是這種西學的價值是必須彰顯以及依附在補足中學的大前提之上的，亦即是說這裏西學的價值只在其工具性，而不

65　梁啟超：《清代學術概論》，《梁啟超全集》第 5 冊第 10 卷，p. 3104。

66　《清史稿》第 113 卷〈選舉志二・學校下〉(上海：上海古籍出版社，1995 年)，頁 320。

67　張之洞：〈勸學篇・序〉指出「西學亦有別，西藝非要，西政為要」，《張之洞全集》第 12 冊 (石家莊：河北人民出版社，1998 年)，頁 9705。

68　馮桂芬：「采西學議」，收入馮桂芬、馬建忠：《采西學議──馮桂芬、馬建忠集》(沈陽：遼寧人民出版社，1994 年)，頁 82–84。

是晚清社會認為西學自身有甚麼純粹的價值，要國人非學不可。

　　在翻譯理論內，指導翻譯的背後的理念稱之為等值理論（equivalence）。等值理論固然可以從語言角度上分析等值相符的關係，但是最簡單地看，等值理論的基本信念是兩種文化處於「等值」之上。[69] 清廷從天朝大國的一端走到亡國滅種的另一端的過程中，都從來沒有承認中西雙方文化是處於等同的位置之上，又如何會認同在翻譯活動中支撐着原著及其背後社會的文化價值？

　　於此，這時的翻譯活動的圖像已很清楚：翻譯的目的是要改良中國，方法是「中學為體，西學為用」，因為西學的價值是「可以補吾闕者用之」，[70] 而認識西學的手段就是翻譯。而西洋小說就是西學的一個構成部分，是了解西俗的手段外，更是梁啟超等人口中傳播維新救國思想的「文明利器」。[71] 西方小說自身本來面貌是怎樣，西方小說本來的價值，又怎會進入晚清文人的思維？在這些問題上，林紓貫徹始終，一早表明他的政治信念是維新，他的理想是改良中國，因此，西洋小說在他眼中亦只擔當協助維新的作用；因此，他的翻譯觀念自然與此時的整體翻譯信念相同，而他在譯文內作他認

69　翻譯理論內研究有關等值的問題，最初是從語言角度入手，研究翻譯過程中譯入語文本以及原語文本內的不同語言元素（音、詞、素詞、詞組句、句羣、語段等）之間的等值關係，或最低限度「差異中的等值（equivalence in difference）」。但近年的翻譯理論指出，等值理論不但是「一個擾人的概念」，而且理論本身問題眾多，其中一個最大的問題是等值理論只視翻譯為兩種語言的轉換，完全忽視了不同語言之間並不構成「對稱」關係，更認為這種理論無視文化與語言的關係。見 Roman Jakobson, "On Linguistic Aspects of Translation," in Reuben A. Brower ed., *On Translation* (New York: Oxford University Press, 1966), pp. 232–39；另外近年重探等值理論的研究可參考 Mary Snell-Hornby: "The Illusion of Equivalence," in *Translation Studies: An Integrated Approach* (Amsterdam: J, Benjamins Pub. Co., 1988), pp. 11–22。

70　張之洞：《勸學篇》，《張之洞全集》第 12 冊，頁 9722–9723。

71　梁啟超：〈傳播文明三利器（飲冰室自由書一則）〉，原刊《清議報》1899 年第 26 冊，收入陳平原、夏曉虹編：《二十世紀中國小說理論資料》第 1 卷，頁 39。

為必要的改動，在譯文外則加入跋、序，抒發救國情懷，激發國人救國意識，從而達到他的目的；這是可以理解的。

不過，即使有「中學為體，西學為用」的思想綱領，但在實際輸入西學的時候卻沒有一個清晰的指引，規範輸入西學的範圍，釐訂甚麼內容是對中國有用，甚麼是對中國無用或「有害」的思想。在朝廷主導下的翻譯活動也許還有明確的界限，譬如張之洞在發現到輸入的民主、民權之說與尊君之義並不相容時，除馬上以《勸學篇》對西學的範圍嚴加監控及調整之外，更不惜把一切問題歸咎於譯者「誤矣」、「尤大誤矣」：

> 考外洋民權之說所由來，其意不過曰：國有議院，民間可以發公論達眾情而已。但欲民申其情，非欲民攬其權。譯者變其文曰民權，誤矣。近日摭拾西說者，甚至謂人人有自主之權，益為怪妄。此語出於彼教之書，其意言上帝予人以性靈，人人各有智慮聰明，皆可有為耳。譯者竟釋為人人有自主之權，尤大誤矣。泰西諸國，無論君主民主，君民共主，國必有政，政必有法，官有官律，兵有兵律，工有工律，商有商律，律師習之，法官掌之，君民皆不得違其法。政府所令，議員得而駁之；議院所定，朝廷得而散之。謂之人人無自主之權則可，安得曰人人自主。[72]

官方的確可以以政治手段對西學的輸入作出適當的調整以及防範，但脫離舊有官僚士大夫制度的文人，情況便很不一樣。他們抱着一腔改革的熱情，希望在民間藉着西學的力量，改良中國，往

72　張之洞：《勸學篇》〈正權第六〉，《張之洞全集》第 12 冊，頁 9722–9723；另外，又在「序」中申明這一章「正權」是要「辨上下，定民志，斥民權之亂政也」。

往因各自接觸西學的渠道、途徑不同，與境外接觸機緣的多寡，以不同的方法及模式輸入西學，因而呈現出一個更紛陳雜亂的局面。在周桂笙[73]、曾樸[74]、徐念慈[75] 等人的文字中，我們很容易便可以找到他們對當時譯界混亂一片的描述以及不滿了。譯者因着自身的識見與思想，輸入了一些與中國固有傳統觀念相抵觸的內容，一點也不意外。當中固然有些革命分子希望刻意衝擊傳統思想，如蘇曼殊翻譯雨果（Victor Hugo, 1802–1885）的《悲慘世界》（*Les Miserables*）成為《慘世界》，就是連譯帶編帶創作的十四回章回小說，藉雨果之口攻擊中國人迷信；但當然也有無心的，林紓翻譯哈葛德（Rider Haggard, 1856–1925）的《迦茵小傳》（*Joan Haste*）便是一個這樣的例子。

有關 *Joan Haste*，在晚清出現了林紓和魏易合譯的《迦茵小傳》與楊紫麟和包天笑合譯的《迦因小傳》，這部小說在晚清出現雙胞胎的背景，很多學者都曾作深入分析了，本章也不再贅述。[76]這個譯本沒有因為「林譯小說」的名氣而產生社會效應，卻不幸地因為與中國傳統禮教中最基本，亦即是最牢固的道德觀、婦女觀產生激烈觸碰而引發軒然大波。這當然與林紓一向比較開明的婦女觀有關，但其實也是林紓所始料不及的，他實在並非有意以外國小說

73　周桂笙在「譯書交通公會」的〈試辦簡章〉就提議：「按月公佈，交流會友的翻譯計畫，可以避免重複同譯。」馬祖毅：《中國翻譯史（上）》（武漢：湖北教育出版社，1999 年），頁 756。

74　曾樸：「應預定譯品的標準，擇定時代，各國各派的重要名作，必須移譯的次弟譯出。」曾樸：〈曾先生答書〉，是回應胡適〈論翻譯——與曾樸先生書〉一信的文章，見《胡適全集》第 3 卷，頁 804。

75　徐念慈更提議先把譯文定名，更提議先列出一張明單。覺我〔徐念慈〕：〈余之小說觀〉，收入陳平原、夏曉虹編：《二十世紀中國小說理論資料》（第 1 卷），頁 336。

76　見王宏志：〈「以中化西」及「以西化中」——從翻譯看晚清對西洋小說的接受〉，胡曉真編：《世變與維新：晚明與晚清的文學藝術》，頁 589–632。

正面衝擊中國傳統的三綱五常觀念。當時，就有人批評林紓仗着自己「林譯」的名氣，有恃無恐，不細察晚清社會的需要，輸入了一種不能與本地思潮湊合的思想內容，也指林紓產生了很大的頡頏意識，所以林紓就更加罪加一等：

> 而林氏則自詡譯本之富，儼然以小說家自命，而所譯諸書，半涉於牛鬼蛇神，於社會毫無裨益；而書中往往有「讀吾書者」云云，其口吻抑何矜張乃爾！甚矣其無謂也！[77]

由此可見，晚清譯者在獲得了讀者的絕對信任以及由此而來的權力以外，亦同時被賦予了履行權力背後責任的期許。晚清翻譯權威性的錯位，錯落於譯者身上，令譯者定位模糊，在享受着自由改動原文而帶來的榮譽之外，亦同時可能要承擔審議輸入原文內容的社會責任以及風險。林紓本人也曾經表示對這的無可奈何：「讀者將不責哈氏，而責畏廬作野蠻語矣。」[78] 擁有着特殊翻譯觀念的晚清，成就了本來不具翻譯能力的林紓，卻同時要他展現這由同一種觀念所產生的問題的代價，可說是歷史的弔詭。

雖然如此，無論是林紓《迦茵小傳》的例子，還是他其他曾作過一些比較忠實的翻譯的例子，都只是進一步說明了原著並不是一個最重要的考察條件。即使他們願意忠實於原文，把原文一些不適合中國的觀念引進來，結果不是像周氏兄弟的《域外小說集》那樣受到冷遇，便是像林紓《迦茵小傳》那樣受到攻擊；尤其是林紓的情況，以他的名聲及地位，仍然不可以衝擊改變當時穩如盤石的翻譯觀念，可想而知，在這個歷史階段裏，這種特殊的翻譯觀念是多

77　寅半生：〈讀《迦因小傳》兩譯本書後〉，原刊《遊戲世界》1907 年第 11 期，收入陳平原、夏曉虹編：《二十世紀中國小說理論資料》（第 1 卷），頁 249–250。

78　林紓：〈《埃及金塔剖屍記》譯餘剩語〉，吳俊標校：《林琴南書話》，頁 22。

麼的牢固！

　　晚清社會產生這種既含混又特殊的翻譯觀念的背景，在於這次中國與西方相遇是以前三千年所未曾遇上的。時人常言道的「此三千餘年一大變局也」，[79]「千古未有之奇局」[80]、「五千年來未有之創局」，[81] 顯示他們已意識到，這次中西相遇並不能與以往歷史上任何一次中國與境外相遇的經歷比較。這當然並不純指兵力而言，而是直指中國遇上的敵人在文明程度上，實在可以與中國一相較量。可惜，這點在當時只有極少數人能意識到，而部分具有高瞻遠矚識見的人也囿於政治壓力而不能明確指出。[82] 因此，在清朝未完全覆亡前，雖然憂國憂民的士大夫早有亡國之憂患意識，但保守勢力仍然頑強，視野遠遠不足；雖然也有人提出很多解釋中國落後於西方的藉口，如「西學源出中國說」，[83] 但更多人願意相信只要中國急起直追，甚至以「西學」作為最後的手段，中國的問題還是可以繼續在傳統的自我系統內更新復元。在這樣的背景下，翻譯雖然擔當了一個非常重要的政治角色，然而實質的功能，卻仍是非常有限的。產生自這樣一個時代的這種特殊翻譯觀念，當徹底改寫中國的歷史事件還沒發生，結局還沒敲定以前，很少人會認為有甚麼不妥；即使有先見者已提出新思想，然而力量實不足打破一整代人的迷惘。到了 1911 年辛亥革命的成功帶來中國數千年的帝制終結，民國成

79　李鴻章著，吳汝綸編：《李文忠公全書・奏稿》第 19 卷，頁 44–45，收入 1962 年台灣縮印本（台北：文海出版社，1962 年），頁 677。

80　薛福成：《庸庵文續編》卷上，頁 35，收入 1995 年上海古籍出版社版本，頁 136。

81　曾紀澤：《曾紀澤遺集》（長沙：岳麓書社，1983 年），頁 135。

82　像郭嵩燾，指出西方「有文明」、「西洋立國二千年，政教修明」、「其風教遠勝中國」後，他不但要面對「漢奸」的指控，而他的《使西紀程》也要遭逢「奉旨毀板」的命運。鍾叔河：《從東方到西方：走向世界叢書敘論集》（上海：上海人民出版社，1989 年），頁 227–289。

83　全漢昇：〈清末的「西學源出中國說」〉，1935 年《嶺南學報》第 4 卷第 2 期，頁 57–102。

立，歷史翻到新的一頁後，在以往社會制度支配下的思想觀念，才終於有被重新審視的可能。

五、五四

　　五四在歷史上固然是承自晚清而來，然而五四在思想體系以及整個文化價值取向上，卻是把中國帶進一個嶄新的歷史階段。

　　過去，在五四的論述裏，林紓因為在 1919 年上書〈致蔡鶴卿書〉指出「若盡廢古書，行用土語為文字，則都下引車賣漿之徒所操之語，按之皆有文法」，[84] 反對白話文運動，並以小說〈荊生〉、〈妖夢〉影射詆毀新文化人士，從而隨着新文化運動的勝利，聲譽盡喪，成為落伍文人，甚至是歷史罪人。近年學術界出現重新審視「五四話語」的熱潮，五四時期被打壓的對象，如鴛鴦蝴蝶派、學衡派、林紓等，得到重新評價的機會。因此，近來的研究，頗能從一個較持平的角度去衡量林紓。人們從社會史的角度重新為林紓定位，指出在五四這樣一個歷史激進的時代，林紓擁護文言文、帝制，更與桐城派有千絲萬縷的關係，加上北京大學不同宗派勢力的鬥爭、五四一代要找革命對象、林紓倔強不屈的性格，最後不幸地使林紓成為新文化運動設下的文學革命的受靶人。[85]

84　林紓：〈致蔡鶴卿書〉，原刊 1919 年 3 月 18 日北京《公言報》，收入薛綏之、張俊才合編：《林紓研究資料》，頁 88。

85　周作人就回憶當年找林紓出來作箭靶，是因為他的名氣大，「錢玄同反對封建文藝，把林紓罵得無地自容，可是從來不敢加章太炎或劉申叔一矢，這是甚麼緣故呢？……因為他是封建文章陣營裏的大王，而章劉則不是……我們到現在不必再來罵他，打死老虎了，但在那時候，卻正是張牙舞爪的活虎，我們也要知道，不能怪當時喊打的人，因為他們感覺他是大敵，後來的《學衡》與《甲寅》也都在其次了」。周作人：〈林琴南與章太炎〉，《周作人文類編》第 10 卷《八十心情》（長沙：湖南文藝出版社，1998 年），頁 372–373；另見羅志田：〈林紓的認同危機與民初的新舊之爭〉，《歷史研究》1995 年第 5 期，頁 117–132。

　　反思五四，的確能夠讓我們重新聽到當天被新文化運動強力壓下去的聲音。不過，在林紓的情況裏，其實不用等到今天，只要我們看看在 1924 年林紓死後，那些曾經攻擊林紓最力的人物如胡適、錢玄同、周作人、鄭振鐸等人所寫的文章，就不難發現他們的內心深處其實充斥着對林紓愛恨交纏的情緒。胡適指出林紓的古文「吾識其理，乃不能道其所以然」的不通暢的時候，[86] 認為林紓既然不明白古文之道，實在沒有理由為古文衛道；但同時他也沒有掩飾林紓「壯年時曾做通俗白話詩」的事實，指出林紓應該被看作維新派，因而勸籲社會給他一個公平的評價。[87] 事實上，他自己便從沒有企圖掩飾林紓的貢獻，在〈五十年來中國之文學〉，胡適說：

　　　　古文不曾作過長篇的小說，林紓居然用古文譯了一百多種長篇小說，還使許多學他的人也用古文譯了許多長篇小說；古文家很少滑稽的風味，林紓居然用古文譯了歐文與迭更司的作品；古文不長於寫情，林紓居然用古文譯了《茶花女》、《迦茵小傳》等書。古文的應用，自司馬遷以來，從沒有這樣大的成績。[88]

　　另一個對林紓既愛且恨的人就是周作人。當晚清的文人還沉醉在林紓古文譯筆編織出來的父慈子孝的世界時，早在 1907 年周

86　胡適：〈通信・寄陳獨秀・文學革命〉，《中國新文學大系・建設理論集》（上海：上海文藝出版社，1980 年〔影印本〕），頁 53。

87　胡適：〈林琴南先生的白話詩〉，原刊 1924 年 12 月 1 日《晨報》，收入《胡適全集》第 12 卷（合肥：安徽教育出版社，2003 年），頁 65。

88　胡適：〈五十年來中國之文學〉，1922 年，《胡適全集》第 2 卷，頁 279–280。

作人就指責林紓「語尤荒謬」[89] 了。不過，雖然他痛罵林紓最早亦最多，[90] 然而在差不多每一篇文章內，他都會坦然承認林紓的貢獻：

> 他在中國文學上的功績是不可泯沒的……

89　1907 年 11 月《天義報》上發表的〈論俄國革命與虛無主義之別〉的後記裏，周作人對剛出版的林紓為其翻譯的《雙孝子㗋血酬恩記》所作的序言作了措辭嚴厲的批評，說「林氏一序，語尤荒謬」，又說「吾聞序言，如遇鳴鴉，惡朕己形，曷勝憫歎也」。參考《周作人文類編》第 1 卷《中國氣味》（長沙：湖南文藝出版社，1998 年），頁 48。

90　周作人評價林紓的文字，依次為：

1. 〈論俄國革命與虛無主義之別〉，同上註；
2. 〈林琴南與羅振玉〉，原刊《語絲》1924 年 12 月第 3 期，收入《周作人文類編》第 8 卷《希臘之餘光》，頁 721；
3. 〈魔俠傳〉，原刊《小說月報》1925 年 2 月第 16 卷第 1 號，收入《周作人文類編》第 8 卷《希臘之餘光》，頁 724–728；
4. 〈再說林琴南〉，原刊《語絲》1925 年 3 月 30 日第 20 期，收入《周作人文類編》第 10 卷《八十心情》，頁 369；
5. 〈我學國文的經驗〉，原刊《孔德月刊》1926 年第 1 期，收入《周作人文類編》第 3 卷《本色》，頁 185；
6. 《中國新文學的源流》，1932 年 3 月 5 次到輔仁大學講課的講義，收入周作人著，楊楊校訂：《中國新文學的源流》（上海：華東師範大學出版社，1995 年），頁 1–80；
7. 〈關於林琴南〉，原刊 1934 年 12 月 3 日《華北日報》，收入《周作人文類編》第 8 卷《希臘之餘光》，頁 729–30；
8. 〈關於魯迅（二）〉，原刊《宇宙風》1936 年第 30 期，收入《周作人文類編》第 10 卷《八十心情》，頁 125；
9. 〈曲庵的尺牘〉，1945 年，原刊 1959 年澳門《大地》，收入《周作人文類編》第 10 卷《八十心情》，頁 420；
10. 〈黑奴顯天錄〉，原刊 1950 年 11 月 17 日《亦報》，收入《周作人文類編》第 8 卷《希臘之餘光》，頁 731；
11. 〈迦因小傳〉〔按：原文如此；應為〈迦茵小傳〉。〕，原刊 1951 年 3 月《亦報》，收入《周作人文類編》第 8 卷《希臘之餘光》，頁 733；
12. 〈蠡叟與荊生〉，原刊 1951 年 3 月 10 日《亦報》，收入《周作人文類編》第 10 卷《八十心情》，頁 371；
13. 〈林琴南與章太炎〉，原刊 1951 年 3 月 28 日《亦報》，收入《周作人文類編》第 10 卷《八十心情》，頁 372。

　　「文學革命」以後，人人都有了罵林先生的權利，但有
沒有人像他那樣的盡力於介紹外國文學，譯過幾本世界的
名著？

　　林先生不懂甚麼文學和主義，只是他這種忠於他的工作
的精神，終是我們的師……

　　他介紹外國文學……其努力與成績決不在任何人之下。[91]

　　相類的論述在鄭振鐸那裏就更形明顯，在此不贅。[92] 五四一代
人在眾多的守舊派中引出林紓成為「革命對象」，然而卻又不忍徹
底清算，這並不是他們立場不堅定，論據不充分，而是他們不能抹
去新文化運動其實是繼承林紓的遺產而來。而關於此的討論，我們
又將在下一章看到，新文化運動是通過遺忘、壓抑、否定林紓以及
他代表的時代的價值而來。

　　不過，即使如此，無論新文化人怎樣盡量持平地評價林紓，但
是，有一個論點是五四一代的文化人最堅定不移，絕不退讓妥協，
甚至不容任何討論餘地的，就是有關林紓的翻譯觀念以及他翻譯活
動的評價。林紓在五四時徹底失敗，其實並不在於他與桐城派有
千絲萬縷的關係，因為他根本不是桐城派人士；[93] 也不是他反白話
文以及對古文（特別是文言）的招魂如何的脫離現實，因為他自己

91　周作人：〈林琴南與羅振玉〉，原刊《語絲》1924 年 12 月第 3 期，收入《周作人文類
　　編》第 8 卷《希臘之餘光》，頁 722。
92　鄭振鐸指出林紓對小說作出眾多的貢獻，包括「中國的章回小說的傳統的體裁，實
　　從他開始打破」，「自他之後，中國文人，才有以小說家自命的」等等，見鄭振鐸：〈林
　　琴南先生〉，原刊《小說月報》1924 年 11 月第 15 卷第 11 號，收入薛綏之、張俊才
　　合編：《林紓研究資料》，頁 152，頁 163。
93　王楓：〈林紓非桐城派說〉，《學人》1996 年 4 月第 9 輯，頁 605–620；另見蔣英豪：
　　〈林紓與桐城派、改良派及新文學的關係〉，《文史哲》1997 年第 1 期，頁 71–78。

也寫白話詩，而胡適、魯迅諸位新文化人士，在新文化運動前其實
也以古文作為書寫語言；更不是他以遺老自居而被嫌為迂腐、政
治不正確，因為人所共知王國維也以遺老自稱，但新文化人也承認
他「在學問上是有成績的，這是事實，當然不能抹殺，也不應該抹
殺，不過這和做遺老全不相干」；[94] 更不是一般人認為的北京大學內
的唐宋（桐城派）、魏晉文派（太炎派）的黨同伐異，因為新文化核
心人物胡適以及陳獨秀根本不屬任何一派。事實是：在思想史的
論爭上，林紓的翻譯觀與五四的價值觀徹底相衝，他所代表的晚清
翻譯活動與五四完全脫節，翻譯觀念的「落伍」才是他真正被時代
唾棄的癥結所在。這點，在過去研究中，從來沒有被正式提出來，
相反，過去的討論一直為圍繞林紓的眾多議題所混淆，這實在是非
常可惜的。五四把持着最充分的「翻譯」理據去重估、攻擊林紓，
亦即是說明，社會上已出現了一個新的翻譯觀念。

　　上文指出過，晚清的翻譯觀是非常態的，可是，五四時期卻似
乎就從這特殊的翻譯觀念回到了一個普遍的翻譯觀念——以原著為
中心的觀念（source-text oriented）。[95] 由於「五四」的一代奉原著
為圭臬，因此林紓在晚清的翻譯活動自然地被全面重估。我們在下
文即將看到，在新舊翻譯觀念轉變帶動的社會風氣下，從前獲得讚

---

94 錢玄同：〈寫在半農給啟明的信底後面〉，原刊《語絲》1925 年 3 月 30 日第 20 期，
　　收入薛綏之、張俊才合編：《林紓研究資料》，頁 166。
95 以原著為中心的觀念是指，譯者無論以甚麼方法翻譯（直譯、意譯），均應以貼近原
　　著為標準，譯作應該忠實地反映原文的一切特色，以及在原語地區所產生的效果以
　　及影響。1980 年代以來西方翻譯研究學者提出典範轉移，認為過去的翻譯研究，
　　一直把原著為中心觀念作為指導翻譯的方法（prescriptive approach）錯用在翻譯研
　　究之上，並太依重等值理論作為規範（normative notion），在這樣的情形下產生的
　　翻譯研究，無視了譯本在譯入語文化產生的意義。翻譯研究開始脫離以原著為中心
　　的局限。見 Theo Hermans ed., *The Manipulation of Literature: Studies in Literary
　　Translation* (New York: St. Martin's Press, 1985)。

賞，自己卻不情不願被稱作「譯才」的林紓，[96] 在五四時瞬間變回他在晚清時一直希冀以此來揚名立萬的「古文家」；而他在晚清時所擁有的優點，一下子卻全部變成為人詬病的缺點。這些徹底的價值倒轉，實在是時代對林紓的最大嘲諷。

　　可惜，過去在研究林紓的案例時，人們往往都以五四的價值出發，先從原著為中心觀念立論，以一種由原著為中心觀念出發帶動下的話語（對原文刪節、潤飾、不忠實、施以暴力）評價晚清譯界中的林紓。這些研究無法讓人看清整個歷史的圖像，更好像掉入了「詮釋循環」的窠臼一樣。在翻譯研究上，這正如 Tejaswini Niranjana 所言，翻譯研究裏常用忠實和背叛一語，假定了一個毋庸置疑的再現觀，困陷其中，不能自拔，便未能去問一問翻譯的歷史性問題，而阻礙了以翻譯理論去思考譯作的能力。[97]

六、原著為中心觀念

　　在這一節裏，我們會看到，五四一代人如何將以原著為中心的觀念作為標準來重新衡量林紓和林譯小說；然後再探討：從前在晚清出現的特殊翻譯觀念是在甚麼歷史語境回到以原著為中心的觀念去。

　　在本章第三節中，我們看到，晚清時人最為讚賞林紓的是他的

96　林紓由始至終也不甘以譯才自居，更不願以翻譯相關之名留存後世，在康有為「譯才並世數嚴林」一句後，他在〈與國學扶輪社諸子書〉更斷言自己的翻譯不應看作「文」，因為古文在他心目中的地位嚴正得多。他表示：「紓雖譯小說至六十餘種，皆不名為文。或諸君子愛，採我小序入集，則吾醜益彰，羞愈加甚。」見吳俊標校《林琴南書話》，頁 177。

97　Tejaswini Niranjana, *Siting Translation: History, Post-structuralism and the Colonial Context*, p. 4.

譯筆。晚清文人重視林紓的譯筆——其實也就是他的文筆，往往凌駕在重視原文之上，而他們全面依賴譯者的選擇以及鑒賞能力，實際上也同時賦予了譯者絕對的權威性。那麼，五四的情況又是怎樣？

1918 年 3 月 15 日發表在《新青年》的〈文學革命之反響〉，是繼胡適的〈文學改良芻議〉(1917 年 1 月) 和陳獨秀的〈文學革命論〉(1917 年 2 月) 後另一篇帶來文學革命成功的關鍵性文章。胡適在回顧文學革命的過程時認定，文學革命得以成功，多少是因為錢玄同找到「選學妖孽」、「桐城謬種」這些「向壁虛造一些革命的對象」。[98] 過去人們都明白錢玄同〈文學革命之反響〉和劉半農以〈覆王敬軒書〉所精心策劃的雙簧戲，目的就是要引出「革命的對象」。不過，一直為人忽略的是，雙簧戲的主要內容其實是圍繞新舊翻譯觀念而來。我們可以看看下面引錄的文字：

> 貴報於古文三昧全未探討，乃率爾肆譏，無乃不可乎。林先生〔林紓〕為當代文豪，善以唐代小說之神韻適譯外洋小說。所敍者皆西人之事也，而用筆措詞，全是國文風度，使閱者幾忘其為西事是，豈尋常文人所能企及。而貴報乃以不通相詆，是真出人意外。以某觀之，若貴報四卷一號中周君〔周作人〕所譯陀思之小說則真可當不通二字之批評。某不能西文，未知陀思原文如何。若原文亦是如此不通，則其書本不足譯。必欲譯之，亦當達以通順之國文。烏可一遵原文適譯，致令斷斷續續，文氣不貫，無從諷誦乎。噫！貴報休矣！林先生淵懿之古文，則目為不通，周君蹇澀之譯筆，則為之登載，真所謂棄周鼎而寶康瓠者矣。林先生所譯小說，無慮百種，不特譯筆雅健，即所定書名亦往往斟酌盡善盡美。如云吟邊燕語，

98　胡適：〈我們走哪條路〉，原刊《新月》1929 年 12 月 10 日第 2 卷第 10 號，收入《胡適全集》第 4 卷 (合肥：安徽教育出版社，2003 年)，頁 468。

> 云香鉤情眼，此可謂有句皆香，無字不豔。香鉤情眼之名，若
> 依貴報所主張，殆必改為革履情眼而後可。[99]

　　錢玄同化名為王敬軒所寫的這段文字，可謂切中晚清翻譯觀念
的核心。他着墨最多、勾勒最深的，就是晚清人最熱衷的有關譯筆
方面的討論，指出林紓「譯筆雅健」，能用「唐代小說之神韻適譯外
洋小說」、「用筆措詞，全是國文風度」。這些對於譯筆的討論，的
確是道出了林譯小說曾經風靡晚清一代人的原因。為了營造更強
的效果，錢玄同更不惜以周作人的譯筆作比較，指出周氏譯筆「蹇
澀」、「如此不通」、「斷斷續續，文氣不貫」。自然，錢玄同的目的
並不是要貶低周作人，而是以對比立論，希望帶出一個訊息，就是：
在新文化人陣營中，過去有人「抱復古主義」，有人「古文工夫本來
是很深的」，[100] 現在都紛紛棄暗投明，甘冒「不通順」、「蹇澀」的指
責，寫起白話文來，就是因為這是時代的趨勢。新文化人的居心，
只是以此勸人察覺今是昨非，及早投向新文化陣營。
　　不過，其實這只不過是劉半農、錢玄同討論中的一點弦外之音
而已。在〈覆王敬軒書〉中，劉半農特以點列式逐層回應王敬軒的
駁難，表面看來，他的回應很有層次，但事實是，劉半農的整段文
字並不就「譯筆」回應問題：

> 若要用文學的眼光去評論他，那就要說句老實話：便是
> 林先生的著作，由「無慮百種」進而為「無慮千種」，還是半點

99　王敬軒〔錢玄同〕：〈文學革命之反響〉，原刊《新青年》第 4 卷第 3 號，收入北京大
　　學、北京師範大學、北京師範學院中文系中國現代文學教研室主編：《文學運動史
　　料選》第 1 冊（上海：上海教育出版社，1979 年），頁 49。
100　記者〔劉半農〕：〈覆王敬軒書〉，原刊《新青年》1918 年第 4 卷第 3 號，收入鄭振
　　鐸編選：《中國新文學大系・文學論爭集》（上海：上海文藝出版社，〔1935 年〕
　　2003 年 7 月影印本），頁 30。

兒文學的意味也沒有！何以呢？因為他譯的書：——

　　第一是原稿選擇得不精，往往把外國極沒有價值的著作也譯了出來。真正的好著作，卻是極少數。……

　　第二是謬誤太多，把譯本和原本對照，刪的刪，改的改，精神全無，面目全非；……

　　第三層是林先生之所以能成其為「當代文豪」，先生之所以崇拜林先生，都因為他「能以唐代小說之神韻，適譯外洋小說」，不知這件事，實在是林先生最大的病根；林先生譯書雖多，記者等始終只承認他為「閒書」，而不承認他為有文學意味者，也便是為了這件事。……[101]

　　顯然，劉半農並不是要迴避王敬軒所提的問題，更並非錢玄同的論點令人無法正面駁詰，而是因為在劉半農和錢玄同的翻譯觀念的討論中，相較於其他他們認定為更核心的議題，譯筆並不佔重要的位置，他們甚至好像不把譯筆當作一回事而擱於一旁。劉半農指出林紓最大的病根，是「以唐代小說之神韻，適譯外洋小說」，為了「適譯」而使「把譯本和原本對照，刪的刪，改的改，精神全無，面目全非」。應該強調，這觀點是新文化運動人士對林譯小說的共識，我們可以輕而易舉地在其他人的論述中找到相近的說法，當中包括鄭振鐸、[102] 錢玄同、[103] 胡適、錢鍾書等等。

101　記者〔劉半農〕：〈覆王敬軒書〉，原刊《新青年》第 4 卷第 3 號，收入鄭振鐸編選：《中國新文學大系‧文學論爭集》，頁 31。

102　鄭振鐸：「林先生的翻譯，還有一點不見得好，便是任意刪節原文」，〈林琴南先生〉，薛綏之、張俊才合編：《林紓研究資料》，頁 160。

103　錢玄同直指：「某氏與人對譯歐西小說，專用《聊齋誌異》文筆，一面又欲引韓柳以自重，此其價值，和別人對譯的外國小說，多失原意，並且自己攙進一種迂謬批評，這種譯本還是不讀的好。」錢玄同：1917 年 2 月 25 日〈寄陳獨秀〉，《新青年》1917 年 3 月 1 日第 3 卷第 1 號。

　　劉半農在指出林紓各種病根後（包括原稿選擇得不精、謬誤太多，以唐代小說適譯外洋小說）後，馬上接着討論翻譯的中心所在：

　　　　當知譯書與著書不同。著書以本身為主體，譯書應以原本為主體；所以譯書的文筆，只能把本國文字去湊就外國文，決不能把外國文字的意義神韻硬改了來湊就本國文。[104]

　　劉半農清楚指出「譯書應以原本為主體」，因此萬萬不可「把本國文字去湊就外國文，決不能把外國文字的意義神韻硬改了來湊就本國文」。由此可見，在五四新文化運動的推動者眼裏，原文的權威性是不容冒犯的，為了忠實於原著，即使譯者要以本國文字去遷就，甚至改變中國語文的結構，亦在所不計。這點很快便成為中國譯界以後討論直譯的一個前提，而且也是用以徹底推翻林紓在晚清譯界貢獻的有力元素。

　　在新文化人的論述中，「譯書的文筆」並不是完全沒有討論到，但重點已不在「神韻」、「文氣」這等「神、理、氣、味」或「格律聲色」的「筆」上，[105] 而是在於「文」上。不過，這個「文」，不用多說，已經變成白話文。他們認為，只有以白話文來翻譯，才能做到翻譯的「基本條件首要目的」：明白流暢。[106] 胡適在《短篇小說第二集》指出：

　　　　〔《短篇小說第一集》〕這樣長久的歡迎使我格外相信，翻譯外國文學的第一個條件是要它化成明白流暢的本國文字。其實一切翻譯都應該做到這個基本條件。但文學書是供人欣

104　錢玄同〈寄陳獨秀〉，同上註。

105　姚鼐：〈古文辭類纂・序目〉，《古文辭類纂》（上海：中華書局，1936 年），頁 8。

106　胡適：〈建設的文學革命論〉，原刊《新青年》1918 年第 4 卷第 4 號，收入《胡適全集》第 1 卷，頁 52–68。

賞娛樂的，教訓與宣傳都是第二義，決沒有叫人讀不懂看不下去的文學書而能收教訓與宣傳的功效的。所以文學作品的翻譯更應該努力做到明白流暢的基本條件。……我努力保存原文的真面目，這幾篇小說還可算是明白曉暢的中國文字。[107]

　　胡適所言翻譯的首要任務，就是「化成明白流暢的本國文字。其實一切翻譯都應該做到這個基本條件」，[108] 不過，不能本末倒置的是，要「明白流暢」，卻不可以犧牲「保存原文的真面目」的宗旨，換言之即是說，文筆再好，再明白曉暢的文字，都必須在依據原文的大前提之下。

　　為了更好地說明問題，胡適更用了實例，他認為當時「最流暢明白，於原文最精警之句」「皆用氣力煉字煉句」，「傳達原書的神氣」而又不失為好文章的，是伍昭扆譯的大仲馬《隱俠記》以及伍光建的譯書。他在〈論翻譯——與曾樸先生書〉指出：

　　　　近年直譯之風稍開，我們多少總受一點影響，故不知不覺地都走上嚴謹的路上來了。

　　　　近幾十年中譯小說的人，我以為伍昭扆先生最不可及。他譯大仲馬的《隱俠記》十二冊，用的白話最流暢明白，於原文最精警之句，他皆用氣力煉字煉句，謹嚴而不失為好文章，故我最佩服他。[109]

107　胡適：《《短篇小說第二集》譯者自序》，收入《胡適文存》第 2 集第 2 卷，收入《胡適全集》第 2 卷，頁 379。

108　魯迅也提過相同的意見，他在〈「題未定」草（二）〉說出：「凡是翻譯，必須兼顧着兩面，一當然力求其易解，一則保存着原作的丰姿。」見魯迅：《魯迅全集》卷 6，頁 352。

109　胡適：〈論翻譯——與曾樸先生書〉，《胡適全集》第 3 卷，頁 804。

他又在〈論短篇小說〉，表示對伍光建的讚賞：

> 我以為近年譯西洋小說，當以君朔〔伍光建〕所譯諸書為第一。君朔所用白話，全非抄襲舊小說的白話，乃是一種特創的白話，最能傳達原書的神氣，其價值高出林紓百倍。[110]

如果我們記起晚清的時候，林紓曾被詡為「足佔文學界一席而無愧色」、「凡稍具文學眼光之人，無不欣賞而折服之」，[111] 而在五四的時候，林紓被劉半農以及錢玄同譏為「半點兒文學的意味也沒有」、「不承認他為有文學意味」。如果我們還記得晚清時林紓被公認為翻譯的最佳標準，時人不惜貶低其他作品（如：李涵秋的《廣陵潮》）去彰顯林紓的優點，而到了五四，林紓立刻成為一個最壞的翻譯符號——「價值高出林紓百倍」、「勝過林譯百倍」，[112] 更成為新文化人口中的「笑柄」，[113] 我們便可以充分看到新觀念的確立帶來的翻譯價值的逆轉，亦能感受到林紓在新舊價值衝突中的無所適從。

在胡適的心目中，能夠達到翻譯「基本條件首要目的」的，其實只有一種，就是白話文，因為他明確地指出「用古文譯書，必失原文的好處」。[114] 可是，我們也確實可以找到不少例子，証明用古文譯書未必一定盡失原文的好處。我們在第四節也說到，宋朝時的佛經翻譯也可以達到非常嚴謹的效果——關於這一點，劉半農的

110　胡適：〈論短篇小說〉，原刊《北京大學日刊》及《新青年》1918 年第 4 卷第 5 號，收入《胡適全集》第 1 卷，頁 132–133。

111　沈禹鍾：〈《甲寅》雜志〈說林〉之反響〉，《申報》1926 年 1 月 25 日。

112　寒光：《林琴南》（上海：中華書局，1935 年）。

113　胡適：「林琴南的『其女珠，其母下之』早成為笑柄」，〈建設的文學革命論〉，原刊《新青年》1918 年第 4 卷第 4 號，收入《胡適全集》第 1 卷，頁 68。

114　胡適：〈建設的文學革命論〉，同上註。

〈覆王敬軒書〉內也有相同的觀察，他指出「後秦鳩摩羅什大師譯
《金剛經》，唐玄奘大師譯《心經》，這兩人，本身就生在古代，若要
在譯文中用晉唐之筆，正是日常吐屬」。當時的「日常吐屬」固然
是指口語，不過，當時人們是不是「我手寫我口」，得有待語言學
家的探究。但無論如何，到了劉半農一文的語境裏，這樣的「日常
吐屬」已成為古文了。事實上，我們根本不用回到晉唐去找材料作
為論據，周氏兄弟的《域外小說集》也是用深奧的古文翻譯的，但
卻一樣獲得胡適、劉半農的高度讚賞。由此可知，胡適所言的「用
古文譯書，必失原文的好處」中的古文，是指狹義的古文，亦即是
指在前清最受推崇、最受歡迎的桐城派古文。

　　桐城派從清中葉發展到晚清，糾結了政治的力量，且長期困囿
於唐宋傳統內，主張的確漸見偏狹，有桎梏人心的傾向。不過，林
紓從無自稱為桐城派，桐城派亦不會接受林紓的「狂」和「俗」。林
紓與桐城派有根本的差別，其實新文化人未必看不到，譬如周作人
就指林紓打破了桐城派的「古文之體忌小說」。[115] 不過，林紓與桐城
派過從甚密，亦喜以桐城派的「古文義法」的角度詮釋西洋小說，譬
如在 1901 年譯的《黑奴籲天錄》的〈例言〉就說：「是書開場、伏筆、
接筍、結穴，處處均得古文家義法。[116]」在《《洪罕女郎傳》跋語〉又指：

> 大抵西人之為小說，多半敍其風俗，後雜入以實事。風俗
> 者，不同者也；因其不同，而加以點染之方，出以運動之法，
> 等一事也，赫然觀聽異矣。[117]

115　周作人著，楊楊校訂：《中國新文學的源流》，頁 49。

116　周作人：〈林琴南與羅振玉〉，原刊《語絲》1924 年 12 月第 3 期，收入《周作人文
　　類編》第 8 卷《希臘之餘光》，頁 721。

117　林紓：《洪罕女郎傳》跋語〉，吳俊標校：《林琴南書話》，頁 40。

> 蓋著紙之先，先有伏線，故往往用繞筆醒之，此昌黎絕技
> 也。哈氏文章，亦恆有伏線處，用法頗同於《史記》。[118]

　　林紓在翻譯的過程中不斷以「點染」、「伏線」的角度指點讀者
留意「史遷筆法」，本來只是他把新事物介紹入中國的一種伎倆而
已。在新思想的輸入過程中，附會的方法其實是一種認識外來新思
想恆常使用的手法，本來無可非議。譬如我們在晚清常見到時人以
「外國《紅樓夢》」來指涉《巴黎茶花女》，[119] 而林紓以韓愈及太史公
的筆法比擬西洋小說，也是為了要把西洋小說的內涵，概括地附會
於傳統中某些已有觀念上，讓接觸西洋小說觀念不久、對其了解不
深的晚清社會，對這個事物有一個比較實質的掌握而已。但是，這
種附會的手法，特別是以本國文字「湊就」外國文字的時候，實際
上就是在技術層面的操作上把千年以來承載着太多「道」的「古文」
湊上了外國的思想，最後卻使新思想無法落地生根，使「莎士比亞
的作品，卻只能自安於《吟邊燕雨》的轉述」。[120] 這便正與新文化
運動的目的立於水火不容的「反對地位」了。因此，胡適所謂「用
古文譯書，必失原文的好處」，其實指向更深層的意義。他並不是
要針對文字本身，更非那單單的幾個「典故」、「對仗」，而是針對
千年以來一直依附古文而來的一種表詞達意的思維方式。這種思
維方式，在錢玄同口中被稱之為「野蠻款式」。錢玄同為胡適的《嘗
試集》所寫的〈序〉指出：

118　林紓：〈《洪罕女郎傳》跋語〉，同上註。
119　這樣的比擬，其實並沒有多大的問題。至於比附的內容適當與否，那該作別論。松
　　岑：〈論寫情小說於新社會之關係〉，原刊《新小說》1905 年第 17 號，收入陳平原、
　　夏曉虹編：《二十世紀中國小說理論資料》（第 1 卷），頁 172。
120　凌昌言：〈司各特逝世百年祭〉，《現代》1932 年 12 月 1 日第 2 卷第 2 期，頁 276。

> 現在我們認定白話是文學的正宗，正是要用質樸的文章，去鏟除階級制度裏的野蠻款式；正是要用老實的文章，去表明文章是人人會做的，做文章是直寫自己腦筋裏的思想，做直敍外面的事物，並沒有甚麼一定的格式。[121]

錢玄同「階級制度裏的野蠻款式」的說理方法，是以激動的、以「文明」對抗「野蠻」的論調來勸人棄絕古文。可見，他不是提議某一種撰文的規條，並不是像桐城派義法般要人削足適履地以情就文，因為純粹表達形式本來並不構成「文明－野蠻」、「階級制度」的指控。「階級制度裏的野蠻款式」所針對的，不是語言本身，而是指以樣板格式、以機械套語入文的時候，把黏着形形色色壓抑人性的三綱五常的教條召喚出來了，其中最明顯的例子就是林紓以「孝道」角度出發，詮釋「西學」。[122] 換言之，在錢玄同等新文化人心目中，古文已不能逆轉地成為儒家操縱的載道、傳道工具了。

林紓在晚清利用古文翻譯西洋小說的時候，的確是在他的作品內大量載道，透過古文來移花接木，把西洋小說的內容接上了中國三綱五常之道。雖然他也加插救國之道，以此和應康有為、梁啟超的百日維新，可是西洋小說的內容卻被轉化來傳遞忠君、愛國、父慈、子孝的思想，因而遭受認同五四價值的一代異口同聲的指斥：「於新思想無與焉」、[123]「介紹新思想的觀念根本錯誤」、[124]「而其根本思想卻仍是和新文學不相同的」。[125]

---

121 錢玄同：〈《嘗試集》序〉，沈永寶編：《錢玄同五四時期言論集》（上海：東方出版中心，1998 年），頁 48。

122 林紓：《英孝子火山報仇錄》序，見《林琴南書話》，頁 26。

123 梁啟超（1920 年）：《清代學術概論》，《梁啟超全集》第 5 冊第 10 卷，頁 3105。

124 周作人著，楊楊校訂：《中國新文學的源流》，頁 48。

125 周作人著，楊楊校訂：《中國新文學的源流》，頁 49。

　　在新文化運動前夕，儘管新舊觀念混雜傾軋，但可以說新舊思潮仍演進得不算激烈，人們即使隱隱對林紓的小說有所不滿，但還只是存於一種朦朧的狀態。這時代，亦只限於以私議（通信、日記）的形式表現出來。在辛亥革命過渡到新文化運動之前，惲鐵樵在擔當《小說月報》編輯的一年間，曾在 1914 年給錢基博的一封信中輕輕提及「以我見侯官文字，此〔按：指林紓、陳家麟合譯的巴爾扎克《哀吹錄》(1915 年)〕為劣矣」；[126] 又譬如張元濟也只曾在日記中透露他對林紓的不滿。[127] 但民元革命成功的瞬間光輝，卻被袁世凱復辟、康有為擔任孔教會會長、嚴復等「六君子」成立籌安會等事件所竊去。知識分子認識到，晚清的飽學之士（康有為、嚴復）尚且如此，那他們不得不以一種徹底的方法來以新思潮置換舊的思想系統，才能有效地遏止所有舊勢力復辟，讓新思想的意義獨立地、嶄新地移植入中國，以期落地生根，不為舊思想扭曲、腐蝕、收編。陳獨秀就提出「不容反對者有討論之餘地」的態度，[128] 以期重奪辛亥革命的成果，否則，中國瞬間又會回到「無論是專制、是共和、是甚麼甚麼，招牌雖換，貨色照舊」的鐵屋子裏去。[129]

　　新文化運動中人提出形形色色的口號，重點是要把人從儒家吃人的禮教思想中解放出來。陳獨秀在《新青年》指出要擁護民主的政治制度來解放人類的思想，要發展科學，解除人類的痛苦，破

126　東爾：〈林紓和商務印書館〉，陳原、陳鋒等：《商務印書館九十年，1897–1987：我和商務印書館》(北京：商務印書館，1987 年)，頁 541。

127　張元濟 1917 年 6 月 12 日在日記中寫到：「竹莊〔蔣維喬(1873–1958)〕昨日來信，言琴南近來小說譯稿多草率，又多錯誤，且來稿太多。余覆言稿多只可收受，惟草率錯誤應令改良。」張元濟：《張元濟日記》(北京：商務印書館，1981 年)，頁 233。

128　陳獨秀：〈答胡適之〉，《中國新文學大系·建設理論集》，頁 56。

129　魯迅：《魯迅景宋通信集》(長沙：湖南人民出版社，1984 年)，頁 21–22。魯迅對民元中國比擬作鐵屋子的描述，可見魯迅：〈我怎麼做起小說來？〉，《魯迅全集》第 4 卷，頁 511–515，以及魯迅：〈吶喊·自序〉，《魯迅全集》第 1 卷，頁 418–419。

除迷信愚昧，然後造出自由獨立的人格。惟有如此，才可以反對孔教、禮法、貞節、舊倫理、舊政治，反對舊藝術、舊宗教、反對國粹和舊文學。[130] 胡適卻認為，陳獨秀這樣指出幾個反對的綱領出來「失之籠統」，而且一點也不「科學」。胡適提出應該以「重新估定一切價值」（transvaluation of all values）的態度來評判一切，一方面是補充陳獨秀擁護「德先生」與「賽先生」的解釋，另一方面是要提出他評判中國文化問題的態度。要達到「重新估定一切價值」的目的，首先就要「輸入學理」，大量地「介紹西洋的新思想，新學術，新文學，新信仰」，抱着「研究問題」的態度，基調就是「反對盲從，反對調和」，對舊有的學術思想不但要「用科學的方法來做整理的工夫」，對「西方的精神文明」也要有「一種新覺悟」，而不是胡亂調和中西。[131]

在這樣的歷史背景下，翻譯的目的與功能便是能夠提供思想資源——西方思想——來評判舊價值、建造新文學、新文明。因此，原著的面貌要原原本本地呈現在中國社會便成為最重要的訴求，因為只有這樣才可能使人有法可取、有科學的方法判斷中西學理。早在 1916 年還未回國的時候，胡適已經提出：

> 今日欲庶祖國造新文學，宜從輸入歐西名著入手，使國中人士有所取法，有所觀摩，然後乃有自己創造之新文學可言也。[132]

130　陳獨秀：《新青年》第 6 卷第 1 號，頁 10。

131　胡適：〈新思潮的意義〉，原刊《新青年》第 7 卷第 1 號，收入《胡適全集》第 1 卷，頁 692。

132　胡適：〈論譯書寄陳獨秀〉，原刊《藏暉室札記》第十二卷，收入《胡適全集》第 23 卷（合肥：安徽教育出版社，2003 年），頁 95。

　　胡適認為要達到對西方文化有「新覺悟」，並能客觀地整理國故，「輸入新知識為祖國造一新文明，非多著書多譯書多出報不可」。[133] 而且，在輸入新思想上，更不可以「不經意」為之，而是要為着鑄造中國新文明而來。胡適指出：

> 譯事正未易言。倘不經意為之，將令奇文瑰寶化為糞壤，豈徒唐突施而已乎？與其譯而失真，不如不譯。[134]

　　與其不經意地胡亂翻譯，不懂得鑒賞外國思想外國文學而隨便翻譯，像林紓一樣「把蕭士比亞〔筆者按：原文如此〕的戲曲，譯成了記敍的古文」，則「這樣譯書，不如不譯」，[135] 因為這樣的翻譯並不能達到他要「重估中國思想」，重造中國文明的目的。

　　至於要輸入甚麼到中國來，要翻譯甚麼到中國來，新文學運動的倡議者都有明確的目標，不再像晚清社會一樣，隨個人喜好、隨個人機遇而順手拈來。新文學運動人士提出的目標，並不是一個實指的對象，而是擇優而譯之：

> 只譯名家著作，不譯第二流以下的著作。我以為國內真懂得西洋文學的學者應該開一會議，公共選定若干種不可不譯的第一流文學名著……譯之成稿……
>
> 介紹世界的現代思想，凡好的都應該介紹……[136]

133　胡適：〈非留學篇〉，原刊 1914 年 1 月《留美學生季報》，收入《胡適全集》第 20 卷（合肥：安徽教育出版社，2003 年），頁 10。

134　胡適：〈論譯書寄陳獨秀〉，原刊《藏暉室札記》第十二卷，收入《胡適全集》第 23 卷，頁 95。

135　胡適：〈建設的文學革命論〉，原刊《新青年》1918 年第 4 卷第 4 號，收入《胡適全集》第 1 卷，頁 67。

136　同上註。

在譯者的要求方面，期望就更高，要求對原著的文化文學有一定的認識，不能只擔當「門房傳話」的角色：

> 欲翻譯一篇文學作品，必先了解這篇作品的意義，理會得這篇作品的特色，然後你的譯本能不失這篇作品的真精神；所以翻譯家不能全然沒有批評文學的知識，不能全然不了解文學。[137]

在胡適提出的以「輸入新知識」、「重新估定一切價值」以再在「祖國造一新文明」的綱領下，長期主導着中國近代史的「中學為體，西學為用」的思想格局，終於被徹底衝破。在中國現代化的過程中，由最初只關心科技和政制層面的改良，發展到「全面地研究人生的切要問題」，就是正式地提升到文化層面的現代化去。[138] 從晚清到五四，翻譯在社會上擔當的角色，雖然都可以廣義地說是為求達到政治目的、實際的功能，但由於晚清社會與五四時期在對待外來文化（特別是西方）的態度上已有明顯的不同，原著在本土文化的意義與功能也出現深刻的變化，此外也由於五四時期新文化運動所提出重估中國文化的判則大抵以西方為本位，原著所獲得的權威性便最終凌架於一切之上。這是我們所說的中國翻譯觀在晚清至五四期間出現基本性轉變的原因。晚清時期，社會只從文筆譯筆去衡量翻譯作品，人們只以一種「文」或「文學」的角度去評價翻譯，翻譯觀念與評價文學創作的觀念是完全絆纏在一起的，造成的

137　郎損〔茅盾〕：〈新文學研究者的責任與努力〉，原刊《小說月報》1912 年第 12 卷第 2 號，收入《茅盾全集》第 18 卷，頁 68。

138　余英時：〈中國近代思想史上的胡適〉（台北：聯經，1984 年），頁 18。

是一種「創作」、「翻譯」不分的觀念；但到了五四，經過長時期與社會上的其他觀念磨合、廓清，翻譯觀念最終能與創作截然分開，以貼近原文為翻譯的最高準繩。[139]

七、小結

晚清社會最初意識到敵人從西而來，本能地奮起對西方的暴力作出抵拒，但他們看到的是中西之歧義或對立，結果是一概地否定一切從西而來的事物。[140] 他們當然意識不到，所謂的現代化，在西方社會出現時也帶來了翻天覆地的改變。[141]

五四時期，人們之前對西方文化的失衡心態已經徹底改變過來，知識分子對晚清的景象有一個更清楚更深刻的看法，不但一反晚清那種西方文明不足與中國匹敵的看法，而且認定中西之爭是由文明衝突而來，覺得中國「以吾數千年之舊文明」去阻擋西方「新文明之勢力」，實在是「敗葉之遇疾風，無往而不敗衄」，因而認為中國文明已失去秩序，亟待重建。而重建文明的過程，就要賴以西方文明為本位的價值追求，因而甚至提出「全盤西化」的口號、[142] 提

---

139 Arthur Lovejoy 指出研究觀念史，除了找出這個思想在該文化縱深的發展外，更要留意圍繞這個思想相關的概念與其產生的衝擊以及融合。Arthur Lovejoy: *Essays in the History of the Ideas* (Baltimore: John Hopkins Press, 1948), p. 19。

140 晚清時有一些人已指出西人所指的價值，並非只是西人所具有、所應有。

141 這是說 Max Weber 所說的由科學進步而帶來的 disenchantment（「解咒」）現象，這種文化勢力不僅使西方進入一個新的歷史階段，更會改變世界。見 Stephen Kalberg ed., Max Weber: *Readings and Commentary on Modernity* (Malden, MA: Blackwell Pub, 2005)。

142 胡適：〈非留學篇〉，原刊 1914 年 1 月《留美學生季報》，收入《胡適全集》第 20 卷，頁 7。

出「不讀中國書」、[143] 提出「西洋的文學方法，比我們的文學，實在完備得多，高明得多」。[144]

當然，五四這種急於全面認同西方、否定中國價值的心態，難免矯枉過正，特別是從今天後殖民的角度看來，就更是不足為訓。後殖民論者每每指責中國知識分子以「啟蒙」、「解放」的藉口太快地全面擁抱西方，認同西方，而察覺不到這樣就與西方殖民主義者「解放」為名、殖民侵略為實的行為出現合謀的情況。[145] 不過，在指出五四知識分子對西方的盲點之餘，我們同時也要作出同情的理解，因為在五四知識分子提出「人的解放」口號的時代，「吃人禮教」其實還是他們所遭遇到的活生生的生活經驗，因而他們才會急於認同通過翻譯而帶來的對人應有權利的追求、對民主的嚮往、對被壓抑的弱小者的關注。

從晚清到五四，在中國走向西化、現代化的過程中，翻譯活動一直都佔着最核心的位置。我們看到，雖然翻譯觀念曾隨着當時的政治因素出現扭曲，翻譯在社會的作用也可能出現偏差，但正如 Susan Bassnett 、 Harish Trivedi 所言：「如今，隨着對跨文化文本轉換中不平等權力關係的意識日益增長，我們能夠重新思考翻譯的歷史及其當下的實踐。」[146]

143　魯迅：〈青年必讀書〉，《魯迅全集》第 3 卷，頁 12。

144　胡適：〈建設的文學革命論〉，原刊《新青年》1918 年第 4 卷第 4 號，收入《胡適全集》第 1 卷，頁 68。

145　David Scott, *Conscripts of Modernity: The Tragedy of Colonial Enlightenment* (Durham: Duke University Press, 2004).

146　Susan Bassnett and Harish Trivedi, *Post-colonial Translation: Theory and Practice* (London; New York: Routledge, 1999).

第六章

現代性與記憶：「五四」對林紓文學翻譯的追憶與遺忘

一、引言

　　林紓是中國近現代翻譯史上的一個重要坐標。他跨越晚清側重意譯到五四後堅持直譯的年代，並一直扮演了核心角色，這是他同時代其他人所無法企及的。近百年來，研究林紓的翻譯方法、翻譯模式和他在翻譯史上的地位、貢獻等等的文章已到達汗牛充棟的地步，雖然還沒有所謂「林學」的出現，但早在晚清就有「林譯小說」的說法，[1] 在在顯示出他在中國翻譯史上已自成一家，獨樹一派。然而研究林紓的人，都會面對同一個問題，就是林譯小說的評價在不足二十年內出現了一個驚人的逆轉：新文化運動未爆發前，他的譯作被指為「中國人見所未見」，[2] 是譯界所推許的模範；但在

1　1903 年開始，商務印書館開始出版林紓的翻譯小說。原本《小說月報》、《東方雜誌》上連載的小說，都列入商務「說部叢書」發行，當他們看到林琴南的譯著暢銷時，便立即將這些書抽出來，單印成「林譯小說叢書」，見〔商務印書館〕：《商務印書館大事記》（北京：商務印書館，1987 年），頁 103，頁 106。
2　陳衍（1916 年編）：〈林紓傳〉，《福建通志》第 26 卷，頁 2501。

「五四」時卻變成了「最下流」的翻譯。[3] 對此，我們應如何理解？

從周作人、錢玄同、劉半農、胡適等人的批評可見，林譯任意刪節改動，令原文面目全非，「歪譯」、「誤譯」的地方多不勝數，更嚴重的是林紓不懂外語，卻在中國翻譯史上曾冠以翻譯家之名，這無論在新文化運動人士的眼中，還是今天的翻譯標準內，確實是歷史上的笑話。更重要的是，新文化運動人士對林紓的批評，縱有措辭過烈的地方，卻不是無的放矢。

不過，說林譯小說的價值被五四新文化運動人士完全推翻，其實只是歷史的一部分圖像，甚至是十分表面的印象。如果我們仔細分析攻擊林紓的言論，重組這些批評的生產過程，特別從時間及敘事上爬梳，會發現，在這些對林紓異口同聲的惡評中，往往隱含着另一股論述潛流。這股潛流，包括被認為是歷史研究潛質文獻的個人回憶、口耳相傳的記述等，既肯定林譯小說的存在價值，而後來更以林紓的翻譯成就來重新建構新的翻譯規範。結果，在中國現代翻譯史上，責罵林紓的主流論述，與認同林紓的潛流不斷交錯。

本章擬以歷史與社會學研究中有關「現代性與記憶」（memory and modernity）的理論作框架，[4] 重新審視林紓和新文化運動人士

3　傅斯年：〈譯書感言〉，原刊《新潮》1919 年第 1 卷第 3 號，收入中國翻譯工作者協會《翻譯通訊》編輯部編：《翻譯研究論文集》（北京：外語教學與研究出版社，1984 年），頁 59。

4　二十世紀初，社會學家與心理學家將個人記憶置於社會環境來探索，產生「集體歷史記憶」的研究，Emile Durkheim（塗爾幹）的學生 Maurice Halbwachs（哈布瓦赫）的《論集體記憶》（*On collective memory*）被認為是奠基此派的代表作。近年探討現代社會及國家民族形成過程的研究指出，召喚校友、鄉黨、家庭、族羣、民族、國家等「集體記憶」，往往有凝聚離散主體的能力，可以增加社會意識的集體性，並利用此種集體性對當下社會條件以及政治環境作出影響。這方面奠基理論如：Maurice Halbwachs, *On Collective Memory* (Chicago: University of Chicago

有關翻譯之爭的歷史圖像。我們會嘗試分析林紓在不同時代與歷史條件下形成社會記憶的要素以及形成過程，並藉此指出，新文化運動人士在最初的階段首先透過壓抑及遺忘林紓的功績，針對林紓翻譯活動種種不足之處作主流論述，以求確立新的文化價值，建立新的翻譯規範，而及至在新文化運動漸取得成效之際，他們就立刻恢復以及拯救有關林紓的記憶。更甚的是，當新文化運動在文化史論述上與西方啟蒙運動正面意義的比附出現後，[5] 林紓又被認為是新文化運動的分水嶺，於是未能參與新文化運動的新生代，甚至以林紓作為拉近與新文化運動關係的手段，以與這個運動產生意義。

Press, 1992); Eric Hobsbawm, *The Invention of Tradition* (Cambridge: Cambridge University Press, 1983)；以及 Benedict Anderson, *Imagined Communities: Reflections on the Origin and Spread of Nationalism* (London: Verso, 1991)。近年由這些基本理論引申出對不同文化載體（實物如建築物，或流行文化如音樂等）的關注，通過分析這些媒體的生產及流傳過程，俱可看到不同羣體間，如何利用、模塑、建構、詮釋以及操控記憶，以此製造新的社會認同。見 William Rowe and Vivian Schelling, *Memory and Modernity: Popular Culture in Latin America* (London, New York: Verso, 1991); Kevin D. Murphy, *Memory and Modernity: Viollet-le-Duc at Vézelay* (Massachusetts, Cambridge, 2000)。特別是 Kevin D. Murphy 的分析指出，法國建築師 Viollet-le-Duc（1814–1879）在政府資助下修葺建於中世紀的聖馬德蘭大教堂（Basilique Ste-Madeleine），利用材料、圖形、裝飾設計，回復教堂中世紀舊貌，以此影響勃根地地區與法國國家觀念的認同。

5　余英時指出，有關中國五四運動的詮釋過程，長期以來一直以西方啟蒙運動作比附，而當初，亦是以一種最高禮讚的形式出現。但余英時以啟蒙史（特別是 Peter Gay）對啟蒙的研究分析指出，中國五四運動根本不是啟蒙，更不是文藝復興。見 Yu Ying-shih, "Neither Renaissance nor Enlightenment: A Historian's Reflections on the May Fourth Movement," in Milena Doležzelová-Velingerová and Oldřich Král eds., *The Appropriation of Cultural Capital: China's May Fourth Project* (Pennsylvania, University Park: Pennsylvania State University Press: Harvard University Asia Center, 2001), pp. 299–326；另可參考 Vera Schwarz, *The Chinese Enlightenment: Intellectuals and the Legacy of the May Fourth Movement of 1919* (Berkeley: University of California Press, 1986), pp. 1–14，及顧昕：《中國啟蒙的歷史圖景：五四反思與當代中國的意識形態之爭》（香港：牛津大學出版社，1992年）。

二、「五四論述」通過遺忘並壓抑對林紓的記憶而來

　　一般而言，晚清翻譯史裏有三位代表人物：嚴復、梁啟超以及林紓。周作人曾指出，當時鼎分天下的是「嚴幾道的《天演論》，林琴南的《茶花女》，梁任公的《十五小豪傑》。」[6] 他們三人的翻譯活動佔據不同領域，翻譯手法也不盡相同，開創的成就各有千秋。不過，無論他們翻譯觀如何，實踐時成就怎樣，他們大抵代表了晚清翻譯的意譯風尚。[7] 即使是提出「信達雅」的嚴復，其實在很多地方都是意譯的。[8] 不過，我們應該指出，「意譯」一詞其實並不能很仔細或全面地概括晚清的翻譯規範，因為它把一切重譯、重述、撰述、譯述、節述、偽譯、豪傑譯都包括在內，有些「譯作」往往經過兩三次重譯或重述而成。以今天的眼光看來，當然令人瞠目結舌，但當時卻非常流行，林紓以及梁啟超就曾大規模地以這種方法來進行翻譯。但相較之下，在文學翻譯方面，確以林紓的影響為最大。[9] 林紓在晚清達到所謂「中國人見所未見」的成就。換言之，在「五四」新文學翻譯典範還未形成的時候，「五四」一代以及整個社會，面對着既巨大而又沉重的社會記憶——林紓翻譯的真善美。[10]

　　有關林譯小說的真善美，這已成為現代作家的「集體回憶」（collective memory），只要從魯迅（1881–1936）、周作人（1885–1967）、郭沫若（1892–1978）、林語堂（1895–1976）、朱自

6　周作人：〈我學國文的經驗〉，原刊《孔德月刊》1926 年第 1 期，收入《周作人文類編》第 3 卷《本色》，頁 188。

7　王宏志：〈民元前魯迅的翻譯活動——兼論晚清的意譯風尚〉，《重釋「信達雅」：二十世紀中國翻譯研究》（上海：東方出版中心，1999 年），頁 183–217。

8　俞政：《嚴復著譯研究》（蘇州：蘇州大學出版社，2003 年），特別是《《天演論》的意譯方式〉一章，頁 21–63。

9　阿英：《晚清小說史》，《阿英全集》第 8 卷，頁 194。

10　晚清文人對林紓的高度評價，可參考寒光：《林琴南》，薛綏之、張俊才合編：《林紓研究資料》，頁 127–130，頁 134–137。

清（1898–1948）、鄭振鐸（1898–1958）、盧隱（1898–1934）、冰心（1900–1999）、沈從文（1902–1988）、巴金（1904–2005）、錢鍾書（1910–1998）等作家的回憶文字中我們就可看到。這批產自「五四」前後的現代作家，處處表示對林譯小說內容瞭若指掌，在自傳、訪問、回憶錄中記述自己早年曾經醉心於林譯小說的往事，而由此才令後來的文學研究者知道，林紓的龐大影響力，不但波及晚清同代已屆中年的晚清文人（《巴黎茶花女遺事》出版之時嚴復 45 歲、康有為 40 歲、梁啟超 25 歲），甚至跨越兩代，廣泛延伸到在晚清時只是童年、少年的一代。這批作家對林紓翻譯的禮讚之辭，在中國文學史、小說史，甚至翻譯史上，雖是常被徵引的言論，但為了展現林譯小說的特質，在此仍簡單引錄。

　　首先是周作人。他在那篇寫於 1926 年的〈我學國文的經驗〉中，回憶在庚子事變後第二年，他 17、18 歲剛進江南水師學堂的舊事。[11] 他記述到：

> 我們正苦枯寂，沒有小說消遣的時候，翻譯界正逐漸興旺起來……尤其是以林譯小說為最喜看，從《茶花女》起，到《黑太子南征錄》止，這其間所出的小說幾乎沒有一冊不買來讀過。這一方面引我到西洋文學裏去……。[12]

　　另一位同樣充分肯定林譯小說的作家——郭沫若，在寫於 1928 年的《我的童年》中記述他在 1908 年對林譯小說的沉迷，[13] 當時他大概是 16 歲：

11　張菊香、張鐵榮合編：《周作人年譜》（天津：天津人民出版社，2000 年），頁 38–40。

12　周作人：〈我學國文的經驗〉，原刊《孔德月刊》1926 年第 1 期，收入《周作人文類編》第 3 卷《本色》，頁 188。

13　龔濟民、方仁念：《郭沫若年譜》（天津：天津人民出版社，1982 年），頁 17。

林琴南譯的小說在當時是很流行的。……那女主人公的迦茵是怎樣的引起了我深厚的同情，誘出了我大量的眼淚喲。……《迦茵小傳》……這怕是我讀過的西洋小說的第一種。[14]

另一位是錢鍾書，他在寫於 1963 年 3 月〈林紓的翻譯〉，記述自己 11、12 歲開始對林譯小說的迷戀：

我自己就是讀了作的翻譯而增加學習外國語文的興趣的。商務印書館發行的那兩小箱《林譯小說叢書》是我十一二歲時的大發現，帶領我進了一個新天地，一個在《水滸》、《西遊記》、《聊齋誌異》以外另闢的世界。我事先也看過梁啟超的《十五小豪傑》、周桂笙譯的偵探小說等等，都覺得沉悶乏味。接觸了林譯，我才知道西洋小說會那樣迷人。我把林譯哈葛德、迭更司、歐文、司各德、斯威佛特的作品反覆不厭地閱覽……[15]

研究集體記憶的歷史學家一再提醒我們，集體記憶的本質是不穩定，不斷被當下的社會現實情況而模塑的，也即是說，記憶往往只是社會建構的產物，甚至是因應個人或團體的利益或政治社會現實去重新建構的。[16] 我們會就這種見解在下文裏進一步探析，為甚

---

14 郭沫若：《我的童年》，收入《郭沫若全集》第 11 卷（北京：人民文學出版社，1992 年），頁 122。郭沫若自傳《我的幼年》、《我的童年》及《少年時代》，寫於 1928 年，並由上海光華書局於 1929 年出版，出版時因國民黨查禁，屢經刪改內容及書名，後亦因作者於不同時代對內容有增補，以致出現多種版本，最後於 1947 年 4 月把《我的童年》、《反正前後》、《黑貓》、《初出夔門》等輯為《沫若自傳第一卷——少年時代》（香港：三聯書店，1978 年）。本論現據九十年代重新整理的《郭沫若全集》為準。

15 錢鍾書：〈林紓的翻譯〉，原刊《文學研究集刊》（第 1 冊），後經修改收入錢鍾書《舊文四篇》，收入薛綏之、張俊才合編：《林紓研究資料》，頁 306–307。

16 Lewis A. Coser, "Introduction," in Maurice Halbwachs, *On Collective Memory*, pp. 1–36.

麼這些五四作家在不同時代都對林譯小說有類似的記憶，並會分析
這些追憶的可靠性。不過，我們在這裏先要指出的是，過去很多學
者在徵引這些作家的回憶時，重點只在說明林紓如何做到「橋」或
「媒」的作用，即是怎樣讓這批作家知道「西洋文學」、「西洋小說」、
或西洋小說的「迷人」，甚至讓他們認識幾位元西洋小說家如哈葛
德、狄更司、歐文、司各德、斯威佛特等。不過，在翻譯研究上，
我們更應注意的是，林紓啟蒙了這批五四作家對文學翻譯的本體的
認知。因為，這批作家在 1898 年後開始通過沉迷林譯小說來初步
認識晚清的文學翻譯，然後在民初醞釀新的文學革命期間了解到新
的文學觀念、原著文學、文學的目的，這樣才能在很短時間裏迅速
地以多層次，卻有條不紊地激發全面又新鮮的「文學翻譯」討論。
他們真正要針對的，並不是「西洋文學」、「西洋小說」，或西洋小
說到底是不是迷人，更不是那些西方作家羣像，或者一般人誤以為
的林紓及其林譯小說，而是林紓作為代表的晚清「文學翻譯」。

　　在這生死存亡（用時人的語言：「猛烈的迫害」、「紮硬寨」，「打
死戰」）[17]、新舊激烈交戰（「食肉寢皮」、「若喪考妣」、「單是剪下辮
子就會坐牢或殺頭」[18]）之際，如果這些曾經在晚清時沉迷林譯小說
的作家仍然眷戀着昔日林紓小說真善美的記憶，繼續讚譽林紓，新
文化運動是不可能展開的。新文化運動的出現，正正就是因為這
些五四作家明確地意識到，藝術法則及文學觀念已不再是晚清原
來的一套，而輔助傳播新的藝術法則、新思想的翻譯活動，特別是

17　鄭振鐸：〈《中國新文學大系‧文學集》導言〉，1934 年 10 月 21 日，鄭振鐸：《鄭
　　振鐸文集》（北京：人民文學出版社，1959 年），頁 412；周作人：〈林蔡鬥爭文件
　　（一）〉，《知堂回想錄》（香港：三育圖書文具公司，1974 年），頁 340；陳思和：〈徐
　　樹錚與新文化運動〉，《中國現代文學研究叢刊》03（1996），頁 272–287。

18　魯迅：〈憶劉半農君〉，《魯迅全集》第 6 卷，頁 71–75。

翻譯的功能、翻譯的目的、翻譯的方法，也不再服膺於晚清的信念。[19] 他們嚮往的新價值無法落實，[20] 因此，要重新開始，要另起爐灶，他們就得與過去徹底地決裂，正如法國大革命研究專家 Mona Ozouf 提醒我們：「如果與過去的決裂未曾彰顯，一切都不能真的開始。」[21] 因此，新文化運動人士所採用的方法，首先就是通過壓抑自己對林譯小說的美好記憶，跟自己的過去決裂。

本來，遺忘是可以很平靜的。有很多事、很多人在歷史的洪流裏不知不覺地完全被淡忘了。但是，新文化運動人士對林譯小說的遺忘，是刻意的、強制的、被迫的。心理學家就曾告訴我們，壓抑只會帶來更大的反彈。這些被壓抑的記憶，本質並不穩定，這些被壓抑的事物，將來在自覺及不自覺的條件下，都會通過各種機制反射出來。[22] 由此，歷史早已預示，當新文化運動成果初步篤定後，嘗試平反林紓的評論就馬上躍躍欲試，試探能否從歷史主潮的隙縫滲出；及至林紓一死，拯救對林紓的追憶的文字，就迫不及待地出籠了。

要新文化運動取得成功，單單平和地壓抑每個人私底下對林紓美好的記憶並不足夠，更重要的是洗擦整體社會從前對林譯小說的

---

19 Jacques Derrida 在 *Memoires* 一書內，指出記憶中的他者，實是自我的過去。Jacques Derrida, *Memoires for Paul de Man*, trans. by Cecile Lindsay, Jonathan Culler, and Eduardo Cadava, and Peggy Kamuf (New York: Columbia University Press, 1989), Chapter 1 "Mnemosyne", Chapter 2 "The art of Memoires", pp. 1–88.

20 Paul Connerton, *How Societies Remember* (Cambridge: Cambridge University Press, 1989), p. 6.

21 Mona Ozouf, *Festivals and the French Revolution*, trans. by Alan Sheridan (Massachusetts, Cambridge: Harvard University Press, 1991), pp. 97.

22 可參考佛洛依德有關「壓抑」（repression）的經典論文之外，更可參考〈回憶、重複、檢討〉一文。佛洛依德指出，當需要被壓抑的事件事過境遷後，人們不由自主地湧出回憶，一方面是為了填補空白了的回憶，更重要的是以此克服抑制阻力。見 Sigmund Freud, "Remembering, Repeating, and Working through," in Philips Adams ed., *The Penguin Freud Reader* (Penguin: Classics, London: Verso, 2006), pp. 391–401。

集體印象。循此，我們看到，新文化運動人士以兩種手法去洗擦社會中存有的林譯小說美好印記：第一，通過猛烈的攻擊，這點是較多人注意到的；第二，通過正名運動，這點是較少人提及的。

　　所謂猛烈的攻擊，就是以錢玄同與劉半農合作炮製的王敬軒「雙簧信」揭開序幕。[23] 過去眾多文學史的研究已指出，錢玄同化名王敬軒所寫的〈文學革命之反響〉以及劉半農署名記者回信的〈覆王敬軒書〉，是奠定新文學運動成功的其中一個重要轉折點。不過，我在上一章裏已詳細分析過，「雙簧信」最主要的內容，其實是衝着林紓的翻譯而來，重點並不在於他的衛道立場及古文觀，在此不贅。[24] 但要強調的是，「雙簧信」的內容實在是因為充分利用社會記憶而得以打成一場漂亮的勝仗。錢玄同在化名王敬軒的信裏，一開首就回想過去，憶苦思甜地道回晚清的故事：「某在辛丑壬寅之際〔按：1901–1902 年〕」，嘗試召喚林紓在晚清的功積與貢獻，勸告新文化人士千萬不要「得新忘舊」。[25] 王敬軒這樣代入社會人士的意識（即是新文化運動人士的昨日）來為林譯小說辯護，首要目的就是要與社會人士以記憶作為號召，凝聚社會力量，原因是當時社會新舊派的罵戰已到「互相攻訐，斯文掃地」，知識分子的爭吵甚至到與「村嫗潑婦」[26] 無異的地步，他對此表示生厭。[27] 如果錢玄同與

23　「雙簧信」即錢玄同化名王敬軒：〈文學革命之反響〉，原刊《新青年》1918 年第 4 卷第 3 號，及記者〔劉半農〕：〈覆王敬軒書〉，原刊《新青年》1918 年第 4 卷第 3 號。

24　參本書第五章第六節「原著為中心觀念」內的分析。

25　王敬軒〔錢玄同〕：〈文學革命之反響〉，原刊《新青年》第 4 卷第 3 號，收入北京大學、北京師範大學、北京師範學院中文系中國現代文學教研室主編：《文學運動史料選》第 1 冊，頁 49。

26　汪懋祖：〈讀新青年〉，原刊《新青年》第 5 卷第 1 號，收入鄭振鐸編選：《中國新文學大系·文學論爭集》，頁 45。

27　當時社會上不少人對這種謾罵式的討論表示不滿，見胡適：〈答汪懋祖〉，原刊《新青年》1918 年 7 月 15 日第 5 卷第 1 號，收入《胡適全集》第 1 卷，頁 75–77。

劉半農再直接批評林紓，很可能招致反效果。我們知道，林紓自己其實後來就犯過這樣的錯誤，發表〈荊生〉、〈妖夢〉指罵三人（陳獨秀、錢玄同、胡適）為「禽獸自語」，[28] 惹來社會的反感而使局面急轉直下。但新文化運動成員這次卻首先召喚過去，指出大家實屬相同的共同體，[29] 說明今天的你，其實就如昨日的我，目的是要這些人看到，時代已改變，因此你我應攜手共同向前。在確立了這個大前提後，劉半農再進一步，不慍不火地逐點指出林譯最不妥當的地方，這樣，他們便成功地攏絡了更多舊林譯小說迷的倒戈。

　　第二個洗擦社會大眾對林譯小說美好記憶的手段，就是通過改名以及正名的手段。錢玄同在《新青年》上發表的文章中，曾多次以「某大文豪」去挖苦林紓，[30] 單單在《〈天明〉譯本附識》短短不到一千字的文章內，錢玄同就三次以「大文豪」的稱謂來責難林紓。[31]

　　表面看來，把林紓稱為「大文豪」也許只是戲謔他以古文筆法揚名自傲的事而已，比起其後越罵越兇的「遺老」、「謬種」、「賤俘」、[32]「罪人」[33] 等極盡詆毀的稱呼，「大文豪」可算無傷大雅。不過，新文化運動人士稱林紓為「大文豪」，其實不但是一種戲稱的手段，而且是啟動了社會上「改名」、「正名」的手法，目的就是要以「文豪」去拆解並取代林紓曾經於晚清是為「譯者」的社會記憶。「命名」

28　林紓：〈荊生〉、〈妖夢〉，薛綏之、張俊才合編：《林紓研究資料》，頁 81–82，頁 83–85。

29　見 Benedict Anderson: *Imagined Communities: Reflections on the Origin and Spread of Nationalism* 一書。

30　錢玄同：「又如林紓與人對譯西洋小說，專用《聊齋誌異》文筆，一面又欲引韓柳……然世固以『大文豪』目之矣！」錢玄同：〈致陳獨秀〉，寫於 1917 年 2 月 25 日，刊《新青年》1917 年第 3 卷第 1 號。此外，更可見於錢玄同：〈致陳獨秀〉，寫於 1917 年 8 月 1 日，刊《新青年》1917 年第 3 卷第 6 號。

31　錢玄同：《〈天明〉譯本附識》，《新青年》1918 年 2 月 15 日第 4 卷第 2 號。

32　錢玄同：〈寫在半農給啟明的信底後面〉，原刊《語絲》1925 年 3 月 30 日第 20 期，收入薛綏之、張俊才合編：《林紓研究資料》，頁 165。

33　同上，錢玄同：〈寫在半農給啟明的信底後面〉。

除了是單純的記號標籤或論述的命題外，更是一個人在社會上的重要資產、身份的象徵。在民國初年新舊激戰的時候，名號往往被賦予過多政治正確的象徵意義，劉半農本名為「劉半儂」，被笑有「禮拜六氣」就是最明顯的例子。[34]

　　以這樣的改名、正名手段來洗擦社會記憶可以說是非常有效的。當新文化運動初見成果，不管人們是否已真正認同新文化的目標與價值，還是為了自身的利益而向新文化運動人士投誠獻媚，社會已不願記得曾是在晚清時被康有為推許的「譯才」林紓，而只願以「文豪」稱呼他。曾樸寫信給胡適，談到自己在晚清時苦學法文的狀況，以及自己對晚清翻譯活動的功勞，就清楚以「文豪」標示林紓的身份：「有一回，我到北京特地去訪他，和他一談之下，方知道畏廬先生是中國的文豪。」[35] 但事實上，林紓被稱為「大文豪」絕對是新文化運動之後的事，曾樸即使真的如他所說，晚清時曾向林紓苦苦相勸：要用「白話」、要有「系統的翻譯事業」，並「曾熱心想幫助他一點，把歐洲文學的原委派別，曾和他談過幾次」，[36] 然而正當整個晚清文學界因為「可憐一卷茶花女，斷盡支那蕩子腸」而驚遇這位「譯才」林紓的時候，尚為無名的曾樸又怎麼可能「方知道畏廬先生是中國的文豪」？這看來是事過境遷的事後回述而已。

　　曾樸懂法語，翻譯過雨果、莫里哀（P. Molière）的作品，但他在晚清的翻譯活動完全被林紓的光芒所蓋，最後只以「晚清四大小

34　劉半農本用「劉半儂〔按：伴儂〕」一名，過去曾與周瘦鵑及鴛鴦蝴蝶派過從甚密，他的名號就令他受了不少新陣營友儕的白眼，成為笑柄，在新文化運動人士圈子之內「志趣相投」、「志同道合」的人猶如此，對個人名號及其代表的身份政治在民國時的苛刻可見一斑。詳情見周作人：〈劉半農與禮拜六派〉及〈劉半農〉，兩文分別原刊1949 年 3 月 22 日《自由論壇晚報》及 1958 年 5 月 17 日《羊城晚報》，收入鍾叔河編：《周作人文類編》第 10 卷《八十心情》，頁 425–6，頁 430–1。

35　胡適：〈論翻譯——與曾樸先生書〉及附錄中曾樸：〈曾先生答書〉，《胡適全集》第 3 卷，頁 803–815。

36　曾樸：〈曾先生答書〉，《胡適全集》第 3 卷，頁 811。

說家」的名號讓人有較深刻的印象。[37] 他對此心有不甘，想在新文
化運動後追認自己對新文化運動開創的一點貢獻，是很可以理解
的。但其實他是以一套在新文化運動出現的敘事話語去重新記憶
晚清的一切活動，由此可以見到當時社會上不願記起林紓是翻譯家
的同時，也可看到新文化運動洗擦社會記憶的有效性。

　　對林紓個人身份作出「正名」的活動之餘，對他的譯作重新「命
名」也是另一個洗擦社會記憶的重要手段。林紓在短短的十多年
裏，翻譯了百多部外國小說，包括司各特、小仲馬、莎士比亞、雨
果、喬叟、斯賓塞、賽凡提斯、巴爾扎克等人的作品。林紓不懂
外文，不懂西洋文學源流，以古文家身份隨便翻譯西方文學作品，
他的態度、他的譯作、他的選材，無論在晚清時如何風行一時，現
在於新文化運動人士眼中，全部都不得不用胡適所言的「重新估定
一切價值」(transvaluation of all values) 的態度來評判。要重評林
譯小說，要從新文化角色出發評價這些作品，他們就用上新文化運
動慣用的手段。胡適為了如實執行「重新估定一切價值」的目標，
在〈文學改良芻議〉、〈建設的文學革命論〉等文章內，用上很多二
元對立的語彙 (新舊文學、死活文學、一流及二流) 去判定中國文
學的價值。漸漸地，這些本來用來評述文學作品的用語，亦廣泛用
在重新評定翻譯作品上：

　　　林紓所譯的書全部成為二三流的作品，其實是可以不
　　必譯。[38]

37　魏紹昌指出：「晚清四大小說家」之名由魯迅《中國小說史略》而來，可想而知，曾樸
　　寫這信給胡適時，「晚清四大小說家」名號已行之有效多年。參見魏紹昌：《晚清四
　　大小說家》(台北：台灣商務印書館，1993 年)，頁 1，及魏紹昌：《孽海花資料》(上
　　海：上海古籍出版社，1982 年)。

38　鄭振鐸：〈林琴南先生〉，原刊《小說月報》1924 年 11 月第 15 卷第 11 號，收入薛
　　綏之、張俊才合編：《林紓研究資料》，頁 159。

他所譯的百餘種小說中……有許多是無價值的作品。[39]

這些論調（「二三流」、「無價值」）固然是採用了胡適所建議的「重新佔定一切價值」敍事思維，但實際在強調：林譯毫無價值，林紓在晚清的翻譯功績，都是白做而徒勞無功的。這是要發放一個重要訊息到社會：譯者林紓所譯的小說是二三流的，作為新一代的讀者，要吸收西洋文學，實在不應該毫無眼光地再通過閱讀林紓的二三流翻譯作品入手。這種以「二三流」價值標準去標籤林譯小說的觀點，雖由新文化人士提出，但很快就獲得社會上權威人士進一步的確認，由此而變成林譯小說的同義詞。曾經與林紓同路的梁啟超，在他對晚清學術有一錘定音功能的學術著作《清代學術概論(1920)》中，就毫不留情地批評到：

有林紓者，譯小說百數十種，頗風行於時，然所譯本，率皆歐洲第二三流作者。[40]

我們在上文說過，林紓、梁啟超、嚴復往往被人認為是晚清翻譯活動中的三位一體。雖然嚴復在晚清時已不齒「譯才並世數嚴林」的講法，不願與林紓並列，[41] 但梁啟超的翻譯活動，無論從背景、對翻譯社會功能的認知、翻譯方法等看，都可以說與林紓無分軒輊，就選取翻譯作品的眼光而言，林紓所譯的並不一定比梁啟超譯的東海散士柴四朗《佳人奇遇》、法國凡爾納《十五小豪傑》等著作更

39　周作人：〈林琴南與羅振玉〉，原刊《語絲》1924 年 12 月第 3 期，收入鍾叔河編：《周作人文類編》第 8 卷《希臘之餘光》，頁 721。

40　梁啟超：《清代學術概論》，《梁啟超全集》第 5 冊第 10 卷，頁 3066。

41　錢鍾書根據陳衍分析所言，見錢鍾書：〈林紓的翻譯〉，原刊《文學研究集刊》（第 1 冊），後經修改收入錢鍾書《舊文四篇》，收入薛綏之、張俊才合編：《林紓研究資料》，頁 318–322。

差，東海散士柴四朗、法國凡爾納的文學價值也未必比哈葛德的為高。而「五四」的一代在記述晚清的文學翻譯活動時，往往以「林梁」並稱，可見他們二人在「五四」一代的觀感中，本來不相伯仲。[42]

　　過去，林紓在政治觀念上是梁啟超小說救國的最佳和應者及實踐者，學者已有提及。[43] 當林紓的翻譯成就被新文化運動人士攻擊之際，梁啟超在總結一個時代學術價值的《清代學術概論》內以「二三流」草草總結林譯小說，與其說他背信棄義，倒不如是說他在面對「五四」新舊激戰的壓力時，不得不與林紓劃清界線，以表示與過去的自己決裂，而不像林紓一樣抱殘守缺。這時的梁啟超，因為政治觀念的落伍，被「五四」新青年遺棄：

　　　　雖其政論諸作，因時變遷，不能得國人全體之贊同。[44]

　　自從林譯小說被新文化運動人士判為二流作品後，我們見到不少研究者後來往往用盡全力去平反林譯小說並非二流之說。譬如錢鍾書就在〈林紓的翻譯〉一文中，旁徵博引地討論哈葛德並不是毫不足道的作家。[45] 事實上，哈葛德的譯作曾在中國造成深遠的影響，這已不容否定，譬如郭沫若的例子——他直認哈葛德引起他深厚同情，誘出大量的眼淚，而萌生起浪漫思緒的根源。儘管這也許

42　鄭振鐸：〈梁任公先生〉，《鄭振鐸全集》第 5 卷（石家莊：花山文藝出版社，1998年），頁 366。

43　蔣英豪：〈林紓與桐城派、改良派及新文學的關係〉，《文史哲》1997 年第 1 期，頁71。

44　錢玄同：1917 年 2 月 25 日〈致陳獨秀〉的信，《新青年》1917 年 3 月 1 日第 3 卷第 1 號。

45　錢鍾書：〈林紓的翻譯〉，原刊《文學研究集刊》（第 1 冊），後經修改收入錢鍾書《舊文四篇》，收入薛綏之、張俊才合編：《林紓研究資料》，頁 317，頁 323。

是郭沫若借題發揮的說法，但這種說法，其實在晚清的時候的確可以找出相若的例證，譬如寅半生等人為 *Joan Haste* 未婚懷孕情節所引發的激烈陳詞。[46] 這樣的話，在翻譯研究的討論中，研究者似乎更應探討這些譯本在中國產生甚麼影響及其意義何在。此外，更重要的是，今天的文化研究（特別是新馬克思主義理論）指出，與其探討一流二流「文學正典」問題，不如更應去問「經典是如何造成」。原因在於，所謂「文學正典」無可避免地是知識分子為着維護體制及自身利益，利用教育機器及其意識形態而建構出來的一批文本實體。[47] 因此，我們與其質疑及平反哈葛德是二三流作家，倒不如試問，新文化運動人士要徹底重評晚清文學翻譯的動機是甚麼？他們急於命名林紓小說為「無價值」、「二三流」，是不是為了「製造」另一批新出現的文學經典所作的準備？因為在翻譯史上，我們很快就看到另一批由鄭振鐸、茅盾通過《小說月報》定義及挑選，大概有 20 家 46 部的「真正」「一流」而又急需要翻譯的「文學正典」了。[48]

三、林紓成為新翻譯規範建構者的重要記憶

「五四」運動於 1919 年爆發後，民初的新舊文化交戰立刻告一段落，林紓以及其他舊派所追求的傳統價值已難在社會上造成新的

46　寅半生：〈讀《迦因小傳》兩譯本書後〉，原刊《遊戲世界》1907 年第 11 期，收入陳平原、夏曉虹編：《二十世紀中國小說理論資料》第 1 卷，頁 249–250。

47　Etienne Balibar and Pierre Macherey, "On Literature as an Ideological Form," in Francis Mulhern ed., *Contemporary Marxist Literary Criticism* (London; New York: Longman, 1992), pp. 34–54.

48　未署名〔茅盾〕：〈《小說新潮》欄宣言〉，原刊《小說月報》1920 年 1 月 25 日第 11 卷第 1 號，收入《茅盾全集》第 18 卷，頁 14–15。

波瀾，更不要說林紓寫出〈致蔡鶴卿書〉後，在新時代驟然成為青年心目中的「歹角」。在這新價值取替舊價值的年代，發生了一件更能概括這個時代的事，把林紓在晚清所作的貢獻畫上句號，這就是1921年茅盾當上《小說月報》主編並主導《小說月報》全面革新。[49]

茅盾說不上是積極參與新文化運動的人，但他在理念以及精神上支持新文化運動以及「五四」，並於新文化運動後的價值重建中擔當了重要的角色，這是毫無疑異的。在茅盾開始積極參與《小說月報》的工作後，他首先以《《小說新潮》欄預告〉、《《小說新潮》欄宣言〉一系列的文章宣佈《小說月報》今後所採取的新路線。值得注意的是，為改革號打響頭炮的文章〈《小說新潮》欄預告〉，並不是針對「小說」而發，卻是針對晚清時舊的翻譯觀，亦即是《小說月報》的「昨日之我」而來：

> 本月刊出世到今，有十一年了；一向注重的，是「撰述」和「譯述」。譯述是欲介紹西洋小說到中國來；撰述是欲發揚我國固有的文藝。[50]

而甚至是〈《小說新潮》欄宣言〉正文本身，都是討論翻譯：

---

49 商務印書館《小說月報》創刊於1910年，第一任主編王蘊章，與「鴛鴦蝴蝶派」關係比較密切，因此早期的原創作品多刊登「鴛鴦蝴蝶派」的言情、通俗小說，翻譯作品則主要刊載林紓所譯的小說。第二任主編惲鐵樵，已在編輯方針和稿件取捨方面都有突破，雖然他曾經在晚清的時候非常欣賞林紓的小說，但漸漸主張刊登現實主義小說。他還善於發現和培養文學新人──1913年4月，魯迅的第一篇小說《懷舊》（署名周卓）就是好例子。《小說月報》後繼主編分別為沈雁冰（茅盾）、鄭振鐸、葉聖陶，至1932年停刊。

50 未署名〔茅盾〕：《《小說新潮欄》預告〉，原刊《小說月報》1919年12月25日第14卷第10號，收入《茅盾全集》第18卷，頁1。

> 我國自從有翻譯小說以來，說少也有二十年了。這二十
> 年中，由西文譯華的小說，何止千部，其中有價值的自然不
> 少，沒價值的卻也居半。[51]

茅盾開宗明義地說翻譯外國文學作品「實在是很急切的」，直言「從前的工夫都等於空費」，[52] 因為過去所譯的「沒價值的卻也居半」。他這種態度，實際上與胡適在 1917 年指出「西洋文學書的翻譯，此事在今日直可說是未曾開始」的說法並無分別。[53] 本來，林譯小說就是商務印書館一手打造出來的聖像（icon），現在卻於同一地方被拉下神壇（iconoclast），這實在是令人唏噓的清算了。

這其實亦是上文所說的，如果沒有清算「舊」，「新」永遠無法執行。《小說月報》雖是以小說為賣點，卻大力鼓吹翻譯，甚至是產生新翻譯規範的基地，原因在於茅盾等主持者認為，中國當前的情形，一定要先「翻譯進而創造」。[54] 他們相信，「新思想一日千里，新思想是欲新文藝去替他宣傳鼓吹」，[55] 更進一步的是，新的、有價值、一流的小說能否在中國出現，全部緊扣在一個要點上，就是中國讀者能否看到「原本的」、「無歪曲」、「無誤導」的西方文學——這個承載西方思想的媒介。

過去，學界認為《小說月報》是文學研究會的機關刊物，因此

---

51 未署名〔茅盾〕：〈《小說新潮》欄宣言〉，原刊《小說月報》1919 年 12 月 25 日第 14 卷第 10 號，收入《茅盾全集》第 18 卷，頁 12。

52 雁冰〔茅盾〕：〈譯文學書方法的討論〉，原刊《小說月報》1921 年 4 月 10 日第 12 卷第 4 期，收入《茅盾全集》第 18 卷，頁 92–93。

53 胡適：〈論翻譯——與曾樸先生書〉，《胡適全集》第 3 卷，頁 803。

54 冰〔茅盾〕：〈我對於介紹西洋文學的意見〉，原刊 1920 年 1 月 1 日《時事新報·學燈》，收入《茅盾全集》第 18 卷，頁 2。

55 未署名〔茅盾〕：〈《小說新潮》欄宣言〉，原刊《小說月報》1919 年 12 月 25 日第 14 卷第 10 號，收入《茅盾全集》第 18 卷，頁 12。

所代表的翻譯觀只是針對及回應創造社有關翻譯的意見而來。這
固然是歷史的真相，但卻是後來衍生的情景。1921 年 1 月 15 日，
郭沫若發出「國內人士只注重媒婆，而不注重處子；只注重翻譯，
而不注意產生」指罵，[56] 並指責文學研究會壟斷文壇後，雙方才處處
為翻譯方法提出針鋒相對的意見。[57] 當然，因為民國出現這些論爭，
一個有關翻譯的更完整的討論便在喧譁聲中誕生了。但我們要知
道的是，在文學研究會以及創造社競爭文壇霸主地位的過程裏，他
們共同面對的，是破除晚清翻譯規範後，譯界還未建立出新的規範
的環境，因為他們雙方都看到，即使已把林紓所代表的舊的價值推
翻，卻並不代表新的價值系統就立刻形成。對於新文學運動後的社
會，「新」只是一種方向，但新的規範卻仍是模糊的概念，甚麼是
新規範的實際內容，還要不斷逐步探討。在這新價值建立的年代，
非常弔詭的是，林紓並沒有成為歷史的殘骸，更沒有被歷史陳封，
相反，他在各種新議題，如翻譯對象──文學、方法（直譯、意譯、
重譯、口譯）、翻譯緩急次序、譯者的質素上，不斷成為這些議題
的新的參考價值起點。在以下的部分，我們就集中看看林紓如何輔
助新翻譯規範的建構。

1. 文學翻譯是否可行

　　茅盾公開宣告了《小說月報》以後要走的路線後，就立刻於

56　郭沫若：〈致李石岑信〉，發表於 1921 年 1 月 15 日《時事新報・學燈》，收入《郭
　　沫若書信集》（北京：中國社會科學出版社，1992 年），頁 183–189。本章不打算
　　深入討論文學研究會及創造社各自提出的翻譯理論，特別是有關創作與翻譯地位之
　　爭，以及這種討論的喻詞（「媒婆」，「處子」以及「奶娘」）為何以男性話語作討論出
　　發點。

57　郁達夫：〈純文學季刊《創造》出版預告〉，原刊 1921 年 9 月 29 日《時事新報》，收
　　入《郁達夫文集》第 12 卷（廣州：花城出版社，1982 年），頁 230–231。

1921 年 4 月 10 日發表〈譯文學書方法的討論〉一文，把社會的眼光聚焦於翻譯之上。此文的目的，如題目所示，是要討論翻譯（特別是文學書）的方法。茅盾撰寫這篇 3,000 多字的文章，表面上只是提綱挈領地討論譯文學書的方法，但我們不應把它看成一篇獨立文章，因為茅盾在文章開宗明義說明，他是為了回應鄭振鐸同樣發表於《小說月報》的〈譯文學書的三個問題〉一文而寫的，[58] 而在文章的結尾，他更再一次重申這篇文章的許多論點，是要「和鄭振鐸先生那一篇相印證的」。[59] 鄭振鐸表面上是《小說月報》下一屆的主編繼任人，但實際上他也是《小說月報》革新號的幕後主腦，與茅盾一起商量革新宣言外，更大量參與了《小說月報》改革第一期的內容。[60]

　　鄭振鐸這篇發表於 1921 年 3 月《小說月報》第 12 卷第 3 期的〈譯文學書的三個問題〉，長達一萬七千多字，是民國首篇全面討論「文學翻譯」的理論文字。[61] 鄭振鐸一開始便提出一個大問題——文學翻譯本身，是不是一個自滅（self defeating）的命題：縱然多努力，最後只會徒勞無功，原因是文學是具有個人風格的創作，並以藝術手法表達當中思想，而「文章的藝術的美」是不可移植的。[62]

　　鄭振鐸對於這個問題，有非常深刻的思考，從文章的長度以及深度而言，從有條不紊的論點及組織看來，可以推想這個問題盤據

58　鄭振鐸：〈譯文學書的三個問題〉，《鄭振鐸全集》第 15 卷，頁 49–77。

59　雁冰〔茅盾〕：〈譯文學書方法的討論〉，原刊《小說月報》1921 年 4 月 10 日第 12 卷第 4 期，收入《茅盾全集》第 18 卷，頁 94。

60　此外，鄭振鐸還請他的哥哥為改革號畫封面和作扉頁插畫。陳福康：《鄭振鐸傳》（北京：北京十月文藝出版社，1994 年），頁 67。

61　鄭振鐸〈譯文學書的三個問題〉一文，正如文中揭示，是參考自 Alexander Tyler 觀點而來，當然這並不代表他對 Tyler 提出的三項原則（傳達原作思想、複製原作風格、顯示原作流暢）全部同意，特別是最後一項。有興趣深入討論鄭振鐸的翻譯觀，可參考陳福康：〈鄭振鐸的譯論貢獻〉，《中國譯學理論史稿》（上海：上海外語教育出版社，2000 年），頁 213–229。

62　鄭振鐸：〈譯文學書的三個問題〉，《鄭振鐸全集》第 15 卷，頁 49–50。

在他腦內已有一段長時間，絕非 1921 年才突然想到提出來的。令他揮之不去的，不是其他因素，肯定是林紓的文學翻譯。因為我們會在下文進一步看到，他所論及的要點，都是圍繞林譯小說帶來的問題。

鄭振鐸指出，一般人都會否定文學翻譯是可能的，他們反對的原因又可以歸納為兩個層次：一是通俗的，另一個是哲理的。首先，通俗的看法是比較普通、流行的看法，這些人認為文學的風格是「鄉土（Native）」〔按：今譯「本土」〕的，也是「固定（Original）」〔按：今譯「原創」〕的，最精巧的翻譯家，即使勉力為之，都不能把本土以及原創的東西原原本本地以另一種語言表達出來。而比較哲理的反對原因，在於：

> 文學書裏的思想與其文字，實質與其文章之風格（Style）是有非常密切的關係的……因為文章的風格是絕不能翻譯，所以同一的思想之兩重或兩重以上的表現是絕對不可能的；所謂翻譯者，無論其如何精巧，總不過是一種意譯的摹擬而已，離原本實在是極遠極遠；至於原文之藝術的美，那更不用說，自然是絲毫沒有的了。[63]

從這裏可以見到，所謂通俗或哲理的反對原因，不區分於提出意見者的思想深度、層次及背景，而是同樣地針對語言、文字、思想本質，二者的分別只在深淺程度不同。換言之，哲理觀點只是通俗觀點的深化討論，特別是在討論語言及思想的關係上。

鄭振鐸認為無論是通俗的還是哲理的觀點，表面都貌似有理，

---

63 鄭振鐸：〈譯文學書的三個問題〉，《鄭振鐸全集》第 15 卷，頁 50。

但是，他斷言「文學書是絕對的能夠翻譯的」。在通俗的觀點上，他指出所謂文章的風格是原創的，是本土的，其實都是不對的，因為：

> 文章的風格只不過是「表白」（Expression）的代名詞，而文學裏的表白，其意義就是翻譯思想而為文字。……人們的思想是共通的，是能由一種文字中移轉到別一種的文字上的，因之「翻譯思想而為文字」的表白——風格，也是能夠移轉的；決不是甚麼固定的，鄉土的。[64]

一眼看來，鄭振鐸的論點似是詭辯，但其實他是從一個更徹底的方式去探問文字跟思想的關係。他認為思想根本是無形的，要把無形的思想用文字表達，這本身已是進行了第一次翻譯。因此，當人們說文學是本土的，所以不能翻譯時，實際上是沒有弄清楚翻譯的意義，且更不知道作家在文學創作的時候，其實已經是進行了第一次的翻譯工作。[65] 因此，所謂「文學翻譯不可能」之說實在已不攻自破。

但既然這樣，那又是甚麼元素令這麼多人認為文學翻譯不可能？原因只在於用錯了方法。「但如果有一個藝術極好的翻譯家，用一句一句的『直譯』方法……」[66] 由於小說是帶有故事情節的文學創作，因此應該盡可能以直譯的方法翻譯，而直譯的重點在在於

64　鄭振鐸：〈譯文學書的三個問題〉，《鄭振鐸全集》第 15 卷，頁 51。

65　鄭振鐸這一論點，早見於「德國傳統」代表人 Friedrich Schleiermacher 所言，翻譯首要在於理解以及詮釋行為，任何思維活動都離不開語言制約，因而即使未以語言及文字表達思維，其實已作出第一層「翻譯」活動。見 F. Schleiermacher, "On the Different Methods of Translating," in André Lefevere ed., *Translation—History, Culture: A Sourcebook* (London; New York: Routledge, 1992), pp. 141–165。

66　鄭振鐸：〈譯文學書的三個問題〉，《鄭振鐸全集》第 15 卷，頁 51。

「所有情節看先後的佈置」，都「一絲一毫不變的移過來」。要做到
這點，真是一點都不困難的，他援引一個反例，就能令所有人頓然
明白這真是輕而易舉的事：

> 就是劣等的翻譯家與林琴南式的翻譯家也能做到；但非
> 所語於移改原文情節的人——[67]

可見，他認為林紓的翻譯如果不是「移改原文情節」，也是大
體地做到文學翻譯的最低要求，只是林紓沒有照顧到文學裏「所有
情節看先後的佈置」，而是「移改原文情節」，所以林紓的罪過，不
在於有沒有依附直譯的原則，而是他根本不符合「文學翻譯」最起
碼的標準。

鄭振鐸在初步探討了文學翻譯的本質，也就是討論過那種所謂
通俗的觀點後，便進一步去探討更哲理的問題。鄭振鐸認為這種以
為文章跟思維是不可分離的說法，「所譯翻譯者，無論其如何精巧，
總不過是一種意譯的摹擬而已」，[68] 表面上很有道理，但實際只是
不解文字與思想的關係，他援引 D. W. Rannil 的 *Element of Style*
〔按：應為 David W. Rannie 的 *Elements of Style*〕[69] 一書對文字、
風格以及思想的關係的分析：

> 大多數的表白（Expression）是可以隨人之意的，所以他
> 與思想是分離的。……既然同一的思想能由作者任意表現之

67　鄭振鐸：〈譯文學書的三個問題〉，《鄭振鐸全集》第 15 卷，同上註。

68　鄭振鐸：〈譯文學書的三個問題〉，《鄭振鐸全集》第 15 卷，頁 50；相同的觀點也見
　　於頁 54。

69　David Watson Rannie, *Elements of Style* (S. l.: Dent, 1915).

於無論何種的「表白」或「風格」中，那末我們就不能有理由去疑惑說，思想是不能表現在一種以上的文字中了。……然而思想本身卻總不會有甚麼喪失的。如果翻譯的藝術高了，則思想且可以把譯文弄得與原文同等的美。[70]

這一段的重點在於以一個更哲學性的角度去說明語言與思想的關係，不但指出思想與文字的關係是分離的，更指出同一思想即使在不同的表白裏，思想的本質都不會改變，只是外貌起了變化而已。為了要言不煩地說明思想跟表達的關係是分離的，他又以林紓作為一個例子：

就是中國的林琴南式的一人口譯一人筆述的翻譯，原文的思想卻也能表現得沒有大失落——除了錯的不算，由此可知「實體」（matter）「態度」（manner）思想與文字意義與文章的風格，是分離的而非融合而不可分的。[71]

他認為，即使林紓的翻譯模式是這樣的「複雜」，先由口譯者把思想用語言表述出來，然後再由筆錄者林紓以文字表達出來，但他們仍然可以把思想的「實體」表達出來。當然，這是要撇除當中錯誤的部分，但大體而言，他認同林紓是能夠通過翻譯把文學作品的思想表達出來的。鄭振鐸由文學翻譯所針對的故事情節，到思想的傳達，一步步剖析圍繞「文學翻譯」中不同重點的問題。

70　鄭振鐸：〈譯文學書的三個問題〉，《鄭振鐸全集》第 15 卷，頁 55。
71　鄭振鐸：〈譯文學書的三個問題〉，同上註。

2. 直譯與意譯之討論

其實，從鄭振鐸的文章中，我們看到他在說明文學翻譯的本質時，一而再再而三地以林琴南作一個示範，原因正在於林譯是當時大家理解文學翻譯的基礎。以林譯小說作例子，就可以言簡意賅地說明問題的核心。這說明了林紓的重要性，亦說明了他們對林紓的依賴。如果我們細心地看，鄭振鐸對林紓的批評其實是很溫和的，在他論及林紓的翻譯時，往往只是替他作出一些補充、解釋及修正。

但茅盾在回應鄭振鐸開列出來的討論方向時，就沒有像鄭振鐸那樣溫和含蓄了。他在申論翻譯文學書的基本條件時，清楚指出林紓翻譯文學的問題，不過，他對林譯小說作出嚴苛的批評，目的是為了更好地釐清文學翻譯上的一些觀點，以更清晰的態度確立新的翻譯標準，特別是因為他認為當時的中國譯界還在「初學步」的階段。上文已帶出，鄭振鐸認為文學翻譯是一件非常講求技巧的事，一方面他指出了要「用一句一句的『直譯』方法」，但他又說好像有些地方無論如何也做不到直譯：「無論是最精密的句對句（Sentence by sentence）的翻譯，也是一種『意譯』。」[72] 這說法初看有些矛盾，茅盾為了釐清意譯以及直譯的重點及關注，他寫了〈「直譯」與「死譯」〉及〈直譯‧順譯‧歪譯〉兩文。前文一開首就指出：

> 直譯這名詞，在「五四」以後方成為權威。這是反抗林琴南氏的「歪譯」而起的。我們說林譯是「歪譯」，可絲毫沒有糟蹋他的意思；我們是覺得意譯這名詞在林譯身上並不妥當，所以稱它為「歪譯」。[73]

72　鄭振鐸：〈譯文學書的三個問題〉，同上註。

73　茅盾：〈直譯‧順譯‧歪譯〉，原刊《文學》1934 年第 2 卷第 3 期，收入《茅盾全集》第 20 卷（北京：人民文學出版社，1990 年），頁 39。

他首先說明，林紓並不是以意譯的方法進行翻譯，因此，林紓不在意譯以及直譯討論範圍之列，他只屬於一個兩不到的範疇——「歪譯」，而更糟的是，林紓的每一篇翻譯，都出現了兩次的歪譯：

> 林氏是不懂「蟹行文字」的，所有他的譯本都是別人口譯而林氏筆述。……這種譯法是免不了兩重的歪曲的：口譯者把原文譯為口語，光景不免有多少歪曲，再由林氏將口語譯為文言，那就是第二次歪曲了。[74]

茅盾修正一般人認為林紓是採取意譯方法的觀念，因為在他看來，意譯最簡單的意思是「不妄改原文的字句，就深處說，還求能保留原文的情調與風格」，[75] 而不是像林紓一樣不懂原文且妄改原文的字句。由於中西文字「組織」不同，加上在文學翻譯上必然有很多文學技巧需要處理，能直譯當然是最好，但在適當的時候，意譯也不失為一個機智的做法。[76] 但無論如何，意譯及直譯，茅盾認為都要符合如下條件：

> （1）　單字的翻譯正確
>
> （2）　句調的精神相仿[77]

不過，他並不主張沒有彈性地去處理文字翻譯過程，因為翻譯畢竟是在處理兩種語言，文字組織有一定的差異，因此，「直譯」也應該彈性地去理解：

74　茅盾：〈直譯・順譯・歪譯〉，同上註。

75　茅盾：〈「直譯」與「死譯」〉，原刊《小說月報》1922 年第 13 卷第 8 期，收入《茅盾全集》第 18 卷，頁 255。

76　茅盾：〈直譯・順譯・歪譯〉，原刊《文學》1934 年第 2 卷第 3 期，收入《茅盾全集》第 20 卷，頁 39。

77　雁冰〔茅盾〕：〈譯文學書方法的討論〉，原刊《小說月報》1921 年 4 月 10 日第 12 卷第 4 期，收入《茅盾全集》第 18 卷，頁 88。

> 我們以為所謂「直譯」也者，倒並非一定是「字對字」，一個不多，一個也不少。[78]

因為「就使勉強直譯，一定也不能好」[79]，所以他強調，縱然句子組織不能一定和原文相對，但也一定要把句調的精神移到譯文中來。不過，在談及放鬆直譯的最起碼尺度時，茅盾小心地說：

> 但於此又有一句話要補明：太不顧原句的組織法的譯本，如昔日林琴南諸氏的意譯本，卻又太和原作的面目差異，也似不足為訓；我以為句調的翻譯只可於可能的範圍內求其相似，而一定不能勉強其處處相似，不過句調的精神卻一毫不得放過。[80]

在茅盾看來，他與鄭振鐸等人定出這樣多的翻譯標準，開列出各式各樣的討論方向，目的並不是要設下一個金剛箍，死板地束縛着譯者，而是要在理論上盡可能開列更多討論的方向，製造新規範。上文說到，即使他們鼓勵直譯，但是也沒有一刀切否定在一定的情況下意譯的可行性，為此，茅盾以胡適最讚賞的伍光建（1867–1943）作例子深入說明。[81]

伍光建精通英語，19世紀80年代在天津北洋水師學堂讀書，畢業後被派往英國格林威治皇家學院深造。甲午戰爭後，用白話翻

78　茅盾：〈直譯・順譯・歪譯〉，原刊《文學》1934年第2卷第3期，收入《茅盾全集》第20卷，頁412。

79　雁冰〔茅盾〕：〈譯文學書方法的討論〉，原刊《小說月報》1921年4月10日第12卷第4期，收入《茅盾全集》第18卷，頁88，頁91。

80　雁冰〔茅盾〕：〈譯文學書方法的討論〉，同上註，頁91。

81　胡適多次指伍光建的譯作是他心目中最佳的翻譯，林譯小說實在不能望其項背。參見胡適：〈論短篇小說〉，原刊《北京大學日刊》及《新青年》1918年第4卷第5號，收入《胡適全集》第1卷，頁132–133，及胡適：〈論翻譯——與曾孟樸先生書〉，《胡適全集》第3卷，頁804。

譯外國文學，包括大仲馬的《俠隱記》（即《三個火槍手》）、《續俠隱記》（即《二十年後》）、《法宮秘史》等。[82] 在建立新翻譯典範時捧出伍光建，是寓意深長之舉，因為伍光建譯作的「好」，在胡適等人的眼中，不但是絕對（absolute）的好，更是用來對比同時代林紓而得出的相對（relative）的「好」：「其價值高出林紓百倍」[83]。

　　但是，只要稍稍看過伍光建的譯作，都會知道伍氏也是以意譯手法為主，且有一定的刪節，那為甚麼胡適、茅盾等會有「褒伍貶林」的主張？他們是否持雙重標準，或因個人芥蒂而針對林譯小說？茅盾也意識到這樣可能會招致誤會和批評，他解釋說：

> 　　以前在「五四」時代，《新青年》對於林譯小說下了嚴厲的批評，同時很讚美大仲馬的小說《三個火槍手》的譯本《俠隱記》。……如果我們謹守着「字對字」直譯的規則，那麼，我們對於伍氏的譯本自然會有許多不滿意；不過我們得原諒他，因為他譯《俠隱記》的時代正是林譯盛行的時候；那時候，根本沒有直譯這觀念，更何況「字對字」？[84]
>
> 　　雖然如此，《俠隱記》還不是無條件的意譯，——或是無條件的刪改……[85]

　　換言之，茅盾認為伍光建的意譯是可以接受的，但那一定不是隨意，無條件的刪改，而是「根據了他所見當時的讀者的程度而定

82　馬祖毅：《中國翻譯史：「五四」以前部分》，頁 761–762。

83　胡適：〈論短篇小說〉，原刊《北京大學日刊》及《新青年》1918 年第 4 卷第 5 號，收入《胡適全集》第 1 卷，頁 132–133。

84　雁冰〔茅盾〕：〈伍譯的《俠隱記》和《浮華世界》〉，《茅盾全集》第 20 卷，頁 25–26。

85　茅盾：〈伍譯的《俠隱記》和《浮華世界》〉，《茅盾全集》第 20 卷，頁 25–26。頁 417。

下來的。自然不是他看不懂原文的複合句，卻是因為他料想讀者看不懂太累贅的歐化句法」。而再看他譯文的第二段，便更可證明他的刪節是有他的標準的。[86]

　　茅盾在〈伍譯的《俠隱記》和《浮華世界》〉一文內，一方面深入分析伍光建對原著刪節的地方，一方面回應胡適以及鄭振鐸在〈譯文學書的三個問題〉所提出的有關刪節的討論：「意思必須在原意中是附屬而無關緊要的」，「刪去後是決不會減少或是把原意弄弱」。[87] 可見，這種刪節的「自由」，並不是無政府主義式的，更不是因譯者個人喜好，或力有不逮作的刪節。可想而知，譯者的能力就是順理成章要帶出的問題。

3. 譯者的條件

　　造成晚清前所未見文學翻譯盛況的人物，是林紓。但林紓對於適當地選定翻譯對象、理解文本、找出翻譯方法，實在是毫無頭緒的，他所創的晚清翻譯成果，其實在茅盾等人的眼中，只是歪打正着。因此，茅盾提出了對譯者的要求：

> 　　翻譯一篇文學作品，必先了解這篇作品的意義，理會得這篇作品的特色，然後你的譯本能不失這篇作品的真精神；所以翻譯家不能全然沒有批評文學的知識，不能全然不了解文學。[88]

86　茅盾：〈伍譯的《俠隱記》和《浮華世界》〉，《茅盾全集》第 20 卷，頁 27。

87　鄭振鐸：〈譯文學書的三個問題〉，《鄭振鐸全集》第 15 卷，頁 61。

88　郎損〔茅盾〕：〈新文學研究者的責任與努力〉，原刊《小說月報》1912 年第 12 卷第 2 號，收入《茅盾全集》第 18 卷，頁 68。

然後，他又開列出三個條件，就是譯文學書的人一定要「研究文學」、「了解新思想」、「有些創作天才」。[89]

自然，他開列的首兩項是合理的要求，也可以說，這是循着鄭振鐸〈譯文學書的三個問題〉裏「法則第一」[90]的有關譯者條件的補充。在這裏，我們不必深入討論茅盾及鄭振鐸對於譯者條件的看法，因為他們開列標準時所要透露的訊息，不但是要指出譯者資格，更重要的是要排除新時代中像林紓一樣本身不是研究文學，又不了解新思想，卻胡亂翻譯的人。

在中國讀者普遍還沒有認識，甚至沒有渠道吸收西洋文學的年代——晚清，譯者做到「撰述」和「譯述」，便已達到社會期望的介紹西方文學的目的。但當閱讀西方著作風氣漸開，翻譯肩負不一樣的功能時，過去「撰述」和「譯述」東拉西拼、胡亂結合的做法已經「不合時宜」。在這新的時代裏，茅盾等認為，最重要的是有條不紊和有系統地講解西方小說的「源流和變遷」。對於如何有系統地介紹、講解西方文學，茅盾不但在差不多每一篇相關論文中都有呼籲，更另外專門撰寫一篇文章〈對於系統的經濟的介紹西洋文學底意見〉[91]來大加強調，指出譯者的責任，不僅在於忠實地把原文譯入中國，更重要的是呼應胡適之前的意見——如何有眼光選擇翻譯對象，[92]「只譯名家著作，不譯第二流以下的著作」，決心以一流文學建立他們認為值得追隨的新思想及新價值。

89　雁冰〔茅盾〕：〈譯文學書方法的討論〉，原刊《小說月報》1921 年 4 月 10 日第 12 卷第 4 期，收入《茅盾全集》第 18 卷，頁 93。

90　鄭振鐸：〈譯文學書的三個問題〉，《鄭振鐸全集》第 15 卷，頁 59。

91　茅盾：〈對於系統的經濟的介紹西洋文學底意見〉，原刊《時事新報》1920 年 2 月 4 日，收入《茅盾全集》第 18 卷，頁 20-26。

92　胡適：〈建設的文學革命論〉，原刊《新青年》1918 年第 4 卷第 4 號，收入《胡適全集》第 1 卷（合肥：安徽教育出版社，2003 年），頁 67。

4. 重譯

這裏所指的重譯，又在譯學上名為「轉譯」，即是不從原文直接翻譯，而依從非原語譯本作翻譯。由於晚清對原作的觀念非常薄弱，加上社會上懂得外語的人數及所懂語種有一定的限制，重譯在晚清非常流行，甚至可以說，多重重譯亦司空見慣，林紓的《不如歸》就是一個絕好例子。《不如歸》原作由日本德富健次郎所撰，先由塩谷原榮英以英文翻譯，林紓與魏易的合譯是根據英譯而來。當時林譯的《不如歸》面世後，獲得相當好評，甚至被認為因為能脫掉日文的寫法而「不失原意」，比「原書更佳」。[93] 然而到了「五四」之後，翻譯是輸入外國知識及新價值的載體，主張新文學運動的文人學者一致反對重譯，認為不但重譯不可靠，且更是危險的事。鄭振鐸就明言：「重譯的辦法，是如何的不完全而且危險呀！我們譯各國的文學書，實非直接從原文譯出不可。」[94] 重譯之所以危險，是因為「重譯的東西與直接從原文譯出的東西相比較，其精切之程度，相差實在很遠。無論第一次的翻譯與原文如何的相近，如何的不失原意，不失其藝術之美，也無論第二次的譯文與第一次的譯文如何的相近，如何的不失原意，不失其藝術之美，然而，第二次的譯文與原文之間終究是有許多隔膜的」。[95] 鄭振鐸的言論，雖然並無點名批評林紓，但是從他多次強調辭彙的「不失原意」，我們了解到，他深感不滿的，是重譯對於原作的戕賊，特別在於藝術方面的損失，「大體的意思固然是不會十分差，然而原文的許多藝術上

93　侗生〔佚名〕：〈小說叢話〉，原刊《小說月報》1911 年第 3 期，收入陳平原、夏曉虹編：《二十世紀中國小說小說理論資料》第 1 卷，頁 388–390。

94　鄭振鐸：〈譯文學書的三個問題〉，《鄭振鐸全集》第 15 卷，頁 75。

95　鄭振鐸：〈譯文學書的三個問題〉，同上註。

的好處，已有很重大的損失了」。[96]

有趣的是，當文學研究會的鄭振鐸振臂而起反對重譯時，與文學研究會在翻譯觀念上有眾多齟齬的創造社，就重譯的這一點上，不但沒有高唱反調，而且就態度、用詞、理據，甚至針對的對象，都與文學研究會同聲同氣。鄭伯奇說：

> 日本房屋的構造，和衣服的形式跟西洋各國絕不相同，英國人譯出的「不如歸」無論怎樣，不會把浪子武勇生活如實地再生產出來的，然而林琴南先生的「不如歸」卻是由英語譯本重譯出來的，那不是夠危險麼？至於英法的譯本常常擅自刪節，要是依據這樣的譯本去重譯，那危險就更多了。[97]

鄭伯奇所言的「危險」，實在在用字上也呼應了鄭振鐸所言的「重譯的辦法，是如何的不完全而且危險呀」，而且比鄭文更直接地表現出：當日漸分化的文壇（特別是文學研究會與創造社），可以弔詭地出現矛盾的統一，就是因為共同「敵人」——林紓。

四、林譯小說成為中國文學西化起源的象徵符號

在上一節裏，我們看到林紓不但盤據了「五四」論爭的中心點，他更在五四後翻譯規範剛建立的時候成為一個經常被回顧的論述起點。儘管在這個階段內，他還是所有敍述中的負面人物——「歹角」、「危險」及「劣等翻譯家」，但不幸或幸運的是，林紓1924

96　鄭振鐸：〈譯文學書的三個問題〉，同上註。
97　鄭伯奇：〈通信〉，《兩棲集》（上海：上海書店，1987年），頁82。

年 10 月 9 日逝世，驟然平息了所有人對他的怨懟，也令激烈論爭真正落幕。死者已矣，由於他從此不再締造歷史，因而林紓亦終於可以從人們埋藏心中已久的記憶重新出土，由「歹角」變回一位令人懷念及尊敬的前輩。

在林紓逝世僅僅一個月後，鄭振鐸就急不可待地在《小說月報》第 15 卷第 11 號發表長文〈林琴南先生〉，作出深情的懷念：

> 林琴南先生的逝世，是使我們去公允的認識他，評論他的一個機會。……我們所有的是他的三十餘年的努力的成績。蓋棺論定，是我們現在可以更公正的評判他。[98]

大力呼籲要「更公正」地評判林紓，固然顯示出他們也疑心曾經不很公正地評價林紓。但這篇文章除了提出要公正地評價林紓外，重點似乎是最後一段，鄭振鐸語重心詳地呼籲，在公私記憶領域（歷史以及他們自己）裏，千萬不要忘記林紓：

> 所以不管我們對於林先生的翻譯如何的不滿意，而林先生的這些功績卻是我們所永不能忘記的，編述中國近代文學史者對於林先生也決不能不有一段的記載。[99]

但是，要立刻把昨天被他們罵得體無完膚的歹角變回今天值得深切懷念的前輩，一定要先修正當中的若干觀點。他們首先要面對這樣的一個反駁點：到底是新文化運動人士觀點不一致，內部矛盾

98　鄭振鐸：〈林琴南先生〉，原刊《小說月報》1924 年 11 月第 15 卷第 11 號，收入薛綏之、張俊才合編：《林紓研究資料》，頁 149。

99　鄭振鐸：〈林琴南先生〉，同上註，頁 161。

重重，還是有其他的原因，可以解釋他們對林紓前後不同的評價。我們看到，這些曾經批評林紓的人為了撥亂反正，便把造成曾經他們眼中林紓的最大弊病的責任通通都推諉到其他人身上——跟林紓合作的口譯者，成為代罪羔羊：

> 其他的書卻都是第二三流的作品，可以不必譯的。這大概不能十分歸咎於林先生，因為他是不懂得任何外國文字的，選擇原本之權全操於與他合作的口譯者之身。
>
> 大約他譯文的大部分錯誤，都要歸咎到口譯者的身上。[100]

鄭振鐸用了千餘字，把新文化運動人士指斥林紓的罪狀，諸如上文看過的不具文學眼光、誤選二三流作品、刪節、沒有系統等，都一乾二淨地推到口譯者身上。但其實，在近現代翻譯軌跡上，這批與林紓對譯的口譯者，功勞即使不能高於林紓，最少也應該與林紓齊名，共享介紹外國文學給中國人的成果。可是，在中國文學史上，這批口譯者只能長期居於面目模糊的狀態。因為林紓還有新文學運動人士為他招魂，但這批口譯者卻成為文學史內「沒有甚麼知識」、「虛耗林先生寶貴勞力」[101]的罪魁禍首。可是，如果我們看到林紓《冰雪因緣》序文中載「余二人口述神會，筆遂綿綿延延」，[102]且有魏易後人魏惟儀於一百年後所憶的兩人合作極之「合諧」，[103]那麼可知口譯者跟林紓的合作模式，起碼是各盡所能，各稱其職，怎麼都不能說是虛耗了林先生寶貴的勞動力。

100　鄭振鐸：〈林琴南先生〉，同上註，頁 159–160。
101　鄭振鐸：〈林琴南先生〉，同上註，頁 159。
102　林紓：《冰雪因緣》序，吳俊標校：《林琴南書話》，頁 99。
103　魏惟儀編：《林紓魏易合譯小說全集重刊後記》(台北：〔出版社缺〕，1993 年)，頁 3。

追憶林紓，彷彿變成一件與時間競逐的事。在鄭振鐸寫於
1924 年 11 月 11 日的〈林琴南的翻譯〉一文出版半個月後，另一篇
緊接着追憶林紓的文章也出來了。周作人寫於 1924 年 12 月的〈林
琴南與羅振玉〉，文章以「林琴南先生死了」開始，馬上帶到「五六
年前……」，同樣是藉死者已矣的契機，解封塵封已久的少年往
事。周作人比鄭振鐸更積極地去為林紓平反，不但描述林紓在新文
化運動前後的功勞，更揉進更多自己的記憶，道出自己曾經私淑林
紓一事：

> 　　五六年前，他衛道，衛古文，與《新青年》裏的朋友大鬥
> 其法。一九零一年所譯《黑奴籲天錄》……老實說，我們幾乎
> 都因了林譯才知道外國有小說，引起一點對於外國文學的興
> 味，我個人還曾經很模仿過他的譯文。[104]

　　本來，這種恢復林紓名譽並拯救社會上有關林紓記憶的工作，
並不急於一時，亦沒有矯枉過正的必要，更無須把責任推諉到其他
人身上。可是，當新文化運動迅速成功，並逐漸成為「五四啟蒙」
偉大事業的起點，[105] 社會各派各人士便開始挪用，[106] 並追尋這種思想
力量的來源。而首次編纂新文化運動史的殊榮，歸於新文化運動中
「暴得大名」的胡適。1923 年 2 月，《申報》五十週年作紀念刊《最
近之五十年》邀請胡適撰文，分析五十年來舊文學過渡到新文學的

104　周作人：〈林琴南與羅振玉〉，原刊《語絲》1924 年 12 月第 3 期，收入《周作人文
　　類編》第 8 卷《希臘之餘光》，頁 721。

105　見本章註 5 所引余英時、Vera Schwarz 及顧昕等著作。

106　見 本 章 註 5 所 引 *The Appropriation of Cultural Capital: China's May Fourth
　　Project* 一書。

變化。胡適在文章裏高度評價林紓的功績和貢獻：

> 古文不曾作過長篇的小說，林紓居然用古文譯了一百多種長篇小說，還使許多學他的人也用古文譯了許多長篇小說，古文家很少滑稽的風味，林紓居然用古文譯了歐文與迭更司的作品；古文不長於寫情，林紓居然用古文譯了《茶花女》、《迦茵小傳》等書。古文的應用，自司馬遷以來，從沒有這樣大的成績。

就是這樣，詮釋中國新文學史的事業開始了。在這個時期，所謂新文學史，亦即是以西方文學觀念支撐而寫成的一套詮釋自晚清過渡到五四之所發生的文學史實。西洋小說理論建構的嚆矢自是梁啟超，然而在實踐上，最大的貢獻還是來自林紓，這點是誰也不能否認的事實。在胡適的描述中，林紓在這個歷史過程中所擔當的重要轉折及過渡角色（古文與西方文學）也慢慢勾勒出來，因此，林紓在〈五十年來中國之文學〉中所盤據的歷史地位，是胡適所認定的「介紹西洋近世文學的第一人」[107]。胡適第一個為新文化運動發生史立下基調，以後述說到這歷史發生過程的人，都不可以再繞過他的詮釋。從周作人在一年多後所寫〈林琴南與羅振玉〉一文紀念林紓的貢獻時，不忘引上一大段胡適〈五十年來中國之文學〉，實在反映了胡適對新文學史的詮釋對同代人構成的矚目壓力。

然而在中國新文化運動開始的最初階段，胡適還寓身海外，他在新文化運動內所擔當的角色，一直是新文化運動人士及歷史上爭議不休的事情，而且，這種純粹以西方文學觀念建基的新史觀，

107　胡適：〈五十年來中國之文學〉，1922 年，《胡適全集》第 2 卷，頁 274。

未必是所有參與這個運動的人士同意的觀點。周作人應沈兼士邀請，於 1932 年 3 月八次到輔仁大學講課，並把講課內容編成《中國新文學的源流》，從中就可以見到與胡適〈五十年來中國之文學〉中觀點商榷之處。二人最基本的不同，就是周作人要把新文學發生的力量置於中國的「載道」系統去看，指出「他們〔按：嚴復、林紓〕的基本觀念是『載道』，新文學的基本觀念是『言志』」，特別是「言志」的思想起源，一早在晚明已可找到，「五四運動以來的民氣作用，有些人詫為曠古奇聞，以為國家將興之兆，其實也是古已有之。……照現在情形看去與明季尤相似……絕不是文藝復興」，[108] 那麼，所謂新文學的起源就不是在外力影響下發生。當然，這跟後來研究中國歷史的學者所爭議的：中國近代歷史是在西方外來衝擊下展開，還是通過內在邏輯引發而來的，不無相似之處。[109] 有趣的是，周作人在論到林紓在新文化運動的貢獻一點上，表面看來與胡適一樣確認了林紓的歷史功勞，但只要我們細讀當中的字句，便會看到兩種詮釋實則互相頡頏：

> 林紓譯小說的功勞算最大，時間也最早，但其態度也非常之不正確。他譯司各特（Scott）、狄更司（Dickens）諸人的作品，其理由不是因為他們的小說有價值，而是因為他們的

108　周作人：〈代快郵〉，鍾叔河編：《周作人文類編》第 1 卷《中國氣味》，頁 517。

109　費正清（John King Fairbank）及柯文（Paul A. Cohen）對中國西化過程的引發力量的歷史解釋——到底是西方衝擊還是內在力量引起的，雖然今天已是明日黃花，特別是眾多後殖民理論影響下，發現兩者都帶有西方中心意識，但是，以此討論的精粹放諸胡適與周作人對中國文學西化討論的根源上，實在不無相似之處。上述二書見：John. K. Fairbank, Teng Ssu-yü, *China's Response to the West: A Documentary Survey, 1839–1923*; Paul A. Cohen, *Discovering History in China: American Historical Writing on the Recent Chinese Past*。

筆法，有些地方和太史公相像，有些地方和韓愈相像，太史公的《史記》，和韓愈的文章既都有價值，所以他們的也都有價值了，這樣，他的譯述工作⋯⋯根本思想卻仍是和新文學很不同的。[110]

周作人指出儘管林紓翻譯西方文學大有功勞，但引發他作出如此龐大的翻譯的「根本思想」實際是來自古文，因此「卻仍是和新文學很不同」。周作人與胡適對五四運動的性質到底是在於文學革命，還是重於思想革命這項詮釋上，早有分離，[111] 更不要說二者因為「國語文學」對「國語」的定義亦曾生嫌隙。[112] 因此，二人就新文學運動的起源再出現不同的詮釋，並不令人感到奇怪。

就文學發展軌跡上有不同看法，本是平常之致，以理論理，亦是學術應有的態度。但也許我們可從另一個角度去理解，二人到底是真正的道不同不相為謀，還是為各自服膺的史觀而把幾近相同的論述壓下去。周作人在這篇文章總結新文學運動的源流時，其實同時也在總結他前半期創作生涯，亦即是說，他在同時編纂公共及私下的歷史，把自晚清以來發生的史事以公私兩個範疇分開清理。歷史學者一再提醒我們，文人用不同的文體寫作時，自己所設定的身份常有微妙的差異，在公的場所裏，文章寫得義正詞嚴，但在私的文字裏，則充滿複雜、游移、矛盾的情緒。[113] 從周作人 1933 年的

---

110 周作人著，楊楊校訂：《中國新文學的源流》，頁 49。
111 舒蕪：〈重在思想革命──周作人論新文學新文化運動〉，《回歸五四》（瀋陽：遼寧教育出版社，1999 年），頁 495–519。
112 羅志田：〈文學革命的社會功能與社會反響〉，《權勢轉移：近代中國的思想、社會與學術》（武漢：湖北人民出版社，1999 年），頁 296–297。
113 王汎森：〈汪悔翁與《乙丙日記》──兼論清季歷史的潛流〉，《中國近代思想與學術的系譜》（台北：聯經，2003 年），頁 62–63。

日記可以看到，他把所有值得記取的事跡編成《知堂文集》，亦即
是晚年《知堂回想錄》的初稿。《知堂文集》其中一篇記述他前半
生經歷的文章〈我學國文的經驗〉，是研究周作人在晚清的活動的
一篇非常重要的文章，而我們也知道，這篇文章也是論證林紓在晚
清譯界貢獻的重要論據。在文章裏，我們清楚看到周作人曾經怎樣
地着迷於林譯小說——「這其間〔林紓〕所出的小說幾乎沒有一冊
不買來讀過。這一方面引我到西洋文學裏去」。[114]

　　周作人這種通過回憶文字記述林琴南翻譯小說為「引我到西洋
文學」的說法，與胡適所言林紓為「介紹西洋近世文學的第一人」可
以說意義相當。但這時的他，為避免與胡適公開作一些太近似的論
調，只願意在私下的個人記憶裏承認此事。更有趣的是，周作人以
這種回憶文字所作的表述，實在是要顯示自己早在新文學運動發生
前的二十多年，便已經留心並閱讀中國文學史上最早出現的西方文
學著作，實際上也在暗示自己走在中國新文學西化浪潮的最前沿，
並且早已參與當中的過程，而這也漸漸成為了一種新文學發生的另
類敘事。當然，從歷史發生的過程看，周作人所言的細節也許的確
是發生過的，但關鍵卻在於，當作為文學研究會發起人之一的周作
人提出這樣的敘述後，創造社便不可對此三緘其口，默不表態。

　　文學研究會與創造社無論就文學理念、創作翻譯作法，都有徹
底的不同，這已是新文學史的知識了。[115] 而兩個文學團體在出版資
源以及年輕讀者的競爭上，更已達到白熱化的階段。挪用個人記
憶，以表示自己對新文學運動的參與，似乎只是其中一個競逐「新

114　周作人：〈我學國文的經驗〉，原刊《孔德月刊》1926 年第 1 期，收入《周作人文類
　　編》第 3 卷《本色》，頁 188。
115　Michel Hockx, *Questions of Style: Literary Societies and Literary Journals in
　　Modern China, 1911–1937* (Leiden ; Boston: Brill, 2003).

文壇」霸主的手段而已。於是，郭沫若不但加入競相追逐這個起源的比賽，更在追憶有關林紓的記憶時處處表示自己比周作人更有文學慧眼。在《我的童年》裏，郭沫若就提出過語調相似的說法：「《迦茵小傳》……這怕是我讀過的西洋小說的第一種。」[116] 而且，為了表示自己比周作人更聰明，更早慧，對文學更有眼光及慧根，他更告訴讀者自己讀林譯小說時比周作人小兩三歲。往後，我們在其他的作家，包括沈從文、錢鍾書、冰心等的回憶文字中，漸漸見到更多相似的論調。本來，那個時候很多人都會閱讀林譯小說，更有可能會於童年、少年階段以林譯小說作為自己的文學啟蒙，這本來沒有甚麼質疑的必要，但如果我們仔細去分析錢鍾書的「記憶」，也許能得到一點啟發。

　　錢鍾書出生於 1910 年，他憶述自己是在 11、12 歲時開始閱讀林譯小說，並且「才知道西洋小說會那樣迷人」，那即是 1921 或 1922 年。可是，1921 年和 1922 年間，林紓剛好從五四運動後變成「歹角」，是「人人都有了罵林先生權利」，[117] 林紓還沒有恢復名譽的時候，對此，我們不禁問，為甚麼林紓會在這時候對像錢鍾書那樣十來歲的青少年還具有吸引力？為甚麼他對林譯小說的觀感沒有受新文化運動後出現的批判言論影響呢？我們知道，錢鍾書家學淵源，居於無錫，而無錫跟上海這個世界出版市場近在咫尺，加上父親錢基博是北京大學教授，所以擁有豐盛的文學資源。1921 年、1922 年的錢鍾書，最初是在蘇州桃塢中學（即是美國聖公會辦的教會學校）讀書，後又考入聖公會辦的另一所中學無錫輔仁中學。他

116　郭沫若：《我的童年》，《郭沫若全集》第 11 卷，頁 123。

117　周作人：〈林琴南與羅振玉〉，原刊《語絲》1924 年 12 月第 3 期，收入《周作人文類編》第 8 卷《希臘之餘光》，頁 722。

外文基礎良好，早被認定。[118] 當時的錢鍾書，外有豐沃文學培育，內又兼備外語能力，但居然要像 1902 年的魯迅和周作人一樣，得仰賴林紓「才知道西洋小說」，甚至通過林譯「才知道西洋小說會那樣迷人」，[119] 恐怕難以令人相信。況且，由 1915 年開始，《東方雜誌》、《新青年》，甚至《小說月報》等非常流行的文學雜誌都辦過不少外國文學專號，這些專號的詳細程度，介紹外國作家作品之勤之多，令今天重看這些專號的我們，都有琳琅滿目之感，錢鍾書大可從中吸收到很多西洋文學的知識，而不需要依賴林紓的轉介。可能有人會質疑說，錢基博是有名的反對新文學運動的守舊派，也許就是錢鍾書要通過林紓這個古文大家才看到西洋小說的因由。但是，我們不禁會想，錢基博《中國新文學史》中反對新文學運動的態度的確很鮮明，但把兒子送到美國聖公會辦的教會學校上學，似乎對於「新／西學」也一早有更實際的表態了。

另一個很相似的例子是冰心，她在 1989 年所寫的〈憶讀書〉，記述差不多八十年前只有 11 歲的她，回到故鄉福州，在祖父的書桌上看到了「林琴南老先生」送給他的《巴黎茶花女遺事》，這「使我對於林譯外國小說，有了廣泛的興趣，那時只要我手裏有幾角錢，就請人去買林譯小說來看，這又使我知道了許多外國的人情世故」。[120] 對此，我們會驚訝於那些敍述的語調跟周作人、郭沫若、錢鍾書等人是多麼的相似。而更有趣的是，與周作人 17、18 歲才讀懂或讀到林譯小說相比，後來的作家卻似乎益發早慧：郭沫若

118　孔慶茂：《錢鍾書傳》（南京：江蘇文藝出版社，1992 年），頁 13–35。

119　錢鍾書：〈林紓的翻譯〉，原刊《文學研究集刊》（第 1 冊），後經修改收入錢鍾書《舊文四篇》，收入薛綏之、張俊才合編：《林紓研究資料》，頁 306–307。

120　冰心：〈憶讀書〉，劉家鳴編：《冰心散文選集》（天津：百花文藝出版社，1992 年），頁 410–412。

15、16 歲，錢鍾書 11 歲，冰心也是 11 歲。我們不要忘記，林譯小說在晚清的讀者是士大夫羣：《巴黎茶花女遺事》於 1898 至 1899 年出版的時候，嚴復 45 歲，康有為 40 歲，被喻為「神童」的梁啟超也有 25 歲。看着這些「五四」之後成長的作家的自述，如果不是見證了時代的進步，見到新世代的文學慧根越來越早萌芽，「青出於藍」，也許我們就要開始懷疑他們記憶的可靠性了。歷史學家一早就說過，人們把自己的記憶置於不真正屬於他們的時代與團體之中，在現實上有整合拉近一批組織的作用。[121] 這亦是說，林譯小說很可能在現代中國文學發展史上，已經衍生成一種符號，現代作家除了以重述自己閱讀林譯小說的經驗作為指涉自己天分高、文學領悟能力強的方法之外，也往往用來指涉自己很早就支持並參與中國文學西化的過程。

　　其實，錢鍾書在〈林紓的翻譯〉一文中，也透露了這種以林譯小說作為符號，去說明自己一早就對中國文學西化起源有份參與的意思。這篇影響着林紓研究近半個世紀的論文，一方面處處展顯了錢鍾書學貫中西、旁徵博引的個人行文風格，更兼有學術論文貫有的嚴謹標明學術出處的註釋。然而有趣的是，在這篇文章中，他卻一而再而三地牽入「我順便回憶一下有關的文壇舊事」的語句，以回憶陳衍，特別是披露外人所不知的林紓對古文家身份自傲，對譯者身份鄙視的一面。而更重要的是，錢鍾書說到林譯小說能起溝通中西文學之「媒」的作用的時候，刻意提醒讀者：這「已經是文學史公認的事實」，證明這可不是杜撰。他一方面以鄭振鐸《中國文學研究》及寒光的《林琴南》兩個註釋來平衡「順便回憶一下有關的文壇舊事」那種不太客觀的個人記述風格，另一方面又以此確定林紓為

121　王泛森：〈歷史記憶與歷史〉，《當代》91(1993)，頁 34。

中國新文學源流的開山師祖的事實。從此，我們得出的結論是：錢鍾書的個人記憶除了像所有人的記憶一樣，無可避免地因當下需要而被挪用之外，這種「後見之明」更可能只是在一段「文學史公認的事實」的影響下才重塑出來的。「五四」在中國現代史及文學史上長期被看作啟蒙的標籤，只是到了近年，學界才漸漸重視啟蒙幽暗面的研究。崛起自「五四」後的現代作家，對於自己不能躬身參與中國啟蒙運動而產生一定的遺憾，因而需要「整合拉近」私人記憶以表示自己與「五四」或「新文學運動」的親緣性，其實並不為奇。

五、林譯成為翻譯史上的符號

　　林紓死後，他成為中國文學西化起源的象徵符號，人們不但馬上把他的「惡」忘記得一乾二淨，且更漸漸地把他在晚清譯界短短二十年內創下的輝煌翻譯業績看成了一種另類的神話。而這個神話，竟然諷刺地反過來變成人們任意揮動的武器，用以攻擊當下的譯界：

> 　　有沒有人像他那樣的盡力於介紹外國文學，譯過幾本世界的名著？中國現在連人力車夫都說英文，專門的英語家也是車載斗量，在社會上出盡風頭，……不懂原文的林先生，在過去二十幾年中竟譯出了好好醜醜這百餘種小說，回頭一看我們趾高氣揚而懶惰的青年，真正慚愧煞人。林先生不懂甚麼文學和主義，只是他這種忠於他的工作的精神……[122]

122　周作人：〈林琴南與羅振玉〉，原刊《語絲》1924 年 12 月第 3 期，收入鍾叔河編：《周作人文類編》第 8 卷《希臘之餘光》，頁 721。

周作人稱讚林紓那「忠於他的工作的精神」，由此而針對的是當下譯界一些只懂一點點外語就出盡風頭，甚至那些只懂一點點文學及主義的青年，他們趾高氣揚，卻從沒有對譯界作過甚麼貢獻，不願意埋首翻譯幾本世界名著。值得特別強調的是，周作人是首位用「忠」這個形容詞去形容林紓的，不過，更叫人吃驚的是，這個「忠」字，居然會用來形容林紓的譯作，而這樣的評論竟然也是來自那曾經指責他不忠實於原文、任意改動原文、不尊重原文的論者鄭振鐸：

> 這種忠實的譯者，是當時極不易尋見的。[123]

鄭振鐸說這句話的背景，正如上文所指，是在林紓逝世後一個月，他當時急於撥亂反正，要點出林紓值得讓人懷念之處，但這其實也是用來指責「上海的翻譯家；他們翻譯的作品，連作者的姓名都不註出，有時且任意改換原文中的人名地名」，[124] 令讀者難以追查原作原文。看他們對林紓的重新評論，真令人有昨是今非之歎。而對原文忠實與否，彷彿一種任意揮動的武器，其實，「忠實」已經變成一個相對的概念了。

鄭振鐸有這樣的看法，絕不令人驚訝，這可能反映出在現代性社會建構過程中，人們言不由衷，甚至不由自主地強調主敘事，然後把有別於主敘事的論述壓抑成潛流的必然手段而已。對於這些參與運動的人士，只要他們仍然在世，這些被壓抑下去的相關記憶都一定會重新湧現。我們不妨再看一下茅盾對林紓的追念，就更可印證時代所造成的荒謬了。

123　鄭振鐸：〈林琴南先生〉，原刊《小說月報》1924 年 11 月第 15 卷第 11 號，收入薛綏之、張俊才合編：《林紓研究資料》，頁 162。

124　鄭振鐸：〈林琴南先生〉，同上註。

　　茅盾在「五四」後當上《小說月報》的主編時，沒有對林譯小說作過讚賞之辭，充其量我們只找到他輕描淡寫地說譯文「與原文的風趣有幾分近似的」，[125] 所指的也只不過是風趣近似而已，卻不是與原作本身近似。但究竟他認為林譯小說與原著本身比較怎樣？他從來都沒有提出直接的意見。不過，我們可以從那位跟他緊密合作的鄭振鐸所寫的文章裏找到一點端倪：

> 沈雁冰先生曾對我說，《撒克遜後英雄略》除了幾個小錯外，頗能保有原文的情調。[126]

　　在這一段時間裏，茅盾對於林譯小說的意見，我們只能依靠鄭振鐸的轉述才能知道。而其實，茅盾當時任職商務，加上 1924 年商務再出版《撒克遜後英雄略》作國文讀本，由茅盾點校，因此可以說，這是茅盾認真地對比兩文而有的感歎。但是到了茅盾晚年，我們終於通過他的回憶錄《我走過的道路》，揭開了歷史的面紗，看到他對林譯小說隱藏近半個世紀的記憶。在回憶錄〈商務印書館編譯所生活之一〉一章裏，茅盾記述自己初入商務時，孫毓修給他分配翻譯工作，並要他幫忙潤色翻譯及校對的往事：

> 　　孫又從抽屜找出一束稿紙，是他譯的該書前三章。他說他的譯筆與眾不同，不知道我以為如何？我把他譯的那幾章看了一下，原來他所謂「與眾不同」者是譯文的駢體色彩很顯著；我又對照英文原本抽閱幾段，原來他是「意譯」的，如果把他

125　茅盾：〈直譯・順譯・歪譯〉，原刊《文學》1934 年第 2 卷第 3 期，收入《茅盾全集》第 20 卷，頁 412。

126　鄭振鐸：〈林琴南先生〉，原刊《小說月報》1924 年 11 月第 15 卷第 11 號，收入薛綏之、張俊才合編：《林紓研究資料》，頁 161。

的譯作同林琴南的比較，則林譯較好者至少有百分之六十不失原文的面目，而孫譯則不能這樣說。……我想，林譯的原本是西歐文學名著，而孫已出版的《歐洲遊記》和譯了幾章起來的《入如何得衣》不過是通俗讀物，原作者根本不是文學家，不過文字還流利生動，作為通俗讀物給青年們一點知識。[127]

茅盾追憶自己年輕時剛入商務，被前輩孫毓修指派工作一事，深表不滿，[128] 這些批評，壓抑了數十年，終於可以在回憶錄中吐一口悶氣。但重要的是，從他的批評內容裏，我們卻見到他對林譯小說的選材、翻譯方法的嶄新詮釋。在新文化運動後，林譯小說在胡適等人的批評中是一個最劣翻譯的代名詞，更以它來作為抬高其他譯作的標準（如伍光建的譯作）；那時候，林譯小說最大的弊端，在於只譯二三流，與新思想無涉。但現在我們又看到，在茅盾內心深處，林譯小說比曾經進無錫美國教堂牧師學校學英文的孫毓修所譯更忠實，更能保持原文的面目，比起孫毓修所譯的那些通俗讀物《歐洲遊記》、《入如何得衣》更有價值。

六、小結

現代性以及記憶，其實都非常依賴敘事中對時間的塑形。卡林內斯庫（Matei Calinescu）指出：現代性這個概念必須在線性不可逆轉的時間意識、無法阻止流逝的歷史性時間意識的框架中才能

127　茅盾：《我走過的道路》（香港：三聯書店，1981 年－1989 年），頁 405。

128　茅盾：《我走過的道路》，頁 408。此外，1917 年孫毓修所編、商務印書館出版的《中國寓言初編》，其實亦為茅盾所作，見《茅盾全集》第 43 卷（補遺下篇）（北京：人民文學出版社，2006 年），頁 845。

被呈現出來。由於現代性帶有強烈的線性時間觀念和目的論的歷史觀念，並標示人類在特定的歷史情境中得到科學及理性後的覺醒與啟蒙，人們每每以它展示了光輝燦爛的未來，也充滿意識地參與了未來的創造，故又稱之為「啟蒙現代性」。[129] 置於追求現代性社會的人，尤其是作家，會認為眼前的價值是靈感與創造的主要來源，但這種意識卻受制於現時的當下性及其無法抗拒的暫時性。[130] 無論他積極參與未來的創造與否，對當中產生的問題體察與否，他無法阻止流逝的歷史。要阻止、挽留，只可以創造一種私人的、本質上可以改變的過去的記憶，而記憶的本質卻是回顧性的。[131] 知識分子總結現代社會的核心性質為追求新價值、新生活，甚至是胡適所言的「新思潮的根本意義只是一種新態度」，然而「現代性」的意涵本來就因社會急遽發展過程而帶來多種斷裂。求新、好新的層面，只屬本雅明解釋「現代性」意涵的某一層面，這有如"fresco of modernity"，當中賦予了一種受注目的藝術感及視覺上的驚訝。現代性更是一種「歷史現象」，伴隨着社會迎新去舊發展帶來的永恆衝突。[132] 而個體在歷史的某個當下，最能處理新舊衝突帶來的情感困惑的機制，就是壓抑與遺忘。直至追求現代性成為了一種既定、無法逆轉的方向時，被抑壓的才得以重新出土。在中國近現代史上，在中國翻譯史上，似乎沒有一個人可以比林紓更能見證中國現代性出現時的奇景；亦似乎，五四知識分子為「被壓抑的現代性」增加了一種新論述。

129　Matei Calinescu, *Five Faces of Modernity: Modernism, Avant-garde, Decadence, Kitsch, Postmodernism* (Durham: Duke University Press, 1987), pp. 13.

130　同上註，Matei Calinescu, *Five Faces of Modernity*, p. 3。

131　同上註，Matei Calinescu, *Five Faces of Modernity*, p. 3。

132　David Frisby, *Fragments of Modernity: Theories of Modernity in the Work of Simmel, Kracauer and Benjamin* (Cambridge: Polity Press, 1985), p. 13-15.

第七章

哈葛德少男文學（boy literature）與林紓少年文學（juvenile literature）：殖民主義與晚清中國國族觀念的建立

一、引言

　　哈葛德（Sir Henry Rider Haggard, 1856–1925）的小說在晚清經由林紓譯介到中國來。在芸芸外國名家中，其受歡迎程度，僅次於柯南道爾（Sir Arthur Conan Doyle, 1859–1930）。[1] 然而，過去人們對林譯哈葛德小說的印象，始終停留於胡適、錢玄同、劉半農等人以高雅文學角度發出的「五四」論述：指稱哈葛德的作品只屬二、三流，並不值得大費筆墨來翻譯。結果是，哈葛德的作品無法獨立地被中國讀者認識，提起哈葛德，中國讀者的印象中總浮現「五四青年」以及魯迅、周作人對林譯的苛評。[2] 這情況可能到了錢鍾書〈林紓的翻譯〉一文（1967 年）後，才稍有變動。錢鍾書用心

1　1896 至 1916 年出版的翻譯小說中，數量第一的是柯南道爾（32 種），第二是哈葛德（25 種），參陳平原：《中國現代小說的起點》（北京：北京大學出版社，2005 年），頁 44。

2　許壽裳：《亡友魯迅印象記・雜談名人》（北京：人民文學出版社，1953 年），頁 9。

良苦，旁徵博引，意欲為林紓說回一句公道話，同時也順便為哈葛德平反：「頗可證明哈葛德在他的同輩通俗小說家裏比較經得起時間的考驗。」[3] 但即使在錢鍾書筆下，哈葛德的地位也不見得特別崇高，他始終不是世界一流作家。

　　其實，要確立某位作家是不是世界一流，並沒有很大的意義，畢竟這只不過是文學經典化過程的成果，而在這個「去經典」的時代，討論文學經典化背後的動機，才更值得我們關注。因此，要了解哈葛德為甚麼在晚清擁有大量讀者，而在二十年不到的「五四」後卻銷聲匿跡，不像狄更斯（Charles Dickens; 1812–1870）、莎士比亞（William Shakespeare; circa 1564–1616）等成為重新翻譯的對象，我們今天不能再以「五四價值」出發。因為五四時期高揚的「純文學」理念，恰恰掩蓋了哈葛德作為晚期維多利亞社會流行文學的特徵，以致看不到哈葛德的寫作對象是誰，他為甚麼風行英國社會等因素。不過，這並不是說中國過去一直沒有嘗試探究哈葛德在晚清流行的原因，其中一個很有份量的說法，就是出自魯迅之口。魯迅在〈上海文藝之一瞥〉指斥上海通俗文學的庸俗及勢利時，就把哈葛德的小說置於「才子佳人論」下，他雖然沒有說明才子佳人如何勢利，但我們明白，這與才子佳人故事張揚「書中自有黃金屋、書中自有顏如玉」的意識有關。[4] 魯迅的觀察是如此銳利，到了這樣一個程度：學界此後只認為，哈葛德的小說之所以能吸引晚清大量讀者，純粹因為傳入中國過程中，能順利寄生在中國傳統小說的慣性期待之上。

3　錢鍾書：〈林紓的翻譯〉，原刊《文學研究集刊》（第 1 冊），後經修改收入錢鍾書《舊文四篇》，收入薛綏之、張俊才合編：《林紓研究資料》，頁 323。

4　魯迅：〈上海文藝之一瞥〉，《二心集》，《魯迅全集》第 4 卷，頁 294。

　　事實上，魯迅的結論不無盲點，因為他只是側重從譯入語文化（targeted language / culture）去考察哈葛德作品的接受環境，很容易只得出一個見樹不見林的圖像。固然，今天的翻譯研究已出現典範轉移後的文化轉向，研究者不再僅以原著、原語境為論述中心，或從技術層面去分析操作，得出譯本誤譯、不忠實，或文化必不可譯（untranslatabilities of cultures）的平面結論。[5] 但是，既然翻譯必涉及兩種語言及文化的交涉，全然不了解原語文化背景，又如何可以解決因文化轉換、語境遷移而繫上的糾結？[6] 因此，我們應首先從哈葛德的小說入手。

　　哈葛德一系列的小說，一個很大的特點是男性中心：主角是男性，期待讀者是男性，更準確地說，是「少男（adolescent / juvenile boy）」。[7] 在那令他鋒芒畢露，登上維多利亞社會暢銷榜之冠的小說 *King Solomon's Mines*（1885 年）（林譯《鐘乳骷髏》；今通譯《所羅門王寶藏》，下以此通譯名稱之），哈葛德就開宗明義把書送呈讀此書的大小男孩（to all the big and little boys who read it）；而在 *Allan Quatermain*（林譯《斐洲煙水愁城錄》），他指明是送給「很多我永遠都不會認識的男孩（many other boys whom I shall never know）」。他的小說系列，最初吸引魯迅、錢鍾書等細看並一再回味的，是跌宕驚奇、神怪冒險的故事情節。但是，這些

5　也許不再需要交代翻譯研究在 1980 年代後的文化轉向意義及貢獻，有興趣者可參考 Susan Bassnett, Theo Hermans, André Lefevere 等人於上世紀八十年代的研究。

6　過去眾多以林譯哈葛德為題的研究中，除了鄒振環外，絕少把哈葛德原語語境納入參考，見鄒振環：〈接受環境對翻譯原本選擇的影響──林譯哈葛德小說的一個分析〉，《復旦學報（社會科學版）》1991 年第 3 期，頁 41–46。

7　「少男」並不是漢語慣用詞，一般更常見的用語是少年男子、年輕男子、男孩、小夥子等。但本章有必要自創「少男」一詞，以此區分少年、少女的概念，目的是指出自晚清以來對「少年」一詞在運用及理解上的性別盲點，詳見下文第四節的說明及解釋。

描寫白種男孩深入非洲、尋寶、探險、奪寶的故事，實與英帝國向海外擴張有千絲萬縷的關係[8]。這樣的話，我們不禁要問，這些產生自英國帝國主義、擴張主義的維多利亞時期小說，卻在甲午戰敗，中國受盡殖民主義及帝國主義踐躪後被翻譯過來，而且，它們在當時只被看成是純粹「言情」或「冒險」的作品，在晚清大行其道，大受好評，這是不是文化傳播中的權力誤置（misplacement）呢？當中的真正原因又在哪裏？無論是在晚清政治史、文學史及翻譯史等方面，這些都是很值得深思的課題。

　　為了更好地回答這個重要而又一直被忽略的課題，本章會先從小說原語文化背景入手，分析哈葛德的少男文學（boy literature）與英帝國及其殖民意識的關係，展示其特點。然後，本章會剖析林紓對哈葛德小說的理解，剖析他如何通過翻譯哈葛德「少男文學」，配合及呼應梁啟超大力提倡的少年中國觀念。透過此等分析，本章希望展現，受盡外國侵略侮辱的晚清，如何利用帝國殖民主義文學，暗度陳倉，把殖民文學變為協助中國建立國族觀念、抵抗外侮的利器及工具。誠然，哈葛德小說中也有大量女性角色，且在林紓的譯介過程中，引起廣泛討論；不過，由於這是另外的獨立課題，只能在另文處理。

8　英國小說中有關少年文學（特別是少男文學）及英帝國關係的討論，可參考：Patrick A. Dunae, "Boy's Literature and the Idea of Empire, 1870–1914," *Victorian Studies* 24.1 (Autumn, 1980), pp. 105–121; Jeffrey Richards, *Imperialism and Juvenile Literature* (Manchester: Manchester University Press, 1989); Joseph Bristow, *Empire Boys: Adventures in a Man's World* (London: HarperCollins Academic, 1991)。

二、維多利亞時代的哈葛德與晚清的林紓

其實，用不着五四時期胡適等人的指點，哈葛德在傳統文學批評裏本來就沾不上經典文學的寶座。可以說，他的作品一直以來都只是高雅文士挑剔針對的對象。[9] 不過，當今天不再以「經典」的光環去衡量作家成就，我們實在可以說，哈葛德是維多利亞時代其中一位最具影響力的作家。哈葛德著有 54 部小說（42 部 romance、12 部 novel、10 部散文或遊記），當中不少成為暢銷書。[10] 令他在維多利亞書市嶄露頭角的，是他的第三部作品 *The Witch's Head*（1884 年）（林譯：《鐵匣頭顱》）。跟着的 *King Solomon's Mines*（1885 年），數週內達至銷售萬本的紀錄，而全年更累計售出 31,000 冊，哈葛德小說從此洛陽紙貴，風行維多利亞社會。另一本 *She*（林譯《三千年豔屍記》），在出版的當月（1886 年 6 月）就已打破 3 萬本的銷售記錄，令他大名繼續不脛而走。[11] 事實上，我們不需用枯燥的銷售數字來證明哈葛德的影響力，其實，哈葛德所寫深入不毛、探險尋寶的驚險小說，後屢經改編及拍攝成為膾炙人口的電視劇集和電影，[12] 這些電影電視片以及當中的人物情節，業已成為近年冒險電影系列 *Indian Jones*（1–4）、*Mummy*（1–3）的母題及原型。就是說哈葛德的作品啟迪了著名學者兼作家托爾金

9　Lewis Carroll, *An Experiment in Criticism* (Cambridge: Cambridge University Press, 1961), pp. 48–49.

10　Peter Berresford Ellis, *H. Rider Haggard: A Voice from the Infinite* (London: Routledge & Kegan Paul,1978), p. 2. 哈葛德著作年表，可看 Tom Pocock, *Rider Haggard and the Lost Empire* (London: Weidenfeld & Nicolson, 1993), p. 250。

11　Morton N. Cohen, *Rider Haggard: His Life and Works* (London: Hutchinson, 1960), p. 95.

12　Philip Leibfried, *Rudyard Kipling and Sir Henry Rider Haggard on Screen, Stage, Radio, and Television* (Jefferson, N.C.: McFarland, 2000), pp. 95–190.

(J. R. R. Tolkien；1892–1973) 的《魔戒》(*The Lord of the Rings*)，也絕不為過。[13]

　　哈葛德的作品大都涉及非洲冒險遊歷，與他的個人經歷有關。1875 年，哈葛德 19 歲，即與筆下小說中眾多男孩年齡相若的時候，由父親安排，跟隨正要出仕非洲的世交叔伯布林沃爵士 (Sir Henry Bulwer；1801–1872) 去到非洲。布林沃爵士是著名小說家利頓 (Sir Edward Bulwer-Lytton；1803–1873) 的兄長，[14] 他被委派往非洲，是出任英屬南非殖民地納塔 (Natal) 軍事總督 (Lieutenant-Governor) 一職。哈葛德初到南非，並沒有任何要務在身，閒來遊覽各地，考察風土人情，因而累積了大量南非風土知識。不過，哈葛德到南非之年，正正就是史學家後來歸納的英非關係陷入僵局之始。[15] 1877 年 5 月 24 日，當時只有 21 歲的哈葛

13　Douglas A. Anderson, *Tales Before Tolkien: The Roots of Modern Fantasy* (New York: Del Rey / Ballantine Books, 2003), pp. 133–181.

14　在明治日本及晚清中國的翻譯小說史上，利頓的小說都佔上一個極為重要的地位：前者如丹羽純一郎翻譯了利頓的 *Ernest Maltravers* 為《花柳春話》，後者如蠡勺居士把 *Night and Morning* 翻譯成為《昕夕閒談》。

15　自 15 世紀以來，葡萄牙先在非洲發現黃金，為非洲的殖民史揭開了序幕；後來隨着荷蘭航海勢力的強大，荷蘭於 17 世紀加入侵奪非洲（特別是南非）之列，不但大肆掠奪南非的原材料，更派遣大量的軍民開拓墾殖南非的土地，更聯合東印度公司，「合法」販賣非洲黑奴。"Boer"（布林）一字，就是荷蘭語「農民」的意思，指從 17 世紀以來就在非洲墾殖的荷裔南非白人。英國在 18 世紀加入瓜分非洲行列，當時非洲已經充滿來自各地的野心勃勃、惟利是圖的開拓者及殖民者，加上非洲本來的部落及種族紛亂問題，非洲時已處於水深火熱的局勢當中。英國要在這地方分一杯羹，除了通過更多更大的貿易去榨取非洲各種天然資源外，更學習荷蘭，派遣大量軍民到南非，開拓土地及開發農業（哈葛德本人就是在這樣的背景下開展在非洲的務農及畜牧事業），以此緩和英國本土失業問題，並以此剝削更多非洲黑人的勞動能力，但這其實就意味着與布林產生直接的利益衝突。後來，英國及布林因為爭奪德蘭士瓦，而觸發了第一次英布之戰（又名德蘭士瓦戰；1880 年 12 月 16 日至 1881 年 3 月 23 日）。詳見 Roland Oliver, Anthony Atmore, *Africa since 1800,* 5th ed. (Cambridge: Cambridge University Press, 2004), pp. 103–118, 及 John Gooch, *The Boer War* (London: Frank Cass, 2000).

德，伴隨英軍統帥直驅德蘭士瓦（Transvaal），並在該地插上英國
國旗。從此，德蘭士瓦被列入英國版圖，成為英屬地，亦從此成為
哈葛德筆下經常出現的小說舞台。[16] 哈葛德對於這次能為國家效忠
效力，深感驕傲，在日記中多次記下對佔領過程的輝煌回憶。[17] 他
並自言，插上英國國旗一刻，激動嗚咽至不能言語，曾多次在自傳
及家書中表示，這是光宗耀祖之舉。[18] 儘管哈葛德在整個佔領過程
中，只擔任微不足道的小角，但由於此舉象徵意義重大，日後哈葛
德在英屬南洲政府中，卻因此官運亨通，扶搖直上，成為最年輕的
殖民地秘書（colonial secretary），後更升遷至最高法院註冊處長
（registrar）。[19] 不過，英國佔領德蘭士瓦，事實上並沒有為帝國版
圖增添多少勢力，相反來說，卻埋下英國與布林（Boer）及周邊非
洲國家衝突的隱患，[20] 不久就引發了第二次英布之戰（Anglo-Boer
War 1899–1902）。在這場戰爭裏，英國以非常殘暴兇狠的方法鎮

16　如 *King Solomon's Mines, The Witch's Head, The People of the Mist, The Ghost Kings, Swallow, Jess* 等。

17　Henry R. Haggard, D.S. Higgins ed., *The Private Diaries of Sir Henry Rider Haggard, 1914–1925* (London: Cassell, 1980), pp. 33, 111.

18　哈葛德在自傳中明言，強佔德蘭士瓦是必需的，因為土著不懂管理之道，由他們自行管治，只會令南非釀成血流成河的戰爭局面。Henry R. Haggard, C. J. Longman ed., *The Days of My Life*, Vol 1–2 (London: Longmans, Green & Co., 1926), p. 96。

19　要了解哈葛德生平，除了可參考他的日記 *The Private Diaries of Sir Henny Rider Haggard, 1914–1925*、自傳 *The Days of My Life*, Vol. 1–2 (London: Longmans, Green & Co., 1926)，及他女兒為他撰寫的傳記 Lilias Rider Haggard, *The Cloak that I Left: A Biography of the Author Henry Rider Haggard K. B. E.* (London: Hodder and Stoughton, 1951) 外，亦可看 Morton N. Cohen, *Rider Haggard: His Life and Works*, 以及由自傳作家 Tom Pocock 以近年流行的人物故事式方法寫下的 *Rider Haggard and the Lost Empire*。

20　在英軍強佔德蘭士瓦之前，德蘭士瓦與鄰國祖魯國（Zululand）一直因邊境問題而釀成不少糾紛，英國統帥 Sir Theophilis Stepstone 揮軍直入德蘭士瓦時，被祖魯國大挫於 Isandhlwana；直至 1879，英國人才成功打敗祖魯國以驍勇善戰聞名的祖魯王 Cetywayo。

壓布林人民，雖然最終獲勝，但卻引來勝之不武的譏議，激起國內外嚴重譴責，預示了英帝國在非洲及世界殖民史上滅亡的命運。[21]

　　哈葛德最初並無矢志當作家的企圖，他執筆創作，原只為糊口。[22] 相反，他的志願是要在非洲開設駝鳥園及發展畜牧業。1880年，他在婚後從英國回到非洲，本來計劃定居下來，惜布林突襲英軍，加上被英國強佔的德蘭士瓦爆發反英管治的動亂，在內憂外患夾攻下，哈葛德一家險些命喪非洲。倖免於難後，翌年舉家返回英國。此後，哈葛德在英國修讀法律，並以自己的非洲見聞作故事的題材專心寫作，有時也會論及非洲殖民管治及軍事部署，加上他的小說中所表現的對非洲土地使用及灌溉系統的嫻熟，在英國社會中漸漸形成一位非洲專家的形象。[23] 哈葛德對非洲有着複雜交纏的感情，他對非洲的關懷，真摯地反映在小說及其他評論內。但是，這卻不可以為他帶有侵佔主義的思想及行為開脫。當然，這與哈葛德成長於英國帝國主義擴張時期，長期接受殖民主義的國民教育有關。事實上，他的作品已逾越單純販賣非洲史地知識的功能。哈葛德小說能在政要、當權者中產生巨大影響力，與他美化（aestheticize）、奇情化（dramatize）非洲想像不無關係，以致我們甚至可以把他的小說化身成為具有影響非洲命運力量的權力論述。

---

21 Donal Lowry, "'The Boers were the beginning of the end?: The Wider Impact of the South African War," in Donal Lowry ed., *The South African War Reappraised* (Manchester: Manchester University Press, 2000), pp. 203–247.

22 Francis O'Gorman, "Speculative Fictions and the Fortunes of H. Rider Haggard," in Francis O'Gorman ed., *Victorian Literature and Finance* (Oxford: Oxford University Press, 2007), pp. 157–172.

23 哈葛德撰寫與土地有關的著作甚豐，包括：*A Farmer's Year* (London: Longmans, 1899), *Rural England* (New York: Longmans, Green, 1906[1902]), *A Gardener's Year* (London, New York and Bombay: Longmans, Green & Co., 1905), *Rural Denmarkand Its Lessons* (London: Longmans, Green & Co., 1913[1911]) 。

哈葛德一生與政界關係千絲萬縷，自己積極投身社會事務外，[24] 更獲兩度受封（Knight Bachelor (1912) 及 Knight Commander （1919年）），可見他的貢獻是受到認可的。這與他的小說投射對家國、民族、土地的深厚感情有莫大關係，因為土地本來就是文學反映鄉土感情、民族認同的不二媒介。事實上，哈葛德對於政界所產生的一個更幽深、更曖昧的影響，就是他預設的男孩讀者中，有一位日後影響世界歷史深遠的忠心讀者──邱吉爾（Winston Churchill；1874-1965）。這位在第二次世界大戰擔當靈魂人物的英揆，在他13歲那年，就曾寫信給哈葛德，一訴讀者對作家的仰慕之思外，更許下祝福，期望哈葛德的創作生命無窮無盡，永不息止。為了報答這位小讀者的愛戴，哈葛德把自己的新作 *Allan Quatermain* 寄贈給這位當時素未謀面，卻又日後於世界舞台舉足輕重的男孩。[25] 此外，哈葛德對政界的影響力也早已打破大西洋的阻隔，遠渡重洋橫及美國。美國總統羅斯福（Theodore Roosevelt；1858-1919）同樣因其小說而對這位英國爵士刮目相看，並邀請他以紅十字會專家的身份到美國考察[26]，更寄贈自己親署的照片銘誌二人情誼。要強調的是，羅斯福與哈葛德能惺惺相惜，除了因為這位美國元首折服於哈葛德精彩絕倫的小說外，一個更不為人留意的原因是：兩人同是自己國

---

24 哈葛德不但積極投身國家體格及道德重整委員會（Council of Public Morals and the National League for Promotion of Physical and Moral Race Regeneration），而且參與東諾福克（East Norfolk），代表保守勢力參選，因落敗而從無正式參政。

25 Amy Cruse, *After the Victorians* (London: Scholarly Press, 1971), p. 113; Martin Gilbert, *Churchill: A Life* (London: Heinemann, 1991), p. 16. 其實，從邱吉爾的眾多家書中，都看到他是緊貼哈葛德小說的忠實讀者。

26 哈葛德除了以小說感動羅斯福外，他的兩本有關紅十字會的著作 *The Poor and the Land* (London: Longmans, Green, 1905)，及 *Regeneration: Being an Account of the Social Work of the Salvation Army in Great Britain* (London: Longmans, Green & Co., 1910)，是直接促成羅斯福邀請哈葛德到美國的導因。

家為鼓吹男性陽剛之氣不遺餘力的鬥士，[27] 特別是羅斯福也是知名
的非洲自然考察家、探險家。羅斯福與哈葛德之交，是名副其實的
「識英雄重英雄」，只要我們看看羅斯福寄給哈葛德的親筆簽名照
片、照片上的題字內容，以及哈葛德的回信，就可知道兩人的男性
情誼（fraternal bond）之堅實。[28]

　　晚清社會對哈葛德小說最初的關注以及熱潮，並不是來自對哈
葛德本人的興趣，而是因為兩個不同版本的 *Joan Haste*（1895）：楊紫
麟、包天笑在 1901 年合譯出版了一個節譯本《迦因小傳》，林紓則
在 1904 至 1905 年出版了一個全譯本的《迦茵小傳》。儘管林譯因
為涉及道德名教而引起社會尖銳批評，但卻沒有阻止甚至減少他翻
譯哈葛德小說的興趣。林紓陸續翻譯了哈葛德的 *Eric Brighteyes*
（1889）（《埃司蘭情俠傳》（1904 年–1905 年））、*Cleopatra*（1889）（《埃
及金塔剖屍記》（1905 年））、*Montezuma's Daughter*（1893 年）（《英
孝子火山報仇錄》（1905 年））、*Allan Quatermain*（1887）（《斐洲煙水
愁城錄》（1905 年））、*Nada The Lily*（1892）（《鬼山狼俠傳》（1905
年））、*Colonel Quaritch, V. C.*（1888）（《洪罕女郎傳》（1905 年））、
Mr. Meeson's Will（1888）（《玉雪留痕》（1905 年））、*The People of*

27　Peter Gay, *Schnitzler's Century: The Making of Middle-class Culture, 1815–1914*
　　(New York: Norton, 2002), p. 196; Anthony E. Rotundo, *Transformations in*
　　Masculinity from the Revolution to the Modern Era (New York: BasicBooks, 1993),
　　p. 228.

28　照片是羅斯福於 1916 年 7 月 21 日寄給哈葛德的，有他的簽署及題字。羅斯福自呈
　　的形象，是一身西部牛仔裝扮，正在鞭策桀驁不馴的野馬跨過欄杆，並寫上他對馴
　　悍的得意心情。Tom Pocock, *Rider Haggard and the Lost Empire*, p. 145；哈葛
　　德在 1917 年寫給羅斯福的信，表示知道羅斯福熱愛小說主角 Allan Quatermain，
　　而且從 Allan Quatermain 的種種奇幻之旅體會到人生精彩之處。哈葛德致羅斯福的
　　信，現收在哈葛德作品 *Finished* 開首一段。略帶一提，邱吉爾亦是在芸芸哈葛德小
　　說中，特別喜歡 Allan Quatermain。

the Mist（1894）（《霧中人》（1906 年））、*Beatrice*（1890）（《紅礁畫
槳錄》（1906 年））、*Dawn*（1884）（《橡湖仙影》（1906 年））、*King
Solomon's Mines*（1885）（《鐘乳骷髏》（1908 年））、*Jess*（1887）（《璣
司刺虎記》（1909 年））、*She*（1886）（《三千年豔屍記》（1910 年））
等等。從這裏看出，1905 年是林紓翻譯哈葛德作品最密集的一年：
共有七本，平均兩個月譯出一本，這固然印證了他「耳受而手追之，
聲已筆止」的高速翻譯的說法，[29] 卻也反映了他在熱切地回應社會需
要。當中不能忽略的是 1905 年的特殊歷史語境，這對我們理解林
譯哈葛德小說有很大的幫助，下文我們會作進一步的探討。

　　表面上，林紓在翻譯過多篇哈葛德小說後，深受他的文體及文
筆所感動，稱「哈葛德為西國文章大老」，[30] 更悟出中西文體比附理
論來，直指「西人文體，何乃甚類我史遷」。[31] 但是，這種中西文體
比較議論，無論是通過口譯者精準、繪影繪聲的傳遞而來，還是
源於林紓自己驚人的理解力，最終其實也是依靠轉述隔濾而來，
因此在發表了這種參考比較的宏論後，他立刻在同文補足，說：
「予頗自恨不知西文，恃朋友口述，而於西人文章妙處，尤不能曲
繪其狀。」[32] 可見，其實林紓是沒有可能真正體會到哈葛德洋洋灑
灑的文筆的，他只是被小說裏風雲詭譎的情節吸引。的確，作為文
章大家的林紓，很快就看透哈葛德敍事模式的底蘊，實則是很簡單
的。他說：「哈葛德之為書，可二十六種，言男女事，機軸只有兩

29　林紓：〈《孝女耐兒傳》序〉，吳俊標校：《林琴南書話》，頁 77。本章所參考的林紓譯
　　文，根據原書引出：序言及跋語，為求統一，及方便讀者檢索，則以吳俊標校的《林
　　琴南書話》為準。
30　林紓：〈《撒克遜劫後英雄略》序〉，吳俊標校：《林琴南書話》，頁 35。
31　林紓：〈《斐洲煙水愁城錄》序〉，吳俊標校：《林琴南書話》，頁 30。
32　林紓：〈《洪罕女郎傳》跋語〉，吳俊標校：《林琴南書話》，頁 41。

法……」[33] 由此可見，哈葛德小說的文筆或技巧，並不是林紓沉迷或傾倒於哈葛德的真正原因。

　　除了「言男女事」的言情小說外，就是最熱門的冒險小說，在林紓看來情節也不算複雜，同樣只有一目瞭然的敘事模式：「或以金寶為眼目，或以刀盾為眼目。敘文明，則必以金寶為歸；敘野蠻，則以刀盾為用。捨此二者，無他法矣。」[34] 我們也看到，由於男主角冒險的行為動機全在尋金求寶，因此被魯迅指為庸俗勢利，也是可以理解的。至於哈葛德另一種有名的歌特式鬼怪故事（Gothic），林紓並不理解，認為最可信賴的還是嚴復的說法：「嚴氏幾道，謂西人邇來神學大昌。」[35] 的確，無論是相信大行其道的神學，還是相信科學，林紓都認為鬼怪之說言必無據，因此只簡單援引他心目中最能解說英國文化的權威嚴復後，他就沒有再加以深究下去。不過，哈葛德這種維多利亞歌特式神怪小說（Victorian gothic），本身充滿了世紀末的焦慮意識。[36] 世紀末意識，不但展現西方文化具有基督教末世論（eschatology）的思想本質，呈現出末日審判將帶來文明大限的幽深恐懼，更聯繫到維多利亞晚期社會的實際社會問題。19 世紀以降，過去自恃是蒙上帝榮寵而履行白人任務的大英帝國，面對越來越多殖民地反殖聲音，開始湧現了前

33　林紓：〈《洪罕女郎傳》跋語〉，同上註，頁 40。
34　林紓：〈《洪罕女郎傳》跋語〉，同上註。
35　林紓：〈《古鬼遺金記》序〉，吳俊標校：《林琴南書話》，頁 106。
36　Carolyn Burdett, "Romance, Reincarnation and Rider Haggard," in Nicola Bown, Carolyn Burdett, and Pamela Thurschwell eds., *The Victorian Supernatural* (Cambridge: Cambridge University Press, 2004), pp. 217–238; Richard Pearson, "Archaeology and Gothic Desire: Vitality beyond the Grave in H. Rider Haggard's Ancient Egypt," in Ruth Robbins and Julian Wolfreys eds., *Victorian Gothic: Literary and Cultural Manifestations in the Nineteenth Century* (New York: Palgrave, 2000).

所未有的危機感。Patrick Brantlinger 指，在哈葛德的維多利亞歌特式神怪小說中，有一個恆常主題，就是探險隊在尋寶的過程裏，會無意間打開時間錦囊，釋放古舊文明，當中甚至出現白人探險隊被起死回生的三千年殭屍窮追的情境。這其實是反映西方白人（尤其是英國人）19 世紀末由達爾文演化論（1870 年左右）帶來的心理焦慮。白人以生物演化論作為藉口，意欲侵佔、根絕、統治落後文明，但隨着探險隊深入不毛，見識到其他民族古文明的雄偉、奧妙及不可解後，從前因貪婪而壓抑下去的理智，出現反撲的現象，亦即是心理學上所謂壓抑反噬（return of the repressed）。[37] 哈葛德小說裏的千年殭屍和白人的關係，其實就是這種心理狀態的反射。

　　林紓認為這種冒險小說「捨二者，無他法矣」，表面上好像輕視這種次文類，但事實上，這種涉及大歷史及個人時間競爭意識的小說，潛移默化地，讓林紓構成了前所未有的身份焦慮。[38] 在下文我們會進一步分析：哈葛德的小說往往以與林紓年紀相若的老人作為敍述者，回憶少年時期五花八門的奇幻經歷，這一方面令林紓感到擁有青春無限的美好，但另一方面，年過半百後才開始接觸新知西學的林紓，面對自己年華老去，卻好像報國無門的景況，這種時間的張力，讓他產生無限的憂思；再加上哈葛德小說中所展現的古國文明和古代價值，瞬間即被西方文明蓋殲，面對這種種自身、

---

37 Patrick Brantlinger, *Rule of Darkness: British Literature and Imperialism, 1830-1914* (Ithaca, N. Y.: Cornell University Press, 1988), "Imperial Gothic: Atavism and the Occult in the British Adventure Novel, 1880-1914" 一章，pp. 227-253。

38 羅志田從思想史的角度分析，以民國初年新湧現的社會地位及分工，指出林紓出現嚴重身份危機的問題；本章則從時間意識及心理因素去處理，看待林紓所感的身份危機問題。羅志田：〈林紓的認同危機與民初的新舊之爭〉，《歷史研究》1995 年第 5 期，頁 117-132。

家國的多重焦慮，讓林紓開始從晚清先鋒，逐漸退避回五四遺老的道路，並以此埋下他後來與《新青年》「三少年」爆發爭端的伏線。對此，下文第六節會有詳細的分析。

三、英國的殖民主義與晚清的國族觀念

在這裏，我們會先討論具有英國帝國主義侵略者意識的小說，為甚麼能毫無阻隔地輕易跨越到中國來。要了解這點，我們要一邊分析哈葛德的小說，特別着重探討他是否明顯地呈現殖民意識，再一邊歸納林紓所理解的哈葛德；以此考察，林紓在譯介哈葛德的小說時，究竟有沒有留心這些侵略意識，或者，在甚麼樣的情形下「挪用」並「拿來」哈葛德的小說。

哈葛德小說另一個最主要的特色，就是大量地出現許多對非洲的實地觀察，呈現了非洲植物、水果花卉（Cape gooseberries, Transvaal daisy）、奇珍異獸（eland）、蟲豸（praying mantis, Hottentot's gods[39]）、河流地勢（Blood River, Umtavuna），以至水流方向及風向知識等，且經常以地道的語言去展示非洲文化的面貌。雖然小說的文體為汪洋恣肆的傳奇體或浪漫司（romance），但敍述到非洲各部落及文化生態時，他則轉而用上貼切的非洲方言（"sutjes, sutjes"）、詞彙，有時候甚至運用仿古語言，刻意營造一種重現非洲失落文化的真實性氛圍。有些時候，哈葛德小說又會以語音的一字之轉，把非洲在地真實知識，游移於小說的虛構臨界點上，譬如，祖魯國國王 Cetshwayo 在小說中以 Cetywayo 出現，祖魯帝國領域 Shaka 為 Chaka 等。如果以今天殖民話語去表述，他

39　"Hottentot" 是貶稱黑人的用詞，像 "Negro" 一樣，現已不通用。

的小說為英國社會提供了大量貌似可靠的「在地知識」（local knowledge）。哈葛德的小說，緊接在新教傳教士大衛・利文斯通（David Livingstone; 1813–1873）的利文斯通報告（Livingstone Report）後出現，正好具像化地展現利文斯通傳教新版圖對非洲的想像及描述，[40] 滿足了維多利亞社會對非洲知識的渴求，響應了利文斯通等傳教士、探險者在非洲探險的英雄神話。

哈葛德小說能在英國大受歡迎，除了與出版時間有關外，與小說本身的魅力不無關係。哈葛德小說的敘事角度並非站在侵略非洲的立場上。相反，從眾多小說歸納出，英國人在冒險故事初期，往往只是旁觀者立場，以客觀、抽離的姿態，旁觀非洲內部不同種族的文化衝突。如在《所羅門王寶藏》裏，英國人到非洲原只為掘金開礦尋寶，結局卻為 Kukuana 部族打退邪惡毒蛇化身的 Usuper 及 Twala，讓忠誠於英國的非洲僕人 Umbopa 繼位，使非洲回歸秩序。同樣地，在《三千年豔屍記》中，英國人與非洲人並不是站在對立位置，英國人 Ludwig Holly 為了拯救來自 Zanzibari 族的忠心僕人 Mohomed，不得不與同樣來自非洲的歹角 Amahagger 作殊死戰。通過這點，小說彰顯了友情及正義的可貴。雖然我們明白這些都是從英國人的角度出發，但這些道德教育，特別是着墨於患難見證的友情、對人忠誠及伸張正義行為等，正正就是下文要說到「少年讀物」（juvenile literature）其中一項重要的元素。

---

40 David Livingstone, *Missionary Travels and Researches in South Africa.: Including a Sketch of Sixteen Years' Residence in the Interior of Africa* (California, Santa Barbara: Narrative Press, 2001). Philip D. Curtin, *The Image of Africa; British Ideas and Action, 1780–1850* (Madison: University of Wisconsin Press, 1964), pp. 318–319. Daniel Bivona, *British Imperial Literature 1870–1940* (Cambridge: Cambridge University Press, 1998), pp. 40–69.

從小說敘事邏輯而言，英國人在非洲尋找天然寶物，如象牙、香料及古墓中的金磚等，雖然存有一定的奪寶重利心態，但哈葛德小說的潛台詞毋寧說是：英國人於奪寶過程中，不但沒有乘人之危，乘虛而入，反而化解了非洲內部的種族矛盾，拯救非洲於內亂。英國人往往能與各非洲部族同仇敵愾，一起抵抗蠻族外侮。在哈葛德筆下，英國人的行為，比起非洲種族之間的內亂、篡位、明爭暗鬥、勾心鬥角，實在更節制及人道。這種心態，從哈葛德小說奪寶三人組隊長的名字 "Captain Good" 已透露不少端倪："Good" 以英國人的「善行」(good) 轉喻「貨物」(good)。當然，如果我們客觀地看歷史，就會見到完全相反的圖像。當年英國入侵德蘭士瓦，是看準了德蘭士瓦的宿敵布林剛被瑟庫庫內 (Sekhukhune) 打敗，而布林的世仇，同樣虎視眈眈德蘭士瓦的祖魯 (Zulu) 也藉機入侵布林，令布林腹背受敵，身陷險境。英軍有見及此，藉機向布林提出統戰條件，協議以軍事力量及金錢資助布林。與此同時，英軍卻揮軍直入德蘭士瓦，強佔德蘭士瓦。可見，英國佔領德蘭士瓦的過程中，不但乘人之危，更使用了種種卑鄙齷齪的手段，而所謂與布林聯盟，也只是出於叵測的居心，根本沒有甚麼正義或忠誠可言。

哈葛德在小說中，除了置換英國及非洲勢不兩立的立場，讓英國化身成為解救非洲種族衝突的救星外，在小說彰顯的道德價值方面，哈葛德也重於描述英國人與非洲人的友誼。以此模糊了英國詆拱險詐的侵略者形象，巧妙地以此偷換概念的方法，讓英國讀者在這樣抽離殖民擴張主義的心態下，輕易產生了雄偉正義的正面形象，沉醉於良好自我感覺之中，區別自己於其他西歐殖民主義者（特別是宿敵荷蘭及德國），同時為自己的善行及保護弱小的天職，感到驕傲。這其實亦解釋了為甚麼哈葛德的小說在維多利亞社會能暢銷大賣的原因。晚期維多利亞英帝國面對的，是各國競相瓜分非

洲（Scramble for Africa）的現實。[41]19 世紀末西歐各新興民族國家（nation state），特別是英國，除了因為在工業革命後生產及人口過度膨脹，由此需要榨取更多的非洲資源，及外銷過度生產物品到當地市場，以維持生產水準及增長外，瓜分非洲、能多佔領殖民非洲的土地，當時已成為列強證明自己國力的指標了。[42]

　　既然哈葛德小說的侵略意識這樣明顯，滿腔愛國熱血的林紓絕不可能不理解或忽略。作為譯者，林紓對於小說內的佈局，一定有深刻的體會。的確，林紓早已明察小說中白人的角色及功能：「白人一身膽勇，百險無憚，而與野蠻拼命之事，則仍委之黑人，白人則居中調度之，可謂自佔勝著矣」、[43]「其中必緯之以白種人，往往以單獨之白種人，蝕其全部，莫有能禦之者」，[44]甚至「白種人於荒外難可必得之利」、「且以客凌主，舉四萬萬之眾，受約於白種人少數之範圍中」。[45]然而，儘管林紓很自然而然地代入非洲、美洲印第安人、埃及的位置去述及這些被白人殲滅的弱小民族，但如果我們細心去看，就發現林紓在跋序中的論述，目的並不在於批判白人，且也沒有對這些被欺凌的國家寄予極大同情。他說「西班牙固不為強」、「紅人無慧，故受劫於白人」；而最諷刺的是，林紓似乎沒有弄清西班牙到底是白人殖民者還是受劫的弱者。一個「固」字及「故」字，就好像在說印第安人及西班牙理當落得如斯下場，與人無尤。即使林紓明白，中國很可能與這些文明一樣，落得「亡國者為奴」的命運，但在他眼中，現階段的中國無論如何也絕對不等

41　Thomas Pakenham, *The Scramble for Africa* (New York: Avon Books, 1991).

42　Eric Hobsbawm, *The Age of Capital 1848–1875* (New York: Vintage Books, 1996), Ch. 5 "Building Nations", pp. 82–97.

43　林紓：《〈斐洲煙水愁城錄〉序》，吳俊標校：《林琴南書話》，頁 31。

44　林紓：《〈古鬼遺金記〉序》，吳俊標校：《林琴南書話》，頁 106。

45　林紓：《〈古鬼遺金記〉序》，同上註。

同於非洲及印第安人。因此，他一方面不認為這些民族的境況與中國的情形相同，另一方面，在申論的時候，他又彷彿只看到一種成者為王、敗者為寇，主人與奴隸的立場而已。

哈葛德的小說雖然是以年輕讀者為對象，但他的小說在驚奇冒險中，卻不乏鮮血淋漓的場面，特別是當中往往細緻地展現斬首及肢體變形，好像在渲染暴力一樣。[46] 對哈葛德及英國讀者而言，小說描寫非洲蠻族以蠻易蠻、以暴易暴，絕對合情合理，甚至帶點相當的必要性，因為小說既是描寫深入不毛的尋寶探險，越是暴力，越是野蠻，就越顯得主角智勇雙全。非洲部落的野蠻無度，亦增加了白人以及教會教化、開化、管治的必要，此亦是我們所熟知的「白人的負擔」（White Men's Burden）（或「白人的天職」）的殖民理論。有趣的是，林紓理應站在受害者、弱小民族的立場，反對這些暴力場面。但是，林紓不但沒有在序跋中譴責施暴者，更在序跋中把這些暴力場面加以合理化。林紓在這裏，好像道出一個貌似冷血的訊息：暴力並不是不可取！而這點，正跟林紓如何通過翻譯，挪用敵人的論調有緊密的關係。林紓認為，一個野蠻之國只有兩種個性：奴性以及賊性，與其像牛狗一樣被任意宰殺，「匍匐就刑」、被人「凌踐蹂踏」，倒不如大力發揮其賊性，即使「勢力不敵」也要堅持到底，「百死無饜，復其自由而後已」。林紓認為，在危急存在之際，鼓動賊性，是在所難免，目的，是為「振作積弱之社會，頗足鼓動其死氣」，令國家以及個人都得以像「狼俠洛巴革」一樣獨立。

---

46 Laura E. Franey, "Damaged Bodies and Imperial Ideology in the Travel Fiction of Haggard, Schreiner, and Conrad," "Blood, Guts, and Glory: Rider Haggard and Anachronistic Violence," in Laura E. Franey, *Victorian Travel Writing and Imperial Violence: British Writing on Africa, 1855–1902* (Houndmills, Basingstoke, Hampshire; New York: Palgrave Macmillan, 2003), pp. 67–74.

他認為，賊性與尚武精神，並無異致。他甚至以《水滸傳》作一貼切的比喻，好漢被迫上梁山，雖為法理不容，但只因世道險惡，忠良無用，「明知不馴於法」，「明知力不能抗無道」，也只能這樣做。翻譯這些小說，「足以兆亂」，「能抗無道之人」；即使要「橫刀盤馬」亦在所不惜，因為「今日畏外人而欺壓良善者是矣。脫令梟俠之士，學識交臻，知順逆，明強弱，人人以國恥爭，不以私憤爭，寧謂具賊性者之無用耶」？他要這些小說達到「以振作積弱之社會，頗足鼓動其死氣」的地步，警戒中國人不能「安於奴，習於奴，憪憪若無氣者」，[47] 寧願以暴易暴，亦不能逆來順受。林紓認同哈葛德小說的暴力，是與晚清整體的大氛圍有關係的。自從嚴復翻譯《天演論》後，晚清社會洋溢着物競天擇、適者生存的道理。林紓像同時代的士大夫一樣，認同中國要生存下去，惟一服膺的，就是社會進化觀達爾文主義（Social Darwinism）：弱肉強食，優勝劣敗，這是自然演化的鐵律。因此，能夠幫助中國脫離劣勢頹敗的時代思想，並不是同情弱小、悲天憫人的情懷，而是更快認同強者。因此，林紓在序言及跋言中，展現西方的暴行，目的是煽動國民情緒，警醒四萬萬同胞，千萬不能甘於淪為馬狗，束手靜待滅種之日，而成為亡國奴。

　　過去討論到林紓的愛國情操時，我們往往很少正面討論林紓認同暴力及他認同勝者為王的道理，因為這樣就好像在指斥林紓合理化殖民主義對中國的侵略一樣，與他愛國形象極度不符。但是，如果我們能先明白，林紓必先認同哈葛德小說背後的價值，才會大量翻譯他的小說到中國來，就不難看到，晚清其實並不如五四時人所詬病的，毫無標準，隨機任意翻譯外國作品到中國。能夠解釋翻譯

47　林紓：《〈鬼山狼俠傳〉敍》，吳俊標校：《林琴南書話》，頁 33。

甚麼（What）作品到中國來，配合下文分析如何翻譯（How）的問題，就具體還原了晚清中國翻譯哈葛德小說的歷史情境了。

四、維多利亞時代的少年文學與少男冒險文學

在上文，我們初步解釋了本來處於敵對立場的殖民者與（半）被殖民者、維多利亞英國社會與晚清中國，卻因何種心態，能弔詭地轉成同一勢位，特別是，英帝國主義文學，反過來好像變成了後殖民論述中親內的敵人（Intimate Enemy）一樣。[48] 在這一節，我們進一步深入分析，哈葛德小說具有哪些元素，既能滿足維多利亞社會殖民者的需要，又能轉嫁成為晚清社會建立國族觀念的動力。

哈葛德小說中一個很明顯的特色，就是宣揚男性剛強的意識，鼓動英雄主義。他的這種用心，從人物角色、情節、佈局上都可輕易看到。小說中的男主角，無論是到非洲、墨西哥，深入不毛之虎穴龍潭，還是回到本國家中，個個都是體格矯健，身手不凡。他們不怕艱辛，處處表現勇者無懼的精神。我們要明白，以上所說的這些特質，是社會定義男人陽剛氣質的性別要求。[49] 男性在成長過

48　Ashis Nandy, *The Intimate Enemy: Loss and Recovery of Self under Colonialism* (Delhi: Oxford University Press, 1983).

49　Robert Brannon 指，在文學及文化文本表述上，要建構社會認同的男性意識，一般在描寫男角時，會從以下幾點着墨：1. 在語言、行為及思想上，去掉帶有社會刻板印象的「女性特質」（如神經兮兮、娘娘腔、扭捏作態、心思脆弱、容易受唆擺等等）；2. 建立「男性特質」：體魄強健、行事決斷果敢，威風凜凜，說話時捷敏辯給，不要拖拖沓沓、不知所言；3. 追求社會成功人士形象（地位、金錢），令一眾蒼生（特別是凡夫俗子）景仰萬分；4. 個人要有雄心壯志，野心萬丈，敢於積極爭取所要所求。Robert Brannon, "The Male Sex Role: Our Culture's Blueprint of Manhood, and What It's Done for Us Lately," in Deborah S. David and Robert Brannon eds., *The Forty Nine Percent Majority: The Male Sex Role* (New York: McGraw-Hill Companies, 1976), p. 12。

程中，要追隨、學習、模仿這些行為及信念。反過來說，他是通過攫取這些特質，以證明自己的性別身份。男性在成長階段，被這等社會性別意識塑造成社會定型的「男性」。*The Ghost Kings*（林譯《天女離魂記》）中，就有一幕經典場面，很可以說明哈葛德小說的目的，是鼓動男性施展英雄行為：在男女主角邂逅的一幕裏，男主角在雷電交加，暴風疾雨中，不顧自身的安危，縱身策馬飛躍激流急湍的瀑布，勇救對岸孤立無援，身陷險境，且素未謀面的女主角。這種英雄俠義行為，很能震撼年輕讀者心靈，目的是薰陶少年讀者，讓男性憧憬化身成為英雄，日後做出英雄救美的行為；而透過女性仰慕英雄救美一幕，也能培養社會性別中「男主動，女被動」的愛情期待。

　　除了《天女離魂記》外，我們不妨以晚清讀者最熟悉的 *Joan Haste*（林譯《迦茵小傳》）去說明哈葛德對少男讀者所產生的激勵作用。*Joan Haste* 與《天女離魂記》不同，並不直接表現英雄救美，而是展現另一套關於「理想男性」邏輯：男性要奪取女性的芳心，成為女性心目中的英雄好漢，先要奮不顧身，義不容辭，滿足女人的慾望，解決女人的困難。這可以說是一種更婉轉地製造「男主動，女被動」的社會性別論調。*Joan Haste* 開首一幕，迦茵對亨利說，自己閒暇常到壁立千仞的崖邊，除了為一看海天一色、怪石嶙峋的奇景外，更因為喜歡注目觀賞崖上的雛鴉。她最大的心願是把這些雛鴉帶回家。亨利聽到佳人這卑微的願望後，便二話不說，徒手攀上巨塔。可惜，狂風肆虐，亨利於千鈞一髮間飛墜深谷，身體嚴重受傷，出現多處骨折。雖然如此，動彈不得的英雄亨利，仍然面帶微笑對迦茵說，能搏取紅顏一笑，再多折幾根骨頭也在所不辭。今天的讀者也許會不屑亨利的行為，認為他太浪漫、太幼稚以及過於逞英雄，但如果我們記得，在民初中國就有一位年輕的少男

讀者，時值 16 歲，眼含熱淚，大聲疾呼：「我很愛憐她，我也很羨慕她的愛人亨利。當我讀到亨利上古塔去替她取鴉雛，從古塔的頂上墮下，她引着兩手接受着他的時候，就好像我自己是從凌雲山上的古塔頂墮下來了的一樣。我想假使有這樣愛我的美好的迦茵姑娘，我就從凌雲山的塔頂墮下，我就為她而死，也很甘心。」[50] 這位青澀少年，後更特以《少年時代》作自傳名稱，回憶他於懵懂青春期如何被這情節吸引。至此，我們便會驚訝於少男讀者對這情節的深刻認同，更驚歎於哈葛德小說對少男的啟蒙能力了。不用多說，這位少年讀者，就是日後成為中國浪漫主義旗手的郭沫若。郭沫若上述的這段話，過去往往是用來證明他萌生浪漫情懷的根源；但重點，其實更在於他如何在閱讀哈葛德小說後，培養並內化了「甘心為美人而死」就是「真英雄」的認知。

哈葛德小說為了形塑社會上形形色色的英雄，男主角都是航海水手、海員、船長、陸軍上尉，還有隨着出海遠航的冒險家、探險家、貿易商人等。這些小說人物的職業設計，反映了維多利亞社會的男性觀，同時亦與帝國鼓吹開拓殖民地的思想大有關係。維多利亞社會認為，一個男人不但要志在四方，更要選取合適職業，發揮個人能力，而千萬不可以飽食終日，無所用心。19 世紀末的英國社會認為，懶散足以侵蝕男性的剛強性格及奮鬥心，[51] 而柔弱就像去勢一樣，磨蝕男子天生的男兒氣（virility）。因此，一個真漢子需要努力工作，而目標遠大的男兒不會耽於舒適奢侈的生活環境；

50　郭沫若：《少年時代》，《郭沫若全集》第 11 卷，頁 122。

51　Thomas Carlyle, *On Heroes, Hero Worship, and the Heroic in History* (London: Electric Book, 2001), pp. 163–64, 198, 200, 204; "Competing Masculinities: Thomas Carlyle, John Stuart Mill and the Case of Governor Eyre," in Catherine Hall, *White, Male, and Middle Class: Explorations in Feminism and History* (Cambridge: Polity Press, 1992), p. 266.

一個大丈夫，也絕不會甘於雌伏屈居人下，依靠父蔭而無所作為的。因此，他必需依靠自己一雙手，自力更生，成為社會冀望及認同的理想男人。[52] 這種主導維多利亞社會的思想，與工業社會帶來的新興社會結構有關，特別是指新出現的商人及中產階級的新文化力量。社會鼓勵個人憑自己努力，向社會上層靠攏，而有所謂向上流動（social upward mobility）的概念。我們在 *Joan Haste* 中看到，亨利的兄長遽然去世，亨利不得不在百般不情願下辭去航海事業回家，繼承被兄長敗得所剩無多的家當及財產。亨利多次表示極度不願辭退航海工作，因為他明言，遠航可以鍛煉他的體能及心志，實現他遠大的理想。而遠航冒險，也顯示了他不甘依附在家，希望勇闖天地的志向。我們可以想像，年輕讀者看到這些，也會立志要當一個出色的航海家、一個果敢的冒險家，以證明自己的能力，也會想像故事人物一樣，遠渡重洋，深入不毛，以果敢、非凡的毅力，大無畏精神，敏銳的判斷力，尋寶探險，或開採礦物（鑽石、鐵、金及錫等），或把珍貴稀奇的寶物（棕櫚油、蜜蠟、砂金、象牙等）帶回家，希望自己像小說人物一樣，以此建立自己的事業，締造白手興家（self-made man）的神話；另一方面，亦說明到海外冒險、探險、貿易，是飛黃騰達得到財產、幸運（fortune）的門徑。

　　為了配合預設讀者──未成年的年輕男子，小說的主角也是風華正盛，處於人生黃金時代的少男：*Nada The Lily* 的男主角 17 歲，*Joan Haste* 的亨利從 23 歲開始遠遊闖蕩。這固然是

52　Leonore Davidoff and Catherine Hall, *Family Fortunes: Men and Women of the English Middle Class, 1780–1850* (Chicago: University of Chicago Press, 1987), Ch. 2, "A Man must Act Men and the Enterprise", pp. 229–271.

為配合當時英國社會普遍認定的少男觀念（14 至 25 歲），[53] 而以
這些人生階段的少男作為敍述主體，也是要培養讀者，告訴他們
甚麼是理想人格，甚麼是人所仰慕的職志，以及值得追求的成功
及理想人生，讓這些少男讀者在嚮往並追求成人世界（a quest of
adulthood）的過程中，有所學習及模仿。而從上文分析可見，
一個被人認同的「真正男人」，除了在性格及行為上有需要符合
社會認同的陽剛特質外，更應有成功的事業、驕人成就，找到他
心目中的美人，成家立室。[54] 這種思想，若配合英國當時的政治
氣氛及宗教背景來看，可以說是沆瀣一氣的。當時信奉新教教
義的英國（無論英國本土及海外屬地和殖民地），只有成年並已
婚，甚至有子嗣的男人，才能擁有土地繼承權及公民權，而婚事
及子嗣繼承權，不用多說，是指教會認同的婚事及婚生繼承人。
為此，我們會明白，這種男性讀物培養的讀者對象，是以異性戀
為性向的男子，因為我們都知道，正在擴張的維多利亞社會絕不
容許同性戀的出現。[55] 因為在當時的一般理解上，娘娘腔的同性
戀男子，不會逞英雄而做出剛毅的行為，由此會減低行軍士氣，
更幽深的原因是這會影響海外拓展的國家大計，影響了男丁、兵丁
的來源。[56]

---

53 Anne S. Lombard, *Making Manhood: Growing up Male in Colonial New England* (Massachusetts, Cambridge: Harvard University Press, 2003), pp. 18–45.

54 John Tosh, *A Man's Place Masculinity and the Middle-Class Home in Victorian England* (New Haven: Yale University Press, 1999).

55 英國在 1885 年通過刑法修正案（Criminal Law Amendment Act），把同性戀列作刑事罪行。同性戀在英國國家政策、文化文學、殖民主義與國家主義議題上，有完全不同的討論。見 Christopher Lane, *The Ruling Passion: British Colonial Allegory and the Paradox of Homosexual Desire* (Durham: Duke University Press, 1995)。

56 George L. Mosse, *Nationalism and Sexuality: Respectability and Abnormal Sexuality in Modern Europe* (New York: H. Fertig, 1985), p. 23.

　　我們看到，所謂「少年讀物」，在某層次而言，是為服務某種社會主導意識而產生；而事實上，回顧人類歷史發展，各社會隨着醫學、生活質素、物質條件的進步，對「少年」的定義，亦漸次不同。[57] 因此，我們的研究重點，與其是循歲數去釐定穩如磐石的「少年」概念，[58] 毋寧是找出「製造少年」、「發現少年」及社會化 (socialization) 少年論述的具體歷史、社會、政治條件。

　　19 世紀的英國，出現了一批描寫男主角浪跡天涯，到深山、海外遠域、不毛之地冒險的作品，如：《金銀島》(*Treasure Island*, 1883；Robert Louis Stevenson)、《珊瑚島》(*Coral Island*, 1857；R.M. Ballantyne)，George Henty 小說中的主人公到非洲冒險，Rudyard Kipling 小說中的主人公到印度冒險，或者是 Edgar Rice Burroughs (1875–1950) 筆下在非洲原始森林歷險的泰山 (*Tarzan of the Apes*) 系列等。這些能歸類名為「少年文學」的海外冒險小說類型，從文學淵源上，是來自笛福 (Daniel Defoe) 的《魯賓遜漂流記》(*The Life and Adventures of Robinson Crusoe*; 1719)，即形成一種特殊的文學體裁——魯賓遜漂流類型

---

57 若只以少年中的少男為例說明這情形，過去希臘羅馬文化以及阿拉伯文化中，認為少男歲數上限是 25 歲（如但丁），另外也有 11 世紀的哲學家認為，少年人到 30 歲才被當作成人。見 Ruth Mazo Karras, *From Boys to Men: Formations of Masculinity in Late Medieval Europe* (Philadelphia: University of Pennsylvania Press, 2003), pp. 12–17。

58 過去，人們往往認為少年是一個自然的概念：年輕人到達相應年齡，身體釋放生長荷爾蒙，漸次出現性徵，就是踏進少年階段——這固然是最基本的生物學判定；但近年社會學研究者已指出，少年 (youth) 的概念，就像兒童概念、性別概念一樣，並非全部來自生物決定論 (biological determination)。Philippe Aries, *Centuries of Childhood* (Harmondsworth: Penguin Books, 1973).

（Robinsonade）。[59] 這類故事的特色，都是以少年男主人公為主，故事描述他們海外冒險的所見所聞，頌揚他們的英雄本事、勇於克服困難的精神——他們在艱辛冒險過程中，發揚自主自立精神，甚至教化野蠻，傳播英國文化精神，最後榮歸本土。這類作品，除了在文學淵源上私淑魯賓遜小說外，思想淵源上，則直接受卡萊爾（Thomas Carlyle; 1795–1881）1840 年的倫敦演講（London lectures）〈英雄與英雄崇拜〉（*On Heroes, Hero Worship, and the Heroic in History*）以及邁爾斯（Samuel Smiles; 1812–1904）在 1859 年出版的 *Self Help*（《自助論》或《西國立志篇》）影響而來。

　　當然，能直接並大量衍生這類「少年文學」的主導原因，是當時英國與國際間風雲詭譎的氣氛。[60] 18 世紀以來，西歐各國經歷革

59　有關《魯賓遜漂流記》如何鼓動男性氣概，參考 Stephen Gregg, "'Strange Longing' and 'Horror' in Robinson Crusoe," in Antony Rowland, Emma Liggins and Eriks Uskalis eds., *Signs of Masculinity: Men in Literature 1700 to the Present* (Amsterdam; Atlanta, GA: Rodopi, 1998), pp. 37–63。其他的請參考 Mawuena Kossi Logan, *Narrating Africa: George Henty and the Fiction of Empire* (New York: Garland Pub., 1999); John M. Mackenzie, "Hunting and the Natural World in Juvenile Literature," in Jeffrey Richards, *Imperialism and Juvenile Literature,* pp. 144–173。魯賓遜小說（Robinson Cruosoe）的原像，為甚麼後來成為被眾多男孩小說模仿及追隨的對象？是因為小說的內容邏輯，絕對是從勸導白人要教化野蠻人 Friday 的思路而來。白人要航海、遠遊，甚至戰爭，把英國國家及宗教一直宣傳的有禮儀、有素養（literacy）的文化（civilized）觀念傳播開去，亦即是白人所肩負的開化蠻族的責任（White Men's Burden），以此改善世界，教化不毛，而令不信主，沒有文化更作出惡行的蠻族，得以皈依真善美的主愛之內。魯賓遜小說中雖描寫魯賓遜孤身在荒島，但這絕不代表他被天譴而驅逐在境外的意思，而是代表了他能用自己的力量克服困難，代表憑自己的本事，成為社會領袖的觀念。

60　有關歐洲與國族主義下「發現少年」的討論，可參考 John R. Gillis 的研究，特別是 *Youth and History: Tradition and Change in European Age Relations, 1770-Present* (New York: Academic Press, 1974) 內的一章，"Boys will be Boys: Discovery of Adolescence, 1870–1900," pp. 95–130, 及 John Springhall, *Youth, Empire and Society: British Youth Movements, 1883–1940* (London: Croom Helm, 1977), pp. 14–17。而德國同期的少年運動，可參考 Walter Laqueur, *Young Germany, A History of the German Youth Movement* (New Brunswick, N.J.: Transaction Books, 1984)。

命時代後，新興民族國家如德國、意大利等漸次形成；[61] 英國雖然
繼承 18 世紀以來的帝國殖民主義（一般學者把 1870 年定為新殖民
主義興起的時期）國策，但在愛爾蘭及蘇格蘭民族運動日漸壯大的
威脅下，英國本土的帝國殖民主義受到嚴峻挑戰，英國因此反過來
需要更多的海外殖民暴行，以維繫自己的民族力量。在狂飆的國族
主義下，對英國之外的西歐各國而言，保衛自己國家領土完整，同
時兼吞海外版圖，同樣變成穩定民族情緒的必要政治手段。[62] 事實
上，18 世紀末、19 世紀初，西歐出現的少年文學（特別是當中以
少男為預設讀者的文學類型），就是在這種戰事氣氛下形成的，而
特別與徵兵及軍事競賽有直接關係。[63] 1882 年，德、奧、意簽訂
三國同盟條約，以狙擊一直奉行「光榮孤立」（Splendid isolation）
政策的英國，[64] 加上極左思潮開始從歐陸滲透到英國──《共產黨宣
言》在 1848 年於倫敦地下出版，1851 年馬克思流亡並定居英國，
在在動搖着英國的國家主義。Jeffrey Richards 指出，殖民、擴張
帝國版圖是 19 世紀英國的國家意識形態（national ideology），[65] 而
這期間的少年運動，就是要令少年們在成長過程中具有明確的學習
目標及動機，去掉當時漸漸在年輕朋輩間流行的極左及虛無思潮。
除少年讀物外，如何打造國家認同的理想少年，亦往往從衣着服飾
（制服）、唱玩遊戲以及課外活動（extra curricula activities）入手，

61　Eric Hobsbawm, *Nation and Nationalism* (London & New York: Routledge Curzon, 2002).

62　Eric Hobsbawm, *The Age of Capital 1848–1875*, p. 78.

63　Philippe Aries, *Centuries of Childhood*, p. 329.

64　Graham D. Goodlad, *British Foreign and Imperial Policy, 1865–1919* (London & New York: Routledge, 2000), pp. 54–66.

65　Jeffrey Richards, *Imperialism and Juvenile Literature*, p. 2.

如我們熟悉的男童子軍（Boy Scout），[66] 根本就是少年（少男）運動的重要環節。事實上，少年運動除了在表面上豐富了年輕男子的識見及學習內容，更重要的政治目的，在於能更早培植國民軍（boy cadets），萬一國家在國際軍事任務上出現損兵折將，這些曾經參加童子軍或其他紀律集訓的男孩，能夠大大增補軍隊的生員，令國家及兵力不會突然衰退而陷入混亂。應該指出，男童子軍創辦人英國軍官貝登堡（Baden-Powell）本身就是國民軍的一員。[67]

　　哈葛德固然並無立誓加入「少年運動」，但從他的小說創作、出版、生產及傳播的過程來看，加上他小說的內部意識，他的作品絕對能歸入「少年運動」下產生的「少年文學」，特別是其中以少男為讀者對象的文學類型。哈葛德在創作《所羅門王寶藏》時，就明言是模仿另一少男讀物——冒險小說《金銀島》（*Treasure Island*）而來。當他把作品送到出版社時，迅速引起另一善於寫作兒童讀物的編輯安德魯‧朗格（Andrew Lang）的注意，驚歎這是《金銀島》後不可多得之作，並立刻建議在 Harper 出版社的 *Boy's Magazine* 出版。當時英國的 *Boy's Magazine* 系列出版的 *Boy's Own Paper*，就是要教導及培養男孩成為一個雄糾糾的男人（to act like a man），

66　男童子軍的創辦人英國軍官貝登堡在駐兵印度時，發現軍隊士兵大多缺乏基本急救常識及求生技能，他便草擬 *Aids to Scouting* 急救及偵查小冊子，讓士兵有所掌握。後來他在布林戰爭中保護小城有功，返英後，猛然發現自己編製的救生小冊子已成為英國男孩競相爭持的讀物，而自己也變成他們崇拜的民族英雄。於是，他便發起成立男童子軍。順帶一提，這亦是晚清林紓及包天笑翻譯童子故事的名稱來源（如《美洲童子萬里尋親記》（1904 年）、《愛國二童子傳》（1907 年））。

67　John R. Gillis, "Boys will be Boys: Discovery of Adolescence, 1870–1900," in *Youth and History: Tradition and Change in European Age Relations, 1770-Present*, pp. 95–132.

準備作社會的未來棟樑。[68] 朗格對少男市場的內容及定位瞭若指掌，他自己也是這些少男冒險小說的忠實讀者（他自言是《金銀島》的忠實讀者）。在哈葛德之前，就有另一作家 George Henty，曾寫下無數深入非洲探險的作品，穩佔少男市場，並創下驚人的銷量。朗格要以哈葛德的作品作一較勁，在少男文學市場上分一杯羹，這反映出少男文學的市場已固若金湯。[69] 從哈葛德在《所羅門王寶藏》的扉頁，將這書送給大男孩（boy）及小男孩，就足以看到，他深深明白這類文學所能產生的意識形態。

五、晚清的少年文學及林紓增譯的少年氣概

過去研究晚清社會接受哈葛德小說時，論者往往看不到哈葛德小說的背景，因此並不能解釋哈葛德小說大量被譯介到晚清的原因，而只以為區區幾個過於空泛的原因，如晚清社會吸收西學、西書、西俗，便解釋過去。但是，如果我們有一具體西方原語境作參考，再抽絲剝繭閱讀林紓序跋中所說的哈葛德相關言論，並以林紓譯文作一參照，我們就不難發現，晚清選擇哈葛德的小說，在於他的小說能提供英氣。

我們在上文指出，1905 年是林紓翻譯哈葛德作品最密集的一年：共有七本，平均兩個月譯出一本，這固然印證了他「耳受手追」

68　*The Boys' Own Paper* 的內容及廣告，可參考日本 Eureka Press 於 2008 年重新再版的系列；而研究 *Boys' Own Paper* 如何啟蒙男人變得「真」有男人味及男子氣概的著作，可看 Kelly Boyd, *Manliness and the Boys' Story Paper in Britain: A Cultural History, 1855–1940* (Houndmills, Basingstoke & Hampshire: Palgrave Macmillan, 2003)。

69　Mawuena Kossi Logan, *Narrating Africa: George Henty and the Fiction of Empire*, p. 26.

高速翻譯的說法，但更值得考察的是 1905 年的特殊歷史語境——
正值日俄之戰。自 1840 年鴉片戰爭開始，中國屢屢戰敗，天朝大
國的巨人形象日漸頹唐萎縮。西方霸權肆意侵佔中國領土，羞辱
人民。爾後十多年，中國慘經不斷的喪權辱國之痛，惶惶然與日俱
增，到了 1905 年，這種卑怯之情，達到極至。過去一直被認為是
蕞爾小國的日本，居然在甲午之戰大敗中國，又在日俄之戰中大敗
俄國。中國人不但越來越自慚形穢，而在列國之間，更往往被醜化
成卑躬屈膝，奴顏婢睞的樣子。很多的文化想像已經形象化地告訴
我們，中國男人的形象被矮化成為失去男子氣概、軟弱無能的懦
夫，甚至以女性的形象出現，以此喻為被剿去男性雄風，在列強間
委屈求存。[70] 如果晚清文人志士還不替中國增加一點英氣，不宣導
戰鬥風格，遏止柔弱傾頹的消沉風氣，恐怕外侮未至，而自我頹靡
不振，只會增快亡國滅種之日的降臨。林紓在翻譯 *Eric Brighteyes*
為《埃司蘭情俠傳》時，就透露了翻譯哈葛德小說的真正企圖，是
在於通過翻譯冰島（Iceland；林紓音譯為「埃司蘭」）英雄史詩傳
說故事（Sagas），褒陽剛而貶陰柔，為中國增強「剛果之氣」，鼓勵
社會「重其武」的尚武精神：

> 嗟夫！此足救吾種之疲矣！今日彼中雖號文明，而剛果
> 之氣，仍與古俗無異。

70　胡垣坤、曾露凌、譚雅倫編，村田雄二郎、貴堂嘉之訳：《カミング・マン：19 世
紀アメリカの政治諷刺漫畫のなかの中國人》（東京：平凡社，1997 年）及 David
Scott, *China and the International System, 1840–1949: Power, Presence, and
Perceptions in a Century of Humiliation* (New York: State University of New York
Press, 2008)。

林紓並以東漢光武帝劉秀說明「柔道理世」之原因：「陽剛而陰柔，天下之通義也。自光武欲以柔道理世，於是中國姑息之弊起，累千數百年而不可救。吾哀其極柔而將見飫於人口，思以陽剛振之……」[71] 林紓的目的，不在筆削春秋，而是以此貶抑、剔除「柔道理世」的治國理念及社會風氣。我們在這裏無意探討光武帝是不是一個敗君，更無意討論自漢以來的治國理念是否能直接影響晚清氣運。但重要的訊息是，從林紓的序言看到，陰柔、「柔道理世」是國家勢力衰敗的原因，要一洗頹氣，不但要袪陰柔之風，相反而言，更要增補刺激陽剛之氣，以增國運，以此刺激自尊受損的中國男子能夠重新「自厲勇敢」，齊心奮力抵強外侮。在《埃司蘭情俠傳》序言中，我們要特別注意林紓在最後一句之所指，即「其命曰《情俠傳》者，以其中有男女之事，姑存其真，實則吾意固但取其俠者也」中最後「但取其俠」四字。[72] 事實上這已指出，林紓藉着譯者身份，翻譯過程中有借題發揮、操縱文本之意，而更具體地說，即是在譯文中加強男性英雄氣概（他心目中最有英雄氣概的是俠）。[73] 事實上，我們可以配合他早一點的言論，他在翻譯另一篇同為哈葛德小說的《紅礁畫槳錄》（1906 年）時就指：「孽海花非小說也，鼓蕩國民英氣之書也。」[74] 連《孽海花》對林紓而言，也只是鼓蕩國民英氣之書，那麼，明顯張揚並鼓吹男子氣概的哈葛德小說，就更加

71　林紓：《埃司蘭情俠傳》序〉，吳俊標校：《林琴南書話》，頁 130。

72　林紓：《埃司蘭情俠傳》序〉，同上註。

73　事實上，譯者通過操縱文本，在翻譯過程中增補、刪減一些性別形象，以提高國族意識，達到救國及建國的目的，古今中外比比皆是，見 Carmen Rio and Manuela Palacios, "Translation, Nationalism and Gender Bias," in José Santaemilia ed., *Gender, Sex, and Translation: The Manipulation of Identities* (Manchester: St. Jerome Publishing, 2005), p. 77。

74　林紓：《紅礁畫槳錄》譯餘剩語〉，吳俊標校：《林琴南書話》，頁 60。

不是純粹提供西學、西俗知識和飛黃騰達夢想給晚清社會了。

　　在芸芸林譯哈葛德小說中，最能證明林紓有意識地提取哈葛德小說中少男英氣，以增注於晚清社會，勉力救國的例子，是林紓筆譯、陳家麟口述的《天女離魂記》(*The Ghost Kings*; 1908)。《天女離魂記》是典型的言情、冒險加歌德式奇幻小說。原文故事開始（林紓版本闕譯）描述在 15 年前，非洲祖魯國 Dingaan 王統治的時候，發生了一件不可思議的事。王朝內有一位白人少女，由於神靈附體，因此身懷魔法及施咒的能力，加上少女喜愛穿白衣，王朝把她加冕稱尊為 Zoola，意即祖魯之母 (Lady of the Zulus)。她本來是西方某傳教士的女兒。Dingaan 王妒嫉這少女的父母，把他們殺害，少女因此發瘋後，對祖魯國 (Zulu) 施以毒咒，祖魯國不久就敗於布林軍，國王慘死，全國覆滅。一轉眼，十五年過去，故事回到現在。從英國赫特福德郡 (Hertfordshire) 來的道夫牧師 (Reverend John Dove)，受到神召，一心來傳教，要開化非洲土人，以此侍奉上帝以及彰顯上帝對（非洲）人的愛。他於是帶着妻女同行，舉家遷到南非。可惜的是，妻子不能適應非洲艱苦的生活，多次流產，生下的孩子也早早夭折。惟獨現年 15 歲的長女 Rachel 自 4 歲從英國遷居非洲後，一直健康茁壯成長。故事描述，牧師及 Rachel 安葬好剛夭折的弟弟後，父女為是否應全家回英國定居而產生齟齬，牧師為了讓女兒冷靜下來，着她去為母親找一點可口美味的水果回家，少女因此單獨走到嶮峻山谷，並不幸遇上暴風雨而被困，幸得男主角相救。

　　林紓增加少年英氣最明顯的地方，就發生在《天女離魂記》譯文第 13 至 16 頁，亦即是原文的第 2 章 "The Boy"（「少男」）之上。整段的內容記載少年英雄救美的事跡，但只要我們稍稍對比原文

及譯文，[75] 即可看到，在這一章內，所有有關男主角的描述，林紓都會譯作「少年」，而不論原語出現的相關概念或詞彙是甚麼，在語言學上屬於哪一種詞格，甚至有些語句根本不是指涉主角本人，而是指稱他擁有的事物，或身體特徵或行動，林紓都一概以「少年」譯之（引文重點為筆者所加，後同）：

> 【a1】謂此白種少年何以至此？顧雖驚訝，然得見同種之人為伴，心亦愉悅，【a2】即力追趣此少年立處，逐電而趨。電光中，【a3】見少年揚手似麾之歸島，不聽來前者，女見狀而止，少須覺渴河之上游……
>
> Wondering vaguely what a 【b1】<u>white boy</u> could be doing in such a place and very glad at the prospect of his company, 【b2】Rachel began to advance towards <u>him</u> in short rushes whenever the lightning showed her where to set her feet. She had made two of these rushes when from the violence and character of <u>his movements</u> at length she understood that he was trying to prevent her from coming further, and paused confused...

我們看到上述的例句中，林紓以「白種少年」（【a1】）翻譯原文的 "white boy"（【b1】），尚算與原文意義相符。但跟着的幾句中，主語分明是女主角 Rachel，而男主角是以第三人稱受詞格 him（【b2】）出現，林紓省略作為主語的女主角，而以「少年」標示本來

75　本章提及的所有哈葛德的小說原文，可參考自網上電子文本 http://www.gutenberg. org。

是受格位置 him 的男主角。而跟着的一句，情形就更突兀，不但繼續省略原文作為主語敍事單位的女主角，更乾脆大幅度改動原文意思，冒求突出少年行為。這類例子在這一章中，不勝枚舉，由於篇幅所限，在此只能臚列數個例子作說明：[76]

> he was quite close, but the water was closer
> 少年少卻雷止奔至女

> an arm about her waist
> 少年力抱

> how white it was
> 少年兩臂甚白

> "Together for life or death!" said an English voice in her ear, and the shout of it only reached her in a whisper.
> 少年忽操英語，言曰爾我二人，必鎮定即死，可勿遽離。

> "No, he is an officer, naval officer, or at least he was, now he trades and hunts."
> 少年曰：吾父為海軍少校，今已變業為商賈，且行獵……

從這裏可見，原文並沒有標示主語為男主角的地方，林紓也不

---

76 要理解譯者在翻譯過程中如何通過增譯、改譯達到操控文本的目的，應貫通上下文脈絡觀察；但由於篇幅的限制，本章不能全段引出原文及譯文。讀者要理解林紓如何通過《天女離魂記》（特別是第 2 章）的翻譯，製造晚清少年氣概，請參考譯文《天女離魂記》及原文 The Ghost Kings。

厭其煩地以「少年」指涉男主角；更甚者，在很多的二人對話中，林紓都增加「少年」一詞，以標示這是男主角的對話。簡單一算，「少年」一詞，在這一章內，就驚人地出現四十餘次，很多時候，一句中出現了多次「少年」：

> 少年之臂衣破而血沁，少年大震，幾僕女復力挽其臂，疾趨赴島，二人皆疲，而水勢已狂勢如矢而過。風水雖屬，幸俱得生，彼此對坐，即電光中互視，女見此少年可十七歲⋯⋯

　　林紓密集地使用「少年」一詞，不只證據充足地展現了他有心通過翻譯，突出少年形象，增加晚清少年英氣，我們甚至可以說，為了達到他的目的，他已違反古文的語言規範。漢語慣用的表達形式，往往是透過上文下理，推衍故事情節，不需要時時刻刻說明行動者或主語。本來以簡約著稱的文言文語式，更不需要這樣繁瑣堆疊，處處句句重複用語。林紓反覆使用少年一詞，用意是以堆砌、重現提醒讀者小說中「少年」的身份及形象。反觀女主角，雖然作者哈葛德在原文中，曾說明她跟男主角無論從眼珠、相貌、膚色、體格都極為相似，外人甚至會誤認他們為兄妹；但林紓在翻譯時，僅以「女」作交代，且經常省略及匆匆帶過，如：

> 少年大震，幾僕女復力挽其臂
>
> Almost he fell, but this time it was Rachel who supported him

> 女見此少年可十七歲，狀至雄偉⋯⋯
>
> He was a handsome lad of about seventeen...curiously enough with a singular resemblance to Rachel...

> **女曰**：胡不下其槍，槍為鐵製，易於過電宜加慎重。
>
> <u>少年曰</u>：此槍⋯⋯
>
> "Hadn't you better leave your gun?" she suggested.
>
> "Certainly not," <u>he</u> answered.

　　事實上，《天女離魂記》的男主角 Richard Darrien 是 17 歲，女主角 Rachel Dove 是 15 歲，歲數相若的男女主角，林紓為甚麼在處理原文時，有如此驚人的差異？我們甚至可見，女主角的身份年紀，在林譯中完全被模糊了。不但如此，我們可以從這些例子中看到，本來指稱年輕未成長、應包括兩性的中性用語「少年」，在林紓的理解中，只指涉男子，而女子則被排除在這使用範圍之外。因此，我們可以明白，救亡圖存的願望，對林紓而言，只寄託在「少年男子」身上。對他而言，年輕中國女子，不但不能像少年男子一樣，自主、自立、自發救國，[77] 而且更應該被忽略、被模糊、被簡化，輔以突出少年男子的英雄救國主線。這種帶有性別歧視的意識，事實上，正如英國研究中國社會文化學的研究者 Frank Dikötter 所言，中國近現代小說及文學研究中，指稱中性的用語（如「兒童」，「青年」等），無論就文學作品的具體內容，還是在研究者的眼中及認知內，根本形同單一性別，而這單一性別，只是男性。[78] 另外的性別主體，就變得可有可無，甚至，無端消失了。

77　這裏指晚清社會無意培養年輕女子作為救國主體的意思。女性在晚清國族主義下，要麼是去掉女人的主體身份代入男性角色，才可以走上歷史舞台（如秋瑾）；或者是只能附屬於男人，作為第二性或次等角色，如賢妻良母，才能肩負救國宏願。前者看李奇志：《清末民初思想和文學中的「英雌」話語》（武漢：湖北教育出版社，2006 年）；後者看陳姃湲：《從東亞看近代中國婦女教育：知識分子對「賢妻良母」的改造》（台北：稻鄉出版社，2005 年）。

78　Frank Dikötter, *Sex, Culture and Modernity in China: Medical Science and the Construction of Sexual Identities in the Early Republican Period* (London: Hurst & Co., 1995), p. 146.

　　林紓通過翻譯小說呼籲少年人救國之餘，他更在前序後跋勸導少年應謹守奉行的生活習慣。他語重心長地吩咐少男不要虛耗青春：「少年之言革命者，幾於南北皆然。一經肯定，富貴利達之心一萌，往日勇氣，等諸輕煙，逐風化矣，……獨我國之少年，喜逸而惡勞，喜貴而惡賤」；[79]更不要放浪形骸，要好好珍惜強健體魄，「蓋勸告少年勿作浪遊，身被隱疾，腎宮一敗生子必不永年」。[80]這兩點，可以說是與西歐各國「少年運動」的目標類同。而通過林紓直白地直接奉勸少年人，不要敗壞腎機能，損害赳赳雄風之言論，我們就更直接看到，在晚清社會，男性氣概、男性體質，以及男性生殖能力，事實上已是國家精神、國體、國力的象徵了。必須指出，林紓這種利用少男（他心目中的少年）實現救國之夢的實用救國思想，其實是自梁啟超一脈相承而來的。

　　我們知道，少年在晚清社會忽然成為救國主體，甚至國家形象的轉喻，並不是由林紓所開創的。正如夏曉虹、中村忠行及梅家玲所指出，帶動晚清少年文學及少年文化的想像到中國的，是梁啟超，特別是他的〈少年中國說〉（1900 年）一文帶來的巨大影響。[81]林紓在短短的二十年間翻譯了大量哈葛德的小說，就是要在這種大氣氛下推動、增加、製造晚清社會的少年英氣，和應梁啟超的「少年中國」說。這與林紓之前一直追隨梁啟超的救國圖譜是一致的，

79　林紓：〈《離恨天》譯餘剩語〉，吳俊標校：《林琴南書話》，頁 108。
80　林紓：〈《梅孽》發明〉，吳俊標校：《林琴南書話》，頁 128。
81　夏曉虹：《覺世與傳世：梁啟超的文學道路》；中村忠行：〈清末の文壇と明治の少年文學（一）──資料を中心として〉，《山邊道：國文學研究誌》第 9 號（天理：天理大学国文学研究室，1964 年），頁 48–63；中村忠行：〈清末の文壇と明治の少年文學（二）──資料を中心として〉，《山邊道：國文學研究誌》第 10 號（天理：天理大学国文学研究室，1964 年），頁 63–81；梅家玲：〈發現少年，想像中國──梁啟超少年中國說的現代性：啟蒙論述與國族想像〉，《漢學研究》2001 年 6 月第 19 卷第 1 期，頁 249–275。

梁啟超與他形成了一個方向一致的理論與實踐的組合。

　　梁啟超從明治日本取得少年文學的概念。他一方面將森田思軒〈十五少年〉（1896 年）一文翻譯成《十五小豪傑》——森田思軒翻譯的底本，則是凡爾納 Jules Verne（1828–1905）的 *Deux Ans de Vacances*（*Two Years' Vacation*；1880 年）；另一方面，又從他一直心儀的德富蘇峰那裏取得撰寫〈少年中國說〉的理論資源；[82] 而為了增加少年氣吞山河的氣勢，除了撰寫理論文章及翻譯之外，梁啟超同時撰寫〈義大利建國三傑傳〉（1902 年），描繪意大利各時期開國人物的英姿颯爽形象，當中包括瑪志尼（G. Mazzini；1805–1872）、加里波蒂（G. Garibaldi；1807–1882）、加富爾（C. B. Cavour；1810–1861）生平合傳，以形象化的人物傳記，說明建國就好像少年成長的過程，需要艱辛苦鬥，不畏磨練，令晚清中國人看到本來四分五裂的意大利成為獨立新興民族國家的建國過程，指待中國的將來，有如意大利一樣。梁啟超的目的，是鼓動日暮途遠的中國士大夫輩，要他們看到中國並不是由盛轉敗，日薄西山之狀況，相反，眼下的衰敗晚清局面，只是「過渡時期」帶來的必然動盪而已。事實上，在國際間，以少年階段比喻新興民族國家的革命時代，本身就是一個常見及有效的喻像，這點，即如梁啟超筆下所說的意大利，在合併兼併的革命時代，也是以少年形象作一鮮活的文化符

82　本章因篇幅及題旨所限，無法旁及申論德富蘇峰文章〈新日本之青年〉與梁啟超〈少年中國說〉的關聯，見德富蘇峰：〈新日本之青年〉，神島二郎編：《德富蘇峰集》（東京：築摩書房，1978 年），頁 3–63。另外，在明治日本，青年概念是延續自少年概念而來，青年指在新式課程受薰陶，特別是在城市求學的年輕人，見木村直惠：《青年の誕生：明治日本における政治的実践 の転換》（東京：新曜社，1998 年）。

號，以激勵國民情緒[83]。這喻像本身，是出自少年人本身熱血熱誠、充滿幹勁的形象，加上少年階段稍縱即逝，充滿萬變的可能，以此呼籲愛國之士抓緊當下，不要蹉跎歲月，同心奮勇向前。[84]

梁啟超的文論為晚清注入新理論基礎，他還以人物傳記、小說創作及翻譯文學來具體化抽象論述，藉此增加說服力。整個晚清社會，轉眼鋪天蓋地地出現志氣高昂的少年英雄形象。梁啟超的文章，如何對晚清社會產生風從的影響力，如何對時人產生震撼人心的強大力量，已不用再多言。再加上前述三位學者的深入討論及分析，我們實在不需贅言了。只是，過去討論到晚清由梁啟超啟導而來的少年文學現象，從來沒有把林紓納入討論範疇，這不可以說是不可惜的，這自然也是由於忽略哈葛德小說原語境而引起的問題。

必須指出，梁啟超通過翻譯森田思軒的作品，把「少年文學」概念從日本引入中國的 1900 年，日本少年文學概念已完全確立，而且應更準備地說，不僅確立了少年文學概念，更已從錯誤、混淆、模糊的階段中改良過來。受西歐（英國、德國及法國）少年文學影響而來的日本明治「少年文學」，[85] 在剛作為嶄新類型出現時，由於整個概念及類型通過翻譯而來，明治社會對譯及使用這個新詞、新概念時出現莫衷一是的情形，特別是性別概念上。在明治早

83　Laura Malvano, "The Myth of Youth in Images — Italian Fascism," Luisa Passerini, "Youth as a Metaphor for Social Change — Fascist Italy and America in the 1950s," in Giovanni Levi and Jean-Claude Schmitt, *A History of Young People in the West*, Volume 2, *Stormy Evolution to Modern Times*, trans. by Carol Volk (Cambridge, MA: Belknap Press 1997), pp. 232–256, pp. 281–340.

84　Giovanni Levi and Jean-Claude Schmitt, *A History of Young People in the West*, Volume 2, *Stormy Evolution to Modern Times*, trans. by Carol Volk, p. 5.

85　日本少年文學的內容，可看木村小舟：《明治少年文學史》（改訂增補版，明治篇）（東京：大空社，1995 年），及福田清人：《明治少年文學集》（東京：築摩書房，1970 年）。

年，「少年」文學只討論到男性讀者關心的三大內容：立志、英雄、冒險。[86] 我們可以了解到，這自然是與當時明治日本的背景大有關係：少年文學出現在正值日本建國擴張時期，少年文學可以振奮少年讀者的心志，激發他們的建國雄心，讓他們以小說中的人物為學習目標，為國家建立功業，開拓版圖。不過，到了明治 20 年 (1887 年) 左右，明治社會的知識人及讀者，很快便意識到「少年文學」一詞的討論範圍，無論從概念認識及應用上，由於都只指涉男性，很難再對應於西歐文學 juvenile literature 下各自針對少男及少女而產生的 boy literature 及 girl literature。於是，明治社會很快便達成共識，把「少年文學」的概念，應用於少男讀物之上；而為少女而設的文學，則另闢新徑，名為「少女文學」，以彌補這偏頗的性別意識。固然，語言是約定俗成的，今天日本社會對「少年文學」的理解及性別指涉，就是繼承明治文學而來；但在法律上，日本則自大正十一年 (1922 年) 起，強調「少年」應為指涉男女雙方的用詞。[87] 問題是，於 1900 年才把少年文學概念，通過轉譯的方法傳播到中國的梁啟超 (此時已是明治少年文學脫離混亂階段的時期)，對當中的性別問題毫不察覺，亦不關心，這當然與他一向重實業，急於找到最快最有效的救國良方，而先取折衷方案有莫大關係。

　　梁啟超無視「少年文學」的性別意識，論者可能因而會認為，受梁啟超影響甚深的林紓，看不到裏面的性別問題，不但其理可

86　田嶋一：〈「少年」概念の成立と少年期の出現 —— 雑誌『少年世界』の分析を通して ——〉，《國學院雑誌》第 95 號第 7 期 (東京：國學院，1994 年)，頁 10，特別見第 2 節，討論這個概念在日本的衍生及規範過程。

87　佐藤 (佐久間) りか指出，在大正十一年定下來的「少年法」與文學界表現不一樣，法律中「少年」指未成年男女。見佐藤 (佐久間) りか：〈「少女」読者の誕生 —— 性・年齢カテゴリーの近代〉，《メディア史研究》第 19 號 (東京：ゆまに書房，2005 年)，頁 23。

諒，其情更可憫。我們都可以說，林紓不懂原文，譯文中的增譯、誤譯、刪譯等改動，未必是他的意圖或原意，他也許無必要為少年形象在中國大量出現負責，更無必要承受我們對他有心忽略少女形象的指責，因為他也許是受口譯者誤導或受人唆使的。這當然是合理的推測；而事實上，這亦是林紓在 1924 年去世後，一些有心人（如鄭振鐸）要為他平反而提出的脫罪辯辭。不過，只要我們對比另一些同為哈葛德原著、林紓翻譯的小說，我們即可通過對讀而知道，林紓實在難辭其咎。特別是，只要我們考察文中翻譯的少年形象、對少年形象的改寫，對比現實生活中的林紓，就不難看到，這些譯作處處流露林紓的自身經歷，以及比況自身的感懷，甚至有些地方，他是通過小說人物，把自己所感所想投射於與他背景相似的人物身上並宣之於口。而譯作增添補加的成份，絕不容口譯者置喙，不可能由他們口述、轉述而來。

六、林紓對少年身份所產生的焦慮

我們都知道，林紓走上翻譯小說的道路十分偶然。在甲午之戰後，林紓本已有翻譯拿破崙傳記之心，只是這個想法一直沒有實現。後來，與他同歲的妻子劉瓊姿死後，46 歲的林紓中年喪妻，愁惆悲慟，意志消沉，剛從法國歸國的朋友王昌壽，勸他翻譯感人至深的《巴黎茶花女遺事》，希望他有所寄託，亦能排遣壓抑在心胸已久的牢愁。[88] 林紓與王昌壽一邊翻譯，一邊嚎啕痛哭，在翻譯過程中，譯者與阿猛一起穿梭於故事人物的淒怨情懷，同悼馬克（今譯瑪格麗特）早逝。在整個翻譯過程後，林紓的鬱結終於暢懷，

---

88 夏曉虹：〈林紓：發乎情，止乎禮義〉，《晚清文人婦女觀》，頁 123–152。

而他的心扉亦再度打開，迎接了人生的另一個春天——林紓在元配夫人逝世一年多後（1899 年）再婚，另娶當時 24 歲的繼室楊郁。

過了幾年，當林紓於 53 歲時與魏易合譯哈葛德的《洪罕女郎傳》（原文 *Colonel Quaritch, V. C.*）的時候，幾年來的中年再婚感受，終於被哈葛德的小說再勾起，令他帶點距離地重審自己的心路歷程。

《洪罕女郎傳》的故事講述人到中年的爪立支將軍（Colonel Harold Quaritch），歷經多年海外戰役（印度、阿亞伯、埃及）後退役回國。回國後，繼承了姨母的田園山莊，正要回歸平淡新生活時，卻重遇五年前已心儀的對象亞達（與林紓五年前再娶的往事不謀而合）。爪立支將軍雖其貌不揚，卻是個不折不扣的典型英國紳士：為人踏實、有原則，行事說話上一絲不苟，但卻因為自己拘謹，加上長年征戰，多年來仍是孤家寡人。這次重遇亞達，令他燃起多年前的傾慕之情。亞達由於要照顧在戰役中失去惟一兒子的老父，過了適婚年齡（已 26 歲）還雲英未嫁。《洪罕女郎傳》的主線描述中年的爪立支將軍如何突破拘謹心情，向亞達示愛，副線就描述哈葛德小說一貫的尋寶內容。

從小說可以看到，爪立支的背景，與林紓有不少偶合的地方：爪立支與綽號冷紅生的林紓一樣，表面拘緊，內心熱情澎湃，在國家大事上勇猛果敢，乾脆爽快，在兒女私情上卻帶點迂迴退避。具有這樣性格的中年人，卻靦覥地要在中年談婚論嫁，可知是需要排除很多心理障礙、疑慮。再加上結婚對象是比自己年輕 20 多歲的女子（林紓的續弦與亞達年齡相若），即將面對的恐懼及焦慮是可以理解的。人到中年，從某種角度看，固然是人生的頂峰，但從另一角度去看，也是即將從繁華的生活回落到返樸歸真生活的時候，要為老年階段作種種心理調整及安享晚年的安排。在這階段，無論

是爪立支還是林紓，卻重新面對激盪的新婚生活，心裏的急躁，非
筆墨可形容。特別是，對於瞬間要從璀璨花花世界回到淡泊田園生
活（像爪立支），不是每個人都能灑脫自在，而像林紓那樣，有志
未酬，就更不能處之泰然了。在《洪罕女郎傳》中，特別是在第 18
章，第 99 頁一段起的譯文，我們看到，林紓這種中年人的焦慮，
不但是因為與爪立支相同的心境而被引出，而且可以說，正是因為
有深刻體會，在翻譯原文的時候，再也不能俯首貼近原文，而是按
自己真正的思想及感受，重寫（rewrite）哈葛德的原意：

> 【1】然安知天下有極大之事業，其肇端實自一分鐘中者。
> 況一黃昏中，有二百數十秒之久，其中若生波瀾者，為候當更
> 永。【2】爪立支此時自知與亞達情款至深，惟人近中年，行事
> 至復持重，不類少年之冒昧請婚；且亦不自料，即此黃昏中，
> 有求鳳之事，在己亦百思不到者，【3】方爪立支來時，更衣而
> 出，空空洞洞，殊不審今夕即有佳兆，猶人之不自料，不去此
> 衣而就枕也。【4】心愛亞達，固堅且驚，惟不為狂蕩之容，蓋
> 中年情愛之不同於少年者。【5】少年氣盛，血脈張王，一受感
> 情，如積雪連山，經春立化融為急湍入大河，故勢洪而聲健。
> 若中年情感，則沉深靜肅，猶長江千里溶溶不波，此其別也。[89]

句【1】對應的原文，哈葛德本來意思是用作說明一刻千金，
特別是指涉爪立支對亞達的衷情，已經到了不能壓抑，即將爆
發的時候（No one, as somebody once said with equal truth and
profundity, knows what a minute may bring forth, much less,

---

89 林紓、魏易同譯：《洪罕女郎傳》（上海：商務印書館，1905 年），頁 99。

therefore, does anybody know what an evening of say two hundred and forty minutes may produce）。有趣的是，林紓卻以「然安知天下有極大之事業」作模擬。這裏，與其說是林紓誤譯，倒不如看成是林紓刻刻不能放下救國的心結，建立功業之心非常迫切。而急不可待的程度，從林紓把原文的 "two hundred and forty minutes" 譯成「二百數十秒」，可見一斑，他已不拘泥真實的數位時間。這理應是一種時間意識的表現，而不是口譯者不懂把英語 "forty" 譯成「四十」的意思吧。【2】句本來只是說明爪立支心情忐忑不安，哈葛德原文中語句泛指中年情愛令人手足無措而已（which sometimes strikes a man or woman in middle age）；但林紓在這裏以「行事至復持重，不類少年之冒昧請婚」譯出，更以後句「不類少年之冒昧請婚」，對比中年人的持重可靠。這裏，只要我們一看原文，即會明白，這種對少年冒昧猖狂的指斥，是林紓的增譯，原文並無這樣的意思。當然，翻譯要貫通上文下理，有時譯文與原文會因應中英語法不同，而有句子前後調動。事實上，在哈葛德的原文，的確有以少年對比中年人的地方。這就是：

> His love was deep enough and steady enough, but perhaps it did not possess that wild impetuosity which carries people so far in their youth, sometimes indeed a great deal further than their reason approves.

這裏可看到，原文一段，是用來指爪立支對亞達用情之深，深刻的程度，即使沒有年輕人般因青春無限，能狂熱激盪，但也是非常深刻的。哈葛德原文，即使以少年作一模擬，卻是正面地作模擬。而這句的對譯，林紓則譯作：

　　　　心愛亞達，固堅且鷙，惟不為狂蕩之容，蓋中年情愛之不
　　同於少年者。少年氣盛，血脈張王，一受感情，如積雪連山，
　　經春立化融為急湍入大河，故勢洪而聲健。……

　　這裏，可以說，林紓「蓋中年情愛之不同於少年者」的前句「惟
不為狂蕩之容」，正正就足以道出原文 "wild impetuosity" 的相反
意思。但林紓卻稍嫌不夠，在「蓋中年情愛之不同於少年者」後，
繼續深化少年人狂妄輕狂、做事衝動的形象。事實上，如果我們看
看整段原文，卻會得出相反的理解。原文本意，是希望指出爪立支
雖然已屆中年，本來已應該老成穩重，但這次用情之深，就像年輕
人的愛情一樣，愛得地動天驚，山洪爆發一樣，不能歇下：

　　It was essentially a middle-aged devotion, and bore the
same resemblance to the picturesque passion of five-and-
twenty that a snow-fed torrent does to a navigable river.

　　整合全段來看，在這簡單一節裏，林紓先後以「不類少年之冒
昧請婚」、「少年氣盛，血脈張王」指斥少年，以此反證中年人行事
小心慎重。事實上，我們很能體會到，林紓有着爪立支相同的背
景，而因此引出了年華老去，歲月不饒人的彷徨及恐懼；為了消解
這些焦慮，平衡這種不安感，才漸漸突出「少年」不成熟面而與之
對立。為了急於再確立中年人的價值及道德觀，他把少年人的好動
看成衝動、狂蕩、冒昧。林紓在這裏，好像為了急於確立中年人比
少年人成熟穩重的優點，已現倒戈相向，指斥少年人之意。本來，
林紓翻譯哈葛德的少年文學時，所能體會到的是少年人不怕挑戰、
勇者無懼的精神，他大量翻譯少年文學到中國來的原意，也就是認

同少年人的優點，欣賞他們的熱血熱誠、充滿幹勁，以此鼓動國家
士氣，以及比喻晚清中國的生氣勃勃。這本來是他惟一的目標。但
正正是同樣通過翻譯哈葛德的小說，令他無端產生了一種前所未有
的危機感。而這種深重的危機感，就是由哈葛德歌特式小說中的末
世意識，加上小說的敍事格局，令他體會到末世倉卒的時間感覺。

　　哈葛德小說，每本貌似獨立發展，但同時亦是一個整合式的
系列故事。小說情節的安排隨時間過渡，同一主人公會於不同故
事重複出現，有時情節相關，如故事主人公 Allan Quatermain，
就先後出現在不同小說達 14 次之多。這樣做的目的，是讓故事人
物與他的讀者一起成長。《迦茵小傳》中 33 歲的亨利一開始便回
述十多年前的航海生涯，以呼應 23 歲時發生的青蔥故事。但是，
哈葛德的小說往往是由一個年華逝去，欲說還休的垂暮老人來通
過追憶往事，回述過去。《鐘乳骷髏》〔今譯《所羅門王寶藏》〕的
故事，是從戈德門將軍 55 歲時，回憶年少時種種冒險之旅開始，
「戈德門曰：余五十五歲生，日日手中拈筆，將著一史，乃不審從
何處著筆，而成為何史者。起訖咸不得其要。顧一生事業滋夥，在
餘自思，歷世界至久，閱事亦多，或且否少年時已往事」。[90]*Queen
Sheba's Ring*（林譯《炸鬼記》，1921 年）的主人公，則從 65 歲回
憶 40 年前開羅的精彩往事。這些「老獵人」（魯迅、周作人語）[91] 的
故事都在述說昨日浪跡江湖，今天卻白了少年頭，當中透露出不少
精彩人生俱往矣，而現在只剩下空悲切的淒涼感喟。我們試想，作
為譯者的林紓，與這些小說人物的背景如此相若，焉能不以此自比
自況，一邊翻譯，一邊處處以自己的境況作參照？事實上，只要我

90　林紓述，曾宗鞏口譯：《鐘乳骷髏》（上海：商務印書館出版，1908 年）。
91　周啟明：〈魯迅與清末文壇〉，薛綏之、張俊才合編：《林紓研究資料》，頁 239。

們細心去看，即可發現林紓言及少年少男文學之時，也是他發出年華逝去歎喟，以「老少年」自況之時：「紓年已老，報國無日，故日為叫旦之雞，冀吾同胞警醒。」[92] 他表示：「余老而弗慧，日益頑固，然每聞青年人論變法，未嘗不低首稱善。」[93] 且可以說，翻譯哈葛德的小說，使這種本來悲不自勝，垂垂老矣的感歎，益發濃烈了：「居士且老，不能自造於寂照，顧塵義則微知之矣。」[94] 林紓在翻哈葛德的小說時，通過耳受手追，默存細味的過程，以古文再詮釋原文內容，這個於文本內體味小說內容的境況，本來已足夠讓他感懷身世。但一個更直接從文本之外而來的衝擊，同時為他添重另一層由新世代力量帶來的壓力。這無法不直面的衝擊，正是來自他身旁真正的救國少年，即把「少年」帶入晚清中國的年輕人——梁啟超。

　　林紓在梁啟超面前，不但是一個忠誠的合作夥伴，更多時候，他是以一種崇拜英雄的態度去仰望梁啟超。林紓不只一處公開仰慕之意，並推舉梁啟超為新時代的英雄人物，在 1912 年《古鬼遺金記》（*Benita, An African Romance*；哈葛德最典型的歌特式小說）序言中，林紓就直接道：「老友梁任公，英雄人也，為中國倡率新學之導師。」而有些時候，他會表現自愧不如的卑微心態：「……嗟夫吾才不及任公，吾識不及任公，慷慨許國不及任公，備嘗艱難不及任公，而任公獨有取於駑朽，或且憐其丹心不死之故許之為國民乎。則吾書續續而上之任公者。」[95] 所謂英雄出少年，梁啟超在廣東新會本來已有「神童」之名；戊戌政變百日維新之年，梁啟超只有 25 歲；到他寫影響中國深遠的鴻文〈少年中國說〉（1900 年），

92　林紓：《不如歸》，吳俊標校：《林琴南書話》，頁 94。

93　林紓：〈《美洲童子萬里尋親記》序〉，吳俊標校：《林琴南書話》，頁 18–19。

94　林紓：〈《洪罕女郎傳》序〉，吳俊標校：《林琴南書話》，頁 38。

95　林紓：〈《古鬼遺金記》序〉，吳俊標校：《林琴南書話》，頁 106–107。

正好 27 歲；而他寫影響中國文學發展至鉅至深的〈論小說與羣治之關係〉（1902 年）時，也只是區區 29 歲。而到了梁啟超創辦「睨我同胞」的《庸言報》之時，林紓稱自己的文章是「上之任公，用附大文之後」，處處以敬語尊稱，可見他對梁啟超的敬重。[96] 其實，當年（1912 年）梁啟超也只不過是 39 歲，但林紓已是 60 歲的老人了！梁啟超出生於 1873 年，林紓生年為 1852 年，他跟梁啟超在歲數上相差 21 載，但成就以及救國的能力，卻有這麼大的距離。面對如此英姿勃發的少年，林紓如何不自卑自歎？

　　林紓在翻譯哈葛德的《古鬼遺金記》時，不斷勾出自己與梁啟超年紀成就上的對比，這不可不說與哈葛德小說中的時間意識有關。林紓除了稱天將降大任於斯人（「天相任公」[97]）外，亦讚賞梁啟超以驚人的毅力、凌雲的志氣譯書、辦報、周遊列國，力圖拯救中國。在林紓眼中，梁啟超根本就是少年中國形象的化身，以及國家將來可寄託希望之所在，因而對他敬重如山之情，躍然紙上。可是，當他回頭一看自己，卻只能閉門譯書，更奈何不懂西文，翻譯總要依賴合作者（「予頗自恨不知西文，恃朋友口述，而於西人文章妙處，尤不能曲繪其狀」──《洪罕女郎傳》跋語），最後只能自喻「叫旦之雞」。這不但是因為只能發出微弱嘶叫之聲，更喻意只在家門外叫囂，以此映照自己無法遠遊放眼世界，不能像哈葛德小說中的人物一樣浪跡天涯。他在小說故事人物的映照中，在梁啟超精彩斑斕的人生映照中，處處只體會到自己一切已有心無力，為時已晚，垂垂老態已現，「紓年已老，報國無日」。[98] 在種種複雜心

96　林紓：《古鬼遺金記》序，同上註，頁 106。
97　林紓：《古鬼遺金記》序，同上註。
98　林紓：《不如歸》，吳俊標校：《林琴南書話》，頁 94。

態折騰後，幾經掙扎，林紓索性自稱「畏廬老人」，以自嘲、自認、自況自己的年老無用了。[99]

　　梁啟超以自身影像有力地為中國注入了少年形象，加上林紓大量翻譯哈葛德小說，把少年人喻意新時代、新時間認知、新價值的社會意識鼓動了出來，而這種新的社會意識，一旦鼓動了出來，就如脫韁野馬、洪水猛獸般，衝擊過去中國「吾從周（孔子語）」、「言必稱堯、舜（孟子語）」，又或「言必稱先王，語必道上古（司馬遷《史記》）」的敬老尊古心態。加上隨着新史學、新時間觀念被帶進中國，以及嚴復傳播的赫胥黎物競天擇、生存競爭的演化觀念進一步深入中國社會，古舊、過去、傳統中國等等，已不再是古樸芬芳的代名詞，「新」已儼然成為新時代惟一值得追隨的價值觀念。[100] 如果寫於 1900 年的〈少年中國說〉是中國少年文化、文學的開端，中間經過《少年報》（1907 年）、《少年叢刊》（1908 年）、《少年雜誌》（1911 年）不斷探索及培養建立中國理想的少年、青年人，而到了 1915 年，新一代的青年人最終在《青年雜誌》及後來的《新青年》（1916 年）完全確立，那麼，清末最後的十多年，處於半新不舊、半中不西的時代，產生「老維新」、「老新黨」、「老少年」等等混沌形象，似乎是新舊交替中的必然過渡用語。但是，時代是進步的，時代更是倉促的，新的出現，舊的不得不被清算，一切已急於被重新評估。可是，在早些時候以翻譯小說來實踐梁啟超理想的林紓，卻不能及時追上時代步伐，一心要自封為前朝遺老，

99　從林紓《梅孽》（1921 年）及《深谷美人》（1914 年）序言都可見他以此自稱。

100　過去已有很多學者指出晚清出現新的時間及歷史觀念，如李歐梵指出晚清的「新」的時間意識，見李歐梵《徘徊在現代和後現代之間》一書。其他對晚清時新史觀、新時間意識進入中國的研究如：顧頡剛：《當代中國史學》（香港：龍門書店，1964 年）；鄒振環：《西方傳教士與晚清西史東漸：以 1815 至 1900 年西方歷史譯著的傳播與影響為中心》（上海：上海古籍出版社，2007 年）。

最終逃不了時代的洗禮，最終為新潮的年輕新世代所唾棄咒罵。而諷刺的是，這些一心要建立少年中國的中國少年，其實都是在更年輕的時候仔細讀過林譯的每一篇哈葛德小說，且深受其觸動和影響的。[101] 換言之，中國新青年的少年氣概，是林紓所灌輸甚至賦予的。

也許，以林紓的角度來看，這有點凄涼悲壯，因為他間接地成為了自己所倡議的少年文學的受害者；但另一方面，如果從整個中國的國家利益看，顯然，林紓所譯哈葛德的少年文學，卻有重大的成果：一個垂垂老矣的林紓，單憑一支翻譯的「禿筆」，造就了一批五四少年，他們的勇猛精進，最終建立出現代的少年中國來。憑此，我們又可以從另一個角度看待林紓對近代中國的貢獻。然而，正如本章開首所指出：這些五四論述，卻以所謂純文學的視角來大力抹殺和否定林譯的哈葛德小說。這是歷史的諷刺，是歷史的盲點，還是心理分析所言的，少年的成長階段，必先通過伊底浦斯殺父過程，才能作為確立自己人格的手段呢？

101　參本書第六章。

總　結

　　「小說」一詞經「梁啟超式」輸入前，在中國文史資料中能否找出小說一詞與西文文類概念 "fiction" 及 "the novel" 作為對譯語的地方呢？十多年過去了，不時被問到這個問題。在「總結」回應這個問題是適當的。總結是本論述的終結篇，然而要處理這個歷史問題，就必須回到這歷史問題的起點——這有點「始於終結」(the end is the beginning) 的況味。

　　事實上，要在梁啟超式輸入之前找到漢字「小說」作為 "the novel" 及 "fiction" 的對譯並不困難。其中最簡單的可循徑途，就是在來華傳教士資料及關於他們的研究中尋找線索。我們都知道，第一位來華新教傳教士馬禮遜 (Robert Morrison) 於 1815 年至 1822 年間編纂的三冊《華英字典》(*A Dictionary of the Chinese Language*)，揭開了中西交流的重要一頁。在 1822 年《華英字典》的 "novel" 詞條下，"novel" 的釋義為「NOVEL，new，新有的，extraordinary and pleasing discussions 新奇可喜之論。A small tale，小說書。Hearing of a few romances and novels forthwith think that they are true 聽些野史小說便信真了」。[1] 雖然言簡意賅，

1　Robert Morrison, *A Dictionary of the Chinese Language*, in Three Parts (Macao: Printed at the Honorable East India Company Press, by P. P. Thoms, 1815–1822), Part III, p. 295, under the entry "novel".

但不難看到曾經節譯《紅樓夢》的馬禮遜已開啟了先河，對譯中國「小說」一詞為 "novel"，也把 "tale" 意涵鎖定為「小說書」，他更把 "romances" 及 "novels" 分別譯作「野史」及「小說」。當然，「小說書」並未成為現代西方意義下的「小說」，"tale" 既可以指口頭說唱形式，也可以是出版的敘事文。無論如何，「小說」一詞隱隱然已帶有 "novel" 語譯的概念，暫時視為首譯也無不可。但馬禮遜用「聽些」冠在「野史小說」之上，又不無道聽塗說之意。而至於 "fiction" 一條，則有 "fictitious counterfeit"，意指「偽的，假的」之意。[2]《華英字典》並沒有廣至涉及西方虛構文類 "fiction"（作為名詞）的詞條。在馬禮遜之後，另有不少來華傳教士都有編纂中英英中辭典或字詞，其中德國傳教士羅存德 William Lobscheid 緊隨馬禮遜的腳步，在自己編的《英華字典》(English and Chinese Dictionary: with the Punti and Mandarin) 序言中先說明自己如何受馬禮遜及其他比他更早來華的辭典及注音系統啟發，另一方面亦指出要因應時代修訂各前著。在羅存德的字典中，「小說」一條雖同樣譯 "novel" 為「小說、稗說」，[3] 然而在後面雜項 (Miscellanea) 有關中國文學的概念 (Terms Relating to Chinese Literature) 方面，指：Collections of works of the Imagination and Poems, but not Novels。[4] 很明顯，在他們的辭典裏雖有把小說對譯現代西方文學觀念中的 "the novel"，然而轉化

2   Robert Morrison, *A Dictionary of the Chinese Language*, in Three Parts, Part III, p. 166, under the entry "fictitious".

3   William Lobscheid, *English and Chinese Dictionary: with the Punti and Mandarin* (Hong Kong: Noronha & Sons, 1871), p. 1231；另見：羅存德、井上哲次郎編增：《訂增英華字典》(Tokio: published by J Fujimoto, 16th year of Meiji), p. 752。

4   第一版 William Lobscheid, *English and Chinese Dictionary: with the Punti and Mandarin* (Hong Kong: Noronha & Sons, 1871) 並沒有收錄雜項，有關中國文學的雜錄為 Rev Doolittel 所著，見羅存德、井上哲次郎訂增版：《訂增英華字典》，p. 1356。

為西方現代觀念的過程仍未完成。

　　列舉馬禮遜與羅存德的字典的原因，是這兩部巨著傳到了日本，[5] 其中前者，更是馬禮遜在世之年，已看到這字典對日本的影響。[6] 馬禮遜 1828 年 1 月 3 日在廣州寫信給於馬六甲英華書院學習的兒子馬儒翰，告知他正有一位從日本來的西人醫生及博物學者 Mr Burger 到訪（馬氏原信如此，回憶錄稱為 Burgher；兩者有誤亦欠齊全，這名西人全名應為 Heinrich Bürger），[7] 並告知他日本人正以白話（平假名）翻譯他的字典。馬禮遜恐怕兒子不明白，還再說明，即是全書以音節、不附漢字的拼音字母方式譯成，而譯者的名字為 Gonoske Rokijeru。[8] 這足見日本吸收外來文化的快速及敏銳。而且，這些字典在日本明治時期再出版，日本人再進一步整理

5　眾多明治日本藏書家及文庫都收有馬禮遜的著作，其中一位是日本明治時期撰寫多本英日辭典的學者勝俁銓吉郎。早稻田大學勝俁銓吉郎的文庫，就可見線裝書本的馬禮遜《五車韻府：華文譯英文字典》(Shanghai: London Mission Press, 1865)。

6　學界最早深入研究馬禮遜字典東傳的是陳力衛，見他的〈日本におけるモリソンの『華英・英華字典』の利用と影響〉，近代語研究会編：《日本近代語研究——近代語研究会二十五周年記念 1》（東京：ひつじ書房，2009 年），頁 245–261。陳力衛最初依據《馬禮遜回憶錄》(Eliza Morrison, Samuel Kidd, *Memoirs of the Life and Labours of Robert Morrison* (London: Orme, Brown, Green, and Longmans, 1839)) 考證，並結合在日本出版的字典版本及其他資料並讀，得出的結論是，1828 年間日本長崎譯者吉雄權之助已留意馬禮遜的《華英字典》，並開始翻譯。

7　Eliza Morrison, *Memoirs of the Life and Labours of Robert Morrison in Two Volumes* (London: Longman, Vol. II, 1839), p. 412.

8　本處依據的是馬禮遜原信，見 Wellcome Trust Library, MS 5829, Letter 22 "Robert Morrison to John Robert Morrison" [31 Jan 1828]。筆者以這信與陳力衛來回討論，認為《馬禮遜回憶錄》把日本譯者寫為 Gonoski Kokizas 固然有筆訛（頁 413），然而馬禮遜書信中指稱的日本譯者名稱亦有誤會。當然，馬禮遜原信要比《馬禮遜回憶錄》更準確，這很能理解，因為《馬禮遜回憶錄》是他死後由馬禮遜學生修德（Samuel Kidd）與馬禮遜第二任妻子 Eliza Morrison 共同編纂；而馬禮遜原信之誤，是因他根據荷蘭人的記音而來。吉雄權之助西文名字可以有多種拼音，但吉雄氏在多種文書上既然自署為 JG，那應解為 Josio Gonoske。

修訂。[9] 我們都知道，1842 年鴉片戰爭後，中國敗於英國的事實不但震驚中國朝野，振幅更立即波及日本，震驚日本知識界。在鴉片戰爭前，日本視為中國為知識文化大國，鴉片戰爭動搖了中國在周邊漢字圈的巨人形象，日本知識界亦立即派人來華購書、考察、交流，[10] 了解正在中國發生的巨變，購買的書籍除了是有關傳教士的辭典及翻譯外，也包括中國人反映新世界觀的著作（如魏源的《海國圖志》）、在香港出版的由西人著譯的官話知識等，這些著作都迅速傳到日本去。在香港及其他港口的英國外交人員也常常因貿易及外交事宜而到日本去，其中不少是漢學家，如港英殖民政府第二任總督德庇時（John Francis Davis; 1795–1890）、漢文正使郭實獵（Karl Gützlaff; 1803–1851）、馬禮遜之子馬儒翰（John Robert Morrison）等，[11] 後來參與西譯的中國學者也被邀到日本去作更多的交流，王韜就是絕好的例證。[12] 在鴉片戰爭到明治維新一段時期，日本吸收的外來知識方面既有漢文也有各種歐美語文，這包括 17 世紀以來日本的蘭學。日本在長期吸收西學知識的背景下，對吸收

---

9 William Lobscheid, *English and Chinese Dictionary: with the Punti and Mandarin*; 羅存德、井上哲次郎增訂：《訂增英華字典》。

10 川邊大雄：〈松本白華在港的經歷〉，《出版文化的新世界：香港與上海》（上海：上海人民出版社，2011 年），頁 152–164。

11 見拙論：〈翻譯與帝國官僚：倫敦國王學院中文教授佐麻須（James Summers; 1828–91）與東亞知識的生產〉，2014 年《翻譯學研究集刊》，pp. 23–58; Uganda Sze Pui Kwan, "Transferring Sinosphere Knowledge to the Public: James Summers (1828–91) as Printer, Editor and Cataloguer," *East Asian Publishing and Society*, 8 (2018), pp. 56–84。

12 王韜經與理雅各外訪英法後，對英法歷史有更多了解，後撰《普法戰紀》14 卷，詳細敍述了戰爭爆發的原因和經過，並預測了戰後國際形勢的變化與發展。《普法戰紀》很快就在日本翻刻流行，引起了很大反響，日本文人學者也因此知道了王韜之名。王韜應日本學者之邀於 1879 年東渡日本，遊歷共四個月。張海林：《王韜評傳》（南京：南京大學出版社，1993 年），頁 127–138。

西學的包袱較輕。漸漸，捨棄漢學而有「脫亞入歐論」的提出。

　　這些新教來華傳教士及英人在香港及其他港口出版的著作是否有影響坪內逍遙及太田善男等西學者？至今仍未見於他們的藏書、著書及參考目錄。但是，也可能在他們著作小說理論時（《小說神髓》（1884 年）；《文學概論》（1906 年）），這些概念已變成了一個廣泛通用的知識，無須再刻意標明來源。另一方面，梁啟超 1896 年在上海撰寫《西學書目表》與 1897 年撰寫《變法通議》時，我們在上文已指出，梁啟超不懂得以舊知識系統歸類新時代的「漢譯傳教士小說」《昕夕閒談》（改編自 *Night and Morning*）及《百年一覺》（*Looking Backward*），但他也謹慎地附註「英國小說、讀畢令人明白西洋風俗」、「西人之小說、言及百年後世界」的識語。可見他已大量翻閱傳教士機構編印的西籍，特別是存於傳教士李提摩泰（Timothy Richards; 1845–1919）在上海主持的廣學會內的西書。梁啟超翻閱後不但對西書內容有些心得，並指出廣學會的翻譯更流暢及全面：「廣學會舊譯之泰西新史攬要，而湖南有刪節之編，咸原書曉暢數倍，亦一道也。」[13]

　　廣學會有否藏有馬禮遜等傳教士的華英及英華字典，梁啟超有否參考，日本明治期的文學理論家有否參考來華傳教士的資料，「小說」翻譯詞的知識系譜是否由香港及上海的傳教士首譯再傳到日本，又或者，我們應否上推至明末耶穌會傳教士來華的時期，考察當時更早的字典是否已有相關的概念等等，這些固然可進一步考究，我們也應繼續持有「大膽假設、小心求證」之心推動學術進步；然而，西方現代小說（"the novel"）概念成熟於十八世紀，我們也知道馬禮遜的《華英字典》印數很少，不一定能於 1860 年代後的上

13　梁啟超：〈論譯書〉，《飲冰室全集》第 1 集（北京：北京出版社，1999 年），頁 50。

海廣泛流傳，在推演過程要審思當時文化傳播的路徑之餘，也要留心各種時代限制。無論如何，上述的議題即使有新發現，也不會影響本著的結論。本著由始至終關心的是晚清一代如何大規模傳入、認同、使用及再傳播，使翻譯語「小說」等同於西文 "the novel" 及 "fiction" 的概念，並在這新觀念下，引發人們更多地創作、翻譯外國作品，以鞏固、詮釋並實踐新小說觀念，再由這氣氛刺激新文類的出現。思想史研究重於一個重要概念對社會全面深入及廣泛的影響，新概念有助移風易俗，新觀念也是改變思想的力量，是推動新思潮、新價值的來源。一個時代中思想的形成不可能只關心首譯、獨例又或第一次於文獻出現的紀錄，同樣要關心定譯的出現。今天，學術界根據史料及各種研究看到，晚清仍是中國文學經東洋西洋雙軌並行，而遂漸完成革新或現代化的時代，中國「小說」在這樣的背景下，同樣通過譯介新理論、概念轉換、詞彙譯轉、文學翻譯的各種手法（直譯、意譯、改寫等）而促成新文學的出現。

名詞及重要主題索引

參考文獻

英文書

Albert Bates Lord, *The Singer of Tales* (Massachusetts, Cambridge: Harvard University Press, 1960).

Alice R Kaminsky ed., *The Literary Criticism of George Henry Lewes* (Lincoln: University of Nebraska Press, 1964).

Amy Cruse, *After the Victorians* (London: Scholarly Press, 1971).

Anne S. Lombard, *Making Manhood: Growing up Male in Colonial New England* (Massachusetts, Cambridge: Harvard University Press, 2003).

Anthony E. Rotundo, *Transformations in Masculinity from the Revolution to the Modern Era* (New York: BasicBooks, 1993).

Aristotle, *Poetics*, ed. and trans. by Stephen Halliwell, in Loeb Classical Library (https://www.loebclassics.com/view/aristotle-poetics/1995/pb_LCL199.3.xml, retrieved on 4 Jan 2018), 1448a, 1449b, I, 1451b 27, 1460b I3.

Arthur Heiserman, *The Novel before the Novel: Essays and Discussions about the Beginnings of Prose Fiction in the West* (Chicago: University of Chicago Press, 1977).

Arthur Lovejoy, *Essays in the History of the Ideas* (Baltimore: John Hopkins Press, 1948).

Arthur Lovejoy, *The Great Chain of Being: A Study of the History of an Idea* (Massachusetts, Cambridge: Harvard University Press, 1933).

Ashis Nandy, *The Intimate Enemy: Loss and Recovery of Self under Colonialism* (Delhi: Oxford University Press, 1983).

Benedict Anderson, *Imagined Communities: Reflections on the Origin and Spread of Nationalism* (London: Verso, 1991).

Bonnie S. McDougall and Louie Kam, *The Literature of China in the Twentieth Century* (London: Hurst & Co. 1997).

C. T. Hsia, *A History of Modern Chinese Fiction, 1917-1957* (New Haven: Yale University Press, 1961).

C. T. Hsia, "Yen Fu and Liang Ch'i-ch'ao as Advocates of New Fiction," in W. Allyn Rickett ed., *Chinese Approaches to Literature from Confucius to Liang Ch'i-Ch'ao* (New Jersey, Princeton: Princeton University Press, 1978), pp. 221-258.

Carmen Rio and Manuela Palacios, "Translation, Nationalism and Gender Bias," in José Santaemilia ed., *Gender, Sex, and Translation: The Manipulation of Identities* (Manchester: St. Jerome Publishing, 2005), pp. 71-80.

Carolyn Burdett, "Romance, Reincarnation and Rider Haggard," in Nicola Bown, Carolyn Burdett, and Pamela Thurschwell eds., *The Victorian Supernatural* (Cambridge: Cambridge University Press, 2004), pp. 217-238.

Catherine Hall, *White, Male, and Middle Class: Explorations in Feminism and History* (Cambridge: Polity Press, 1992).

Catherine Yeh, *The Chinese Political Novel: Migration of a World Genre* (Massachusetts, Cambridge: Harvard University Asia Center, 2015).

Christopher Lane, *The Ruling Passion: British Colonial Allegory and the Paradox of Homosexual Desire* (Durham: Duke University Press, 1995).

Daniel Bivona, *British Imperial Literature 1870-1940* (Cambridge: Cambridge University Press, 1998).

David Frisby, *Fragments of Modernity: Theories of Modernity in the Work of Simmel, Kracauer and Benjamin* (Cambridge: Polity Press, 1985).

David Livingstone, *Missionary Travels and Researches in South Africa: Including a Sketch of Sixteen Years' Residence in the Interior of Africa* (California, Santa Barbara: Narrative Press, 2001).

David Masson, *British Novelists and Their Styles* (Cambridge: Chadwyck-Healey, 1859 / 1999).

David Pollard ed., *Translation and Creation, Readings of Western Literature in Early Modern China, 1840-1918* (Amsterdam and Philadelphia: John Benjamins Publ. Co. 1998).

David Scott, *China and the International System, 1840-1949: Power, Presence, and Perceptions in a Century of Humiliation* (New York: State University of New York Press, 2008).

David Scott, *Conscripts of Modernity: The Tragedy of Colonial Enlightenment*

(Durham: Duke University Press, 2004).

David Watson Rannie, *Elements of Style* (S. l.: Dent, 1915).

Dominique Secretan, *Classicism* (London: Methuen, 1981).

Donal Lowry ed., *The South African War Reappraised* (Manchester: Manchester University Press, 2000).

Douglas A. Anderson, *Tales Before Tolkien: The Roots of Modern Fantasy* (New York: Del Rey / Ballantine Books, 2003).

Dušan Andrš, *Formulation of Fictionality: Discourse on Fiction in China between 1904 and 1915* (Unpublished Ph.d. Thesis. Prague: Charles University, 2000).

Edward Gentzler, *Contemporary Translation Theories* (London, New York: Routlegde, 1993).

Eliza Morrison, *Memoirs of the Life and Labours of Robert Morrison* in Two Volumes (London: Longman, 1839).

Eric Hobsbawm, *Nation and Nationalism* (London & New York: Routledge Curzon, 2002).

Eric Hobsbawm, *The Age of Capital 1848-1875* (New York: Vintage Books, 1996).

Eric Hobsbawm, *The Invention of Tradition* (Cambridge: Cambridge University Press, 1983).

Etienne Balibar and Pierre Macherey, "On Literature as an Ideological Form," in Francis Mulhern ed., *Contemporary Marxist Literary Criticism* (London; New York: Longman, 1992), pp. 34-54.

Federico Masini, *The Formation of Modern Chinese Lexicon and Its Evolution toward a National Language: The Period from 1840 to 1898* (California, Berkeley: University of California Press, 1993).

Francis O'Gorman, "Speculative Fictions and the Fortunes of H. Rider Haggard," in Francis O'Gorman ed., *Victorian Literature and Finance* (Oxford: Oxford University Press, 2007), pp. 157-172.

Frank Dikötter, *Sex, Culture and Modernity in China: Medical Science and the Construction of Sexual Identities in the Early Republican Period* (London: Hurst & Co., 1995).

Friedrich Schleiermacher, "On the Different Methods of Translating," in André Lefevere ed., *Translation-History, Culture: A Sourcebook* (London; New York: Routledge, 1992), pp. 141-165.

Georg Wilhelm Friedrich Hegel, *Aesthetics: Lectures on Fine Art* (Oxford: Clarendon Press, 1975).

George L. Mosse, *Nationalism and Sexuality: Respectability and Abnormal*

Sexuality in Modern Europe (New York: H. Fertig, 1985).

George Levine, *The Realistic Imagination: English Fiction from Frankenstein to Lady Chatterley* (Chicago: University of Chicago Press, 1981).

Gideon Toury, "The Nature and Role of Norms in Translation," in Lawrence Venutied., *The Translation Studies Reader* (London and New York: Routledge, 2000), pp. 198-211.

Gillian Beer, *The Romance* (London: Methuen, 1970).

Graham D. Goodlad, *British Foreign and Imperial Policy, 1865-1919* (London & New York: Routledge, 2000).

Gérard Genette, *Figures III* (Discours du récit: Essai de méthode) (Paris: Éditions du Seuil, 1972).

Gérard Genette, *Narrative Discourse*, trans. by Jane E. Lewin, foreword by Jonathan Culler (Ithaca, N.Y.: Cornell University Press, 1980).

Henry R. Haggard, C. J. Longman ed., *The Days of My Life* Vol. 1-2 (London: Longmans, Green & Co., 1926).

Henry R. Haggard, D. S. Higginsed ed., *The Private Diaries of Sir Henry Rider Haggard, 1914-1925* (London: Cassell, 1980).

Hoffman Heinz ed., *Latin Fiction, the Latin Novel in Context* (London; New York: Routledge, 1999).

Ian Watt, *The Rise of the Novel* (Berkeley: University of California Press, 1957).

Immanuel Kant (1790), *Critique of Judgment,* trans. by James Creed Meredith (Oxford: Clarendon Press, 1952).

Irving Singer, "The Aesthetics of Art for Art's Sake," *Journal of Aesthetic and Art Criticism*, 12. 3 (1954), pp. 343-359.

J. C. (James Curtis) Hepburn, *A Japanese and English Dictionary, with an English and Japanese Index* (Shanghai: American Presbyterian Mission Press, 1867).

Jacques Barzun, *Classic, Romantic, and Modern* (Chicago: University of Chicago Press, 1961).

Jacques Derrida, *Memoires for Paul de Man,* trans. by Cecile Lindsay, Jonathan Culler, and Eduardo Cadava, and Peggy Kamuf (New York: Columbia University Press, 1989).

James L. Hevia, *Cherishing Men from Afar: Qing Guest Ritual and the Macartney Embassy of 1793* (Durham: Duke University Press, 1995).

James Liu, *Chinese Theories of Literature* (Chicago: University of Chicago Press, 1975).

Jaroslav Průšek, "Lu Hsün's 'Huai Chiu': A Precursor of Modern Chinese

Literature," in Leo Ou-fan Lee ed., *The Lyrical and the Epic: Studies of Modern Chinese Literature* (Bloomington: Indian University Press, 1980), pp. 102-109.

Jaroslav Průšek, "The Changing Role of the Narrator in Chinese Novels at the Beginning of the Twentieth Century," in Leo Ou-fan Lee ed., *The Lyrical and the Epic-Studies of Modern Chinese Literature*, pp. 110-120.

Jeffrey Richards, *Imperialism and Juvenile Literature* (Manchester: Manchester University Press, 1989).

John Fairbank and Teng Ssu-yü, *China's Response to the West; A Documentary Survey, 1839-1923* (Massachusetts, Cambridge: Harvard University Press, 1954).

John Gooch, *The Boer War* (London: Frank Cass, 2000).

John K. Fairbank, Edwin O. Reischauer and Albert M. Craig eds., *A History of East Asian Civilization* (London, Allen & Unwin, [1960-1965], 1960).

John M. Mackenzie, "Hunting and the Natural World in Juvenile Literature", *Imperialism and Juvenile Literature* (Manchester: Manchester University Press, 1989), pp. 144-173.

John R. Gillis, *Youth and History: Tradition and Change in European Age Relations, 1770-Present* (New York: Academic Press, 1974).

John Springhall, *Youth, Empire and Society: British Youth Movements, 1883-1940* (London: Croom Helm, 1977).

John Tosh, *A Man's Place Masculinity and the Middle-Class Home in Victorian England* (New Haven: Yale University Press, 1999).

John. K. Fairbank, Teng Ssu-yü, *China's Response to the West: A Documentary Survey, 1839-1923* (New York: Atheneum, 1963).

Joseph Bristow, *Empire Boys: Adventures in a Man's World* (London: HarperCollins Academic, 1991).

Joshua A. Fogel ed., *The Role of Japan in Liang Qichao's Introduction of Modern Western Civilization to China* (*China Research Monographs*, No. 57) (California, Berkeley: University of California Berkeley, 2004).

Joshua A. Fogel, *The Emergence of the Modern: Sino-Japanese Lexicon: Seven Studies* (The Netherlands, Leiden: Brill, 2015).

José Ortega y Gasset, "The Misery and The Splendor of Translation," trans. by Elizabeth Gamble Miller, in Lawrence Venuti, *The Translation Studies Reader*, pp. 49-63.

Jürgen Habermas, "Modernity: An Unfinished Project," in Maurizio Passerind' Entrèves and Seyla Benhabib eds., *Habermas and the Unfinished Project of Modernity: Critical Essays on the Philosophical Discourse of Modernity* (Cambridge Massachusetts: MIT Press, 1996).

Jürgen Klein, "Genius, Ingenium, Imagination: Aesthetic Theories of Production from the Renaissance to Romanticism," in Frederick Burwick and Jürgen Klein eds., *The Romantic Imagination* (Amsterdam, Rodopi, 1996), pp. 19-62.

Kelly Boyd, *Manliness and the Boys' Story Paper in Britain: A Cultural History, 1855-1940* (Houndmills, Basingstoke & Hampshire: Palgrave Macmillan, 2003).

Kevin D. Murphy, *Memory and Modernity: Viollet-le-Duc at Vézelay* (Pennsylvania, University Park: Pennsylvania State University Press, 2000).

Laura E. Franey, *Victorian Travel Writing and Imperial Violence: British Writing on Africa, 1855-1902* (Houndmills, Basingstoke, Hampshire; New York: Palgrave Macmillan, 2003).

Laura Hua Wu, "From Xiaoshuo to Fiction: Hu Yinglin's Genre Study of Xiaoshuo," *Harvard Journal of Asiatic Studies* 55.2 (Dec, 1995), pp. 339-371.

Laura Malvano, "The Myth of Youth in Images — Italian Fascism," trans. by Keith Botsford, in Giovanni Levi and Jean-Claude Schmitt eds., *A History of Young People in the West*, Volume 2: *Stormy Evolution to Modern Times* (Massachusetts, Cambridge: Belknap Press, 1997), pp. 232-256.

Lawrence Venuti, *The Translation Studies Reader* (London and New York: Routledge, 2000).

Lennard Davis, *Factual Fictions: The Origins of the English Novel* (Philadelphia: University of Pennsylvania Press, 1996), pp. 102-122.

Leo Ou-fan Lee, "Incomplete Modernity: Rethinking the May Fourth Intellectual Project," Rudolf Wagner, "The Canonization of May Fourth," in Milena Doleželová-Velingerová and Oldřich Král eds., *The Appropriation of Cultural Capital: China's May Fourth Project* (Massachusetts, Cambridge: Harvard University Press, 2001), pp. 31-120.

Leo Ou-fan Lee, *Lu Xun and His Legacy* (Berkeley: California University Press, 1985).

Leonard K. K. Chan, "'Literary Science' and 'Literary Criticism': The Průšek-Hsia Debate," in Kirk A. Denton, *Crossing Between Tradition and Modernity: Essays in Commemoration of Doleželová Milena-Velingerová* (Czech: Karolinum Press, 2016), pp. 25-40.

Leonore Davidoff and Catherine Hall, *Family Fortunes: Men and Women of the*

English Middle Class, 1780-1850 (Chicago: University of Chicago Press, 1987).

Lewis A. Coser, "Introduction," in Maurice Halbwachs, *On Collective Memory* (Chicago: University of Chicago Press, 1992), pp. 1-36.

Lewis Carroll, *An Experiment in Criticism* (Cambridge: Cambridge University Press, 1961), pp. 48-49.

Lilias Rider Haggard, *The Cloak that I Left: A Biography of the Author Henry Rider Haggard K. B. E.* (London: Hodder and Stoughton, 1951).

Luisa Passerini, "Youth as a Metaphor for Social Change-Fascist Italy and America in the 1950s," in Giovanni Levi and Jean-Claude Schmitt eds., *A History of Young People in the West*, Volume 2, *Stormy Evolution to Modern Times*, trans. by Carol Volk (Massachusetts, Cambridge: Belknap Press 1997), pp. 281-340.

Lydia H. Liu, *Translingual Practice: Literature, National Culture, and Translated Modernity-China, 1900-1937* (California: Stanford University Press, 1995).

M.H. Abrams, *Mirror and the Lamp: Romantic Theory and the Critical Tradition* (Oxford: Oxford University Press, 1953).

Marián Gálik, "Preliminary Remarks on The Prague School of Sinology II," in *Asian and African Studies*, 20.1 (2011), pp. 95-96.

Marleigh Grayer Ryan, *Japan's First Modern Novel: Ukigumo of Futabatei Shimei* (New York: Columbia University Press, 1967).

Martha, P. Y. Cheung, "'To Translate' Means 'To Exchange'? A New Interpretation of the Earliest Chinese Attempts to Define Translation ('*fanyi*')," in *Target* 17 (1) (2005), pp. 27-48.

Martin Gilbert, *Churchill: A Life* (London: Heinemann, 1991).

Mary Snell-Hornby, "The Illusion of Equivalence," in *Translation Studies: An Integrated Approach* (Amsterdam: J. Benjamins Pub. Co., 1988), pp. 11-22.

Matei Calinescu, *Five Faces of Modernity: Modernism, Avant-garde, Decadence, Kitsch, Postmodernism* (Durham: Duke University Press, 1987).

Maurice Halbwachs, *On Collective Memory* (Chicago: University of Chicago Press, 1992).

Mawuena Kossi Logan, *Narrating Africa: George Henty and the Fiction of Empire* (New York: Garland Pub., 1999).

Michael Lackner, Iwo Amelung and Joachim Kurtz eds., *Western Knowledge and Lexical Change in Late Imperial China* (Leiden: Brill 2001).

Michael Wheeler, *English Fiction of the Victorian Period* (Harlow, Essex: Longman

Group, 1994).

Michel Hockx, *Questions of Style: Literary Societies and Literary Journals in Modern China, 1911-1937* (Leiden; Boston: Brill, 2003).

Milena Doleželová-Velingerová, *The Chinese Novel at the Turn of the Century (1897-1910)* (Toronto: University of Toronto Press, 1980).

Ming Dong Gu, *Chinese Theories of Fiction* (New York: SUNY Press, 2006).

Mona Ozouf, *Festivals and the French Revolution*, trans. by Alan Sheridan (Massachusetts, Cambridge: Harvard University Press, 1991).

Morton Cohen, *Rider Haggard: His Life and Works* (London: Hutchinson, 1960).

Patrick A Dunae, "Boy's Literature and the Idea of Empire, 1870-1914," in *Victorian Studies* 24.1 (Autumn, 1980), pp. 105-121.

Patrick Brantlinger, *Rule of Darkness: British Literature and Imperialism, 1830-1914* (Ithaca, N.Y.: Cornell University Press, 1988).

Patrick Hanan, "The Technique of Lu Hsun's Fiction," in *Harvard Journal of Asiatic Studies*, 34 (1974), pp. 53-96.

Patrick Hanan, *Chinese Fiction of the Nineteenth and Early Twentieth Centuries* (New York: Columbia University Press, 2004).

Paul A. Cohen, *Discovering History in China: American Historical Writing on the Recent Chinese Past* (New York: Columbia University Press, 1984).

Paul Connerton, *How Societies Remember* (Cambridge: Cambridge University Press, 1989).

Paul O. Kristeller, *Renaissance Thought and the Arts* (New Jersey, Princeton: Princeton University, 1990).

Paul Salzman, *English Prose Fiction 1558-1700: A Critical History* (Oxford: Clarendon Press, 1985).

Peter Berresford Ellis, *H. Rider Haggard: A Voice from the Infinite* (London: Routledge & Kegan Paul, 1978).

Peter F. Kornicki, *The Reform of Fiction in Meiji Japan* (London: Ithaca Press, 1982).

Peter Gay, *Schnitzler's Century: The Making of Middle-class Culture, 1815-1914* (New York: Norton, 2002).

Philip D. Curtin, *The Image of Africa: British Ideas and Action, 1780-1850* (Madison: University of Wisconsin Press, 1964).

Philip Leibfried, *Rudyard Kipling and Sir Henry Rider Haggard on Screen, Stage, Radio, and Television* (Jefferson, N.C.: McFarland, 2000).

Philippe Aries, *Centuries of Childhood* (Harmondsworth: Penguin Books, 1981).

Plato, *Republic*, trans. by Henry D. P. Lee (London: Penguin Classic, [1955]2003).

Raymond Williams, *Keywords* (London: Fontana, 1976).

René Wellek, *History of Modern Criticism, 1750-1950* (Vol. 1-5) (London and New Haven: Yale University Press, 1955-1965).

René Wellek, "The Concept of Realism in Literary Scholarship," "The Concept of Romanticism," "Romanticism Reconsidered," in Stephen G. Nichols Jr. ed., *Concepts of Criticism* (New Haven: Yale University Press, 1963).

Richard Pearson, "Archaeology and Gothic Desire: Vitality beyond the Grave in H. Rider Haggard's Ancient Egypt," in Ruth Robbins and JulianWolfreys eds., *Victorian Gothic:Literary and Cultural Manifestations in the Nineteenth Century* (New York: Palgrave, 2000).

Robert Branno, "The Male Sex Role: Our Culture's Blueprint of Manhood, and What it's Done for us Lately," in Deborah S. David and Robert Branno eds., *The Forty Nine Percent Majority: The Male Sex Role* (New York: McGraw-Hill Companies, 1976), p. 12.

Robert Morrison, *A Dictionary of The Chinese Language, in Three Parts* (Macao: Printed at the Honorable East India Company Press, by P. P. Thoms, 1815-1822).

Roland Oliver, Anthony Atmore, *Africa since 1800*, 5th ed. (Cambridge: Cambridge University Press, 2004), pp. 103-118.

Roman Jakobson, "On Linguistic Aspects of Translation," in Lawrence Venuti, *The Translation Studies Reader*, p. 113-118.

Ruth Mazo Karras, *From Boys to Men: Formations of Masculinity in Late Medieval Europe* (Philadelphia: University of Pennsylvania Press, 2003).

Samuel Johnson, Jack Lynch eds*., Dictionary of the English Language* (Florida: Levenger Press, 2002).

Sigmund Freud, "Remembering, Repeating, and Working through," in Philips Adams ed., *The Penguin Freud Reader* (Penguin: Classics, London: Verso, 2006), pp. 391-401.

Stephen Gregg, "'Strange Longing' and 'Horror' in Robinson Crusoe," in Antony Rowland, Emma Liggins and Eriks Uskalis eds., *Signs of Masculinity: Men in Literature 1700 to the Present* (Amsterdam; Atlanta, GA: Rodopi, 1998), pp. 37-63.

Stephen Halliwell, *The Aesthetics of Mimesis: Ancient Texts and Modern Problems* (New Jersey, Princeton: Princeton University Press, 2002).

Stephen Kalberg ed., *Max Weber: Readings and Commentary on Modernity* (Malden, MA: Blackwell Pub, 2005).

Susan Bassnett and Harish Trivedi, *Post-Colonial Translation: Theory and Practice*

(London; New York: Routledge, 1999).

Tejaswini Niranjana, *Siting Translation: History, Post-structuralism and the Colonial Context* (Berkeley: University of California Press, 1992).

Terence Reed, *The Classical Centre: Goethe and Weimar, 1775-1832* (Oxford: Oxford University Press, 1986).

Terry Eagleton, *The English Novel* (London: Blackwell, 2005).

Theo Hermans ed., *The Manipulation of Literature: Studies in Literary Translation* (New York: St. Martin's Press, 1985).

Theo Hermans, "Norms and the Determination of Translation: A Theoretical Framework," in Román Álvarex and M. Carmen-África Vidal eds., *Translation, Power, Subversion* (Clevedon, England: Multigual Matters, 1996), pp. 25-51.

Theodore Huters, *Bringing the World Home: Appropriating the West in Late Qing and Early Republican China* (Honolulu: University of Hawai'i Press, 2005).

Thomas Carlyle, *On Heroes, Hero Worship and the Heroic in History* (London: Electric Book, 2001).

Thomas Pakenham, *The Scramble for Africa* (New York: Avon Books, 1991).

Tom Pocock, *Rider Haggard and The Lost Empire* (London: Weidenfeld & Nicolson, 1993).

Tomas Hägg, *The Novel in Antiquity* (Oxford: Blackwell, 1983).

Tsubouchi Shōyō, *The Essence of the Novel (Shosetsu Shinzui)*, trans. by Nanette Twine, Occasional papers; No. 11 (Brisbane: Department of Japanese, University of Queensland, 1981).

Uganda Sze Pui Kwan, "Transferring Sinosphere Knowledge to the Public: James Summers (1828-1891) as Printer, Editor and Cataloguer," in *East Asian Publishing and Society*, 8 (2018), pp. 56-84.

Uganda Sze Pui Kwan, "Rejuvenating China: The Translation of Sir Henry Rider Haggard's Juvenile Literature by Lin Shu in Late Imperial China," *Translation Studies*, Vol. 6, Issue 1 (2013), pp. 33-47.

Vera Schwarz, *The Chinese Enlightenment: Intellectuals and the Legacy of the May Fourth Movement of 1919* (Berkeley: University of California Press, 1986).

Walter J. Ong, *Orality and Literacy* (London: Methuen, 1982).

Walter Laqueur, *Young Germany: A History of the German Youth Movement* (New Brunswick, N. J.: Transaction Books, 1984).

Wang Der-wei David, *Fin-de-siècle Splendor Repressed Modernities of Late Qing Fiction, 1848-1911* (California: Stanford University Press. 1997).

William Lobschied, *English and Chinese Dictionary: with the Punti and Mandarin*

(Hong Kong: Noronha & Sons, 1871).

William Nienhauser et al. eds., *The Indiana Companion to Traditional Chinese Literature* Vol. 1 (Bloomington, Ind. Indiana University Press, 1986).

William Rowe and Vivian Schelling, *Memory and Modernity: Popular Culture in Latin America* (London; New York: Verso, 1991).

William Touponce, "Straw Dogs: A Deconstructive Reading of the Problem of Mimesis in James Liu's *Chinese Theories of Literature*," in *Tamkang Review* 11, 4 (1981), pp. 359-390.

Wolfgang Iser, *The Fictive and the Imaginary: Charting Literary Anthropology* (Baltimore: J. Hopkins University Press, 1993).

Władysław Tatarkiewicz, *A History of Six Ideas: An Essay in Aesthetics* (The Hague; Boston: Nijhoff, 1980).

Yu Ying-shih, "Neither Renaissance Nor Enlightenment: A Historian's Reflections on the May Fourth Movement," in Milena Doleželová-Velingerová and Oldřich Král eds., *The Appropriation of Cultural Capital: China's May Fourth Project* (Massachusetts, Cambridge: Harvard University Asia Center, 2001), pp. 299-326.

中文、日文書

二葉亭四迷:《浮雲》,《坪內逍遙 · 二葉亭四迷集》(東京:筑摩書房,1967 年)。

三好行雄編:《島崎藤村全集》第 11 卷 (東京:筑摩書房, 1981 年 -1983 年)。

大塚秀高:〈從物語到小說——中國小說生成史序說〉,《學術月刊》1994 年第 9 期,頁 108-113。

小川環樹:〈古小說の語法 ——特に人稱代名詞および疑問代詞の用法につい て〉,《中國小說史の研究》(東京:岩波出版社, 1968 年),頁 274-292。

山田敬三著,汪建譯:〈漢譯《佳人奇遇》縱橫談——中國政治小說研究札記〉, 趙景深主編:《中國古典小說戲曲論集》(上海:上海古籍出版社, 1985 年),頁 384-404。

川邊大雄:〈松本白華在港的經歷〉,《出版文化的新世界:香港與上海》(上海: 上海人民出版社, 2011 年),頁 152-164。

久松潛一等編:《日本文學史》第 1 冊 (東京:至文堂, 1964 年)。

王一川:《中國現代性體驗的發生:清末民初文化轉型與文學》(北京:北京師 範大學出版社, 2001 年)。

王力:《漢語史稿》(重排本)(北京:中華書局出版發行, [1980] 2004 年),頁

302。

王永健：《蘇州奇人黃摩西評傳》(蘇州：蘇州大學出版社，2000 年)。

王宏志：〈「以中化西」及「以西化中」——從翻譯看晚清對西洋小說的接受〉，《世變與維新》(台北：中央研究院中國文哲研究所籌備處，2001 年)，頁 589-632。

王宏志：〈民元前魯迅的翻譯活動——兼論晚清的意譯風尚〉，《重釋「信達雅」：二十世紀中國翻譯研究》(上海：東方出版中心，1999 年)，頁 183-217。

王宏志：《重釋「信、達、雅」：20 世紀中國翻譯研究》(北京：清華大學出版社，2007)。

王泛森：《中國近代思想與學術的系譜》(台北：聯經，2003 年)。

王泛森：〈歷史記憶與歷史〉，《當代》91 (1993)，頁 40-49。

王度：《古鏡記》，收入《太平廣記》第 230 卷，李昉等編：《太平廣記》(香港：中華書局，2003 年)，頁 1761–1767。

王國維：《《紅樓夢》評論〉，《教育世界》1904 年第 76-78、80-81 號，收入陳平原、夏曉虹編：《二十世紀中國小說理論資料》第 1 卷 (北京：北京大學出版社，1997 年)，頁 113-130。

王敬軒〔錢玄同〕：〈文學革命之反響〉，原刊《新青年》1918 年第 4 卷第 3 號，收入北京大學、北京師範大學、北京師範學院中文系中國現代文學教研室主編：《文學運動史料選》第 1 冊 (上海：上海教育出版社，1979 年)，頁 49。

王楓：〈林紓非桐城派說〉，《學人》1996 年 4 月第 9 輯，頁 605-620。

王爾敏：〈中國近代知識普及運動與通俗文學之興起〉，《近代文化生態及其變遷》(南昌：百花洲文藝出版社，2002 年)，頁 195-290。

王德威：《如何「現代」，怎樣「文學」》(台北：麥田，1998 年)。

王德威，宋偉傑譯：《被壓抑的現代性：晚清小說新論》(台北：麥田，2003 年)。

王曉平：〈梁啟超文體與日本明治文體〉，《近代中日文學交流史稿》(長沙：湖南文藝出版社，1987 年)，頁 272-277。

井上哲次郎、有賀長雄：《哲學字彙》(東京：東洋館，1881 年)。

井上哲次郎增訂：《增訂英華字典》(Tokyo: Fujimoto, 1883-1884)。

木村小舟：《明治少年文學史》(改訂增補版明治篇) (東京：大空社，1995 年)。

木村直惠：《青年の誕生：明治日本における政治的実践の転換》(東京：新曜社，1998 年)。

太田善男：《文學概論》(東京：博文館，明治 39 年 (1906 年) 9 月)。

中村光夫：《日本の近代小説》(東京：岩波書店，1954 年)，頁 10-11。

中村武羅夫：〈小山內薰〉，《現代文士二十八人》(東京：日高有倫堂，1909 年)，頁 226-248。

中村青史:《德富蘇峰・その文学》(熊本:熊本大学教育学部国文学会，1972
　　　年)。

中村忠行:〈清末の文壇と明治の少年文学 (一) ——資料を中心として〉,《山
　　　邊道:國文學研究誌》第 9 號 (天理:天理大学国文学研究室，1964
　　　年),頁 48-63。

中村忠行:〈清末の文壇と明治の少年文学 (二) ——資料を中心として〉,《山
　　　邊道:國文學研究誌》第 10 號 (天理:天理大学国文学研究室，1964
　　　年),頁 63-81。

中村真一郎:〈坪内逍遙「近代文學的基石」〉,稻垣達郎編:《坪内逍遙集》(東
　　　京:角川書店，1974 年),頁 371-372。

中島長文:《中國小說史略考證》(神戶:神戶市外國語大學外國學研究所，
　　　2004 年)。

中島長文編:《魯迅目睹書目 (日本書之部)》(宇治:中島長文，1986 年)。

中國老少年:〈中國偵探案〉，1906 年,收入陳平原、夏曉虹:《二十世紀中國小
　　　說理論資料》第 1 卷,頁 211-213。

公奴:〈金陵賣書記〉,開明書店版，1902 年,收入陳平原、夏曉虹編:《二十
　　　世紀中國小說理論資料》第 1 卷,頁 65。

孔慶茂:《錢鍾書傳》(南京:江蘇文藝出版社，1992 年),頁 13-35。

未署名〔茅盾〕:〈《小說新潮》欄宣言〉,原刊《小說月報》1920 年 1 月 25 日第
　　　11 卷第 1 號,收入《茅盾全集》第 18 卷 (北京:人民文學出版社，
　　　1990 年),頁 12-17。

未署名〔茅盾〕:〈《小說新潮欄》預告〉,原刊《小說月報》1919 年 12 月 25 日第
　　　14 卷第 10 號,收入《茅盾全集》第 18 卷,頁 1。

世 (1908):〈小說風尚之進步以翻譯說部為風氣之先〉,收入陳平原、夏曉虹
　　　編:《二十世紀中國小說理論資料》第 1 卷,頁 320-323。

石昌渝:《中國小說源流論》(北京:生活・讀書・新知三聯書店，1994 年)。

北京魯迅博物館編:《魯迅手跡和藏書目錄》(內部資料) (北京:北京魯迅博物
　　　館，1959 年)。

田嶋一:〈「少年」概念の成立と少年期の出現 ——雜誌『少年世界』の分析を通
　　　して ——〉,《國學院雜志》第 95 號第 7 期 (東京:國學院，1994
　　　年),頁 1-15。

市島春城:〈明治文学初期の追憶〉,原刊於大正十四年 (1925 年),題為「明治
　　　初頭文壇の回顧」,收入十川信介:《明治文学回想集》(上) (東京:
　　　岩波文庫，1998 年),頁 182-208。

西周著、大久保利謙編:《西周全集》4 卷本 (東京:宗高書房,1960 年-1981 年)。

成之〔呂思勉〕:〈小說叢話〉,原刊《中華小說界》1914 年 (第一年) 第 3-8 期,
　　　收入陳平原、夏曉虹合編:《二十世紀中國小說理論資料》(第 1 卷),

頁 438-479。

黃霖、韓同文編選註：《中國歷代小說論著選》上下兩冊（南昌：江西人民出版社，1990 年），頁 357-409。

光翟〔黃伯耀〕：〈淫詞惑世與豔情感人之界線〉，原刊《中外小說林》（第一年）第 17 期，收入陳平原、夏曉虹：《二十世紀中國小說理論資料》第 1 卷，頁 308-310。

朱世滋：《中國古典長篇小說百部賞析》（北京：華夏出版社，1990 年）。

朱自清：《朱自清全集》（南京：江蘇教育出版社，1988 年）。

朱熹、李申編：《四書集注全譯》（成都：巴蜀書社，2002 年）。

自由花：《〈自由結婚〉弁言》，自由社版，1903 年，收入陳平原、夏曉虹編：《二十世紀中國小說理論資料》第 1 卷，頁 109-110。

《全唐文》第 75 卷（太原：山西教育出版社，2002 年）。

全漢昇：〈清末的「西學源出中國說」〉，《嶺南學報》1935 年第 4 卷第 2 期，頁 57-102。

冰心：〈憶讀書〉，劉家鳴編：《冰心散文選集》（天津：百花文藝出版社，1992 年），頁 410-412。

冰〔茅盾〕：〈我對於介紹西洋文學的意見〉，原刊 1920 年 1 月 1 日《時事新報・學燈》，收入《茅盾全集》第 18 卷，頁 2-7。

米列娜（Milena Doleželová-Velingerová）編、伍曉明譯：《從傳統到現代：19 至 20 世紀轉折時期的中國小說》（北京：北京大學出版社，1991 年）。

安素：〈讀《松岡小史》所感〉，陳平原、夏曉虹編：《二十世紀中國小說理論資料》（第 1 卷），頁 540-541。

李永圻等編：〈呂思勉先生編年事輯〉，《呂思勉全集》第 26 卷（上海：上海古籍出版社，2016 年），頁 526-626。

李永圻編，潘哲羣、虞新華審校：《呂思勉先生編年事輯》（上海：上海書店，1992 年）。

李奇志：《清末民初思想和文學中的「英雌」話語》（武漢：湖北教育出版社，2006 年）。

李昉等編：《太平廣記》10 卷本（香港：中華書局，2003 年）。

李雲翔：〈《封神演義》序〉，朱一玄編：《明清小說資料選編（上冊）》（濟南：齊魯書社，1989 年），頁 553-555。

李福清著、李明濱譯：《古典小說與傳說：李福清漢學論集》（北京：中華書局，2003 年）。

李奭學：〈中國「文學」的現代性與晚明耶穌會翻譯文學〉，《道風：基督教文化評論》2014 年 1 月 1 日第 40 期，頁 37-75。

李歐梵口述；陳建華訪錄：《徘徊在現代和後現代之間》（台北：正中書局，1996 年）。

李歐梵：《李歐梵自選集》(上海：上海教育出版社，2002 年)。

李歐梵：〈林紓與哈葛德──翻譯的文化政治〉，彭小妍主編：《文化翻譯與文本脈絡：晚明以降的中國、日本與西方》(台北：中央研究院中國文哲研究所，2013 年)，頁 21-71。

李歐梵：〈魯迅的小說現代性技巧〉，樂黛雲主編：《當代英語世界魯迅研究》(江西：江西人民出版社，1993 年)，頁 28-45。

李歐梵：〈魯迅創作中的傳統與現代性〉，樂黛雲主編：《當代英語世界魯迅研究》(南昌：江西人民出版社，1993 年)，頁 79-80。

李鴻章：〈籌議製造輪船未可裁撤摺 (同治 11 年；1872 年)〉，原刊李鴻章著，吳汝綸編：《李文忠公全集・奏稿》第 19 卷，頁 44-50，收入 1962 年台灣縮印本 (台北：文海出版社，1962 年)，頁 676-679。

呂思勉：〈三反及思想改造學習總結〉，李永圻等編：《呂思勉先生編年事輯》，(上海：上海書店，1992 年)，頁 50-51。

呂思勉：〈小說叢話〉，《呂思勉全集》第 11 卷 (上海：上海古籍出版社，2016 年)，頁 25-58。

呂思勉：《論學集林》(上海：上海教育出版社，1987 年)。

呂福堂：〈魯迅著作的版本演變〉，唐弢編：《魯迅著作版本叢談》(北京：書目文獻出版社，1983 年)，頁 61-79。

吳立昌主編：《文學的消解與反消解──中國現代文學派別論爭史論》(上海：復旦大學，2005 年)。

吳趼人：《二十年目睹之怪現狀》，1903 年 -1905 年，收入《吳趼人全集》第 1 卷、第 2 卷 (哈爾濱：北方文藝出版社，1997 年)。

吳趼人：〈近十年之怪現狀自敘〉，1910 年，《吳趼人全集》第 3 卷 (哈爾濱：北方文藝出版社，1997 年)，頁 299。

吳趼人：《恨海》，《吳趼人全集》第 5 卷 (哈爾濱：北方文藝出版社，1997 年)，頁 1-80。

何曉毅：〈「小說」一詞在日本的流傳及確立〉，《陝西師范大學學報 (哲學社會科學版)》1995 年 2 期，頁 148-149。

佐藤 (佐久間) りか：〈「少女」読者の誕生──性・年齢カテゴリーの近代〉，《メディア史研究》第 19 號 (東京：ゆまに書房，2005 年)，頁 17-41。

佐藤愼一：〈近代中國の知識人と文明〉(東京：東京大学出版会，1996 年)，頁 3-174。

佚名：〈闕名筆記〉，1924 年，蔣瑞藻編：《小說考證》(上) (上海：古籍出版社，1984 年)，頁 235。

佛克馬 (Fokkema Douwe Wessel)、蟻布思 (Elrud Ibsch)：《文學研究與文化參與》(北京：北京大學出版社，1996 年)。

余英時：《中國近代思想史上的胡適》（台北：聯經，1984 年）。

余英時：《重尋胡適的歷程：胡適生平與思想再認識》（台北：聯經，中央研究院，2004 年）。

余嘉錫：《余嘉錫文史論集》（長沙：岳麓書社，1997 年）。

汪懋祖：〈讀新青年〉，原刊《新青年》第 5 卷第 1 號，收入鄭振鐸編選：《中國新文學大系・文學論爭集》（上海：上海文藝出版社，[1935 年]2003 年 7 月影印本），頁 45-46。

沈國威：《近代日中語彙交流史：新漢語の生成と受容》（東京：笠間書院，2008 年）。

沈從文：〈小說與社會〉，《沈從文全集》第 17 卷（太原：北岳文藝出版社，2002 年），頁 303。

沈從文：〈論中國創作小說〉，《沈從文全集》第 16 卷（太原：北岳文藝出版社，2003 年）。

沈雁冰：〈譯文學書方法的討論〉，原刊《小說月報》1921 年 4 月 10 日第 12 卷第 4 期，收入《茅盾全集》第 18 卷，頁 87-94。

沈德鴻編：《中國寓言初編》，1917 年商務單行本，《茅盾全集》第 43 卷（補遺下篇）（北京：人民文學出版社，2006 年），頁 845-895。

長孫無忌著：《唐律疏義》（上海：上海古籍出版社，1987 年）。

坪內逍遙：〈シエークスピヤ脚本評註〉，原刊《早稻田文学》明治 24 年（1891 年）10 月第 1 號，收入吉田精一，淺井清編集：《近代文學評論大系 1 明治期 I》（東京：角川書店，1971 年），頁 188-193。

坪內逍遙著，稻垣達郎解說，中村完、梅澤宣夫註釋：《日本近代文學大系・坪內逍遙集》（東京：角川書店，1974 年）。

坪內逍遙：〈新舊過渡期の回想〉，《坪內逍遙集》（東京：角川書店，1974 年），頁 399-406。

坪內逍遙，稻垣達郎解說：《坪內逍遙集》（東京：角川書店，1974 年）。

坪內逍遙，劉振瀛譯：《小說神髓》（北京：人民文學出版社，1991 年）。

坪內雄蔵：《小說神髓》（東京：松月堂，明治 20（1887 年）8 月）。

披髮生〔羅普〕：〈《紅淚影》序〉，原刊《紅淚影》（廣智出版社，1909 年），收入陳平原、夏曉虹編：《二十世紀中國小說理論資料》第 1 卷，頁 379-380。

林明德：《晚清小說研究》（台北：聯經，1989 年）。

林紓：〈荊生〉，收入薛綏之、張俊才合編：《林紓研究資料》（福州：福建人民出版社，1982 年），頁 81-82。

林紓：〈妖夢〉，收入薛綏之、張俊才合編：《林紓研究資料》，頁 83-85。

林紓：〈《古鬼遺金記》序〉，吳俊標校：《林琴南書話》（杭州：浙江人民出版社，1999 年），頁 106 -107。

林紓：〈《西利西郡主別傳》識語〉，吳俊標校：《林琴南書話》，頁 98。

林紓：〈《冰雪因緣》序〉〉，吳俊標校：《林琴南書話》，頁 99-100。

林紓：〈《孝女耐兒傳》序〉，吳俊標校：《林琴南書話》，頁 77-78。

林紓：〈《英孝子火山報仇錄》序〉，吳俊標校：《林琴南書話》，頁 26-27。

林紓述，曾宗鞏口譯：《鐘乳骷髏》（上海：商務印書館出版，1908 年）。

林紓：〈《洪罕女郎傳》序〉，吳俊標校：《林琴南書話》，頁 38-39。

林紓：〈《洪罕女郎傳》跋語〉，吳俊標校：《林琴南書話》，頁 40-41。

林紓：〈《洪罕女郎》跋語〉，吳俊標校：《林琴南書話》，頁 40-41。

林紓：〈《紅礁畫槳錄》譯餘剩語〉，吳俊標校：《林琴南書話》，頁 60。

林紓：〈致蔡鶴卿書〉，原刊 1919 年 3 月 18 日北京《公言報》，收入薛綏之、張俊才合編：《林紓研究資料》，頁 86-89。

林紓：〈《荒唐言》跋〉，吳俊標校：《林琴南書話》，頁 116。

林紓：〈《埃及金塔剖屍記》譯餘剩語〉，吳俊標校：《林琴南書話》，頁 22-23。

林紓：〈《埃司蘭情俠傳》序〉，吳俊標校：《林琴南書話》，頁 130。

林紓：〈《鬼山狼俠傳》敍〉，吳俊標校：《林琴南書話》，頁 32-33。

林紓：〈《梅孽》發明〉，吳俊標校：《林琴南書話》，頁 128。

林紓：〈《黑奴籲天錄》例言〉，1901 年，收入陳平原、夏曉虹編：《二十世紀中國小說理論資料》第 1 卷，頁 43-44。

林紓：〈《斐洲煙水愁城錄》序〉，吳俊標校：《林琴南書話》（，頁 30-31。

林紓：〈《興登堡成敗鑒》序〉，吳俊標校：《林琴南書話》，頁 129。

林紓、魏易同譯：《洪罕女郎傳》（上海：商務印書館，1905 年）。

林紓：〈《離恨天》譯餘剩語〉，吳俊標校：《林琴南書話》，頁 108-111。

林薇：《百年沉浮：林紓研究綜述》（天津：天津教育出版社，1990 年）。

松岑：〈論寫情小說於新社會之關係〉，原刊《新小說》1905 年第 17 號，收入陳平原、夏曉虹編：《二十世紀中國小說理論資料》（第 1 卷），頁 172。

東爾：〈林紓和商務印書館〉，陳原、陳鋒等：《商務印書館九十年，1897-1987：我和商務印書館》（北京：商務印書館，1987 年），頁 541。

和漢比較文学会編：《江戶小説と漢文學》（東京：汲古書院，1993 年），頁 193-256。

邱煒蔜：〈客雲廬小說話‧揮塵拾遺〉，《晚清文學叢鈔：小說戲曲研究卷》（北京：中華書局，1960 年），頁 377-426。

邱煒蔜：〈茶花女遺事〉，原刊《揮塵拾遺》，1901 年，收入陳平原、夏曉虹：《二十世紀中國小說理論資料》第 1 卷，頁 45-46。

侗生〔佚名〕：〈小說叢話〉，原刊《小說月報》1911 年第 3 期，收入陳平原、夏曉虹：《二十世紀中國小說理論資料》第 1 卷，頁 388-390。

金聖歎、艾舒仁編：《金聖歎文集》（成都：巴蜀書社，1997 年）。

金觀濤、劉青峰：《觀念史研究——中國現代重要政治術語的形成》（香港：香港中文大學，2008 年）。

周作人：〈日本近三十年小說之發達〉，原刊 1918 年 5 月《北京大學日刊》第 141-152 號，收入鍾叔河編：《周作人文類編》第 7 卷《日本管窺》（長沙：湖南文藝出版社，1998），頁 233-248。

周作人：〈中國新文學的源流〉，1932 年 3 月八次到輔仁大學講課的講義，周作人著、楊楊校訂：《中國新文學的源流》（上海：華東師範大學出版社，1995 年）。

周作人：〈代快郵〉，鍾叔河編：《周作人文類編》第 1 卷《中國氣味》（長沙：湖南文藝出版社，1998 年），頁 516-519。

周作人：〈我學國文的經驗〉，原刊《孔德月刊》1926 年第 1 期，收入《周作人文類編》第 3 卷《本色：文學‧文章‧文化》（長沙：湖南文藝出版社，1998 年），頁 185-189。

周作人：〈林琴南與章太炎〉，《周作人文類編》第 10 卷《八十心情》（長沙：湖南文藝出版社，1998 年），頁 372-373。

周作人：〈林琴南與羅振玉〉，原刊 1924 年 12 月《語絲》，收入鍾叔河：《周作人文類編》第 8 卷《希臘之餘光》（長沙：湖南文藝出版社，1998 年），頁 721-723。

周作人：〈林蔡鬥爭文件（一）〉，《知堂回想錄》上（香港：三育圖書文具公司，1974 年），頁 340。

周作人：〈劉半農〉，原刊 1958 年 5 月 17 日《羊城晚報》，收入鍾叔河編：《周作人文類編》第 10 卷《八十心情》，頁 430-431。

周作人：〈劉半農與禮拜六派〉，原刊 1949 年 3 月 22 日《自由論壇晚報》，收入鍾叔河編：《周作人文類編》第 10 卷《八十心情》，頁 425-427。

周作人、鍾叔河編：《周作人文類編》（10 冊）（湖南：湖南文藝出版社，1998 年）。

周作人：〈翻譯與字典〉，原刊 1951 年 4 月《翻譯學報》，收入鍾叔河編：《周作人文類編》第 8 卷《希臘之餘光》，頁 790-791。

周作人：〈關於《炭畫》〉，《周作人文類編》第 8 卷《希臘之餘光》，頁 568-569。

周桂笙：《譯書交通公會》，馬祖毅：《中國翻譯史（上）》（武漢：湖北教育出版社，1999 年），頁 756。

周偉、秋楓、白沙編著：《驚世之書：文學書評》（北京：光明日報出版社，2003 年）。

周啟明：〈魯迅與清末文壇〉，《林紓研究資料》，頁 239-240。

周楞伽：〈稗官考〉，《古典文學論叢》第 3 輯（濟南：齊魯書社，1982 年），頁 257-266。

周劍云：〈《癡鳳血》序文〉，薛綏之、張俊才合編：《林紓研究資料》，頁 206。

周樹奎：〈《神女再世奇緣》自序〉，1905 年，收入陳平原、夏曉虹合編：《二十

世紀中國小說理論資料》第 1 卷，頁 164。

阿英：〈作為小說學者的魯迅先生〉，《阿英全集》第 2 卷（合肥：安徽教育出版社，2003 年），頁 789-797。

阿英：《阿英全集》12 卷本（合肥：安徽教育出版社，2003 年）。

阿英：〈清末四大小說家〉，原刊《小說月報》1941 年 10 月第 12 期，收入《阿英全集》第 7 卷，頁 638-650。

阿英：〈關於《巴黎茶花女遺事》〉，原刊《世界文學》1961 年第 10 期，收入《阿英全集》第 2 卷，頁 838-844。

茅盾：〈伍譯的《俠隱記》和《浮華世界》〉，原刊 1934 年 3 月 1 日《文學》，收入《茅盾全集》第 20 卷（北京：人民文學出版社，1990 年），頁 25-32。

茅盾：《我走過的道路》（香港：三聯書店，1981 年 -1989 年）。

茅盾：〈直譯·順譯·歪譯〉，原刊《文學》1934 年第 2 卷第 3 期，收入《茅盾全集》第 20 卷，頁 39-42。

茅盾：〈「直譯」與「死譯」〉，原刊《小說月報》1922 年第 13 卷第 8 期，收入《茅盾全集》第 18 卷，頁 255-256。

茅盾：《茅盾論創作》（上海：上海文藝出版社，1980 年）。

茅盾：〈對於系統的經濟的介紹西洋文學底意見〉，原刊 1920 年 2 月 4 日《時事新報》，收入《茅盾全集》第 18 卷，頁 20-26。

茅盾：〈論魯迅的小說〉，原刊香港《小說月刊》1948 年 10 月第 1 卷第 4 期，收入《茅盾全集》第 23 卷，頁 430-438。

胡垣坤、曾露淩、譚雅倫編，村田雄二郎，貴堂嘉之訳：《カミング・マン：19 世紀アメリカの政治諷刺漫畫のなかの中國人》（東京：平凡社，1997 年）。

胡塞爾（Edmund Husserl）、倪梁康譯：《邏輯研究》（上海：上海譯文出版社，2003 年）。

胡適：〈五十年來中國之文學〉，《胡適全集》第 2 卷（合肥：安徽教育出版社，2003 年），頁 259-345。

胡適：〈文學改良芻議〉，原刊 1917 年 1 月 1 日《新青年》第 2 卷第 5 號，收入《胡適全集》第 1 卷（合肥：安徽教育出版社，2003 年），頁 4-15。

胡適：〈白話文學史〉，1928 年，《胡適全集》第 11 卷（合肥：安徽教育出版社，2003 年），頁 205-555。

胡適：〈白話文學史·自序〉，1928 年，收入《胡適全集》第 3 卷（合肥：安徽教育出版社，2003 年），頁 709-718。

胡適：《我們走哪條路》，原刊《新月》1929 年 12 月 10 日第 2 卷第 10 號，收入《胡適全集》第 4 卷（合肥：安徽教育出版社，2003 年），頁 468。

胡適：〈林琴南先生的白話詩〉，原刊 1924 年 12 月 1 日《晨報》，收入《胡適全

集》第 12 卷（合肥：安徽教育出版社，2003 年），頁 65-71。

胡適：〈非留學篇〉，原刊《留美學生季報》1914 年 1 月，收入季羨林主編：《胡適全集》第 20 卷（合肥：安徽教育出版社，2003 年），頁 6-30。

胡適：〈建設的文學革命論〉，原刊《新青年》1918 年第 4 卷第 4 號，收入《胡適全集》第 1 卷，頁 52-68。

胡適、唐德剛譯註：《胡適口述自傳》（台北：傳記文學出版社，1981 年）。

胡適：〈通信・寄陳獨秀・文學革命〉，《中國新文學大系・建設理論集》，頁 53-55。

胡適：〈答汪懋祖〉，《新青年》1918 年 7 月 15 日第 5 卷第 1 號，收入《胡適全集》第 1 卷，頁 75-77。

胡適：〈《短篇小說第二集》譯者自序〉，收入《胡適全集》第 42 卷（合肥：安徽教育出版社，2003 年），頁 379-380。

胡適：〈新思潮的意義〉，原刊《新青年》第 7 卷第 1 號，收入《胡適全集》第 1 卷，頁 691-699。

胡適：〈論短篇小說〉，原刊《北京大學日刊》及《新青年》1918 年第 4 卷第 5 號，收入《胡適全集》第 1 卷，頁 124-136。

胡適：〈論翻譯——與曾孟樸先生書〉，收入《胡適全集》第 3 卷，頁 803-815。

胡適：〈論譯書寄陳獨秀〉，原刊《藏暉室札記》第十二卷，收入《胡適全集》第 23 卷（合肥：安徽教育出版社，2003 年），頁 95-96。

胡應麟：〈二酉綴遺〉，《少室山房筆叢》（北京：中華書局，1958），頁 459-489。

胡應麟：《少室山房筆叢》（上海：上海書店，2001 年）。

柄谷行人：《日本近代文学の起源》（東京：講談社，1988 年）。

柳父章：《翻譯文化を考える》（東京：法政大學出版局，1978 年）。

柳父章：《翻訳とはなにか：日本語と翻訳文化》（東京：法政大学出版局，1976 年）。

柳父章：《翻訳語成立事情》（東京：岩波新書，1982 年）。

柳田泉、中村完解說：《「小說神髓」研究》（東京：日本図書センター，1987 年）。

柳田泉：〈坪內逍遙先生の文學革新の意義を概論す〉，《坪內逍遙集》（東京：角川書店，1974 年），頁 361-370。

柳田泉：《明治初期の文学思想》（東京：春秋社，1965 年）。

柳田泉：《若き坪內逍遙：明治文学研究》（東京：日本図書センター，1984 年）。

郁達夫：〈純文學季刊《創造》出版預告〉，原刊 1921 年 9 月 29 日《時事新報》，收入《郁達夫文集》第 12 卷（廣州：花城出版社，1982 年），頁 230-231。

秋庭史典：〈「美學」の定着と制度化〉，岩城見一：《芸術／葛藤の現場：近代日本芸術思想のコンテクスト》（京都：晃洋書房，2002 年），頁

　　　49-66。

俠人:〈小說叢話〉，1905 年，原刊《新小說》1905 年第 13 號，收入陳平原、
　　　夏曉虹編:《二十世紀中國小說理論資料》第 1 卷，頁 89-95。

侯健:〈晚清小說的內容表現〉，「晚清小說專輯」，《聯合文學》(台北:聯合文
　　　學出版社)，1985 年第 1 卷第 6 期，頁 19。

俞政:《嚴復著譯研究》(蘇州:蘇州大學出版社，2003 年)，頁 21-63。

俞振基:〈呂思勉先生著述繫年〉，《蒿廬問學記》(北京:生活‧讀書‧新知三
　　　聯書店，1996 年)，頁 283-344。

俞振基:〈呂思勉先生編著書籍一覽表〉，《蒿廬問學記》(北京:生活‧讀書‧
　　　新知三聯書店，1996 年)，頁 276-282。

津田左右吉:〈勿吉考〉，原刊《滿解報告I》，1915 年，收入《津田左右吉全集》
　　　第 12 卷 (東京:岩波書店，1963 年 -1966 年)，頁 20-37。

郎損〔茅盾〕:〈新文學研究者的責任與努力〉，原刊 1921 年《小說月報》第 12
　　　卷第 2 號，收入《茅盾全集》第 18 卷，頁 66-72。

姚鼐:〈古文辭類纂‧序目〉，《古文辭類纂》(上海:中華書局，1936 年)。

紀昀著、王賢度校點:《閱微草堂筆記》(上海:上海古籍出版社，1980 年)。

紀昀總纂:《四庫全書總目提要》卷 140，子部 50 (北京:中華書局，1965 年)。

班固:《漢書‧藝文志》第 30 卷 (北京:中華書局，1964 年)。

馬祖毅:《中國翻譯史 (上)》(漢口:湖北教育出版社，1999 年)。

馬祖毅:《中國翻譯史:「五四」以前部分》(北京:中國對外翻譯出版公司，
　　　1998 年)。

袁世碩:〈《中國小說史略》辨證二則〉，《中國古代小說研究》(北京:人民文學
　　　出版社，2005 年)，頁 28-35。

袁進:《中國小說的近代變革》(北京:中國社會科學出版社，1992 年)。

袁進:〈黃摩西、徐念慈小說理論的矛盾與局限〉，《華東師範大學學報 (哲學
　　　社會科學版)》，1986 年第 3 期，頁 15-19。

根岸宗一郎:〈周作人留日期文學論の材源論について〉，《中国研究月報》總
　　　第 50 期 (東京:中国研究所，1996 年 9 月)，頁 38-49。

夏丏尊:〈坪內逍遙〉，原刊 1935 年 6 月《中學生》，收入夏弘寧選編:《夏丏尊
　　　散文譯文精選集》(北京:中國文聯出版社，2003 年)，頁 76-179。

夏曉虹:《晚清文人婦女觀》(北京:作家出版社，1995 年)。

夏曉虹:《晚清社會與文化》(武漢:湖北教育出版社，2001 年)。

夏曉虹:《覺世與傳世:梁啟超的文學道路》(上海:上海人民出版社，1991 年)。

徐斯年:〈《中國小說史略》註釋補証 (1，2)〉，《魯迅研究月刊》2001 年 10 期，
　　　頁 65-75 及 2001 年 11 期，頁 69-78。

徐敬修:《文學常識》(上海:大東書局，1925 年)。

徐敬修:《說部常識》(上海:大東書局，1925 年)。

狹間直樹編：《共同研究梁啟超：西洋近代思想受容と明治日本》（東京：みすず書房，1999 年）。

記者〔劉半農〕：〈覆王敬軒書〉，原刊《新青年》1918 年第 4 卷第 3 號，收入鄭振鐸編選：《中國新文學大系‧文學論爭集》（上海：上海文藝出版社，〔1935 年〕2003 年 7 月影印本），頁 27-39。

高辛勇：〈西游補與敍事理論〉，《中外文學》1984 年第 12 卷 8 期，頁 5-23。

高辛勇：《形名學與敍事理論──結構主義的小說分析法》（台北：聯經，1987 年）。

海風等編：《吳趼人全集》10 卷本（哈爾濱：北方文藝出版社，1997 年）。

浴血生：〈小說叢話〉，1903 年，收入陳平原、夏曉虹編：《二十世紀中國小說理論資料》第 1 卷，頁 87。

宮島新三郎：《明治文學十二講》（東京：大洋社，1925 年）。

凌昌言：〈司各特逝世百年祭〉，《現代》1932 年 12 月第 2 卷第 2 期，頁 276。

孫楷第：《滄州集》（北京：中華書局，1965 年）。

孫毓修：〈二萬鎊之奇賭（節錄）〉，1914 年，陳平原、夏曉虹編：《二十世紀中國小說理論資料》第 1 卷，頁 434。

孫毓修：〈英國十七世紀間之小說家〉，1913 年，陳平原、夏曉虹編：《二十世紀中國小說理論資料》第 1 卷，頁 423-427。

孫毓修：《歐美小說叢談》（上海：商務印書館，1916 初版〔1926 再版〕）。

孫廣德：《晚清傳統與西化的爭論》（台北：台灣商務印書館，1982 年）。

堀達之助：《英和對譯袖珍辭書》，1869 年出版，現參考堀達之助編，堀越龜之助增補：「改正增補和訳英辞書」《英和対訳袖辞書》(Shanghai, American Presbyterian Mission Press, 1869)。

梅家玲：〈發現少年，想像中國──梁啟超少年中國說的現代性；啟蒙論述與國族想像〉，《漢學研究》2001 年 6 月第 19 卷第 1 期，頁 249-275。

曹聚仁：《文壇五十年》（上海：東方出版中心，1997 年）。

曼殊：〈小說叢話〉，1905 年，陳平原、夏曉虹編：《二十世紀中國小說理論資料》第 1 卷，頁 95-96。

國立北平圖書館編：《梁氏飲冰室藏書目錄》（北京：北京圖書館出版社，2005 年）。

亀井秀雄：《「小説」論：『小説神髄』と近代》（東京：岩波書店，1999 年）。

許壽裳：《亡友魯迅印象記‧雜談名人》（北京：人民文學出版社，1953 年）。

郭沫若：〈我的童年〉，《郭沫若全集》第 11 卷（北京：人民文學出版社，1992 年），頁 7-159。

郭沫若：〈致李石岑信〉，原刊 1921 年 1 月 15 日《時事新報‧學燈》，收入《郭沫若書信集》（北京：中國社會科學出版社，1992 年），頁 183-189。

郭浩帆：〈《新小說》創刊行情況略述〉，清末小說研究会編：《清末小說研究》

2002 年第 4 期，頁 219-228。

康有為：〈日本書目志 (1898 年)〉，《康有為全集》(上海：上海古籍出版社，1987)，頁 1206，1245。

康有為：《康有為全集》3 卷本 (上海：上海古籍出版社，1987)。

康有為：〈琴南先生寫〈萬木草堂圖〉，題詩見贈，賦謝〉，《庸言》第 1 卷 7 號。

康來新：《晚清小說理論研究》(台北：大安出版社，1999[1986] 年)。

商務印書館：《商務印書館大事記》(北京：商務印書館，1987 年)。

《清史稿》(上海：上海古籍出版社，1995 年)。

梁啟超：〈三十自述〉，《梁啟超全集》第 2 冊第 4 卷 (北京：北京出版社，1999 年)，頁 957-959。

梁啟超：〈中國唯一之文學報「新小說」〉，原刊《新民叢報》14 卷，1902 年，收入《二十世紀中國小說理論資料》第 1 卷，頁 58-63。

梁啟超：《西學書目表》，收入增田涉：《中國文學史研究：「文學革命」と前夜の人々》(東京：岩波書店，1967 年)，頁 381-424。

梁啟超：〈告小說家〉，《梁啟超全集》第 5 冊第 9 卷 (北京：北京出版社，1999 年)，頁 2747-2748。

梁啟超：《清代學術概論 (原題：前清一代思想界之蛻變)〉，《梁啟超全集》第 5 冊第 10 卷 (北京：北京出版社，1999 年)，頁 3104-3105。

梁啟超：《梁啟超全集》第 1 冊第 2 卷 (北京：北京出版社，1999 年)，頁 325-334。

梁啟超：〈飲冰室自由書〉，原刊《清議報》1899 年第 26 冊，收入陳平原、夏曉虹編：《二十世紀中國小說理論資料》第 1 卷，頁 39。

梁啟超：〈新小說第一號〉，原刊《新民叢報》1902 年第 20 號，收入陳平原、夏曉虹編：《二十世紀中國小說理論資料》第 1 卷，頁 56-57。

梁啟超：〈論小說與羣治之關係〉，收入陳平原、夏曉虹編：《二十世紀中國小說理論資料》第 1 卷，頁 50-54。

梁啟超：〈論譯書〉(1897 年)，《梁啟超全集》第 1 冊第 1 卷 (北京：北京出版社，1999 年)，頁 44-50。

梁啟超：〈論譯書〉，《飲冰室合集文集》第 1 集 (北京：北京出版社，1999 年)，頁 325-334。

梁啟超，沈鵬等編：《梁啟超全集》10 卷本 (北京：北京出版社，1999 年)。

梁啟超：〈釋革〉，《梁啟超全集》第 2 冊第 3 卷 (北京：北京出版社，1999 年)，頁 759-762。

梁啟超：〈譯印政治小說序〉，原刊《清議報》1898 年第 1 冊，收入陳平原、夏曉虹編：《二十世紀中國小說理論資料》第 1 卷，頁 37。

梁啟超：〈讀日本大隈伯爵開國五十年史書後〉，《梁啟超全集》第 4 冊第 7 卷 (北京：北京出版社，1999 年)，頁 2100-2101。

梁啟超：〈讀書分月課程〉，《梁啟超全集》第 1 冊第 1 卷，頁 3-5。

梁啟超：《變法通議》，梁啟超：《梁啟超全集》1 冊 1 卷，頁 34-42。

梁啟超等著：《晚清文學叢鈔‧小說戲曲研究卷》（台北：新文豐出版公司，1989 年）。

寅半生：《《小說閒評》敍〉，1906 年，陳平原、夏曉虹：《二十世紀中國小說理論資料》第 1 卷，頁 200。

寅半生：〈讀《迦因小傳》兩譯本書後〉，原刊《遊戲世界》1907 年第 11 期，收入陳平原、夏曉虹編：《二十世紀中國小說理論資料》第 1 卷，頁 249-250。

張元濟：《張元濟日記》（北京：商務印書館，1981 年）。

張文成撰，李時人、詹緒左校註：《遊仙窟校注》（北京：中華書局，2010 年）。

張之洞：《勸學篇》第 12 冊，《張之洞全集》（石家莊：河北人民出版社，1998 年）。

張定璜：〈魯迅先生〉，原刊 1925 年 1 月《現代評論》，第 1 卷第 7-8 期，收入台靜農編：《關於魯迅及其著作》（鄭州：海燕出版社，2015 年），頁 13-30。

張俊才：《林紓評傳》（天津：南開大學出版社，1992 年）。

張勇：〈魯迅早期思想中的「美術」觀念探源——從《擬播布美術意見書》的材源談起〉，《中國現代文學研究叢刊》，2017 年第 3 期，頁 116-127。

張耕華：《人類的祥瑞：呂思勉》（上海：華東師範大學出版社，1998 年）。

張耕華、李孝遷編：《觀其會通：呂思勉先生逝世六十週年紀念文集》（上海：上海古籍出版社，2017 年）。

張耕華編：《呂思勉：史學大師》（上海：上海教育出版社，2000 年）。

張海林：《王韜評傳》（南京：南京大學出版社，1993 年）。

張菊香、張鐵榮合編：《周作人年譜》（天津：天津人民出版社，2000 年）。

張舜徽：《中國文獻學》（上海：上海古籍出版社，2005 年），頁 26-31。

張麗華：《現代中國「短篇小說」的興起——以文類形構為視角》（北京：北京大學出版社，2011 年）。

張鏐子：〈畏廬師近事〉，《禮拜六》1922 年 3 月 19 日第 153 期。

陸紹明：《《月月小說》發刊詞〉，1906 年，陳平原、夏曉虹編：《二十世紀中國小說理論資料》第 1 卷，頁 195-204。

陳力衛：〈日本におけるモリソンの『華英‧英華字典』の利用と影響〉，近代語研究会編：《日本近代語研究——近代語研究会二十五周年記念 1》（東京：ひつじ書房，2009 年），頁 245-261。

陳力衛：《和製漢語の形成とその展開》（東京：汲古書院，2001 年）。

陳平原：《小說史：理論與實踐》（北京：北京大學出版社，1993 年）。

陳平原、王德威、商偉編：《晚明與晚清：歷史傳承與文化創新》（武漢：湖北

教育出版社，2002 年）。

陳平原：《中國小說敘事模式的轉變》（北京：北京大學出版社。[1998] 2003
　　年）。

陳平原：《中國現代小說的起點》（北京：北京大學出版社，2005 年）。

陳平原、夏曉虹編：《二十世紀中國小說理論資料》第 1 卷（北京：北京大學出
　　版社，1997 年）。

陳平原、夏曉虹編著：《圖像晚清：點石齋畫報》（天津：百花文藝出版社，
　　2001 年）。

陳平原：《晚清文學教室：從北大到台大》（台北：麥田出版，2005）。

陳姃湲：《從東亞看近代中國婦女教育：知識分子對「賢妻良母」的改造》（台
　　北：稻鄉出版社，2005 年）。

陳思和：〈徐樹錚與新文化運動〉，《中國現代文學研究叢刊》03（1996），頁
　　272-287。

陳衍：《福建通志》第 26 卷（上海：上海古籍出版社，1987 年）。

陳衍編：〈林紓傳〉，《福建通志》第 26 卷。

陳洪：《中國小說理論史》（合肥：安徽文藝出版社，1992 年）。

陳建華：《「革命」的現代性——中國革命話語考論》（上海：上海古籍出版社，
　　2000 年）。

陳勝長：〈August Conrady・塩谷溫・魯迅：論環繞《中國小說史略》的一些問
　　題〉，《中國文化研究所學報》1986 年第 17 卷，頁 344-360。

陳福康：《中國譯學理論史稿》（上海：上海外語教育出版社，2000 年）。

陳福康：《鄭振鐸傳》（北京：北京十月文藝出版社，1994 年）。

陳獨秀：〈現代歐洲文藝史譚〉，原刊《青年雜誌》1915 年 12 月第 1 卷第 4 號，
　　收入秦維紅編：《陳獨秀學術文化隨筆》（北京：中國青年出版社，
　　1999 年），頁 124-126。

陳獨秀：〈答胡適之〉，《中國新文學大系・建設理論集》（上海：上海文藝出版
　　社，1980 年[影印本]），頁 56。

陳獨秀：〈答適之〉，《胡適全集》第 2 卷（合肥：安徽教育出版社，2003 年），
　　頁 229。

陳獨秀：《新青年》第 6 卷 1 號，頁 10。

陶佑曾：〈論小說之勢力及其影響〉，原刊《遊戲世界》1907 年第 10 期，收
　　入陳平原、夏曉虹編：《二十世紀中國小說理論資料》第 1 卷，頁
　　246-248。

馮自由著：《革命逸史》（台北：台灣商務印書館，1969 年）。

黃摩西主編：《普通百科新大辭典》（上海：國學扶輪社印行，1911 年）。

黃霖等著：《中國小說研究史》（杭州：浙江古籍出版社，2002 年）。

黃霖、韓同文編選註：《中國歷代小說論著選》上下兩冊（南昌：江西人民出版

社，1990 年）。

黃錦珠：《晚清時期小說觀念之轉變》（台北：文史哲出版社，1995 年）。

黃繼持：《文學的傳統與現代》（香港：華漢文化事業公司，1988 年）。

森岡健二：《近代語の成立——明治期・語彙編》（東京：明治書院，1991）。

森鷗外：〈エミル、ゾラが沒理想〉，原刊《しがらみ草子》明治 25 年 1 月 25
　　　日第 28 號，收入唐木順三編《森鷗外集》（東京：筑摩書房，昭和 40
　　　年（1965 年）），頁 368-369。

森鷗外：〈柵草紙山房論文〉，收吉田精一編：《森鷗外全集》（東京：筑摩書房，
　　　1971 年），頁 5-65。

雁冰〔茅盾〕：〈讀吶喊〉，原刊《時事新報》副刊《文學》1923 年 10 月 8 日第 91
　　　期，收入《茅盾全集》第 18 卷，頁 394-399。

紫英：《新庵諧譯》，原刊《月月小說》1907 年（第一年）第 5 號，收入陳平原、
　　　夏曉虹編：《二十世紀中國小說理論資料》第 1 卷，頁 273-274。

程千帆：《唐代進士行卷與文學》（上海：上海古籍出版社，1980 年）。

傅斯年：〈譯書感言〉，原刊《新潮》1919 年 1 卷 3 號，收入中國翻譯工作者協
　　　會《翻譯通訊》編輯部編：《翻譯研究論文集》（北京：外語教學與研
　　　究出版社，1984 年），頁 59。

傅璇琮：《唐代科舉與文學》（西安：陝西人民出版社，1986 年）。

舒蕪：《回歸五四》（瀋陽：遼寧教育出版社，1999 年）。

飲冰：〈《世界末日記》譯後語〉，原刊《新小說》1902 年第 1 號，收入陳平原、
　　　夏曉虹編：《二十世紀中國小說理論資料》第 1 卷，頁 57-63。

飲冰室主人〔梁啟超〕：〈《新中國未來記》緒言〉，原刊《新小說》1902 年第 1
　　　號，收入陳平原、夏曉虹編：《二十世紀中國小說理論資料》第 1 卷，
　　　頁 54-55。

觚庵：〈觚庵漫筆〉，1907 年，陳平原、夏曉虹編：《二十世紀中國小說理論資
　　　料》第 1 卷，頁 268-272。

普實克：《普實克中國現代文學論文集》（長沙：湖南文藝出版社，1987 年）。

曾紀澤：《曾紀澤遺集》（長沙：岳麓書社，1983 年）。

曾樸：〈曾先生答書〉（回應胡適〈論翻譯——與曾樸先生書〉一信的文章），見
　　　《胡適全集》第 3 卷，頁 805-815。

湯哲聲、涂小馬編著：《黃人》（北京：中國文史出版社，1998 年）。

惲鐵樵：〈《作者七人》序〉，原刊《小說月報》1915 年第 6 卷第 7 號，收入陳
　　　平原、夏曉虹合編：《二十世紀中國小說理論資料》第 1 卷，頁
　　　530-531。

寒光：《林琴南》（上海：中華書局，1935 年）。

馮桂芬：「采西學議」，收入馮桂芬、馬建忠：《采西學議——馮桂芬、馬建忠集》

（沈陽：遼寧人民出版社，1994 年）。

幾道、別士：〈本館附印說部緣起〉，陳平原、夏曉虹編：《二十世紀中國小說理論資料》第 1 卷，頁 17-27。

葉朗：《中國小說美學》（北京：北京大學出版社，1982 年）。

楚卿〔狄葆賢〕：〈論文學上小說之位置〉，1903 年，陳平原、夏曉虹編：《二十世紀中國小說理論資料》第 1 卷，頁 78-81。

楊燕麗：〈《中國小說史略》的生成與流變〉，《魯迅研究月刊》1996 年第 9 期，頁 24-31。

鈴木貞美：《日本の「文学」概念》（東京：作品社，1998 年）。

鈴木修次：〈文学の訳語の誕生と日中文学〉，古田敬一編：《中國文學の比較文學的研究》（東京：汲古書院，1986 年），頁 327-352。

鈴木修次、高木正一、前野直彬合著：《文學概論》（東京：大修館書店，1967 年），頁 338-346。

鄒振環：《西方傳教士與晚清西史東漸：以 1815 至 1900 年西方歷史譯著的傳播與影響為中心》（上海：上海古籍出版社，2007 年）。

鄒振環：〈接受環境對翻譯原本選擇的影響——林譯哈葛德小說的一個分析〉，《復旦學報（社會科學版）》1991 年第 3 期，頁 41-46。

新小說報社〔梁啟超〕：〈中國唯一之文學報《新小說》〉，原刊《新民叢報》14 號，1902 年，收入陳平原、夏曉虹編：《二十世紀中國小說理論資料》第 1 卷，頁 58-63。

新村出編：《廣辭苑》（東京：岩波書店，1998 年 5 版）。

新庵：〈海底漫遊記〉，1907 年，陳平原、夏曉虹編：《二十世紀中國小說理論資料》第 1 卷，頁 277-278。

新慶：〈月刊小說平議〉，原刊《小說新報》1915 年第 1 卷第 5 期，收入陳平原、夏曉虹編：《二十世紀中國小說理論資料》第 1 卷，頁 527-529。

福田清人：《明治少年文學集》（東京：築摩書房，1970 年）。

碧荷館夫人：〈《新紀元》第一回〉，1909 年，陳平原、夏曉虹編：《二十世紀中國小說理論資料》第 1 卷，頁 381。

趙景深：〈中國小說史略勘誤〉，《銀字集》（上海：永祥印書館，1946 年），頁 130-140。

管達如：〈說小說〉，1912 年，陳平原、夏曉虹合編：《二十世紀中國小說理論資料》第 1 卷，頁 397-412。

漢語大字典編輯委員會編纂：《漢語大字典》9 卷本（成都：四川辭書出版社；武漢：崇文書局，2010 年，第 2 版）。

實藤惠秀著，譚汝謙、林啟彥譯：《中國人留學日本史》（香港：中文大學出版社，1982 年）。

蔡達：〈《游俠外史》敍言〉，1915 年，陳平原、夏曉虹編：《二十世紀中國小說理論資料》第 1 卷，頁 543-544。

蔣英豪：〈林紓與桐城派、改良派及新文學的關係〉，《文史哲》1997 年第 1 期，頁 71-78。

蔣英豪：〈梁啟超與中國近代新舊文學的過渡〉，《南開學報》1997 年第 5 期，頁 23-30。

熱奈特 (Gérard Genette)：《辭格 III》(台北：時報文化出版，2003 年)。

增田涉：〈梁啟超の「西學書目表」〉，增田涉：《中國文學史研究：「文學革命」と前夜の人々》(東京：岩波書店，1967 年)，頁 368-380。

增田涉著，前田一惠譯：〈論「話本」一詞的定義〉，王秋桂主編：《中國文學論著譯叢》上卷 (台北：學生書局，1985 年)，頁 183-197。

增田涉著、龍翔譯：《魯迅的印象》(香港：天地圖書有限公司，1980 年)。

歐陽修、宋祁撰：《新唐書》(北京：中華書局，1975 年)。

歐陽健：《古小說研究論》(成都：巴蜀書社，1997 年)。

歐陽健：《晚清小說史》(浙江：浙江古籍出版社，1997 年)。

稻垣達郎編：《坪內逍遙集》，興津要等編：《明治文學全集》第 16 卷 (東京：筑摩書房，1969 年)。

魯迅：〈不是信〉，1926 年，《魯迅全集》第 3 卷 (北京：人民文學出版社，1981 年)，頁 221-241。

魯迅：〈《中國小說史略》日本譯本序〉，1935 年，《魯迅全集》第 6 卷 (北京：人民文學出版社，1981 年)，頁 347-348。

魯迅：《中國小說史略》，《魯迅全集》第 9 卷 (北京：人民文學出版社，1981 年)，頁 1-296。

魯迅：《中國小說的歷史的變遷》，《魯迅全集》第 9 卷，頁 301-340。

魯迅：〈《中國新文學大系》小說二集序〉，1935 年，《魯迅全集》第 6 卷，頁 238-265。

魯迅：〈六朝小說和唐代傳奇文有怎樣的區別？——答文學社問〉，《魯迅全集》第 6 卷，頁 322-327。

魯迅：〈吶喊·自序〉，《魯迅全集》第 1 卷 (北京：人民文學出版社，1981 年)，頁 415-420。

魯迅：〈我怎麼做起小說來？〉，1933 年，《魯迅全集》第 4 卷 (北京：人民文學出版社，1981 年)，頁 511-515。

魯迅：〈宋民間之所謂小說及其後來〉，《魯迅全集》第 1 卷，頁 144-157。

魯迅：〈青年必讀書〉，《魯迅全集》第 3 卷，頁 12-14。

魯迅：〈怎麼寫 (夜記之一)〉，1927 年，《魯迅全集》第 4 卷，頁 18-29。

魯迅：〈《草鞋腳 (英譯中國短篇小說集)》小引〉，1934 年，《魯迅全集》第 6 卷，頁 20-21。

魯迅：〈《域外小說集》序言〉，《魯迅全集》第 10 卷，頁 155-157。

魯迅：〈「硬譯」與「文學是有階級性的嗎」？〉，1935 年，《魯迅全集》第 4 卷，頁 195-225。

魯迅：〈葉紫作《豐收》序〉，《魯迅全集》第 6 卷，1935 年，頁 219-222。

魯迅：《魯迅全集》16 卷（北京：人民文學出版社，1981 年）。

魯迅：《魯迅景宋通信集》（長沙：湖南人民出版社，1984 年），頁 21-22。

魯迅：〈憶劉半農君〉，《魯迅全集》第 6 卷，頁 71-75。

劉禾著，宋偉傑等譯：《語際書寫——現代思想史寫作批判綱要》（上海：上海三聯書店，1999 年）。

劉勰：《文心雕龍》（杭州：浙江古籍出版社，2001 年）。

摩西〔黃人〕：〈《小說林》發刊詞〉，原刊《小說林》1907 年第 1 期，收入陳平原、夏曉虹編：《二十世紀中國小說理論資料》第 1 卷，頁 253-255。

鄭匡民：《梁啟超啟蒙思想的東學背景》（上海：上海書店出版社，2003）。

鄭伯奇：《兩棲集》（上海：上海書店，1987 年）。

鄭振鐸：〈《中國新文學大系・文學集》導言〉，1934 年 10 月 21 日，鄭振鐸：《鄭振鐸文集》（北京：人民文學出版社，1959 年），頁 412。

鄭振鐸：〈林琴南先生〉，原刊《小說月報》第 15 卷第 11 號，收入《林紓研究資料》，頁 149-164。

鄭振鐸：〈梁任公先生〉：《鄭振鐸全集》第 3 卷（石家莊：花山文藝出版社，1998 年），頁 366。

鄭振鐸：〈譯文學書的三個問題〉，《鄭振鐸全集》第 15 卷（石家莊：花山文藝出版社，1998 年），頁 49-77。

鄭逸梅：《清末民初文壇軼事》（上海：學林出版社，1987 年）。

鄭樹森：《從現代到當代》（台北：三民書局，1994 年）。

潘建國：〈『漢書・藝文志』「小說家」發微〉，《中國古代小說書目研究》（上海：上海古籍出版社，2005 年），頁 1-21。

駑牛（呂思勉）：〈勿吉考——譯《滿州歷史地理研究報告》第一冊〉，原刊《瀋陽高師周刊》1921 年第 42 期，頁 2-8，收入呂思勉：《呂思勉全集》第 11 卷（上海：上海古籍出版社，2016 年），頁 277-286。

樹珏〔惲鐵樵〕：〈關於小說文體的通信〉，陳平原、夏曉虹編：《二十世紀中國小說理論資料》第 1 卷，頁 563-566。

樽本照雄：《林紓冤罪事件簿》（大津：清末小説研究会，2008 年）

樽本照雄：《清末小説探索》（大阪：法律文化社，1988 年）。

樽本照雄：《清末民初小説目録》第 5 版（大津：清末小説研究会，1997 年）。

樽本照雄：〈梁啟超の盗用〉，收入樽本照雄：《清末小説探索》（大阪：法律文化社，1988 年），頁 249 － 255。

樽本照雄：《梁啟超の「羣治」について——「論小説与羣治之関係」を読む》，

《清末小説》(大津:清末小説研究会),第 20 號 1997 年 12 月,頁 5-29。

盧叔度:〈關於我佛山人的筆記小說五種〉、海風等編《吳趼人全集》第 10 卷 (哈爾濱:北方文藝出版社,1997 年),頁 299。

衡南劫火仙:〈小說之勢力〉,原刊《清議報》第 68 期,1901 年,收入陳平原、夏曉虹編:《二十世紀中國小說理論資料》第 1 卷,頁 48-49。

錢玄同:〈《天明》譯本附識〉,《新青年》4 卷 2 號,1918 年 2 月 15 日。

錢玄同:1917 年 2 月 25 日〈寄陳獨秀〉,原刊《新青年》1917 年 3 月 1 日第 3 卷第 1 號,收入《中國新文學大系‧建設理論集》(上海:上海文藝出版社,1980 年 [影印本]),頁 48-52。

錢玄同:〈致陳獨秀〉寫於 1917 年 8 月 1 日,刊《新青年》1917 年 3 卷 6 號。

錢玄同:〈致陳獨秀信(節錄)〉,1917 年 3 月,《新青年》第 3 卷第 1 號,收入嚴家炎編:《二十世紀中國小說理論資料》第 2 卷 (北京:北京大學出版社,1997 年),頁 23-26。

錢玄同:〈《嘗試集》序〉,沈永寶編:《錢玄同五四時期言論集》(上海:東方出版中心,1998 年),頁 48。

錢玄同:〈寫在半農給啟明的信底後面〉,原刊《語絲》1925 年 3 月 30 日第 20 期,收入薛綏之、張俊才合編:《林紓研究資料》,頁 165-167。

錢理群:〈矛盾與困惑中的寫作〉,《文藝理論研究》1999 年 3 期,頁 48-49。

錢鍾書:〈林紓的翻譯〉,原刊《文學研究集刊》(第 1 冊)(北京:人民文學出版社,1964 年),收入薛綏之、張俊才合編:《林紓研究資料》,頁 306-323。

薛苾:〈《中國小說史略》中的一點疏忽〉,《魯迅研究月刊》1996 年第 6 期,頁 72。

薛福成:《庸庵文續編》(上海:上海古籍出版社,1995 年)。

薛綏之、張俊才編:《林紓研究資料》(福州:福建人民出版社,1982 年)。

韓南(Patrick Hanan)著,徐俠譯:《中國近代小說的興起》(上海:上海教育出版社,2004 年)。

鍾少華編:《詞語的知惠:清末百科辭書條目選》(貴陽:貴州教育出版社,2000 年)。

鍾叔河:《從東方到西方:走向世界叢書敍論集》(上海:上海人民出版社,1989 年)。

何晏注,邢昺疏,李學勤主編,朱漢民整理:《論語注疏》(北京:北京大學,1999 年)。

魏惟儀編:《林紓魏易合譯小說全集重刊後記》(台北:〔出版社缺〕,1993 年)。

魏紹昌:《晚清四大小說家》(台北:台灣商務印書館,1993 年)。

魏紹昌編：《吳趼人研究資料》，（上海：古籍出版社，1980 年）。

魏紹昌：《孽海花資料》（上海：上海古籍出版社，1982 年）。

藤村作編：《日本文學大辭典》(7 卷本)（東京：新潮社，1956 年）。

關詩珮：〈呂思勉《小說叢話》對太田善男《文學概論》的吸收——兼論西方小說藝術論在晚清的移植〉，《復旦學報 (社會科學版)》2008 年第 2 期，頁 20-35。

關詩珮：〈哈葛德少男文學 (boy literature) 與林紓少年文學 (juvenile literature)：殖民主義與晚清中國國族觀念的建立〉，《翻譯史研究 (第 1 輯)》，2011 年，頁 138-169。

關詩珮：〈「唐始有意為小說」：從魯迅《中國小說史略》看現代小說 (fiction) 觀念〉，《中國現代、當代文學研究 (J3)》，No.3 (2008)，頁 45-58。

關詩珮：〈「唐始有意為小說」：從魯迅《中國小說史略》看現代小說 (fiction) 觀念〉，《魯迅研究月刊》2007 年第 4 期，頁 4-21。

關詩珮：〈從林紓看文學翻譯規範由晚清中國到五四的轉變：西化、現代化和以原著為中心的觀念〉，《中國文化研究所學報》，Vol. 48 (2008)，頁 343-371。

關詩珮：〈翻譯與帝國官僚：倫敦國王學院中文教授佐麻須 (James Summers; 1828-91) 與東亞知識的生產〉，《翻譯學研究集刊》，2014 年，頁 23-58。

羅存德、井上哲次郎訂增：《訂增英華字典》(Tokio: J Fujimoto, 16th year of Meiji [1813])。

羅志田：〈林紓的認同危機與民初的新舊之爭〉，《歷史研究》1995 年第 5 期，頁 117-132。

羅志田：《清季民初關於「國學」的思想論爭》(北京：生活·讀書·新知三聯書店，2003 年)。

羅志田：《權勢轉移：近代中國的思想、社會與學術》(武漢：湖北人民出版社，1999 年)。

羅選民：《中華翻譯文摘 (2006-2010)》(北京：中譯出版公司，2018 年)。

蘇雪林：《今人志》，(上海：上海良友圖書公司，1935 年)。

覺我：〈余之小說觀〉，原刊《小說林》第 10 期，1908 年，收入收陳平原、夏曉虹編：《二十世紀中國小說理論資料》第 1 卷，頁 332-338。

覺我〔徐念慈〕：《《小說林》緣起》，《小說林》第 1 期，1907 年，收入陳平原、夏曉虹編：《二十世紀中國小說理論資料》第 1 卷，頁 255-257。

顧昕：《中國啟蒙的歷史圖景：五四反思與當代中國的意識形態之爭》(香港：牛津大學出版社，1992 年)。

顧頡剛：《當代中國史學》(香港：龍門書店，1964 年)。

龔濟民、方仁念合編：《郭沫若年譜》（天津：天津人民出版社，1982 年）。

蠻〔黃人〕：〈小說小話〉，收入陳平原、夏曉虹編：《二十世紀中國小說理論資料》第 1 卷，頁 258-267。

黃子平、陳平原、錢理群：《二十世紀中國文學三人談》（北京：人民文學出版社，1988 年）。

斎藤希史：〈近代文学観念形成期における梁啟超〉，狹間直樹編：《共同研究梁啟超》（東京：みすず書房，1999 年），頁 296-230。

塩谷溫：《關於明代小說「三言」》，靑木正兒等著，汪馥泉等譯：《中國文學研究譯叢》（上海：上海文藝出版社，1992 年），頁 5-6。

関良一：〈《小說神髓》の正立──《美術真説》、《修辞及華文》との関連について〉，関良一：《逍遥・鴎外：考証と試論》（東京：有精堂出版，1981 年）。

德富蘇峰：〈新日本之青年〉，神島二郎編：《德富蘇峰集》（東京：築摩書房，1978 年），頁 3-63。

呂思勉：《呂思勉全集》26 卷本（上海：上海古籍出版社，2016 年）。

呂思勉，魏紹昌附記：〈小說叢話〉，《古代文學理論研究》第六輯（上海：上海古籍出版社，1982 年），頁 278。

実藤惠秀：〈日本と中国における留学と翻訳〉，《中国人日本留学史》（さねとう・けいしゅうくろしお出版，1960 年），頁 436-441。

笹淵友一：《浪漫主義文学の誕生》（東京：明治書院，1958 年）。